Le risque en partage

Une présence troublante

JUNO RUSHDAN

Le risque en partage

Traduction française de
HÉLÈNE COLOMBEAU

BLACK ROSE

HARLEQUIN

Collection : BLACK ROSE

Titre original :
ROGUE CHRISTMAS OPERATION

HARPERCOLLINS FRANCE
83-85, boulevard Vincent-Auriol, 75646 PARIS CEDEX 13
Service Lectrices — Tél. : 01 45 82 47 47 - www.harlequin.fr
ISBN 978-2-2804-8668-2 — ISSN 1950-2753

Composé et édité par HarperCollins France.
Imprimé en février 2023 par CPI Black Print (Barcelone)
en utilisant 100% d'électricité renouvelable.
Dépôt légal : mars 2023.

FSC
www.fsc.org
MIXTE
Papier issu de sources responsables
FSC® C159065

Pour limiter l'empreinte environnementale de ses livres, HarperCollins France s'engage à n'utiliser que du papier fabriqué à partir de bois provenant de forêts gérées durablement et de manière responsable.

1

En cette fin d'après-midi hivernale, il faisait déjà nuit noire. De gros nuages masquaient la lune, menaçant de déverser de nouvelles trombes d'eau glacée. La pluie combinée à une baisse brutale de la température avait rendu la chaussée glissante ; Hope devait s'agripper au volant de sa voiture de location pour en garder le contrôle.

À sa droite, au-delà de l'obscurité, le fossé descendait en pente raide vers le lac de Goode Mountain. Sur cette route perdue au milieu de nulle part – l'unique voie d'accès à la ville protégée de Benediction, dans l'État de Virginie –, pas de glissières de sécurité ni de lampadaires. Les seules lumières visibles étaient celles du SUV qui suivait Hope.

Alors qu'il se rapprochait, le conducteur passa en pleins phares, illuminant soudain l'habitacle. Aveuglée par le reflet dans le rétroviseur, Hope plaça une main en visière sur ses yeux, avant de la reposer bien vite sur le volant : sa voiture venait de déraper une fois de plus. Elle aurait voulu ralentir, mais derrière elle l'homme avait accéléré et lui collait au train.

Le doute commença à s'insinuer en elle. Ne ferait-elle pas mieux de renoncer ? *Hors de question.* Elle devait aller jusqu'au bout. Pour sa sœur, et pour sa propre tranquillité d'esprit. D'une manière ou d'une autre, il fallait qu'elle entre dans Benediction pour trouver des réponses sur la mort de Faith, quel que soit le prix à payer.

S'armant de courage, elle appuya sur l'accélérateur et distança le SUV.

De grosses gouttes se mirent à tomber, d'abord espacées, puis de plus en plus drues. En quelques secondes, elles tambourinaient à un rythme soutenu sur le pare-brise et sur le toit. Hope plissa les yeux, tentant de distinguer la route derrière le va-et-vient des essuie-glaces. *Comme si j'avais besoin de ça*, songea-t-elle amèrement.

Quelques instants plus tard, des phares percèrent la nuit devant elle. Un véhicule venait de quitter Benediction. Hope apercevait au loin la rangée de réverbères marquant la clôture électrifiée qui entourait la ville. Elle jeta un coup d'œil dans le rétroviseur : le SUV était en train de la rattraper en vrombissant. Quand elle freina pour lui signaler de ralentir, il heurta son pare-chocs.

Par réflexe, elle accéléra, tout en gardant les yeux rivés sur la route. Son cœur battait à tout rompre. Elle allait y arriver. Elle n'avait pas le choix.

La pluie redoubla d'intensité, à tel point qu'elle ne voyait plus au-delà de deux mètres. Devant, les phares avaient disparu. Lorsque le SUV la percuta de nouveau, le volant sursauta dans ses mains et l'arrière de la voiture chassa. Hope se retint de contrer le mouvement. Cela ne ferait qu'empirer les choses.

Son regard se posa un instant sur la commande des feux de détresse. Il lui suffirait de l'enclencher pour que tout s'arrête. Elle ferait demi-tour, regagnerait Goode et abandonnerait sa quête de vérité. On l'avait prévenue : c'était ce que tout le monde voulait, qu'elle abandonne. Qu'elle rentre chez elle sans faire de vagues.

Mais alors, un meurtrier resterait impuni.

Hope se devait d'honorer la promesse qu'elle avait faite

à sa sœur lors de son enterrement. *Tu en es capable*, se dit-elle en ravalant sa peur.

À cet instant, le SUV remonta à sa hauteur. Avant qu'elle ait eu le temps de comprendre les intentions du conducteur, celui-ci donna un coup de volant à droite, percutant la berline et l'envoyant vers le fossé. Prise de panique, Hope écrasa les freins. Les roues se bloquèrent, la voiture dérapa. Hors de contrôle, elle rata de peu un gros arbre sur le bas-côté et bascula dans le talus.

Hope poussa un cri aigu tandis que les cailloux et les mottes de terre volaient autour d'elle. Tout allait trop vite. Bien trop vite. Quand elle essaya de redresser le volant en freinant de toutes ses forces, la voiture fit un tête-à-queue, heurta un arbre et décolla. L'espace d'un instant, le temps sembla suspendu… puis elle retomba lourdement et enchaîna les tonneaux dans un grand bruit de métal froissé.

La ceinture de sécurité de Hope se tendit en travers de son torse, la privant momentanément d'oxygène, en même temps que l'airbag se déployait brutalement dans son visage. Un nuage de poussière et de produits chimiques envahit l'habitacle.

Lorsque le véhicule s'arrêta enfin, Hope eut l'impression d'avoir percuté un mur. Elle se sentait désorientée et avait mal partout – au crâne, aux côtes, et jusque dans les dents. L'airbag occupait tout l'espace devant elle, comme un gros ballon de plage.

Elle le repoussa pour le dégonfler et se mit aussitôt à tousser, irritée par le gaz qui s'en échappait. En se passant la main sur le visage, elle s'aperçut que son nez saignait. Par chance, elle ne semblait pas avoir d'autres blessures.

Après avoir dégagé l'airbag sur le côté, elle alluma le plafonnier ; c'est à cet instant qu'elle découvrit l'eau tout autour. La voiture avait plongé dans le lac. Le poids du moteur entraînait l'avant vers le fond, si bien que le véhicule se trouvait presque à la verticale. Hope se retourna pour regarder par la lunette arrière : il n'y avait rien à voir en dehors de la pluie et de l'obscurité.

L'eau s'engouffrait dans l'habitacle à une vitesse effrayante. Elle en avait déjà presque jusqu'aux genoux. Mais quand elle voulut décrocher sa ceinture, le bouton refusa de fonctionner. Elle eut beau appuyer dessus tout en tirant sur la boucle, rien n'y fit.

Oh ! Seigneur... Elle était coincée.

L'eau glaciale atteignait à présent ses hanches. Hope ne sentait plus ses orteils, et elle s'était mise à trembler. Il fallait qu'elle s'extraie de cette voiture au plus vite.

Du coin de l'œil, elle aperçut son sac à main qui flottait contre la portière du côté passager. Elle avait un couteau suisse à l'intérieur. Si seulement elle pouvait l'attraper...

Elle tendit le bras et s'étira le plus possible, au point de se faire mal. Il ne lui manquait que quelques centimètres ! Mais c'étaient quelques centimètres de trop, et la ceinture la maintenait plaquée au siège.

Soudain, la voiture bascula sur le côté, tout en continuant de couler. L'eau emporta le sac à main.

Non ! cria-t-elle intérieurement. *Ce n'était pas censé se passer comme ça...*

La pression faisait bourdonner ses oreilles. Bientôt, les phares vacillèrent et s'éteignirent. Puis ce fut au tour du plafonnier, et Hope se retrouva dans le noir complet.

Je vais mourir dans ce lac sans jamais connaître la vérité. C'était une erreur de venir ici.

Elle se mit à hurler pour décharger sa colère et son chagrin. Il n'y avait plus rien à faire qu'attendre la mort. Mais alors qu'elle commençait à se résigner, une petite voix souffla le prénom de sa sœur dans sa tête.

Faith.

Elle méritait justice.

Même si la situation semblait désespérée, Hope devait essayer. Elle se battrait jusqu'à son dernier souffle pour se sortir de là.

Tirant de toutes ses forces sur la ceinture, elle tenta une nouvelle fois de la décrocher tandis que l'eau enroulait ses bras glacés autour de sa poitrine.

— Nom de Dieu…, marmonna Gage Graham en ralentissant.

Un SUV venait d'envoyer une voiture dans le fossé juste sous ses yeux, avant de faire demi-tour et de s'enfuir. En trente ans d'existence, Gage n'avait jamais rien vu d'aussi bizarre – et pourtant, il avait assisté à son lot de scènes choquantes.

Dans l'obscurité et la pluie battante, impossible de distinguer la plaque d'immatriculation du coupable. Cela le révoltait de le laisser filer, mais avait-il vraiment le choix ? L'urgence était de porter assistance à la victime.

Il se gara de l'autre côté de la chaussée, les phares pointés vers l'endroit où la berline avait disparu, puis il actionna ses feux de route afin d'avoir une vision un peu plus précise de la situation. Le véhicule avait fini sa course dans le lac de barrage de Goode Mountain. Tout l'avant était immergé, et le reste coulait rapidement. Dans cinq minutes à peine l'habitacle serait complètement englouti.

Cela ne servait à rien d'appeler les secours : ils n'arriveraient jamais à temps, venant de la ville de Goode, à quarante kilomètres d'ici. Quant aux habitants de Benediction, ils avaient l'interdiction formelle d'intervenir en dehors des frontières de la cité. Heureusement pour l'infortuné conducteur, néanmoins, Gage n'était pas un résident comme les autres. À ses yeux, si une règle ne pouvait pas être enfreinte, elle pouvait au moins être contournée.

Il retira son SIG Sauer P220 de son holster de cheville et le rangea dans la boîte à gants. Ayant pris soin d'enclencher ses warnings, il sauta de son pick-up.

Les gouttes glaciales s'abattirent sur lui comme autant de petits poignards, trempant ses vêtements en quelques secondes. N'ayant pas prévu de s'exposer aux éléments, Gage avait simplement enfilé une doudoune sans manches par-dessus son pull à col roulé. La météo déjà peu clémente s'était subitement dégradée, et l'on annonçait trente centimètres de neige le lendemain. Pour l'instant, il faisait encore quelques degrés au-dessus de zéro, mais la température continuait de baisser.

Gage se dépêcha de sortir une fusée éclairante de son coffre. Il ne manquerait plus qu'un automobiliste percute son véhicule en tardant à remarquer les feux de détresse… Des bourrasques chargées de pluie lui fouettaient le visage et lui piquaient les yeux, mais il avait connu bien pire au cours de ses missions pour la CIA. L'eau valait toujours mieux que le sable.

Il alluma la fusée et la lança en amont sur la route. Puis il empoigna sa lampe torche, un modèle étanche et ultra-résistant qui pouvait aussi faire office de matraque. Après avoir refermé le coffre, il s'élança vers le fossé et dévala la pente.

Il n'y avait pas une seconde à perdre. Le toit cabossé de la berline venait de disparaître sous la surface du lac.

Gage plongea sans hésiter.

S'il s'était préparé mentalement au froid, le choc de l'eau glacée n'en fut pas moins violent. Ignorant la douleur qui l'étreignait tout entier, il nagea vigoureusement jusqu'à la voiture et éclaira l'intérieur par la vitre du côté conducteur.

Une femme était assise derrière le volant. Gage la vit aspirer sa dernière bouffée d'air avant que l'eau ne la submerge complètement. Alors, elle tourna la tête, ses cheveux flottant autour d'elle, et braqua sur lui un regard affolé. Elle était très belle, et elle allait se noyer s'il ne la sortait pas de là.

Comme elle lui montrait sa ceinture de sécurité en tirant sur la boucle, Gage comprit qu'elle était prisonnière. Voyant que la portière était fermée à clé, il tapa à la vitre pour faire signe à la jeune femme d'appuyer sur le bouton d'ouverture centralisée, ce qu'elle fit aussitôt. Mais la portière refusa de bouger. La pression exercée par l'eau sur l'extérieur de la voiture était trop forte. Une fois que celle-ci serait entièrement immergée, l'équilibre se rétablirait. Hélas, la conductrice n'avait pas le temps d'attendre…

Gage frappa plusieurs fois la vitre avec sa lampe dans l'espoir de la briser – sans succès. Si seulement elle avait pensé à l'ouvrir avant que la batterie ne soit noyée… Le pare-brise était bien craquelé par endroits, mais seuls des coups de pied donnés de l'intérieur finiraient de le casser.

Gage commençait à manquer d'air. Ses poumons le brûlaient. Il pointa l'index sur son torse, puis vers le haut.

La jeune femme pressa ses paumes contre la fenêtre et secoua la tête, les yeux agrandis de terreur. Que cherchait-elle à lui dire ? Qu'elle ne voulait pas qu'il parte ? Qu'elle ne pouvait plus retenir son souffle ?

Dans tous les cas, cela ne servirait à rien qu'ils se noient tous les deux. Il fallait qu'il remonte, et son cœur se serra à l'idée de la laisser là.

2

Hope fit « non » de la tête, implorant l'homme de rester avec elle. Témoin de l'accident, il s'était arrêté pour lui venir en aide et avait plongé dans le lac au péril de sa vie. Il ne pouvait pas l'abandonner maintenant !

Elle tapa frénétiquement à la vitre. *S'il vous plaît, ne partez pas !*

Il leva l'index, comme pour lui dire d'attendre. Puis il se retourna, prit appui sur le véhicule et se propulsa vers la surface, emportant la lumière avec lui.

Non ! cria Hope intérieurement.

Elle tira sur sa ceinture. Donna des coups de pied dans le tableau de bord. Tambourina contre la fenêtre. Cela ne servait à rien. La voiture continua de couler, avant de se stabiliser à cinq ou six mètres de fond. Hope sentit ses oreilles se boucher et fut prise de vertige.

Privés d'oxygène, ses poumons étaient en feu. Une peur panique commença à l'envahir. Elle avait beau lutter pour tenter de se libérer, ses efforts restaient vains, et le combat semblait perdu d'avance.

Il l'avait prévenue, pourtant. *Si tu t'obstines, tu finiras comme Faith. Laisse tomber.* Elle n'avait pas voulu l'écouter.

Hope porta une main à sa gorge, à l'agonie. Elle avait l'impression que ses poumons allaient exploser. Puis arriva le moment où elle fut incapable de résister au réflexe impérieux de respirer. Elle savait que cela signerait la fin, mais c'était plus fort qu'elle.

Elle inspira de l'eau.

La douleur fut atroce, et elle se mit à tousser en agitant désespérément les bras. Alors, elle sentit un objet frôler sa tête, et elle reconnut en s'en emparant le cuir souple de son sac à main.

Les doigts tremblants, elle tenta d'ouvrir la fermeture Éclair tandis qu'elle s'étranglait, secouée de haut-le-cœur.

Oh ! Seigneur ! Elle était en train de se noyer.

Une terreur pure l'envahit, très vite remplacée par un calme étrange alors qu'autour d'elle tout semblait s'apaiser et s'effacer.

Subitement, Hope n'avait plus peur de mourir. Elle allait bientôt revoir Faith.

Lorsque Gage refit surface, la pluie torrentielle s'abattit sur son visage. Il inspira et expira plusieurs fois, tout en se demandant comment sauver la jeune femme au plus vite. Sans lâcher sa lampe torche, il retira sa veste et son pull en laine gorgés d'eau, ne conservant que son T-shirt thermique à manches longues.

Son couteau. Voilà ce dont il avait besoin pour la libérer.

Après avoir rempli ses poumons d'air, il bloqua son souffle et replongea. La voiture reposait à présent sur le fond sablonneux, près du rivage. Gage nagea jusqu'à la portière du côté conducteur et éclaira l'intérieur.

La belle inconnue avait les yeux fermés. Ses bras flottaient devant elle, près de son sac à main. Elle avait perdu conscience.

Bon sang !

Il avait mis trop de temps.

Les doigts engourdis par le froid, Gage attrapa son

couteau militaire dans sa chaussure gauche. À l'extrémité du manche se trouvait un pic brise vitre. N'ayant jamais eu à s'en servir jusque-là, il en avait oublié l'existence.

Au premier coup, il perça la fenêtre. Au deuxième, celle-ci éclata en morceaux.

Sortant la lame du couteau, il coupa la ceinture en deux mouvements rapides, d'abord à l'épaule, puis à la taille. Il rangea ensuite son arme, attrapa le sac à main et lâcha la lampe. En remontant vers la surface, celle-ci le guiderait.

Avec précaution, Gage extirpa la jeune femme de la voiture. Le froid lui mordait la peau et s'insinuait jusque dans ses os, mais il l'ignora. Il poussa sur ses deux pieds contre le toit, puis nagea de toutes ses forces vers le rayon de la torche, un bras enroulé autour du torse de la conductrice.

Le sang battait dans son crâne au rythme effréné de son cœur. Ses poumons, en manque d'oxygène, étaient sur le point d'éclater et le froid lui nouait les muscles. Mais il continua, brassant l'eau de ses jambes et de son bras libre, les yeux rivés sur le point de lumière au-dessus de lui.

Ils n'étaient plus très loin. Ralentir n'était pas une option, même si ses membres commençaient à s'alourdir et sa vision à se brouiller. Il fatiguait, et pourtant il ne doutait pas un seul instant qu'il y arriverait. Depuis qu'il avait été désavoué par la CIA, il courait quinze kilomètres par jour, soulevait des poids et faisait des pompes pour se maintenir en forme. De toute façon, il était hors de question de laisser cette jeune femme mourir.

Ne t'arrête pas, même pour quelques secondes, s'ordonna-t-il.

Lorsqu'il creva enfin la surface, un cri guttural s'échappa de sa gorge et il aspira goulûment de grosses bouffées d'air mêlées de pluie. Un soulagement intense l'envahit, mais il n'était pas au bout de ses peines. S'il voulait sauver cette fille, il devait agir vite. Tout en lui maintenant la tête hors de l'eau, il rejoignit le rivage, poussé par l'adrénaline.

Après l'avoir hissée sur la berge boueuse, il la traîna jusqu'à un replat éclairé par les phares du pick-up. Elle avait le visage blême, le nez en sang et les lèvres bleues. *D'abord, la faire respirer,* se dit-il. Ensuite, il s'occuperait de la réchauffer.

La pluie tombait toujours aussi fort, et de biais, ce qui n'arrangeait rien. À genoux à côté de la jeune femme, Gage plaça une main au milieu de sa poitrine, posa l'autre main sur la première et commença les compressions thoraciques, en utilisant le poids de son corps et non seulement la force de ses bras. Il compta ainsi jusqu'à trente.

Aucune réaction.

Allez !

Il lui inclina la tête en arrière pour qu'elle entrouvre les lèvres, puis il lui pinça le nez doucement, au cas où il serait cassé. Appliquant sa bouche sur la sienne, il pratiqua deux longues insufflations.

Toujours rien. Il reprit le massage cardiaque avec encore plus d'énergie.

— Respire. Allez, respire ! cria-t-il.

Soudain, la jeune femme se redressa en toussant. Gage la fit rouler sur le côté et dégagea les cheveux de son visage pendant qu'elle expulsait l'eau de ses poumons et de son estomac. Ces premières inspirations devaient lui faire horriblement mal… Il lui frotta le dos et le bras pour l'encourager.

Lorsqu'elle n'eut plus rien à cracher, elle s'appuya sur le sol pour s'asseoir. Le corps parcouru de violents tremblements, la poitrine se soulevant et s'abaissant rapidement, elle dévisagea Gage de son regard lumineux. Lui aussi respirait vite ; de petits nuages blancs s'échappaient de sa bouche, et il claquait des dents.

— Merci, murmura-t-elle. Vous… Vous allez bien ?

Sa voix était à peine audible dans la pluie battante. Gage fut surpris par sa question. Elle avait failli mourir, et elle s'inquiétait pour lui ? Cela en disait long sur son caractère.

— Je vais bien, lui assura-t-il, tout en pressant deux doigts sur sa carotide.

Son pouls était lent et filiforme. Gage devait l'emmener au chaud au plus vite. Dans l'eau, la température corporelle baissait plus rapidement que dans l'air, et l'hypothermie s'était déjà installée. Au moins, elle était capable de parler…

— Il faut qu'on se mette à l'abri. Pensez-vous pouvoir marcher jusqu'à mon pick-up ? lui demanda-t-il en posant une main sur sa joue.

Sa peau était glacée.

Gage avait conscience de l'intimité de son geste, mais après lui avoir sauvé la vie, le réflexe de la réconforter lui venait naturellement.

Elle acquiesça faiblement. Pourtant, elle n'avait pas l'air d'avoir la force de se lever, et encore moins de grimper le talus.

— Enlevez votre manteau, lui conseilla-t-il. Il vous refroidit plus qu'autre chose. Ne vous inquiétez pas, j'ai laissé le chauffage dans mon véhicule.

Voyant que ses doigts tremblaient trop pour manipuler la fermeture Éclair, il s'occupa de lui retirer le vêtement. Puis il ramassa le sac à main et aida la jeune femme à se mettre debout. Elle n'avait pas fait deux pas que ses jambes se dérobèrent sous elle. Gage, qui s'y attendait, la rattrapa dans ses bras.

C'était épuisant de frôler la mort. Il était bien placé pour le savoir.

Sans se soucier de sa propre fatigue, il la hissa en travers de ses épaules, à la manière des soldats lorsqu'ils doivent porter un camarade blessé. Avec ses vêtements trempés, elle était plus lourde qu'elle n'en avait l'air – sans compter que le jean mouillé et les chaussures remplies d'eau de Gage pesaient une tonne. Mais dans cette position il était capable de porter un homme de presque deux fois la corpulence de la jeune femme.

Il se mit en marche, attaquant la pente glissante et caillouteuse de la berge. L'énergie commençait à lui faire défaut, et il progressait bien trop lentement à son goût. Grognant et ahanant, il puisa dans ses dernières forces pour atteindre la route.

Après s'être arrêté quelques secondes le temps de reprendre son souffle, il courut ouvrir la portière du pick-up, accueillant avec bonheur la chaleur qui s'échappait de l'habitacle. Une fois la jeune femme installée, il se dépêcha de faire le tour du véhicule pour s'asseoir au volant et poussa le chauffage à fond, en prenant soin de diriger toutes les ouvertures vers elle.

Un gilet à capuche traînait entre les sièges ; Gage avait dû l'oublier là lors d'un de ses derniers trajets. C'était exactement ce dont elle avait besoin.

— Tenez, ça vous aidera, dit-il en lui tendant le vêtement. Ôtez d'abord votre pull et ce que vous avez en dessous.

Comme elle hésitait, il ajouta :

— Vous vous réchaufferez plus vite.

— Vous ch-cherchez à me v-voir toute nue, c-c'est ça ?

Elle n'arrivait pas à articuler et c'était mauvais signe, mais elle avait encore la force de faire de l'humour.

— Je vous promets de ne pas regarder, répondit-il, tout en songeant que, dans d'autres circonstances, le spectacle vaudrait sûrement le coup d'œil.

Il se tourna vers la fenêtre, où se reflétait l'image de la jeune femme. En homme de parole, il baissa les yeux.

— Au fait, je m'appelle Gage, dit-il, omettant

volontairement de préciser son nom de famille. Et vous, comment vous appelez-vous ?

— Hope.

Tiens tiens… Elle aussi jouait la discrétion ?

— Avez-vous une idée de qui vous a envoyée au fossé, et pourquoi ?

Comme il l'entendait se débattre avec le zip du gilet, il se retourna.

— Vous avez besoin d'un coup de main ?

— Je… Je veux bien, bégaya-t-elle. Je ne s-sens plus mes doigts.

Gage lui remonta la fermeture Éclair en prenant soin de ne pas laisser errer son regard. Aussitôt, elle ramena la capuche sur sa tête et retomba contre le dossier du fauteuil comme si elle s'apprêtait à plonger dans un profond sommeil.

Encore un mauvais signe.

Pour l'instant, les questions attendraient, mais Gage avait bien l'intention de les lui reposer. Le salaud qui avait tenté de la tuer ne s'en sortirait pas comme ça.

Il fit demi-tour et repartit en direction de Benediction. Ils n'en avaient que pour dix minutes – un trajet rapide et facile. Faire franchir les grilles à la jeune femme, en revanche, s'annonçait bien plus compliqué…

En tant que ville fermée, Benediction était soumise à des règles de séjour et de résidence très strictes. Personne ne pouvait y entrer sans autorisation, en dehors du personnel de l'État et de l'armée et des employés qui faisaient tourner la ville. Celle-ci possédait un restaurant, une épicerie, un café, un garage automobile, un tailleur, une école allant de la maternelle au collège, une église non confessionnelle, un funérarium/crématorium et une clinique. Des dérogations étaient accordées au cas par cas aux proches des habitants.

Gage roula aussi vite qu'il le pouvait sur la route parsemée de plaques de verglas. S'il s'était aventuré dehors par ce temps, c'était pour s'approvisionner en produits de première nécessité qu'on ne trouvait pas à Benediction, avant la tempête annoncée pour le lendemain. *Tant pis*, songea-t-il. Il serait obligé de s'en passer.

La pluie s'était enfin calmée, et un petit crachin fouettait le pare-brise sans relâche. Bientôt, les vives lumières du poste d'entrée apparurent dans la nuit. En approchant de la guérite, Gage ralentit et se prépara mentalement à l'épreuve de force qui allait suivre. Il lui faudrait user d'intelligence et de persuasion.

Il jeta un coup d'œil vers Hope. Les yeux mi-clos, elle respirait difficilement, et son corps était encore traversé de violents frissons. Cela ne devait pas l'aider d'être engoncée de la taille jusqu'aux pieds dans des vêtements et des chaussures trempés… Gage connaissait le problème, lui qui ne pouvait empêcher ses mains de trembler sur le volant.

— Enlevez votre capuche, lui dit-il avant de s'arrêter sous l'auvent. Le garde aura besoin de voir dans quel état vous êtes pour vous laisser entrer.

Hope suivit son conseil.

— Ne dites rien, laissez-moi parler.

Deux soldats de l'armée américaine, qui ne devaient pas avoir plus de vingt-deux ans, sortirent de la guérite chauffée. Ils portaient chacun à la ceinture un pistolet, une bombe lacrymogène et une lampe torche. Depuis que son jeune neveu avait eu affaire à eux, un soir de beuverie avec ses copains, Gage savait qu'ils étaient aussi équipés de menottes.

Pendant que l'un d'eux inspectait le dessous du pick-up à l'aide d'un miroir, le deuxième s'approcha de la portière.

Benediction comptait seulement 250 habitants, en incluant le personnel militaire et celui des entreprises sous contrat avec l'État. Les gardes apprenaient vite à reconnaître les visages, les noms, ainsi que les modèles des véhicules conduits par les résidents. Gage, lui, se faisait un devoir de retenir un maximum d'informations sur tout le monde.

— Caporal Livingston, lança-t-il au soldat en ouvrant sa fenêtre.

— Bonsoir, monsieur Graham. Je suis surpris de vous revoir aussi…

Il s'interrompit, les yeux écarquillés.

— Qu'est-ce qui vous est arrivé ?

— Il y a eu un accident à quelques kilomètres d'ici. Cette jeune femme s'est fait percuter par un chauffard, et sa voiture a fini dans le lac.

Gage fit un geste vers sa passagère, et Livingston se pencha pour la regarder.

— Si je n'étais pas intervenu, elle se serait noyée. Je dois la conduire à la clinique.

— Vous connaissez les règles. Je ne peux pas la laisser entrer.

— Elle a besoin de soins en urgence.

Porter, l'autre soldat, avait fini de vérifier le châssis et s'intéressait à présent à la benne du pick-up.

— Il va falloir l'emmener à l'hôpital de Goode, monsieur, insista Livingston.

— Vous n'avez peut-être pas entendu la fin de ma phrase : il s'agit d'une urgence, caporal. Elle ne tiendra pas jusqu'à Goode.

Le regard froid du militaire passa de Gage à Hope, sans pour autant s'adoucir. Il détacha sa lampe de sa ceinture et l'alluma pour mieux observer la jeune femme.

— Vous n'avez pas le choix, continua Gage. Si vous ne voulez pas avoir sa mort sur la conscience, vous devez la laisser passer. Elle risque de succomber à une hypothermie ou à un œdème pulmonaire avant qu'on atteigne Goode.

Il en était réellement convaincu.

— En plus, je ne suis pas sûr d'être en état de faire la

route, ajouta-t-il. Il doit bien exister une exception pour les urgences médicales, non ?

— Je pourrais appeler mon sergent, voir ce qu'il en pense, marmonna le jeune soldat, visiblement partagé.

Gage soupira.

— Le temps que vous expliquiez la situation à votre supérieur, qui n'a pas cette jeune femme sous les yeux et ne peut donc pas juger de son état, et que vous débattiez de la décision à prendre, j'aurai à mon tour besoin d'un médecin. Vous voulez assumer la responsabilité de deux décès dans la même soirée ?

L'autre soldat grimpa sur le marchepied et braqua sa lampe sur Hope.

— Punaise, caporal, elle a l'air vraiment mal en point ! Vous devriez peut-être la laisser entrer.

Porter était arrivé à Benediction depuis moins de deux mois et n'était sans doute pas encore complètement converti à l'isolationnisme ambiant. Cela ne pouvait que jouer en faveur de Gage.

— C'est moi qui risque mon poste, pas vous, répliqua Livingston.

— Écoutez, je ne l'ai pas sauvée pour la voir mourir dans mon pick-up parce que vous avez eu peur de recevoir une tape sur la main, s'agaça Gage. Laissez-moi l'emmener à la clinique. Quand le médecin aura parlé à votre chef, vous serez acclamé comme un héros.

Le caporal se frotta le front.

— S'il y a le moindre problème, vous risquez d'être renvoyé définitivement de Benediction, vous en êtes conscient ?

Gage savait qu'il devait se montrer prudent. Cette ville était l'endroit rêvé pour se cacher sans en avoir l'air. Si on le chassait, il serait obligé de repartir en cavale, et alors ses jours seraient comptés. Mais il ne pouvait pas abandonner la jeune femme maintenant, après tout ce qu'il avait fait pour la sauver.

— Oui, j'en suis conscient, répondit-il.

— Dans ce cas, d'accord. Mais Porter vous accompagne. Et j'ai besoin des papiers d'identité de cette dame pour le rapport.

Dieu merci, le bon sens l'avait emporté…

Gage s'apprêtait à attraper le sac à main de la jeune femme quand il s'aperçut que celui-ci avait disparu.

— P-perdu dans le l-lac, murmura-t-elle.

L'espace d'un instant, il douta. L'avait-il oublié sur le bord de la route ? Ou s'était-il échappé pendant qu'il nageait jusqu'au rivage ? Tout était allé si vite, et le froid avait pu lui engourdir le cerveau…

Mais il était certain de l'avoir déposé dans le véhicule. Et après huit ans au service de la CIA, il savait reconnaître un mensonge.

Le sac à main n'était pas perdu. Pour une raison ou pour une autre, Hope ne voulait pas dévoiler son identité.

Alors qu'il la dévisageait, elle leva vers lui ses beaux yeux verts. Elle paraissait terriblement fragile et incroyablement solide à la fois – un contraste des plus séduisants.

La vie d'une personne pouvait basculer en une seconde, à la faveur d'un petit mot, d'un choix qui n'en semblait pas vraiment un. Souvent, le destin vous chuchotait une promesse ou un avertissement à l'oreille ; il suffisait de l'écouter. Or, Gage était tout ouïe.

Cette femme va te causer des ennuis, voilà ce que lui chuchotait son instinct.

[illegible] jeune femme [illegible], après tout ce qu'il avait fait pour la sauver.

— Quel [illegible], répondit-il.

— Dans ce cas, d'accord. Mais [illegible] accompagner. J'ai besoin [illegible]

[illegible]

[illegible]

[illegible]

[illegible]

3

Après une semaine d'efforts et de tâtonnements, après avoir failli mourir, Hope était sur le point de pénétrer dans Benediction. Rien ne l'arrêterait à présent. Si elle révélait son identité au soldat, il découvrirait vite qu'elle figurait sur leur liste noire. Dès lors, nul doute qu'il préférerait la laisser mourir de froid plutôt que de l'autoriser à passer les grilles.

Quant à Gage, ce n'était pas parce qu'il l'avait sauvée qu'il était son allié. Pour l'instant du moins.

Elle posa une main tremblante sur la sienne.

— S-s'il vous p-plaît, chuchota-t-elle.

En plongeant à deux reprises dans le lac glacial, il avait risqué sa vie pour la secourir, elle, une parfaite étrangère. Cela prouvait non seulement qu'il avait du courage, mais aussi qu'il était quelqu'un de bien. *Pourvu que cela suffise,* pria-t-elle.

Après quelques secondes d'hésitation pendant lesquelles il soutint son regard comme s'il voulait sonder son âme, il tourna de nouveau la tête vers le soldat.

— Son portefeuille s'est perdu dans le lac, déclara-t-il, au grand soulagement de Hope. Laissez-moi la conduire à la clinique. Quand elle se sera réchauffée et qu'un médecin l'aura examinée, elle remplira tous les papiers nécessaires. Votre collègue vous donnera les informations dont vous avez besoin pour rédiger votre rapport. Cela vous va, comme ça ?

— Très bien, monsieur, mais je dois quand même informer le sergent.

Il fit venir Porter pour lui donner ses ordres, après quoi le jeune soldat courut vers un véhicule garé de l'autre côté du poste de sécurité. Dès qu'il eut démarré, Livingston ouvrit la barrière.

Un frisson d'excitation parcourut Hope de la tête aux pieds – ou plutôt, au ventre, car elle ne sentait plus ses jambes. À cet instant, toutefois, elle n'avait plus mal. Elle n'avait plus froid. Toute son attention était concentrée sur sa mission.

Gage accéléra, franchit la porte. Ils venaient d'entrer dans Benediction.

J'y suis ! J'ai réussi…

Elle n'était jamais parvenue aussi loin, mais le combat ne faisait que commencer.

Un bois de résineux servait de zone tampon entre le poste de sécurité et la ville, masquant celle-ci aux regards extérieurs. Même avec de puissantes jumelles, on ne distinguait rien depuis la route. Hope avait maintes fois essayé.

Elle avait également profité d'une excursion sur le lac de Goode Mountain pour tenter de voir Benediction sous un autre angle – sans succès là non plus. La clôture électrifiée qui entourait la ville était bordée d'arbres sur tout le pourtour. Seul le haut d'un immeuble dépassait, avec sa façade d'acier et de verre teinté et le nom de Nexcellogen Industries à moitié visible. Inutile d'espérer survoler la zone en hélicoptère : c'était formellement interdit. Aucun pilote n'osait enfreindre cette loi.

Benediction cachait quelque chose. Hope savait que c'était pour cette raison que sa sœur était morte, quand bien même elle était incapable de le prouver.

Passé le bois, Gage continua sur ce qui devait être la rue principale, jusqu'à un gros rond-point. En son centre se dressait un sapin de quinze mètres de haut orné de guirlandes lumineuses et d'une étoile argentée – pour un peu, on se serait presque cru dans une ville normale...

D'un côté de la rue s'alignaient quelques boutiques décorées pour Noël, de l'autre une rangée de maisons mitoyennes. Au-delà du rond-point s'étendait un grand parc avec des jeux pour enfants, une école et une église. Seul bâtiment qui détonnait dans le paysage, étant construit sur trois étages à l'écart de tous les autres : le centre de recherche de Nexcellogen, où Faith avait travaillé comme chercheuse.

Au bout de quelques minutes à peine, ils passèrent devant la caserne des pompiers. La clinique se trouvait juste derrière.

Tandis que le soldat garait sa voiture sur le parking, Gage s'arrêta sous l'auvent des urgences, près d'une ambulance esseulée et nimbée d'une lumière jaunâtre. Il fit le tour du pick-up en courant pour ouvrir la portière à Hope.

— Je vais vous aider.

Alors qu'elle se laissait glisser au bas de son siège, il la prit dans ses bras avant même qu'elle ait touché le sol et la porta jusqu'à l'intérieur de la clinique. Si elle n'avait pas été aussi épuisée, elle aurait protesté, mais elle n'en avait pas l'énergie. Où trouvait-il cette force herculéenne, après tous les efforts qu'il avait déjà fournis ?

Gage n'était pas ce qu'on appelait une armoire à glace. Un mètre quatre-vingts tout au plus, mais avec le corps mince et tonique d'un athlète. Ou d'un homme d'action. Hope s'en rendait compte malgré elle, car il la tenait plaquée contre son torse musclé. Et il était beau, ce qui ne gâchait rien...

Les portes automatiques se refermèrent sans un bruit

derrière eux. Hope plissa les yeux, éblouie par la lumière des néons, tandis que Gage continuait d'avancer. Le soldat les suivait de près.

Une femme en blouse surgit de derrière le bureau d'accueil en les voyant arriver.

— Que s'est-il passé, Gage ?

— Sa voiture a plongé dans le lac, expliqua-t-il. Elle a perdu connaissance et inhalé beaucoup d'eau. J'ai eu du mal à la réanimer.

D'entendre le récit brut de son accident, Hope sentit son estomac se nouer. Elle était passée vraiment près de la mort. Pourtant, elle aurait été prête à recommencer, car cela lui avait permis d'entrer dans Benediction.

— Elle n'a pas d'autorisation de séjour, précisa le militaire.

L'infirmière regarda les deux hommes tour à tour.

— Suivez-moi.

Elle les conduisit jusqu'à une salle d'examen, où elle étendit une couverture de survie sur le lit.

— Pose-la ici.

Gage obtempéra.

— Je suis Danielle, l'assistante du médecin, dit-elle à Hope, tout en la couvrant d'une deuxième couverture.

Elle en donna une autre à Gage, qui tremblait de froid.

— J'ai besoin de connaître son nom pour le rapport, glissa Porter. Et le caporal Livingston a dit que dès qu'elle se serait réchauffée, je la raccompagnerais au poste de sécurité.

Hope détourna la tête, le cœur lourd.

— Parce que vous imaginez qu'elle va faire quarante kilomètres à pied jusqu'à Goode, sous la pluie et dans ce froid glacial ? demanda Gage. Ce serait plus sage qu'elle passe la nuit ici.

— Ce n'est pas mon problème, monsieur. J'ai mes ordres.

— Je vais vous demander à tous les deux de sortir de cette pièce, intervint l'infirmière.

— Non ! s'écria Hope. S'il vous plaît, restez, dit-elle à Gage.

Il revint sur ses pas et lui prit la main. L'inquiétude qui se lisait dans son regard semblait sincère, et cela l'apaisa.

— Je reste, si c'est ce que vous voulez.

— Dans ce cas, je reste aussi, déclara le soldat.

— Il faut que je vous déshabille pour vous examiner, expliqua Danielle.

En baissant les yeux sur leurs mains jointes, elle eut une légère grimace de dégoût.

— Donc, ces messieurs vont devoir nous laisser. Tout de suite.

— Je vous promets de ne pas m'éloigner, dit Gage.

— Le docteur garde un survêtement propre dans le vestiaire, lui indiqua Danielle. Va te changer, je t'examinerai quand j'en aurai fini avec elle.

— D'accord.

Il pressa une dernière fois la main de Hope, puis poussa le soldat hors de la pièce et referma la porte derrière eux.

L'infirmière écouta les poumons de Hope à l'aide d'un stéthoscope.

— Inspirez fort. Encore, dit-elle en déplaçant l'instrument. Bon, ça m'a l'air pas mal. Comment vous appelez-vous ?

Hope hésita à mentir. C'est ce qu'elle aurait dû faire avec Gage, mais elle n'en avait pas eu le réflexe. Maintenant qu'il connaissait son prénom, cela ne rimait à rien d'en donner un autre au personnel de l'hôpital.

— Hope, dit-elle.

Danielle lui accrocha un petit appareil électronique sur l'index.

— C'est pour mesurer le taux d'oxygène dans votre sang.

Elle lui retira ensuite ses chaussures, avant de découper son jean à l'aide de ciseaux.

— D'où connaissez-vous Gage ?

— Je ne le connais pas, répondit Hope, sur la défensive.

Elle ne bégayait plus mais se sentait encore glacée jusqu'aux os.

— Ah bon. En tout cas, il a l'air d'en pincer pour vous.

Quelque chose dans le ton de l'assistante médicale la mit mal à l'aise. Était-ce de la jalousie ? De l'agacement ? Danielle était une jeune femme séduisante, avec son teint bronzé, ses yeux brillants de curiosité et sa carrure de sportive. Hope l'imaginait très bien avec Gage.

— Pourquoi dites-vous cela ? s'enquit-elle, intriguée.

— Oh ! la façon dont il vous parle, dont il s'inquiète pour vous… Gage a un cœur en or, mais il n'a pas l'habitude de le montrer.

— C'est sans doute parce qu'il m'a sauvé la vie.

Avec toutes les épreuves qui l'attendaient, Hope n'avait vraiment pas besoin qu'une petite amie jalouse se mette en travers de son chemin.

— Vous êtes ensemble ? demanda-t-elle à Danielle.

Celle-ci eut un rire sec.

— Je ne crois pas que ma femme serait d'accord ! Non, je trouve juste cela bizarre que Gage se prenne d'affection pour une inconnue. Ou pour n'importe qui d'autre, d'ailleurs.

Elle jeta les morceaux de jean à la poubelle et enroula une couverture en laine autour de Hope, par-dessus celle de survie.

— Chez nous, Gage est comme l'huile avec l'eau, il ne se mélange pas, ajouta-t-elle en retirant le capteur d'oxygène. Et on ne s'occupe pas de lui non plus.

— C'est pareil avec tous les employés de Nexcellogen, non ?

Hope avait compris que Gage ne faisait pas partie de l'armée, mais elle avait besoin de savoir quels étaient ses liens avec Benediction, et en particulier avec la compagnie pharmaceutique qui s'y était installée.

Occupée à lui prendre la tension, Danielle ne répondit pas tout de suite.

— Les soldats et les employés sont un mal nécessaire, finit-elle par dire. Benediction n'existerait pas sans eux. Gage n'est ni l'un ni l'autre : c'est un résident. Un gars du coin, en quelque sorte. Mais pourquoi me parlez-vous des gens qui travaillent ici ?

— Pour rien. J'ai entendu des rumeurs, c'est tout.

Des rumeurs qui s'accompagnaient de vives mises en garde…

— Ce sont elles qui vous ont conduite à Benediction ?

— Non.

Hope se força à la regarder dans les yeux.

— J'ai eu un accident.

— Sur la seule route qui mène ici, souligna l'infirmière en l'observant attentivement. Racontez-moi ce qui s'est passé.

— Il n'y a pas grand-chose à dire. Quelqu'un m'a poussée dans le fossé, et ma voiture a fini dans le lac.

— Personne ne se retrouve sur cette route sans l'avoir cherché.

Danielle posa une main sur son épaule.

— Vous savez, je suis tenue au secret médical. Rien de ce que vous me direz ne sortira d'ici.

Hope n'était pas assez naïve pour tomber dans le piège. L'infirmière pouvait très bien être payée par Nexcellogen. La ville devait beaucoup à l'entreprise et à l'armée, et avait tout intérêt à préserver leurs secrets.

— Je n'ai rien à vous dire, affirma-t-elle.

— Laissez-moi vous présenter les choses autrement. Je peux annoncer au soldat qui attend dans le couloir que dans une heure vous serez en état d'être transportée à Goode. Ou alors, je peux lui dire qu'il vaut mieux que vous passiez la nuit ici, ce dont je suis d'ailleurs convaincue. Mais pour cela, je dois m'assurer que votre présence ne portera préjudice à personne. Vous n'avez toujours rien à me raconter ?

Hope respira calmement. La confiance était une denrée précieuse, et elle n'avait pas l'intention d'en accorder une once à cette femme.

4

Soulagé d'avoir pu enfiler des vêtements secs, Gage fourra ses affaires mouillées dans un sac plastique et se dirigea vers la porte du vestiaire. Il avait été obligé de garder ses chaussures trempées, et ses pieds étaient gelés. Un petit inconfort qu'il allait devoir supporter jusqu'à son retour chez lui.

Il se hâta de regagner le secteur des urgences. Hope avait eu l'air terrifiée quand il l'avait quittée. Cela pouvait se comprendre : Benediction avait quelque chose d'effrayant pour une personne extérieure. Cependant, une question le taraudait. *Que faisait-elle sur cette route au départ ?*

Alors qu'il remontait le couloir, un véhicule de l'armée se gara derrière son pick-up, gyrophares allumés et sirène éteinte. Quelques secondes plus tard, les portes automatiques de la clinique s'ouvrirent sur le sergent-chef Burton.

Celui-ci retira sa casquette et s'avança à grands pas vers le bureau des admissions, un porte-bloc sous le bras. Les épaisses semelles de ses rangers couinaient sur le linoléum.

Gage savait que Livingston préviendrait son supérieur. En revanche, il ne s'attendait pas à ce que ce dernier saute dans son uniforme et s'arrache au confort de son foyer pour se rendre en personne à la clinique.

— Où est-elle ? demanda Burton au jeune soldat.

Porter désigna la salle d'examen d'un geste du pouce.

— Ici, avec Mme Varma.

Voyant le sergent s'avancer résolument vers la porte, Gage pressa le pas pour le rejoindre. Burton lui accorda à peine un regard tandis qu'il frappait.

— Je dois parler à votre patiente, dit-il à l'infirmière.

— J'étais justement en train de lui poser des questions, mais je commence à avoir le vertige à force de tourner en rond, confia-t-elle en s'effaçant pour le laisser entrer.

Il se planta devant Hope.

— Je suis le sergent-chef Burton, de la police militaire. Est-ce vous, sur cette photo ?

Elle pinça les lèvres, soudain blême.

Gage s'avança jusqu'au lit pour jeter un coup d'œil sur le porte-bloc. Le cliché en noir et blanc montrait une jeune femme debout à côté d'une voiture, en train de s'adresser à l'un des gardes du poste de sécurité. Aucun doute : c'était Hope.

Porter entra à son tour dans la pièce et se plaça à côté de son chef.

— Est-ce bien vous, madame ? répéta ce dernier d'un ton sévère. Êtes-vous Hope Fischer ?

— Vous êtes une parente de Faith Fischer ? intervint Danielle, les yeux écarquillés.

Tout le monde à Benediction connaissait ce nom. Depuis dix jours, on ne parlait plus que de cette chercheuse qui s'était suicidée.

— Oui, c'est moi, répondit Hope avec un air de défi. Faith était ma sœur.

Le sergent Burton tendit le porte-bloc au jeune soldat, puis il sortit ses menottes, attrapa le poignet de la jeune femme et l'attacha à la barrière du lit.

— Qu'est-ce que vous faites ? s'écria-t-elle, affolée, en tirant sur le bracelet.

— Est-ce vraiment nécessaire ? s'enquit Gage.

Burton pivota pour lui faire face.

— Oui, monsieur, ça l'est. Cette personne n'aurait jamais dû être autorisée à pénétrer dans l'enceinte de la ville.

— Je ne repartirai pas tant que je n'aurai pas obtenu de réponses sur la mort de Faith, prévint-elle.

— Vous vous trompez, madame. Vous partirez dès que le médecin nous aura donné son feu vert.

— Ma sœur a été assassinée. Quelqu'un ici sait pourquoi et cherche à étouffer l'affaire.

Danielle se frotta les bras comme pour en chasser un frisson. Discrètement, elle se dirigea vers la porte.

— Ce n'est pas mon problème, répondit Burton. Vous avez déjà déposé une demande d'information. Il faut compter entre six et huit semaines pour qu'elle soit traitée. Ensuite, vous recevrez…

— Deux mois ! le coupa Hope. C'est ridicule.

Le délai s'expliquait par les restrictions technologiques en vigueur à Benediction. Pas d'Internet. Pas de wi-fi. Pas de réseau téléphonique. Comme au Moyen Âge, diraient certains, mais c'était exactement ce que Gage appréciait ici. Cela en faisait l'endroit idéal pour échapper aux radars de la CIA.

— C'est comme ça, déclara le sergent-chef. Vous ne resterez que le temps nécessaire. Pas une minute de plus.

Alors que Gage se tournait vers Danielle, en quête d'un avis médical, il s'aperçut qu'elle avait quitté la pièce. En sortant dans le couloir, il l'entendit qui parlait à voix basse. Sans un bruit, il s'approcha du bureau d'accueil en se plaquant contre le mur pour ne pas se faire repérer.

— Elle se pose des questions, disait Danielle au téléphone. Elle pense que sa sœur a été assassinée.

Une courte pause.

— Je ne sais pas. Qu'est-ce que vous voulez que je fasse ?

À cet instant, Burton traversa le couloir d'un pas martial,

passa devant Gage et frappa sur le comptoir pour attirer l'attention de l'infirmière. Elle lui fit signe de patienter.

— D'accord, je m'en occupe, dit-elle à son interlocuteur. Essayez de dormir.

Elle raccrocha.

— Oui, sergent ?

— Quand Mme Fischer pourra-t-elle sortir ?

— On va la garder pour la nuit. Le risque de complications est bien réel – lésions cérébrales liées à l'hypoxie, détresse respiratoire aiguë, œdème pulmonaire voire arrêt cardiaque. Le médecin l'examinera demain matin. Une fois qu'il l'aura laissée partir, vous en ferez ce que vous voudrez.

— Gage ! appela Hope depuis la salle d'examen.

Il la rejoignit aussitôt.

— Oui, je suis là.

— Pourriez-vous aller chercher mon sac à main dans votre pick-up ? lui demanda-t-elle. Il est sous le siège passager.

— Je croyais que vous l'aviez perdu, observa Porter, plus perspicace qu'il n'en avait l'air.

— C'est mon portefeuille que j'ai perdu, pas mon sac à main.

Le jeune soldat fit la moue, sans toutefois insister.

— Je vais vous chercher ça, dit Gage.

Dans le couloir, il croisa le sergent Burton, qui l'arrêta d'un geste.

— J'aimerais vous parler deux minutes.

— Je reviens tout de suite, répondit-il en continuant son chemin.

Il ne voulait pas laisser la jeune femme seule avec des militaires plus longtemps que nécessaire.

Dans le pick-up, il retrouva le sac à main à l'endroit qu'elle lui avait indiqué. Elle avait bien fait de le cacher, sans quoi on lui aurait sûrement refusé l'accès à la clinique en découvrant son identité…

Alors qu'il refermait la portière, une puissante berline gris métallisé se gara sur le parking. Gage reconnut immédiatement le véhicule de Ian McCallister, le chef de la sécurité de Nexcellogen.

Une chaîne téléphonique d'urgence avait-elle été activée ?

Il s'empressa de retourner dans la salle d'examen. Quand il tendit le sac encore mouillé à Hope, Burton s'en empara avant elle.

— Excusez-moi, mais je dois vérifier qu'il n'y a pas d'arme à l'intérieur.

Satisfait, le sergent-chef referma le sac, puis le donna à la jeune femme. Au même instant, Ian McCallister toqua à la porte. Très élégant comme à son habitude, il portait une chemise blanche impeccable et un pantalon de costume noir. Ses cheveux poivre et sel étaient soigneusement coiffés en arrière. Seule l'ombre d'une barbe d'un jour venait ternir la perfection de son apparence.

— Bonsoir, tout le monde, lança-t-il à la cantonade.

Il se tourna vers Burton.

— Connaissons-nous l'identité de notre visiteuse ?

— Oui, monsieur. Il s'agit de Hope Fischer, la sœur de Faith.

— Vraiment ?

Un sourire empreint de compassion éclaira son visage, tandis que son regard vigilant continuait d'évaluer chacune des personnes qui l'entouraient.

— Je vous présente mes plus sincères condoléances, madame, et je suis navré que vous ayez eu un accident, dit-il à Hope.

Contrairement aux autres responsables de la sécurité que Gage avait pu croiser par le passé, McCallister n'avait rien d'un bouledogue menaçant. En revanche, il avait de la prestance, ce petit quelque chose en plus que l'on associait davantage aux métiers des relations publiques.

Toutes les femmes célibataires (et certaines qui ne l'étaient pas) lui couraient après. C'était le genre de type que les autres hommes avaient envie d'avoir comme ami et qui n'hésitait pas à payer ses tournées au bar. Par ailleurs, il avait monté un club des « leaders de demain » à l'école, auquel de nombreux enfants participaient – parce qu'eux aussi l'appréciaient.

— Merci, répondit Hope. Mais si vous êtes si sensible à ma situation, vous m'expliquerez pourquoi il n'y a pas eu d'enquête sur le meurtre de ma sœur.

McCallister joignit ses mains devant lui.

— Le médecin a examiné son corps. Malheureusement, il a conclu au suicide.

— Elle ne s'est pas suicidée, insista Hope.

— Vous avez eu beaucoup d'émotions, ce soir. Vous devez être épuisée. Sergent Burton, combien de temps notre amie va-t-elle rester parmi nous ?

— Juste cette nuit, répondit le militaire.

— Nous pourrions peut-être reparler de tout ça demain matin, quand vous aurez pris un bon petit déjeuner ? suggéra McCallister.

— Dès que le médecin l'aura vue, nous l'escorterons jusqu'au poste de sécurité.

— Et comment suis-je censée rejoindre Goode ? s'enquit Hope. Ma voiture de location est au fond du lac.

— Porter, dit Burton, faites remorquer son véhicule jusqu'à Goode, et réservez-lui un taxi pour 9 heures tapantes demain matin.

— D'accord, sergent.

— Bonne chance pour en trouver un qui acceptera de venir, intervint Gage. Ils ont annoncé de la neige pour cette nuit.

Dans cette région montagneuse de la Virginie, les tempêtes hivernales, bien que peu fréquentes, pouvaient aisément bloquer les routes et isoler les villages.

— Taxi ou pas, Mme Fischer quittera Benediction à 9 heures demain, répondit Burton.

— Si le médecin est d'accord, répliqua Gage.

— On fera en sorte qu'il le soit.

— Madame Fischer, soyez assurée que vous ne repartirez pas à pied, promit McCallister. Mme Lansing et moi serons là tous les deux pour superviser votre départ. Je suis certain qu'elle tiendra à vous présenter ses condoléances en personne.

Michelle Lansing était la directrice de Nexcellogen et faisait office de maire à Benediction. Même si elle n'avait jamais été élue et n'avait aucun pouvoir sur les militaires ni sur les habitants, elle veillait à ce que tout se passe bien entre les uns et les autres. Elle organisait pour cela toutes sortes d'événements fédérateurs : une chasse aux œufs à Pâques, un cinéma en plein air l'été, des animations pour la fête nationale du 4 juillet… C'était elle qui faisait le lien entre la ville, l'entreprise et l'armée.

— Je me réjouis de pouvoir bavarder avec Mme Lansing, dit Hope. En attendant, vous allez vraiment me laisser attachée au lit toute la nuit ?

Burton reprit le porte-bloc des mains de son subordonné et le coinça sous son bras.

— Oui, répondit-il, catégorique.

— Je suis sûr que nous pouvons retirer les menottes à Mme Fischer pour lui permettre de dormir confortablement, protesta McCallister. Elle n'a commis aucun crime !

— J'ai mes ordres.

Le responsable de la sécurité entraîna le sergent à l'écart.

— Sa sœur vient de mourir, lui dit-il tout bas. Nous devons faire preuve de compassion. Et puis, ce ne serait pas une bonne publicité pour Nexcellogen. Je vois d'ici les gros titres…

— Ce n'est pas mon problème, le coupa Burton.

McCallister glissa une main dans sa poche.

— Mme Lansing ne va pas être contente.

— Elle n'aura qu'à se plaindre auprès de la capitaine Finley.

— Et si je dois aller aux toilettes ? demanda Hope, interrompant leurs messes basses.

— Vous avez trois possibilités, répondit Burton. Soit vous vous retenez, soit vous faites sur vous, soit l'infirmière vous installe une sonde. C'est à vous de choisir.

Gage eut très envie de le frapper.

— Je me retiendrai, grommela Hope en soutenant le regard du sergent.

— Je tiens à préciser que ni moi ni Nexcellogen n'approuvons le traitement qui vous est réservé, déclara McCallister.

Danielle, qui venait de les rejoindre et avait assisté à la fin de la conversation, s'approcha de la jeune femme.

— Si vous avez besoin de vous soulager pendant la nuit, appuyez sur le bouton d'appel. Je vous apporterai un bassin.

— C'est gentil, mais je pense que je m'en passerai. J'ai juste besoin de calme et de sommeil.

— En parlant de ça…

L'infirmière lui tendit un verre d'eau et un gobelet contenant deux petites pilules.

— Qu'est-ce que c'est ? s'enquit Hope.

— Un sédatif. Cela vous aidera à dormir.

— Non, merci. Je ne supporte pas les somnifères.

— Pardonnez-moi d'insister, mais dans votre état le repos est primordial.

Gage fronça les sourcils.

— Elle est déjà menottée, tu ne vas pas lui imposer en plus d'avaler des médicaments. Si elle change d'avis, elle pourra toujours t'appeler.

— M. Graham a raison, renchérit McCallister.

Danielle acquiesça à contrecœur et s'écarta du lit.

— À qui parlais-tu tout à l'heure au téléphone ? lui demanda Gage en aparté.

— Au Dr Howland. Je voulais l'informer de l'arrivée de notre nouvelle patiente.

— Gage, s'il vous plaît, murmura Hope. Cela vous dérangerait de rester avec moi, le temps que je m'endorme ?

— Laissez-moi juste faire un saut à la maison pour changer de chaussures, et je resterai avec vous aussi longtemps que vous le voudrez.

— Non, M. Graham, ça ne va pas être possible, objecta Burton. Il est temps que nous ayons cette conversation.

— En fait, vous devriez tous partir, trancha Danielle. Cette jeune femme est très affaiblie physiquement, il est vital qu'elle se repose.

— Mme Fischer, je vous souhaite de passer une bonne nuit, dit McCallister. Michelle Lansing et moi vous verrons demain matin.

L'infirmière poussa tout le monde dehors.

— Voulez-vous que j'éteigne ? s'enquit-elle avant de sortir.

— Non, la lumière me rassure, répondit Hope.

— Je comprends… Essayez de dormir. Je veillerai à ce que rien ni personne ne vous dérange.

Danielle referma la porte derrière elle.

McCallister s'éloignait déjà à grands pas dans le couloir. Dès que l'infirmière et Porter se furent éloignés, Burton se tourna vers Gage.

— La capitaine Finley vous interdit de rester à la clinique.

Il avait donc lui aussi informé sa supérieure, qui avait

dû prévenir McCallister à son tour… Gage serra les mâchoires pour réprimer son irritation.

— Elle aimerait savoir pourquoi vous avez permis à une personne figurant sur notre liste noire de pénétrer dans la ville, continua le sergent-chef. Elle vous veut dans son bureau dans une heure. Et vous n'êtes pas censé arriver les mains vides.

La capitaine attendait en effet un colis rempli de produits que Gage avait prévu d'acheter à Goode lorsqu'il avait croisé la route de Hope…

— Dites-lui que je serai là dans deux heures.

— Elle a dit une heure.

Décidément, cela démangeait Gage de lui coller son poing dans la figure, mais il n'avait pas besoin de se rajouter des problèmes.

— Je suis certain que votre cheffe ne voudrait pas que je tombe en hypothermie, expliqua-t-il calmement. Mes rangers sont trempées, et au cas où vous ne l'auriez pas remarqué, je tremble de partout. Donc, j'y serai dans deux heures.

— C'est vous qui voyez.

Gage se dirigea vers les portes coulissantes. La berline gris métallisé avait disparu. McCallister devait être pressé de partir.

Une fois au volant de son pick-up, il lança le sac de vêtements mouillés sur la banquette, avant de démarrer. Mais au lieu de rentrer chez lui directement, il fit le tour de la clinique et se gara le long du bâtiment, derrière une ambulance qui le cachait de la rue. Là, il coupa le moteur.

Ses pensées ne cessaient de revenir à Hope. Il leva les yeux vers sa fenêtre, la seule qui était éclairée de ce côté-ci. Dès que la voie serait libre, il se faufilerait dans sa chambre pour s'assurer qu'elle n'avait besoin de rien.

Au bout de quelques minutes, deux voitures sortirent

du parking. Burton et Porter avaient enfin quitté les lieux. Gage imaginait sans peine la colère de Finley lorsque le sergent lui transmettrait son message…

En faisant entrer Hope dans Benediction, il s'était placé tout seul dans le viseur de la capitaine – et c'était une excellente tireuse. Le plus sage aurait été d'oublier la jeune femme, mais c'était trop tard. Dès l'instant où il avait pris la décision de la sauver et de la conduire à la clinique, il avait lié son destin au sien.

Elle s'était retrouvée au mauvais endroit au mauvais moment, et elle avait failli mourir. Comment Gage aurait-il pu rester indifférent à son malheur ? En outre, il ne pouvait s'empêcher de penser que sa quête de vérité au sujet de la mort de sa sœur était légitime.

Tout le monde ici croyait aux rumeurs qui circulaient sur Faith Fischer : après une séparation difficile avec son compagnon, elle se serait isolée socialement, puis aurait sombré dans la dépression à l'approche de Noël.

Tout le monde, sauf Gage. Il sentait que quelque chose clochait dans cette histoire. L'intuition professionnelle, sans doute… Car Gage était un expert de la mort – comment la dissimuler, comment la faire disparaître, comment en effacer toutes les traces.

Cela avait été son job à la CIA. Sa spécialité. Il avait fait partie d'une cellule de quatre agents qui, au fil des années et des épreuves, étaient devenus sa famille. Une équipe clandestine chargée d'abattre des cibles de haute valeur.

Gage avait été le nettoyeur.

Un mouvement dans la chambre le tira de sa rêverie. En se redressant, il vit une ombre s'approcher de la vitre et relever le store.

C'était Hope.

Comment diable avait-elle réussi à se libérer de ses menottes ?

Elle ouvrit la fenêtre, puis, tenant les deux couvertures enroulées autour d'elle, passa une jambe par-dessus le rebord. Une longue jambe galbée.

Qu'est-ce qu'elle fabrique, bon sang ?

Stupéfait, Gage la regarda se glisser jusqu'au sol avec son sac et ses chaussures à la main. À l'instant où ses pieds nus touchèrent la pelouse gelée, son visage se contracta sous l'effet de la surprise et de la douleur. Mais elle se dépêcha de refermer la fenêtre à guillotine.

Gage remit le contact, et ses phares illuminèrent la nuit. Aussitôt, Hope se figea. Alors qu'elle semblait prête à détaler, il éteignit ses lumières et lui fit signe de le rejoindre. Après un instant d'hésitation, elle courut jusqu'au pick-up et grimpa du côté passager.

— Vous devez vraiment être suicidaire, pour vous balader à moitié nue par ce temps, fit-il remarquer. Je vous rappelle que votre organisme lutte déjà contre l'hypothermie.

— Il faut que je découvre ce qui est arrivé à Faith. Ce soir. Quand ils m'auront fichue à la porte demain, je ne pourrai plus remettre les pieds à Benediction. Et je ne connaîtrai jamais la vérité.

— La vérité ne vous rendra pas votre sœur. Par contre, elle risque de vous tuer. Alors, vous l'êtes ?

Hope se crispa.

— Quoi donc ?

— Suicidaire.

— Je ne peux pas continuer à vivre sans savoir qui a tué ma sœur et pourquoi.

Ignorer ce qui était arrivé à un proche, voilà qui pouvait vous rendre fou. Dans le cas de Gage, cela l'avait conduit à s'engager dans la CIA. Son père y avait travaillé et n'était jamais revenu de sa dernière mission. Les circonstances de sa mort avaient été classées secret-défense.

Mais après avoir intégré l'agence, Gage n'avait pas pu

accéder au dossier. Il n'était pas assez haut placé pour cela. Depuis, il était rongé par un sentiment d'impuissance qu'il ne souhaitait à personne, même à son pire ennemi.

— Je ne vais pas laisser un meurtrier s'en sortir impunément, conclut Hope. Quelqu'un doit payer.

Si une femme innocente avait réellement été assassinée à Benediction, Gage ne pouvait pas détourner les yeux. Sa conscience ne le laisserait pas en paix. De plus, Hope semblait décidée à aller jusqu'au bout pour trouver des réponses, et sans son aide elle risquait d'y laisser la peau.

— Vous avez un plan ? lui demanda-t-il.

— À partir de maintenant, j'improvise, reconnut-elle en se frottant les mains pour se réchauffer. Au fait, que faisiez-vous à attendre là, dans le noir ?

— Je vous ai dit que je ne m'éloignerais pas. Je suis un homme de parole.

— C'est bon à savoir.

Il leva les yeux vers elle et s'efforça de soutenir ce regard intense et perçant qui semblait vouloir lire jusqu'au fond de son âme. L'idée qu'elle y parvienne le terrorisait et l'emplissait en même temps d'une étrange allégresse.

Qu'il ait envie de la protéger après lui avoir sauvé la vie était compréhensible, mais cela n'expliquait pas le trouble dans lequel elle le plongeait.

— Ils vont se rendre compte de votre disparition bien avant demain matin, souligna-t-il. Vous n'avez que quelques heures devant vous avant que Danielle passe vous voir et signale votre évasion.

— Au risque de me répéter, je ne partirai pas d'ici tant que je ne saurai pas ce qui est vraiment arrivé à ma sœur.

— J'ai une idée qui pourrait vous permettre de gagner un peu de temps, dit-il. Par contre, il faudra que vous fassiez exactement ce que je vous dirai de faire. Êtes-vous capable de suivre des ordres ?

Hope se redressa pour se tourner vers lui. Ses traits se durcirent, et ses yeux se mirent à briller avec une ardeur presque alarmante.

— Je suis prête à tous les sacrifices.

C'était bien ce qui inquiétait Gage.

5

Hope se garda bien de dire qu'elle n'était pas très douée pour obéir aux ordres. La nature de son travail l'obligeait régulièrement à défier l'autorité et à contourner les règles – deux choses qui lui venaient d'ailleurs assez naturellement.

Gage alluma les phares, et ils reprirent la route.

— Où allons-nous ? demanda-t-elle en se tassant sur son siège pour ne pas être vue par d'éventuels passants.

— Chez moi. Vous y serez en sécurité – au moins pendant un moment. Mais s'ils vous retrouvent, ils ne vous feront pas de cadeau.

Hope acquiesça sans rien dire et se rapprocha du ventilateur. Ses mains se réchauffaient un peu, mais ses pieds étaient encore gelés.

Ils s'enfoncèrent dans les rues désertes de la zone résidentielle. Toutes les maisons, construites en briques et peintes en gris clair, étaient dotées de petits jardins arborés, et sur chacune flottait un drapeau américain. Au bout d'une impasse, Gage tourna dans une allée, puis il pressa le bouton d'une télécommande fixée au pare-soleil de son pick-up. Le pavillon était joliment décoré de guirlandes lumineuses de couleur blanche, et un traîneau de Père Noël tiré par un renne égayait la pelouse. Quand la porte du garage s'ouvrit, Hope aperçut à l'intérieur un SUV doré et un VTT suspendu au mur.

— Vous ne vivez pas seul, constata-t-elle.

Il ne lui était jamais venu à l'esprit que Gage puisse avoir une femme ou une petite amie.

— Non, je loge chez ma demi-sœur, Claire, et son fils Jason. J'occupe l'appartement au-dessus du garage.

Il coupa le moteur et actionna de nouveau la télécommande pour refermer la porte.

— Vous êtes donc célibataire ? s'enquit Hope sans détour.

— Oui. Pas d'attaches sentimentales pour moi.

En ce moment, ou jamais ? se demanda-t-elle.

— Pourquoi ?

Gage était un homme intelligent, courageux et séduisant. Il avait décidé de l'aider quand d'autres l'auraient abandonnée à son sort. Tout en lui dégageait une certaine dureté qui n'était pas pour lui déplaire, depuis l'expression qu'il affichait jusqu'à son corps sculpté.

— Ma vie est compliquée, expliqua-t-il. Ce ne serait pas juste d'imposer mes problèmes à quelqu'un d'autre.

Avant qu'elle ait eu le temps de lui poser d'autres questions, il enchaîna :

— Attendez-moi ici. J'en ai pour deux minutes.

Il sauta du pick-up et disparut dans la maison.

La lumière automatique du garage s'éteignit, et un silence inquiétant s'installa. Gage parlerait-il d'elle à sa demi-sœur ? Était-il du genre à cacher des secrets à ses proches ?

Un frisson d'appréhension la traversa. L'air chaud du ventilateur lui manquait… Cependant, l'habitacle n'eut pas le temps de se refroidir : Gage était déjà de retour avec des vêtements, une paire de chaussures et un gros Tupperware rempli de nourriture.

Hope ouvrit sa portière et regarda le sol, redoutant le contact du ciment sous ses pieds nus.

— Ne vous inquiétez pas, dit Gage. Si vous voulez bien tenir tout ça, je vous porterai.

Jamais personne n'avait fait cela pour elle, et tout à coup un beau chevalier servant s'apprêtait à la prendre dans ses bras pour la troisième fois dans la même soirée…

— Vous ne devriez pas, le prévint-elle. Je vais finir par m'y habituer.

— Il y a pire, comme dépendance.

— J'ai assez de force pour marcher.

— Ça, je n'en doute pas, après avoir assisté à votre évasion de la clinique !

Elle se surprit à sourire. Cela ne lui ressemblait pas : elle n'était pas du genre à succomber au premier numéro de charme. Mais quelque chose chez Gage la déstabilisait et ne cessait de lui inspirer des pensées ridicules. Elle ne pouvait s'empêcher de remarquer à quel point ses yeux brillaient à cet instant, par exemple. Et comme sa voix grave avait le don de l'apaiser. Son altruisme devenait plus évident à chacune de ses actions, ce qui la poussait à lui faire confiance.

Elle savait pourtant que la gentillesse était le meilleur des déguisements quand on avait quelque chose à cacher. Elle ne pouvait pas baisser la garde avec lui.

— Claire fait à peu près la même taille que vous, dit-il. Je lui ai emprunté un jogging et des baskets, je pense que cela conviendra.

— Merci.

Gage alla se poster devant le pick-up et lui tourna le dos pour respecter son intimité.

Hope s'habilla rapidement. Le pantalon était aussi chaud et confortable qu'un pyjama, et les tennis juste un peu grandes. Elle descendit du pick-up et referma doucement la portière.

— Venez, lui dit Gage en lui prenant le reste des affaires des mains. C'est par là.

Emmitouflée dans les deux couvertures de l'hôpital, elle le suivit dehors et monta à sa suite un escalier assez raide, tout en vérifiant qu'aucun voisin ne les épiait.

Derrière la maison, un chemin piétonnier menait à un bâtiment commercial. Hope s'apprêtait à demander à Gage de quel genre d'entreprise il s'agissait, mais il avait déjà ouvert la porte de l'appartement.

— Entrez vite, lui dit-il. Faites comme chez vous.

Elle parcourut du regard la pièce à vivre au milieu de laquelle trônait une cheminée à gaz. Sur la gauche, un coin cuisine. À l'opposé, une chambre avec un lit deux places et une salle de bains.

Les murs étaient peints en blanc et dépourvus de décoration. Pas un seul tableau, pas une seule photo. Les meubles, vieux et dépareillés, semblaient tout droit sortis d'un vide-greniers. Hope avait beau connaître Gage depuis seulement quelques heures, elle devinait que rien dans l'appartement ne correspondait à sa personnalité. Elle l'imaginait plutôt appréciant le cuir et le bois, sombres de préférence.

— Depuis combien de temps vivez-vous ici ? s'enquit-elle, tout en pliant soigneusement les couvertures.

Il posa le Tupperware et les affaires sur le plan de travail.

— Vous voulez dire dans cette maison, ou à Benediction ?

— Les deux.

— La réponse est la même : neuf mois.

— Qu'est-ce qui vous a conduit à vous installer dans cette ville ?

Gage prit le temps de placer la nourriture dans le micro-ondes avant de répondre.

— C'est compliqué.

Décidément, il aimait ce mot…

— Claire a un lupus, expliqua-t-il en allumant la cheminée. Vous connaissez cette maladie ?

— Je crois qu'elle est due à un dérèglement du système immunitaire, c'est ça ?

— Oui, elle peut toucher différents organes, la peau, les articulations… Bref, Claire a fait une poussée sévère au moment où j'avais besoin d'un changement radical dans ma vie. Les médecins n'étaient pas sûrs qu'elle s'en sorte, alors je suis venu l'aider.

— C'est très généreux d'avoir accepté de mettre votre vie entre parenthèses pour vous occuper d'elle, fit remarquer Hope.

— S'il vous plaît, n'allez pas croire que je suis quelqu'un de noble, ou quoi que ce soit de ce genre, répliqua-t-il en plantant son regard dans le sien. Parce que ce n'est pas le cas.

Hope trouvait au contraire que le mot « noble » lui convenait assez bien. Tout autant que « modeste » et « courageux ». Pourquoi cherchait-il à minimiser ses qualités ? Elle comprenait – et respectait – l'humilité, mais cet autodénigrement ressemblait presque à de la fuite.

— C'est la chance qui nous a réunis, Claire et moi, et cela nous a été bénéfique à tous les deux, précisa-t-il. Elle va beaucoup mieux, maintenant. Elle peut de nouveau se débrouiller seule.

Il se pencha pour délacer ses rangers. Après les avoir retirées avec un soulagement évident, il les plaça devant le foyer.

— Posez vos chaussures à côté des miennes. Elles sécheront plus vite. Excusez-moi, mais je rêve de mettre quelque chose de chaud à mes pieds. Je reviens tout de suite.

Pendant qu'il s'éclipsait dans la chambre, Hope suivit son conseil, puis elle s'assit sur l'épais tapis devant la cheminée. Ces dernières heures, Gage avait négligé ses propres besoins pour pouvoir s'occuper d'elle, et ce sans jamais se plaindre. La plupart des hommes qu'elle avait croisés dans sa vie ne l'auraient jamais aidée de façon aussi désintéressée.

Ayant entendu le micro-ondes sonner, elle commençait à se lever quand Gage revint dans la pièce.

— Je m'en occupe, lui dit-il. Reposez-vous – ce sont les ordres de l'infirmière.

Il lui lança une paire de chaussettes en laine, qu'elle s'empressa d'enfiler à la place des tennis. Lorsqu'il éteignit la lumière et que seul le rougeoiement du feu éclaira la pièce, Hope sentit ses épaules se détendre aussitôt. Elle ne s'était pas rendu compte à quel point tous ses muscles avaient été contractés.

— J'espère que vous avez faim et que vous mangez de la viande, dit-il.

— La réponse est oui, aux deux questions.

Quand il retira le couvercle du Tupperware, un fumet exquis flotta dans la pièce. L'estomac de Hope se mit à gargouiller. Elle n'avait rien mangé depuis des heures.

— Ça sent divinement bon, observa-t-elle.

— Claire est une bonne cuisinière.

Il partagea le plat dans deux bols, en tendit un à Hope et s'assit à côté d'elle.

D'appétissants morceaux de bœuf accompagnés de légumes baignaient dans une sauce onctueuse et parfumée. Hope ferma les yeux en savourant la première bouchée.

— C'est délicieux. Votre demi-sœur n'est pas seulement une « bonne » cuisinière, c'est une vraie cheffe !

Elle termina son repas en silence, appréciant la sensation de contentement qui l'enveloppait peu à peu. Après avoir frôlé la mort, cette nourriture roborative était exactement ce dont elle avait besoin.

— Vous voulez boire quelque chose ? lui demanda Gage.

— Volontiers.

Il ramassa les bols.

— Je peux vous proposer de l'eau, bien sûr, mais aussi du cognac. J'en ai du bon.

— Je veux bien les deux, si ça ne vous dérange pas.

Bien que son corps ait commencé à se relaxer, les pensées continuaient de tournoyer dans son esprit. Qui avait tué Faith ? Le personnel de la clinique s'était-il déjà rendu compte de son absence ? Que se passerait-il si la police militaire la retrouvait ?

— À bien y réfléchir, je devrais peut-être me contenter d'eau, se corrigea-t-elle. Je n'ai que quelques heures devant moi avant que…

— Je vous ai promis de vous gagner du temps, et je vais le faire, la coupa-t-il. Je suis un homme de parole, vous vous rappelez ?

Comment aurait-elle pu l'oublier ?

— Je crois que c'est à mon tour de vous demander quel est votre plan, Gage.

— Ne vous préoccupez pas de ça. Contentez-vous de reprendre des forces.

Il ramena deux verres d'eau et un de cognac.

— Vous n'en prenez pas ? dit-elle, étonnée.

— Il vaut mieux que je garde les idées claires. Vous en avez vu de toutes les couleurs, ce soir. Je comprends que vous n'ayez pas voulu prendre les sédatifs que vous proposait Danielle, mais l'alcool vous aidera à vous détendre. Vous êtes en sécurité, ici.

Hope n'était pas encore prête à lui accorder toute sa confiance. Néanmoins, s'il avait voulu que l'armée la capture pour la chasser de Benediction, il l'aurait dénoncée, au lieu de la faire monter dans son pick-up à la clinique. Quelles que soient les raisons qui le poussaient à l'aider, elles ne semblaient pas s'opposer aux siennes pour le moment.

Elle avala une gorgée de cognac. Le liquide ambré était un véritable concentré de saveurs.

— Il est bon, en effet, observa-t-elle.

— J'ai une question à vous poser, Hope. Comment avez-vous fait pour vous détacher, à la clinique ?

— Disons qu'après avoir été emprisonnée par des gouvernements autoritaires, prise en otage par un chef de guerre et détenue par des extrémistes, j'ai appris à me débarrasser de menottes.

Gage eut un petit sourire terriblement sexy.

— Vous vous êtes servie d'un objet qui se trouvait dans votre sac à main et que le sergent n'a pas vu, n'est-ce pas ? C'est pour ça que vous m'avez demandé d'aller vous le chercher.

Hope possédait en effet un petit couteau suisse très pratique, muni entre autres outils d'une clé à menottes qu'elle avait eu plusieurs fois l'occasion de tester au cours de sa carrière. En général, les gens n'accordaient aucune importance à ce couteau du fait de son manche à paillettes.

— Vous avez tout compris, répondit-elle à Gage. Merci pour votre aide, d'ailleurs ; sans vous, je serais encore attachée à ce lit.

Il vida son verre d'eau d'un trait.

— Des gouvernements autoritaires, des chefs de guerre et des extrémistes… La liste est impressionnante.

— Ce sont les risques du métier.

— Et de quel métier parlons-nous ?

— Je suis photojournaliste.

Son équipement la rendait facilement repérable dans une foule, et les images qu'elle publiait lui attiraient souvent l'hostilité des personnes visées. Dans sa profession, l'intimidation, l'emprisonnement et même la torture étaient monnaie courante. Heureusement, Hope n'avait jamais eu à subir la plus extrême de ces pratiques.

— Je vois, murmura Gage. Cela explique votre côté intrépide et pugnace. J'aime bien les gens qui savent ce qu'ils veulent et qui ne lâchent rien.

Le compliment la fit rougir. Elle ramena ses jambes contre sa poitrine, luttant contre l'étrange sensation de bien-être qui s'emparait d'elle en la présence de cet homme.

— Je ne suis pas intrépide, répliqua-t-elle. Juste têtue.

Il se pencha vers elle, l'obligeant à le regarder dans les yeux.

— Je vois un réel courage en vous, Hope. Et de la détermination, aussi. La plupart des gens n'ont ni l'un ni l'autre. Ce qui les pousse à agir, c'est la peur.

Le feu continuait de répandre sa chaleur dans la pièce. Hope se sentait bien – rassasiée, réchauffée, détendue.

— Le courage est une qualité admirable, finit-elle par dire. Ma ténacité a souvent été jugée imprudente.

— C'est vrai que c'est imprudent de sortir par la fenêtre, pieds nus et sans pantalon en plein hiver, mais les vrais courageux prennent toujours des risques, non ? Comment pourrais-je vous le reprocher ?

Gage se leva pour aller chercher une grosse couverture sur le canapé, qu'il drapa autour des épaules de Hope.

— Je dois partir. Quand vous aurez envie de dormir, allongez-vous sur le lit. Je prendrai le canapé.

— Où allez-vous ?

— Faire quelques courses. Ensuite, je dois passer voir la capitaine Finley.

— Qui est-ce ?

— La seule personne à Benediction qui ait un quelconque pouvoir sur la police militaire.

6

La soirée de Ryan Keller commençait mal. Vêtu d'un jean et d'un col roulé noir – il était censé être de repos ce soir-là –, il poussa la porte des bureaux du shérif et se dirigea vers Owen Finnegan, un de ses adjoints.

En découvrant son visage tuméfié, son œil au beurre noir et son nez cassé, il lâcha une bordée de jurons.

— C'est ce gamin qui t'a fait ça ? s'enquit-il en désignant le garçon d'à peine dix-huit ans qui tournait dans sa cellule comme un lion en cage.

Finn écarta la poche de glace de son nez ensanglanté.

— Un gamin ? Un junkie complètement enragé, vous voulez dire !

— Il a fallu qu'on s'y mette à deux pour le maîtriser, intervint Dwight Travers, son autre adjoint, qui était en train de se servir une tasse de café.

Ryan retira son bonnet et enfila sa casquette de shérif, qu'il ne portait que rarement. Il préférait son bon vieux Stetson.

— Heureusement qu'il n'était pas armé, fit-il remarquer.

— Ça ne l'a pas empêché de bien amocher Finn, répliqua Dwight.

— Qu'est-ce qu'il a consommé ? s'enquit Aimee Newsome, l'assistante de Ryan.

— De la Zion, probablement, répondit Dwight.

Tel était le nom de la dernière drogue à la mode dans les rues de Goode. Elle était censée donner à celui qui en prenait un sentiment de toute-puissance, sans lui provoquer d'hallucinations désagréables. Ryan avait entendu dire qu'elle faisait fureur à Richmond, Virginia Beach et Arlington. Malheureusement, les petites villes n'étaient pas épargnées par le phénomène.

Ryan s'était résigné depuis longtemps à rester à Goode pour s'occuper de son père malade, rongé par la cirrhose et Alzheimer. Il l'aimait, et cela ne le dérangeait pas de faire le boulot ingrat de l'aide à domicile quand celle-ci ne pouvait pas venir. Il avait même fini par se convaincre qu'il avait de la chance d'être shérif dans un coin aussi tranquille.

Tu parles d'une chance…

À présent, il fallait qu'il gère des problèmes normalement réservés aux grandes villes sans pouvoir profiter des avantages qu'offraient ces dernières.

Il toucha distraitement la bague qu'il portait autour du cou sous son pull. Et dire que sa vie aurait pu être si différente…

— Maintenant que je suis là, dit-il à Dwight, accompagne Finn aux urgences. Je veux qu'il soit examiné par un médecin.

À cet instant, l'unique dépanneuse de la ville passa devant les bureaux, chargée d'une berline bleu ciel toute cabossée. Ryan sentit les poils se dresser sur sa nuque. Il connaissait cette voiture. C'était celle que Hope Fischer avait louée.

— Attendez-moi un instant, lâcha-t-il.

Il sortit en trottinant pour rejoindre le camion arrêté à un feu rouge.

— Hé, Zach ! Où as-tu trouvé cette épave ?

— Je l'ai tirée du lac de Goode, sur la route de Benediction.

Merde.

— Est-ce qu'elle était complètement immergée ?

— Oui, à cinq ou six mètres de fond.

— Et la conductrice, tu sais si elle s'en est sortie ?

— Elle a été emmenée à la clinique de Benediction. Tu te rends compte, ils l'ont laissée entrer ! Cette fille doit avoir le mojo. Nous autres de Goode, ils nous auraient laissés crever sur le bord de la route.

— OK. J'appellerai demain matin pour prendre de ses nouvelles.

— Pas la peine, shérif. J'ai entendu dire que les militaires lui avaient réservé un taxi pour 9 heures.

Ryan retint un soupir de soulagement. Elle n'était donc pas trop gravement blessée. Pourquoi les étrangers n'arrivaient-ils pas à comprendre qu'il valait mieux garder ses distances avec Benediction ?

— Très bien, dit-il en donnant une tape sur la porte de la dépanneuse. Merci, Zach.

Avant que le feu ne repasse au vert, il traversa rapidement la rue.

Il attendrait quarante-huit heures. Si d'ici là Hope n'était pas revenue, il se rendrait à Benediction. Certes, son badge de shérif ne lui permettrait pas d'entrer dans la ville, mais il ferait un raffut de tous les diables jusqu'à ce qu'il soit certain qu'il n'était rien arrivé de louche à la jeune femme.

Les premiers flocons étaient tombés plus tôt que prévu. Par chance, Gage avait pu faire le trajet jusqu'à Goode, récupérer ce dont il avait besoin et rentrer avant que la neige ne commence à tenir.

Il se gara près du poste de police militaire de Benediction, un bâtiment anonyme proche des commerces et des restaurants. En jetant un coup d'œil sur l'horloge du tableau de bord, il constata qu'il avait exactement deux minutes pour rejoindre le bureau de la capitaine Erin Finley, sans quoi il essuierait ses foudres.

Cela ne lui faisait pas peur. Son expérience à la CIA lui avait appris quelle attitude adopter face à une personne qui vous pointait un pistolet sur la tempe alors que vous n'étiez armé que d'un couteau.

Il inspira profondément, se préparant mentalement au combat. Dans sa situation, aggravée par la soudaine irruption de Hope, gagner était impossible. Le mieux qu'il pouvait espérer était de faire match nul.

Il fallait empêcher les militaires de se lancer dans une chasse à l'homme contre Hope. Ce ne serait pas facile, mais Gage n'avait pas le choix s'il voulait lui permettre d'enquêter sur le décès de sa sœur. Il comprenait sa détermination ; à sa place, il aurait fait la même chose.

Cette jeune femme éveillait en lui un instinct de protection contre lequel il ne pouvait lutter. Seulement, que ferait-il si cette pulsion entrait en conflit avec la nécessité de se protéger lui-même ?

Dans une minute, il aurait la réponse.

Il attrapa le carton sur le siège passager et sauta du pick-up. De puissants projecteurs éclairaient l'immeuble et le terrain alentour. À Benediction, le contingent des policiers militaires se limitait à dix hommes sous les ordres de Finley ; il y en avait toujours un posté à l'entrée, et il se hâta d'ouvrir la porte à Gage en le voyant arriver.

— Bonsoir, monsieur Graham. Elle vous attend. À votre place, je ne traînerais pas.

Tout le monde ici était au courant des livraisons régulières qu'il effectuait, même si personne ne devait avoir la moindre idée de ce en quoi elles consistaient, ni le courage de poser la question à la capitaine.

Gage traversa rapidement l'étroit couloir. La porte du bureau de Finley était fermée.

En regardant par la vitre, il la vit assise devant son ordinateur, vêtue de son uniforme, ses cheveux blonds rassemblés en un chignon strict. De toute évidence, elle l'avait entendu approcher mais prenait un malin plaisir à le faire attendre. *Pas étonnant,* songea Gage. Elle n'appréciait sans doute pas d'être retenue au travail par sa faute.

Posant le carton en équilibre sur son genou, il frappa à la porte et patienta. Quelques longues secondes plus tard, elle lui fit signe d'entrer, sans pour autant détacher les yeux de son écran.

Gage s'introduisit dans la pièce d'un pas assuré, les épaules droites et la tête haute. Hors de question d'arriver la queue entre les jambes comme un chien battu. Il posa brutalement le carton sur le bureau, faisant s'entrechoquer les bouteilles à l'intérieur, puis il prit la liberté de s'asseoir.

Finley s'arrêta enfin de taper sur le clavier. S'adossant contre son siège, elle planta son regard glacial dans le sien.

— Vous avez failli être en retard, lâcha-t-elle.

— Bonsoir à vous aussi, capitaine Finley.

Les lèvres pincées, elle entreprit de vérifier le contenu du carton. Cinq kilos de steaks de bœuf wagyu, plusieurs bouteilles de Château Margaux et de Lafite Rothschild, et quelques cigares cubains.

À Benediction, il était impossible de se procurer ces produits de luxe en ligne. Non seulement il n'y avait pas Internet, mais aucun livreur n'était autorisé à franchir les grilles. La ville n'était pas desservie par la poste : pour des raisons de sécurité, le courrier passait obligatoirement par l'armée. La vie ici s'apparentait donc à un véritable enfer pour qui n'était pas habitué à ces contraintes.

Cependant, même dans des circonstances normales, la capitaine Finley n'aurait jamais pu s'offrir de telles denrées. Il y en avait pour plus de quatre mille dollars, payés avec les économies de Gage.

Elle referma le carton et le poussa sur le côté.

— Quand je vous fixe un rendez-vous, j'attends que vous réorganisiez votre emploi du temps pour pouvoir l'honorer, déclara-t-elle en posant les coudes sur son bureau. Ne vous avisez plus jamais de modifier l'horaire.

— Si j'avais respecté l'heure de départ, je serais arrivé les mains vides, souligna Gage d'un ton mesuré. Je ne voulais pas vous décevoir.

Tout en continuant de soutenir son regard, Finley pressa une touche sur le clavier, et l'imprimante se mit en marche.

— Vous m'avez déçue dès l'instant où vous avez fait entrer dans ma ville une personne non autorisée, répliqua-t-elle.

Ma ville… Gage s'obligea à rester impassible.

— J'en suis désolé. Mais vous avez dû être informée qu'il s'agissait d'une urgence médicale.

— Vous n'aviez pas le droit de manipuler les gardes du poste de sécurité. Ils sont jeunes et influençables. Les règles qui ont été mises en place permettent de protéger tout le monde. Si nous ne sommes pas tenus de porter assistance aux gens en dehors des frontières de Benediction, ce n'est pas pour rien.

— Et notre responsabilité éthique, dans tout ça ?

Ignorant sa question, Finley pivota sur son fauteuil pour attraper la feuille qui venait de sortir de l'imprimante.

— Vos agissements de ce soir mettent en péril notre arrangement, affirma-t-elle.

À son arrivée au printemps, Gage avait passé avec elle un accord dans lequel chacun trouvait son compte. Pour sa part, il cherchait un endroit où se cacher, ayant été placé avec ses coéquipiers de la CIA sur une liste de personnes à abattre. Évidemment, l'ironie de ce retournement de situation ne lui échappait pas.

Gage n'avait pas eu de mal à entrer à Benediction : il y avait habité étant petit, lorsque sa mère avait épousé le père de Claire, un gars du coin. Finalement, elle n'avait pas réussi à s'habituer à cette vie isolée au milieu des montagnes, et leur mariage n'avait duré que quelques années. Cela avait toutefois suffi pour que Gage soit considéré comme un ancien habitant et le parent d'une autochtone.

Quand la santé de Claire s'était dégradée, il avait donc pu passer les portes de la ville sans problème, avec l'appui en outre du Dr Steve Howland. Celui-ci, qui exerçait depuis toujours à Benediction, avait connu Gage enfant et s'était porté garant de son caractère – chose qui, selon lui, ne changeait pas. Il avait affirmé que Claire avait besoin d'aide non seulement pour se rétablir, mais aussi pour gérer son entreprise familiale, qui fournissait des services indispensables à la population. Or il se trouvait que Gage possédait les qualifications requises.

Le seul *hic,* c'était cette vérification d'antécédents à laquelle la capitaine Finley voulait le soumettre, comme l'exigeait le protocole de sécurité de l'armée…

Les liens entre Gage et Benediction n'apparaissaient dans aucune archive numérique. Il n'avait jamais dit à personne qu'il y avait vécu, et lorsqu'il remplissait des papiers, il ne mentionnait jamais la petite ville dans la liste de ses précédents lieux de résidence. Si la police de Benediction décidait d'enquêter sur lui, la CIA le localiserait immédiatement, et alors ses jours seraient comptés.

Quand il avait expliqué à sa demi-sœur que ce *background check* aurait des conséquences désastreuses, elle lui avait parlé des problèmes conjugaux de Finley, connus de tous au village. La capitaine peinait à retenir son mari, un homme aux goûts particulièrement raffinés à qui le confort matériel des grandes villes manquait.

Ayant à la fois des relations et de l'argent de côté, Gage avait proposé un marché à Finley pour la durée de son affectation. De son côté, elle lui avait promis que lorsqu'elle repartirait de Benediction, tous les papiers le concernant seraient en règle, si bien que son successeur le laisserait tranquille. Restait à savoir si elle respecterait bien sa parole…

Elle avait encore deux ans à tenir. Deux ans pendant lesquels Gage était plus ou moins assuré d'avoir la paix. Pour un ex-agent de la CIA en fuite, c'était une éternité.

— Ces livraisons bimensuelles ont redonné le sourire à mon mari, reconnut-elle. Grâce à elles, il tolère de vivre ici. Vous avez par ailleurs réussi à vous rendre indispensable à Benediction, tout en restant discret. Une sacrée prouesse, soit dit en passant.

Il n'avait pas ménagé ses efforts pour y parvenir. Ainsi, après avoir remplacé Claire durant sa maladie, il continuait de s'occuper des aspects les plus pénibles du métier. Lorsque le professeur de sport de l'école avait démissionné, Gage avait proposé ses services. Et il avait intégré la brigade des pompiers dès l'instant où ils avaient manqué de volontaires.

L'astuce était de repérer les besoins et de les combler, tout en gardant ses distances avec tout le monde. Le plus de distance possible.

— Cela m'ennuierait beaucoup de rompre notre partenariat et d'envoyer ceci, poursuivit la capitaine en glissant devant lui la feuille qu'elle avait imprimée. Mais je n'hésiterai pas à le faire.

Gage parcourut rapidement le document. C'était une demande officielle de vérification d'antécédents.

Sans rien dire, il froissa la page dans son poing. Sa patience commençait à s'émousser.

— Je peux en imprimer une autre, ou l'envoyer par mail, fit-elle remarquer.

— Et dans ce cas, combien de temps votre mari tiendra-t-il avant de partir ? répondit-il calmement. Chaque fois qu'il ouvre un de ces cartons, je parie qu'il jubile à l'idée de savourer ces délicatesses pour lesquelles il n'a pas dépensé un centime. Est-ce qu'il apprécie les petites surprises que je glisse régulièrement ?

Parfois, c'était une boîte de caviar, d'autres fois une bouteille de champagne d'une marque qu'on ne trouvait pas à moins de trois heures d'ici. À en juger par l'expression contrariée de la capitaine Finley, son mari adorait les surprises en question.

Gage se retint de sourire.

— Si ces livraisons s'arrêtent, je ne donne pas plus de six mois à votre mariage, conclut-il. Mais je vous ai déçue, et cela m'ennuie : dites-moi ce que vous voulez que je fasse pour que notre accord perdure.

— Je veux que vous vous rappeliez votre place. Vous êtes à ma botte, Graham.

Gage n'avait jamais été à la botte de personne. Pas même de la CIA. Mais s'il fallait la laisser croire cela pour obtenir ce qu'il désirait, c'est-à-dire rester, qu'il en soit ainsi.

— Si je vous dis de sauter par la fenêtre, vous le faites, ajouta-t-elle en se renversant en arrière pour poser ses pieds sur le coin du bureau. Vous restez invisible. Vous ne me causez pas de problèmes. Vous ne me compliquez pas la vie en m'amenant des ennuis ici.

Hope était synonyme d'ennuis – là-dessus, ils étaient d'accord.

— *Mea culpa,* répondit-il en levant les mains. Mais vous serez heureuse d'apprendre que j'ai résolu le problème.

— C'est-à-dire ?

— Je suis retourné à la clinique, j'ai délivré Mme Fischer de ses menottes, et je l'ai ramenée à Goode, annonça-t-il, tout en sachant que la jeune femme était au chaud et en sécurité chez lui.

Finley plissa les yeux.

— Je vous avais donné l'ordre de quitter la clinique.

— C'est vrai, mais je savais que vous n'apprécieriez pas d'apprendre que Hope Fischer figurait sur votre liste noire. Dehors, il neige déjà. Aucun taxi ne viendra la chercher demain matin, les routes seront trop dangereuses. Danielle l'a examinée, son état n'était plus critique. Je me suis dit qu'il serait plus simple pour tout le monde, et pour vous en particulier, que je la fasse sortir d'ici rapidement et discrètement.

— Ah oui ?

Ce n'était pas la réponse à laquelle il s'attendait. Un « Bien joué ! » ou une tape sur l'épaule auraient été plus adaptés.

— Le problème est réglé, assura-t-il. Surtout, ne me remerciez pas.

Finley reposa lourdement ses pieds sur le sol.

— Ça ne vous dérange pas que je vérifie, n'est-ce pas ?

— Je vous en prie, faites.

Le caporal Livingston confirmerait ses heures de départ et de retour. Lorsqu'ils quittaient la ville, les véhicules n'étaient jamais fouillés, ni même arrêtés. Le pick-up de Gage ayant les vitres teintées, le garde serait incapable de dire si Hope se trouvait ou non à l'intérieur.

— Vous me donnez donc votre autorisation ?

Sa question ressemblait à un piège…

— Bien sûr.

Finley décrocha le téléphone avec l'air d'un chat qui s'apprête à attraper un délicieux canari.

— Si le caporal Livingston corrobore vos dires, je demanderai au sergent-chef Burton de faire un tour à la clinique. Et comme vous m'avez donné votre accord, il pourra ensuite fouiller votre appartement, histoire d'être sûre à cent pour cent que Mme Fischer est bien partie.

Le piège venait de se refermer.

Gage s'en voulait d'avoir laissé Finley prendre l'avantage. Par sa faute, Hope était en danger alors même qu'il avait voulu la protéger.

Réprimant sa colère, il s'efforça d'afficher une expression détendue et un regard neutre.

— Faites tout ce que vous jugez nécessaire, capitaine.

— Si vous mentez et que mes hommes la retrouvent, vous regretterez d'avoir joué à ce jeu-là avec moi, le prévint-elle. Dans un tel cas, j'appellerai mon supérieur demain matin à la première heure pour lui soumettre en personne cette demande d'enquête. Alors je saurai de quoi ou de qui vous vous cachez.

Son petit air suffisant était insupportable, mais Gage se contenta de sourire aimablement.

— Soyez sans crainte, nous n'en viendrons pas là, répondit-il.

Il espérait pour le bien de tous à Benediction que l'avenir lui donnerait raison.

7

La chaleur du feu combinée à celle de l'alcool opéra son effet, plongeant Hope dans une agréable torpeur. Gage l'avait encouragée à s'installer dans sa chambre, mais elle ne voulait pas abuser de sa gentillesse. Après tout ce qu'il avait fait pour elle, la moindre des choses était de lui laisser son lit. Il devait être épuisé.

En outre, elle culpabilisait de s'abandonner au sommeil alors qu'à cet instant il cherchait encore à l'aider. Comment se déroulait son entrevue avec la capitaine Finley ?

En entendant une portière claquer dans la rue, Hope se tourna vers la fenêtre de la cuisine.

Celle-ci était éclairée par des lumières rouges et bleues. Un véhicule de la police militaire venait de se garer devant la maison.

Hope se leva trop vite, et pendant un instant sa vision s'obscurcit. Mais ce n'était pas le moment d'être faible. Courbée en deux, elle longea les murs pour jeter un coup d'œil dehors. Lorsqu'elle aperçut le sergent Burton qui s'avançait à grandes enjambées vers la porte d'entrée, son sang se glaça dans ses veines.

Le cœur battant, elle s'accroupit. Que faisait-il ici ? Gage l'avait-il trahie ?

Elle chassa aussitôt cette pensée. Certes, elle ne le connaissait pas vraiment, mais il lui avait prouvé qu'il était de son côté. C'était quelqu'un de bien, elle en avait la certitude. Sa discussion avec la capitaine Finley avait dû mal se passer.

Quoi qu'il en soit, si le soldat était là pour elle, il ne mettrait pas longtemps à monter l'escalier menant à l'appartement.

Elle retourna rapidement dans le salon, toujours tête baissée pour ne pas risquer d'être vue depuis la rue. Après avoir enfilé les tennis en toile, elle cacha ses chaussures mouillées et les couvertures de la clinique sous le canapé.

Mieux valait ne pas toucher à la cheminée au gaz ; si Hope l'éteignait maintenant, Burton s'en rendrait compte. Elle regarda autour d'elle, cherchant d'autres indices de sa présence. Les deux bols et les trois verres étaient restés par terre près du tapis. Elle les rangea dans le lave-vaisselle en prenant garde de ne pas les entrechoquer.

Le ronronnement d'un moteur électrique lui parvint depuis le rez-de-chaussée, suivi d'un bruit métallique – la porte du garage qui s'ouvrait. Burton voulait sans doute inspecter les lieux.

Il fallait qu'elle parte d'ici au plus vite, mais comment ? Impossible d'utiliser l'escalier extérieur. Et où irait-elle, de toute façon ? Gage était la seule personne amicale qu'elle ait croisée à Benediction, et elle ne connaissait pas assez bien la ville pour savoir où se cacher.

L'angoisse lui serra la poitrine, sa tête se mit à bourdonner. *Respire,* s'ordonna-t-elle. *Chaque chose en son temps.* L'urgence était de sortir de l'appartement. Pour la suite, elle aviserait après.

De là où elle se tenait, elle pouvait voir qu'il n'y avait aucune ouverture dans la salle de bains. Son seul espoir était la chambre à coucher. Elle attrapa son sac à main, passa la bandoulière en travers de sa poitrine et se rua dans la pièce.

Tandis qu'elle ouvrait le rideau, deux voix retentirent du côté de l'escalier – celle de Burton et une autre, féminine. La fenêtre donnait sur l'arrière de la propriété. Hope pourrait peut-être passer par le toit du rez-de-chaussée avant de sauter au sol…

Les voix se rapprochèrent et atteignirent le palier. Hope tressaillit en entendant frapper. Elle n'avait plus le temps.

— Gage, tu es là ? demanda la femme, qui devait être Claire.

— Vous m'avez dit qu'il n'y avait personne. Pourquoi prendre la peine de frapper ? voulut savoir Burton.

Hope alla pousser la porte de la chambre puis retourna bien vite à la fenêtre. Mais celle-ci refusa de s'ouvrir.

— L'habitude, sans doute, répondit Claire. Vous allez m'arrêter pour excès de bonnes manières ? Gage n'est pas là, vous avez vu comme moi que son pick-up n'était pas dans le garage.

Un autre bruit de pas résonna dans l'escalier.

— Salut, m'man.

Une voix d'adolescent… Sans doute le neveu de Gage, Jason, se dit Hope en se débattant avec la poignée récalcitrante.

— Qu'est-ce qui se passe ? s'enquit le jeune homme.

— La police militaire recherche quelqu'un.

— Une étrangère interdite de séjour, précisa le sergent. Où étais-tu, Jason ?

— À côté, chez Tyler. En quoi ça vous regarde ?

— Je pense que tu devrais aller attendre ta mère dans la maison.

— Je me fiche de ce que vous pensez. Au cas où ça vous aurait échappé, je ne suis pas sous vos ordres.

Hope réussit enfin à ouvrir la fenêtre. Alors qu'elle enjambait le rebord, un calme étrange l'envahit, comme lorsqu'elle risquait sa vie en mission pour réaliser la photo parfaite.

— Maintenant, ouvrez cette porte ! aboya Burton.

Des clés cliquetèrent. Hope referma le battant coulissant en priant pour qu'il ne grince pas. Au moment où elle se retournait, sa chaussure glissa sur le revêtement lisse du toit et elle se rattrapa de justesse au rebord en étouffant un cri. Du bout du pied, elle chercha un appui le long des bardeaux afin de s'écarter de la fenêtre. Si Burton s'en approchait, il la verrait tout de suite.

Des flocons de neige voletaient autour d'elle au gré des bourrasques. Hope entendait le sergent, Claire et son fils parler à l'intérieur de l'appartement, de plus en plus près.

Il n'y avait pas trente-six solutions.

Elle prit une grande inspiration et lâcha le rebord. Après une courte mais effrayante glissade, elle réussit à s'accrocher à un conduit d'aération tandis que ses pieds se coinçaient dans une gouttière.

Son cœur battait à tout rompre, et elle avait un goût de sang dans la bouche. Elle avait dû se mordre la lèvre dans sa chute. Au moins, elle s'était un peu éloignée du danger : à présent, Burton serait obligé de se pencher à la fenêtre pour la repérer.

Jason cria quelque chose dans la chambre. Hope était trop loin pour distinguer ses paroles. Le militaire lui répondit sur le même ton, et la voix de Claire, plus calme mais non moins ferme, prit le relais.

Puis le silence se fit.

Hope leva les yeux vers la fenêtre. Celle-ci était à moins de deux mètres, mais comment allait-elle faire pour la regagner ? Le toit était trop glissant.

— Accompagnez-moi là-bas, j'aimerais inspecter les lieux, dit Burton, quelque part à l'extérieur de la maison.

Le limier n'était donc pas encore satisfait…

— Tu n'es pas obligée d'accepter, maman. On est peut-être à Benediction, mais c'est encore l'Amérique, et on a des droits ! Vous n'êtes pas censé nous montrer un mandat de perquisition ?

Leurs voix s'approchaient de l'arrière de la maison. Hope se plaqua contre le toit, n'osant plus respirer.

— Est-ce vraiment nécessaire ? demanda Claire.

— Oui, si vous voulez que je vous fiche la paix.

— Finissons-en, alors.

Quelque chose bougea près de la tête de Hope, la faisant sursauter. Une pluie de feuilles mortes dégringola de la gouttière tandis qu'une chouette s'envolait.

En risquant un coup d'œil derrière elle, Hope vit Burton et Claire s'éloigner sur le petit chemin qui menait au bâtiment commercial. La demi-sœur de Gage se frottait les bras, n'ayant pas pris le temps d'enfiler un manteau.

Où était Jason ?

Hope regarda de l'autre côté, et son cœur s'arrêta de battre. L'adolescent se trouvait juste en dessous, les yeux rivés sur elle.

Oh ! non... Elle porta un index à ses lèvres pour le supplier de se taire.

Pendant quelques secondes qui lui parurent durer une éternité, il l'observa sans bouger. Puis il se tourna vers le jardin.

— Maman ! Amuse-toi bien avec la Gestapo. Je rentre.

— D'accord, mon grand, répondit Claire.

Le sergent Burton poursuivit son chemin sans un regard en arrière.

Hope soupira. Ses dents claquaient, mais elle ne savait pas si c'était à cause du froid ou de la peur. Deux minutes plus tard, la fenêtre de la chambre s'ouvrit et la tête de Jason apparut au-dessus d'elle.

— Je vais vous aider, chuchota-t-il.

Il tendit le bras vers elle et Hope en fit autant. Mais même s'il parvenait à lui saisir la main, il n'aurait jamais la force de la remonter.

— Attendez.

Il s'éclipsa un moment, avant de revenir avec la couverture que Gage avait enveloppée autour des épaules de Hope un peu plus tôt.

— Servez-vous-en comme d'une corde. Je tiendrai bon.

Hope saisit l'autre extrémité et grimpa lentement en prenant appui sur les bardeaux. Parvenue à la fenêtre, elle agrippa le rebord et l'enjamba. Jason s'était allongé par terre pour pouvoir coincer la couverture entre ses pieds et le mur et renforcer ainsi sa prise. *Malin.*

— Merci de m'avoir aidée, lui dit-elle, tout essoufflée.

— De rien.

Il se leva, rentra la couverture. Après avoir refermé la fenêtre et le rideau, il se tourna vers elle. Déjà grand pour son âge – il devait approcher du mètre quatre-vingts –, il avait les cheveux châtains et des yeux bleus intelligents derrière ses lunettes sans monture.

— Qui êtes-vous ? s'enquit-il.

— Je m'appelle Hope.

— Ça, je le sais, le sergent Burton a donné votre nom. Ça ne me dit pas qui vous êtes.

Son regard s'était soudain durci.

— Est-ce qu'on peut aller discuter près du feu ? demanda-t-elle. Je suis gelée.

Sans attendre de réponse, elle se dirigea vers le salon et se laissa tomber devant la cheminée. Jason éteignit la lumière de la chambre, puis vint s'asseoir à bonne distance d'elle.

— Je te remercie encore de n'avoir rien dit au sergent.

— Qu'est-ce qu'ils vous veulent ?

Hope hésita un instant. Mieux valait être franche avec

lui – de toute façon, il connaissait déjà son nom et entendrait sûrement toutes sortes d'explications plus ou moins fantaisistes concernant sa présence à Benediction. Autant lui livrer sa propre version de l'histoire.

— Ma sœur était chercheuse, elle travaillait ici. Elle est morte. Je veux savoir ce qui lui est arrivé, et l'armée ne m'aide pas vraiment.

— Faith Fischer était votre sœur ?

Elle le regarda, stupéfaite, avant de se rappeler que Benediction était une petite ville.

— Oui. Tu la connaissais ?

— Elle a fait plusieurs conférences au lycée. Elle était tellement passionnée par les sciences, et elle en parlait tellement bien, que ça nous a tous donné envie de devenir chercheurs.

Un sourire se dessina sur les lèvres du jeune homme. Visiblement, il avait été conquis par Faith, comme toutes les personnes qui l'avaient approchée.

— D'où connaissez-vous Gage ?

— On ne peut pas dire que je connaisse vraiment ton oncle.

— C'est l'ancien demi-frère de ma mère, répliqua Jason. Ça ne fait pas de lui mon oncle.

— J'ai cru comprendre qu'il était venu s'installer ici pour aider ta maman quand elle est tombée malade. C'est donc quelqu'un d'assez proche, non ?

Il leva les yeux au ciel.

— Vous savez que les chenilles du papillon monarque ont plus de chances de survivre à une infection transmise par certaines mouches si elles sont aussi infectées par un protozoaire ?

Était-il en train de comparer Gage à un parasite ?

— J'imagine que tu as appris ça en cours de SVT.

— Non, je l'ai appris de votre sœur. Mais peu importe, ça n'en est pas moins vrai.

Hope sentit qu'elle allait devoir marcher sur des œufs.

— Je ne connais pas bien Gage, dit-elle, et je ne sais pas quelles relations il entretient avec ta mère, mais il m'a sauvé la vie au péril de la sienne. Et il continue de m'aider.

— D'abord ma mère, ensuite les pompiers et les gamins de l'école, et maintenant, vous…

Jason secoua la tête avec dédain.

— C'est tout lui, ça. Il sauve les gens, du coup ils se sentent redevables et ce sont eux qui finissent par le protéger.

— Tu m'as sauvée, tout à l'heure, alors que ça aurait été plus simple pour toi de me dénoncer au sergent, fit-elle remarquer. Est-ce que tu as fait ça pour que je te sois redevable ?

— Non ! Certainement pas.

— Alors pourquoi m'as-tu aidée ? demanda-t-elle gentiment.

— Je n'aime pas les militaires. Du moins, ceux d'ici. Ce sont des brutes.

Hope n'était pas loin de partager son avis sur les soldats de Benediction, mais elle était bien consciente également de tout ce que l'armée américaine faisait à l'étranger pour la liberté et la démocratie. Aucune entité n'était entièrement bonne ou mauvaise.

— Moi non plus je n'apprécie pas les brutes, concéda-t-elle. Mais Gage a tenu tête aux militaires pour moi.

— Ne croyez pas un mot de ce qu'il vous dit. Il veut que les gens l'aiment et lui fassent confiance, mais il a peur qu'on découvre qui il est vraiment. Il cache quelque chose.

Tout le monde avait des secrets, et Hope n'était pas naïve au point d'imaginer que Gage dérogeait à la règle. Néanmoins, comme il était pour l'instant la seule personne sur qui elle pouvait compter à Benediction, cette conversation la mettait mal à l'aise.

— Gage n'est pas celui qu'il semble être, insista Jason.

— C'est-à-dire ?

— C'est difficile à expliquer…

Il prit le temps de réfléchir.

— Il y a deux ou trois ans, ma mère m'a emmené à New York, où elle devait assister à une conférence pour son travail. Elle m'a autorisé à me balader autour de l'hôtel, et je suis tombé sur des types qui faisaient un tour de cartes aux passants. Le bonneteau, ça s'appelle. Pendant des heures, les gens pariaient, persuadés d'avoir repéré la reine. Moi aussi j'étais sûr de savoir de quelle carte il s'agissait. Mais je me trompais, et les autres aussi. De temps en temps, un badaud comprenait l'astuce et gagnait, alors il misait de plus grosses sommes, qu'il perdait systématiquement. Ça, c'est Gage.

— On ne peut pas comparer quelqu'un à un tour de cartes, dit Hope en fronçant les sourcils.

— Dans son cas, si.

Jason étira ses longues jambes devant lui et s'appuya en arrière sur ses mains.

— Ma mère insiste pour que je l'appelle « tonton » depuis qu'il est venu nous aider. Du coup, je l'appelle « tonton Bonneteau ». Je lui ai même expliqué pourquoi, et il n'a pas bronché. C'est parce qu'il sait que je vois clair dans son jeu.

Hope se rappela soudain les paroles de Gage. « S'il vous plaît, n'allez pas croire que je suis quelqu'un de noble, ou quoi que ce soit de ce genre. Parce que ce n'est pas le cas. »

Peut-être avait-il essayé de lui dire quelque chose d'important sur lui. Mais pourquoi se serait-il donné cette peine, s'il n'était pas honnête ?

Cela n'avait aucun sens.

— Je suis désolée que tu ne t'entendes pas bien avec lui, dit-elle sincèrement.

Jason poussa un soupir.

— Vous ne me croyez pas. Mais attendez un peu, et vous comprendrez. Même ma mère m'a dit de ne pas trop me rapprocher de lui.

— C'est vrai ?

Si Claire avait mis son fils en garde contre Gage, cela signifiait qu'il ne s'agissait pas seulement d'un grief d'adolescent, et que Hope avait des raisons de s'inquiéter.

— Est-ce qu'elle t'a expliqué pourquoi ? s'enquit-elle.

— Elle m'a dit qu'elle ne voulait pas que je souffre.

Un lourd silence suivit sa réponse.

Hope avait beau prendre au sérieux l'avertissement d'une mère à son enfant, elle ne pouvait s'empêcher de se demander pourquoi, dans ces conditions, Claire laissait Gage vivre sous leur toit…

Ses réflexions furent interrompues par le bruit de la porte du garage. Elle échangea un regard avec Jason ; Gage était de retour. Et alors qu'elle aurait dû se sentir soulagée, tous ses muscles se contractèrent.

Il monta l'escalier avec une telle discrétion qu'elle ne l'entendit que lorsqu'il ouvrit la porte. Là, il sembla hésiter en découvrant son neveu assis par terre.

— Qu'est-ce que tu fais là ?

— Je viens de sauver ta petite copine.

Hope se tourna vers l'adolescent, choquée.

— Je ne suis pas sa petite copine !

— Peu importe, ça ne me regarde pas.

Il se leva, fourra les mains dans ses poches et se planta devant Gage, qui avait fini d'entrer dans l'appartement.

— Tu ne me remercies pas ?

— Merci, Jason.

La tension monta d'un cran.

— Il y a des courses à l'arrière du pick-up. Tu peux les porter à ta mère, s'il te plaît ? Je t'ai pris les BD que tu m'avais demandées.

— D'accord, je vais le faire.

— Tu ne me remercies pas ? Pour les BD, je veux dire.

De nouveau, un silence pesant s'installa. Hope retint son souffle, sentant la paix fragile entre eux s'étirer comme un élastique qui pouvait rompre à tout moment.

— Merci, Tonton Bonneteau, lâcha finalement Jason avec un sourire sarcastique.

Gage ne cilla pas.

— Bonne nuit, Jason.

Le jeune homme lança à Hope un regard qui semblait crier : « Je vous l'avais dit ! »

— Bonne nuit, répondit-il, et il sortit de l'appartement.

Quand ses pas se furent éloignés, Hope laissa échapper un soupir de soulagement.

— Que s'est-il passé avec Burton ? s'enquit Gage en posant une main sur son épaule.

— Claire a fait beaucoup de bruit en montant l'escalier et m'a laissé le temps de sortir par la fenêtre de la chambre. Elle savait que j'étais ici ?

— Non, mais elle ne va pas tarder à l'apprendre. J'imagine qu'elle a préféré être prudente, au cas où. Je lui expliquerai la situation demain.

— Je suis sûre que Jason le fera aussi de son côté. Je lui ai parlé de ma sœur et de ce que je faisais ici.

Avec le recul, c'était sans doute risqué de confier la vérité à un adolescent caractériel, mais elle n'avait pas vraiment eu le choix.

— Est-ce que ça va m'attirer des ennuis ? demanda-t-elle.

— Non, ils ne diront rien, chacun pour leurs propres raisons. Comment Jason a-t-il été mêlé à tout ça ?

— J'ai failli tomber du toit, et je me suis retrouvée coincée dehors. Il m'a aidée à remonter.

— Je suis vraiment désolé. C'est ma faute si Burton est venu fouiller l'appartement.

Il l'obligea doucement à relever la tête. Lorsque leurs regards se rencontrèrent, Hope sentit comme une décharge électrique la traverser.

— Ça va ? murmura-t-il.

Elle acquiesça, incapable de prononcer un mot. Qu'y avait-il chez lui qui provoquait une telle réaction en elle ?

— La bonne nouvelle, c'est que la capitaine Finley pense à présent que je vous ai ramenée à Goode. Ce qui veut dire aussi que vous allez devoir faire profil bas.

Sentant son pouce lui caresser négligemment la joue, Hope ferma les yeux et se surprit à presser son visage contre sa paume.

— Je suis heureux que vous alliez bien et que Jason ait pris soin de vous, ajouta-t-il. Reconnaissant, même.

Jason. Ce nom la ramena brusquement à la réalité.

— Vous savez pourquoi il vous appelle Bonneteau ? s'enquit-elle.

— Oui.

Gage laissa retomber sa main, sans toutefois détourner les yeux.

— Et vous ?

— Oui, il me l'a expliqué.

Elle attendit qu'il dise quelque chose, mais il se contenta de soutenir son regard.

— Pourquoi ne vous êtes-vous pas défendu ?

— Vous avez vu Jason ? répliqua-t-il.

Elle eut un sourire. Si les adolescents n'étaient pas faciles à vivre d'une manière générale, elle avait l'impression que Jason atteignait des sommets à cet égard.

— Quand il a une idée, c'est impossible de lui faire

changer d’avis, expliqua Gage. Et de toute façon, ce que j’aurais à lui dire de moi ne ferait que le conforter dans son opinion.

L’espace d’un instant, Hope fut tentée de lui demander des précisions, mais la soirée avait été longue et ils étaient tous les deux fatigués.

— Vous devriez aller vous reposer, dit-il, comme s’il avait lu dans ses pensées.

— Je vais dormir sur le canapé. Je ne veux pas vous priver de…

— Hors de question. Prenez le lit. Demain, vous serez contente d’avoir accepté, parce que je suis un lève-tôt.

Elle comprit à son air déterminé qu’il ne servait à rien de protester.

— Puisque vous insistez…

— Quand vous vous réveillerez, on parlera de Faith et de la suite.

— D’accord.

Il lui tendit la main pour l’aider à se lever, puis la conduisit jusqu’à la chambre.

— Merci pour tout, dit-elle, et elle lui planta un baiser sur la joue.

Sa peau était fraîche et recouverte d’une barbe naissante. Hope eut soudain envie de savoir ce que cela ferait de sentir ses lèvres contre les siennes… Elle baissa bien vite les yeux et s’enferma dans la chambre.

Qu’est-ce qui t’a pris de l’embrasser ?

— N’importe quoi, murmura-t-elle.

Elle s’assit sur le lit pour enlever ses chaussures. Alors qu’elle se redressait et étirait sa nuque d’un côté et de l’autre, son regard tomba sur le tiroir de la table de chevet.

Machinalement, elle tenta de l’ouvrir, mais il était fermé à clé. Intriguée, elle sortit le couteau suisse de son sac à main et entreprit de crocheter la serrure. Gage risquait de se rendre compte qu'elle avait fouillé dans ses affaires, mais elle continua quand même. Les propos de Jason avaient semé le doute dans son esprit. Elle avait besoin d'en savoir plus sur cet homme qui lui avait sauvé la vie.

La serrure finit par céder, et le tiroir s'entrouvrit. Hope jeta un coup d'œil à l'intérieur. Il ne contenait qu'un seul objet – un badge relié à un cordon. Elle le prit dans sa main et le retourna.

Sur la partie haute, on pouvait lire « Nexcellogen ». Au centre, un code-barres. Et sur la moitié inférieure, « Fischer, F » en lettres capitales.

Hope fixa des yeux le nom de sa sœur, stupéfaite. Pourquoi Gage gardait-il ce badge chez lui ? Avait-il quelque chose à voir avec la mort de Faith ?

Un coup léger frappé à la porte la fit bondir.

— Vous n'avez besoin de rien ? demanda Gage.

Elle hésita. C'était un de ces moments où elle avait tout intérêt à bien réfléchir avant de parler.

— Non, c'est bon, répondit-elle. Je suis juste très fatiguée.

— J'imagine. Dormez bien, Hope.

Elle regarda le badge en frissonnant. Jason lui avait dit que son oncle cachait quelque chose. Mais quoi, au juste ? Pour le savoir, elle allait devoir élaborer un plan, plutôt que de questionner Gage à brûle-pourpoint. Et s'il s'avérait qu'il était impliqué dans le meurtre de sa sœur… bon sang, elle le tuerait.

8

— Merci de te montrer si compréhensive.

— J'ai su qu'il se passait quelque chose à la seconde où le sergent-chef a frappé à la porte.

Claire se servit une autre tasse de café et s'assit en face de Gage à la table de sa cuisine.

— Pour être honnête, j'étais soulagée que cela ne concerne pas Jason. Je ne sais plus comment faire avec lui.

Elle se passa une main sur le front, l'air lasse et préoccupée.

Jason était le portrait craché de sa mère – mêmes cheveux châtain clair, mêmes yeux vifs – mais il avait hérité de la silhouette élancée de son père. Gage avait connu Calvin à l'époque où ils étaient encore tous des gamins à Benediction. Claire était tombée amoureuse de lui à dix ans… Lorsque Cal était décédé brutalement dans un accident de voiture, Gage, alors en mission pour la CIA, n'avait pas pu assister à ses obsèques.

— Continue comme tu l'as toujours fait, conseilla-t-il à sa demi-sœur. Montre-lui que tu l'aimes, sois patiente et n'hésite pas à être ferme quand il le faut.

Ils parlaient à voix basse car Jason était dans sa chambre, l'école devant rester fermée pour la journée. La ville ne disposait que d'un seul chasse-neige, et il fallait du temps pour dégager toutes les rues.

— J'ai l'impression d'être trop dure avec lui, confia Claire en entourant sa tasse de ses mains. J'ai peur qu'il finisse par se sentir rejeté, et j'ai encore plus peur de ce qu'il deviendrait si je n'étais pas assez stricte avec lui.

Ils avaient traversé tant d'épreuves… D'abord, le père de Claire – et ancien beau-père de Gage – était mort d'une crise cardiaque. Deux ans plus tard, Cal avait été tué sur la route, puis Claire avait failli succomber à une terrible poussée de lupus.

— Ton fils a perdu son grand-père et son père en peu de temps, fit remarquer Gage. Il a failli te perdre toi aussi. Il souffre, il est en colère et il a peur, mais c'est un battant.

Claire poussa un soupir.

— Je ne te le fais pas dire.

— Il est solide, il s'en sortira. Je voudrais tellement pouvoir faire plus…

Elle posa une main sur son avant-bras.

— Et j'accepterais ton aide avec plaisir, si seulement…

— C'est mieux comme ça. En m'impliquant davantage, je risquerais de vous faire plus de mal que de bien.

Les yeux de Claire s'emplirent de larmes.

— J'aimerais tant que les choses soient différentes !

— Moi aussi.

Gage souffrait déjà d'être séparé de ses coéquipiers – sa famille de substitution – sans savoir s'ils avaient échappé aux recherches et s'ils étaient vivants ou morts. Il ne pouvait pas prendre le risque de tisser des liens à Benediction.

— Cette femme, Hope Fischer : est-ce que sa présence ici va avoir des conséquences pour toi ? demanda Claire. Pour nous ?

— C'est possible. Je vais tout faire pour limiter les dégâts, mais je suis obligé de l'aider.

— Bien sûr.

Elle eut un sourire triste.

— Même quand tu n'étais qu'un gamin maigrichon, tu t'attaquais aux petites brutes. Tu te battais déjà pour la justice. J'ai toujours admiré ça chez toi. Jamais je ne te demanderais de changer.

Gage aurait voulu la serrer dans ses bras, lui dire qu'il l'aimait et que tout irait bien, mais ses règles s'appliquaient aussi à Claire. Pour les protéger, elle et Jason, il devait faire en sorte qu'ils ne s'attachent pas trop à lui.

— Il y a quelque chose qu'il ne faut pas oublier, lui dit-il.

— Quoi donc ?

— Ce n'est pas grave de lâcher un peu la bride à Jason. Si tu culpabilises, si tu as peur de ne pas être assez sévère, souviens-toi que la vie à Benediction est déjà assez stricte comme ça. Essaie de lui imposer des soirées cocooning avec sa maman comme punition.

Claire éclata de rire et essuya les larmes qui coulaient sur ses joues.

— Si seulement il pouvait voir à quel point tu es génial, au lieu de te détester comme ça…

— Je préfère qu'il me déteste plutôt qu'il souffre à cause de moi.

Gage se leva pour laver leurs tasses. Pendant ce temps, Claire prépara une assiette pour Hope et la couvrit d'une feuille d'aluminium.

— Tiens, tu pourras lui apporter ça. Dis-lui que je suis désolée pour sa sœur. Et si Faith a été assassinée, trouve le coupable et fais-le payer.

Gage acquiesça. C'était bien son intention, non seulement pour soulager Hope mais aussi pour débarrasser Benediction d'un meurtrier.

Dehors, la neige avait cessé, laissant sur le sol une couche blanche d'au moins vingt centimètres. Cela n'avait pas empêché Gage d'aller courir quinze kilomètres comme chaque matin, après avoir fait ses cent pompes et autant d'abdominaux.

En rentrant chez lui, il constata que la porte de la salle de bains était fermée. L'eau coulait dans la douche.

Hope était enfin réveillée.

Pas un bruit ne s'était échappé de la chambre pendant la nuit. D'une manière générale, Gage avait le sommeil léger – déformation professionnelle –, mais il avait été encore plus vigilant cette fois-ci, sachant que la jeune femme avait subi une noyade. Pour éviter de la déranger après sa séance de sport, il était allé se laver chez Claire, puis il avait déneigé l'allée et les escaliers et avait fait de même chez les voisins les plus proches.

Il posa l'assiette sur la table. Le mot et les vêtements de rechange qu'il avait laissés sur le plan de travail avaient disparu. La veille au soir, il avait attrapé quelques affaires dans le sèche-linge en espérant que Claire ne se rendrait compte de rien. Il aurait dû lui demander de lui en prêter d'autres ce matin. Des sweats, des jeans, des tenues dans lesquelles Hope se sentirait à l'aise.

Alors qu'il attendait, perché sur un tabouret, l'eau s'arrêta de couler. Quelques instants plus tard, la porte de la salle de bains s'ouvrit. Gage pivota sur son siège et se figea. Il savait à quoi ressemblait Hope, bien sûr, mais à la lumière du jour… *Waouh.*

Debout à quelques mètres de lui, elle épongeait ses cheveux, qui au soleil prenaient de riches reflets auburn. Nul besoin de maquillage pour illuminer son teint bronzé. Elle était si jolie, si pleine de santé ! Il n'avait qu'une seule envie : goûter ses lèvres roses. Puis il remarqua sa tenue. Pantalon de yoga, débardeur blanc… Pas de soutien-gorge.

Il déglutit péniblement. Les vêtements épousaient ses formes comme une seconde peau, moulant sa poitrine dont les pointes sombres apparaissaient distinctement sous le tissu.

— Je ne savais pas que vous étiez rentré, dit-elle.

Elle suivit son regard et rougit.

— Excusez-moi, je reviens tout de suite.

Et elle fila s'enfermer dans la chambre.

C'est comme ça que tu la mets à l'aise ? se tança-t-il. Il aurait dû la prévenir qu'il était de retour, lui faire savoir qu'elle n'était plus seule dans l'appartement. Alors elle ne serait peut-être pas sortie de la salle de bains à moitié nue. L'image de ses seins se dessinant par transparence sous le débardeur restait gravée dans sa mémoire.

Lorsqu'elle revint dans la cuisine, elle avait enfilé le gilet à capuche qu'il lui avait prêté la veille ainsi qu'une paire de baskets.

— Pardon de ne pas avoir signalé ma présence, lui dit-il, tout en posant une fourchette à côté de l'assiette. Je vous ai apporté le déjeuner.

Elle s'assit sur un des tabourets.

— Quelle heure est-il ?

— Un peu plus de 2 heures.

Il étudia son visage. De près, ses yeux étaient d'un vert clair aussi doux et subtil que le jade.

— Vous deviez vraiment être épuisée, pour dormir autant.

— J'ai eu du mal à trouver le sommeil. J'avais beaucoup de choses en tête.

Elle souleva l'aluminium pour humer la nourriture.

— Du pain de viande, des haricots verts et des pommes de terre écrasées, précisa Gage. Simple mais goûteux. C'est Claire qui a tout préparé.

— Ça ne l'ennuie pas que je sois là ? demanda Hope en commençant à manger avec appétit.

— Non.

Il lui servit un verre d'eau et s'assit à côté d'elle.

— Elle comprend. Et elle espère bien qu'on découvrira la vérité.

Hope se mit soudain à tousser, comme si elle s'était étranglée. Alors que Gage lui tapotait le dos, elle eut un mouvement de recul et se leva brusquement.

— Ça va ? s'enquit-il. Qu'est-ce qui se passe ?

— Je n'ai pas arrêté de penser à Faith, cette nuit. Après la visite de la police militaire, j'avais l'impression d'être cernée par le danger.

Elle ramena ses cheveux mouillés derrière ses oreilles, en évitant de croiser le regard de Gage.

— Je ne sais pas qui représente une menace, qui pourrait vouloir me faire du mal.

Gage se leva à son tour et vint se planter devant elle. Il ne pouvait s'empêcher de noter sa soudaine réticence à son égard.

— Je ferai de mon mieux pour qu'il ne vous arrive rien, lui promit-il.

— J'aimerais vous croire, mais vous ne pourrez pas rester tout le temps avec moi, répliqua-t-elle en le regardant enfin dans les yeux. Je me sentirais mieux si je pouvais me protéger moi-même. Avez-vous un pistolet ?

— Vous savez vous en servir ?

— Oui, bien sûr.

Sa voix un peu trop aiguë semblait indiquer qu'elle mentait. Mais pourquoi ?

Gage souleva son pull pour extraire le SIG Sauer de son étui, au bas de son dos. Il le lui tendit par la crosse. Aussitôt, Hope s'en empara et le braqua sur lui, l'index sur la détente.

— Qu'est-ce que vous faites ? demanda-t-il en levant lentement les mains en l'air.

— Expliquez-moi ça.

Elle lui montrait le badge de Nexcellogen.

— Que fait la carte d'accès de Faith chez vous ?

Elle avait donc fouillé dans sa table de chevet. Gage avait oublié qu'il y avait rangé le badge, mais jamais il n'aurait pensé qu'elle forcerait la serrure.

— C'est difficile à expliquer, répondit-il. Je crois qu'il vaudrait mieux que vous veniez avec moi. J'ai quelque chose à vous montrer.

— Qu'est-ce que vous voulez me montrer ? Je ne vous suivrai nulle part tant que vous n'aurez pas commencé à parler. Et si je vous soupçonne de mentir ne serait-ce qu'une seconde, alors…

— Vous ferez quoi ? la coupa-t-il. Vous tirerez ?

— Oui !

Une ribambelle d'émotions dansaient dans les prunelles de la jeune femme – le chagrin, le soupçon, la colère, la peur.

Gage s'approcha jusqu'à ce que le canon du pistolet appuie contre son sternum.

— Ça ferait beaucoup de bruit, vous savez. La détonation attirerait forcément l'attention de Claire et de Jason, mais aussi des voisins. Certains sont des militaires, ils n'auraient qu'à traverser la rue pour venir voir ce qui se passe.

Il resta immobile, continua à soutenir son regard affolé.

— Hope, vous n'êtes pas une meurtrière. Vous avez peur, et d'avoir trouvé le badge de Faith chez moi vous fait évidemment douter de ma bonne foi.

— Et comment ! Mais même Jason m'a dit qu'il ne fallait pas vous faire confiance. Claire, cette femme dont vous vous êtes soi-disant occupé comme un chevalier blanc, a conseillé à son fils de garder ses distances avec vous.

Un chevalier blanc ? Ne lui avait-il pas déjà expliqué qu'il n'y avait rien de noble dans ses actions ?

— De quel côté êtes-vous ? lui demanda-t-elle.

— Du mien. Et du vôtre. Les deux ne s'excluent pas

forcément. Vous pouvez me faire confiance, Hope. Je vous le jure.

— Prouvez-le. Tout de suite.

Quoi qu'il dise, elle mettrait en doute ses paroles. Cela ne lui laissait qu'une seule option.

En un éclair, il lui arracha le pistolet des mains. Hope poussa un cri, les yeux écarquillés. Il recula de deux pas et leva l'arme devant lui, le canon pointé vers le sol.

— Vous ne devez poser votre index sur la détente que lorsque vous êtes prête à tirer, expliqua-t-il. Et si vous l'êtes, mieux vaut vous assurer que le cran de sûreté est libéré et que le pistolet est chargé.

Il était préférable également de se tenir suffisamment éloigné de sa cible pour éviter de se faire désarmer, mais après ce qui venait de se passer, la jeune femme avait sans doute retenu la leçon.

Gage se pencha pour attraper le silencieux qu'il avait glissé dans une de ses rangers en s'habillant. Si un meurtrier se promenait en liberté dans la ville, autant être paré à toutes les éventualités… Il vissa rapidement le tube sur le canon.

— Ici, c'est le cran de sûreté, précisa-t-il en montrant le côté de l'arme. Abaissez-le quand vous êtes prête à tirer. Le pistolet a une capacité de douze coups, une cartouche est déjà engagée dans la chambre. Vous trouverez un chargeur dans mon armoire, caché à l'intérieur d'une boîte à chaussures, et un autre dans le pick-up, dans la boîte à gants.

Il lui tendit de nouveau l'arme, toujours crosse la première. Si cela ne lui inspirait pas confiance…

Hope la prit et la garda pointée vers le sol. Pressant son autre main contre son ventre, elle se laissa tomber sur le tabouret.

— Je n'allais pas vous tirer dessus, murmura-t-elle.

— Je sais.

— Non, vous n'en savez rien. Hier soir, quand j'ai découvert le badge, j'étais prête à vous tuer si j'apprenais que vous aviez été impliqué dans le meurtre de Faith. Mais une fois devant vous, je me suis mise à douter. J'ai eu envie de vous croire.

Il posa une main sur son dos pour la réconforter, et cette fois-ci elle ne chercha pas à se dérober. Avec elle, toutes les règles qu'il s'était fixées semblaient se volatiliser. Peut-être ne s'appliquaient-elles pas… La jeune femme avait besoin de son aide de manière temporaire. Elle n'attendait rien d'autre de lui. S'il mourait, ou s'il devait partir, il ne laisserait pas de vide dans sa vie. Cette pensée était libératrice. Il pouvait enfin montrer ce qu'il ressentait.

— Les citoyens lambda ne se baladent pas comme ça avec un silencieux dans leur chaussure, fit-elle remarquer. Comment se fait-il que vous en ayez un ?

— Je ne suis pas un citoyen lambda.

— Qui êtes-vous, alors ?

Gage hésita à lui répondre franchement. Ils ne pourraient pas avancer tant que la confiance n'aurait pas été complètement restaurée entre eux.

— Je vous propose un marché : vous me racontez vos secrets, à commencer par ce que vous faisiez sur cette route hier soir, et je vous raconterai les miens.

Elle sembla peser le pour et le contre.

— Que vouliez-vous me montrer ? dit-elle finalement.

— Quelque chose qui vous permettra de comprendre pourquoi j'ai le badge de Faith chez moi. Ce n'est pas loin. Vous voulez bien me suivre ?

— D'accord.

[illegible]

— [illegible]

[illegible]

— [illegible]

— [illegible]

— [illegible] alors.

[illegible] que la connaissance [illegible]

— Je [illegible]

[illegible]

[illegible]

9

La température avait grimpé d'au moins cinq degrés depuis la veille. La neige, qui commençait déjà à fondre, ne tiendrait pas longtemps. Équipée d'un blouson et de bottes empruntées à Claire, Hope observait l'enseigne suspendue à l'entrée du bâtiment commercial, derrière la maison.

POMPES FUNÈBRES FERGUSON.

— Le père de Claire était propriétaire et gérant de l'entreprise, expliqua Gage. Il la lui a léguée à sa mort.

Il ouvrit les portes décorées de vitraux et lui fit signe d'entrer. Hope tapa ses bottes sur le paillasson, avant de retirer la capuche qu'elle avait pris soin d'enfiler afin de passer pour la demi-sœur de Gage aux yeux d'éventuels témoins.

— Ma mère a rencontré son père lors d'un salon de l'ANPF à Washington.

— L'ANPF ?

— L'Association nationale des pompes funèbres.

Ils traversèrent le hall et suivirent un couloir qui longeait les chambres funéraires.

— Ils se réunissent tous les ans dans des villes différentes, poursuivit Gage. Bref, ma mère et le père de Claire ont tout de suite sympathisé. Ils ont découvert qu'ils étaient tous les deux veufs, qu'ils vivaient tous les deux en Virginie. Pendant six mois, il nous a rendu visite à McLean avec sa fille. Puis ma mère et lui se sont mariés et on a déménagé à Benediction.

— Vous travaillez ici ?

— J'ai fait tourner la boîte pendant que Claire était malade. Maintenant, je m'occupe du sale boulot.

— Vous êtes embaumeur ?

— J'ai un diplôme en science mortuaire, mais ça fait des années que je n'ai pas de permis d'exercer. Pour autant, personne ne m'a rien demandé quand j'ai pris le relais ici – les gens étaient trop contents que quelqu'un puisse remplacer Claire.

Ils descendirent un escalier pour rejoindre le sous-sol, où Gage la conduisit dans une grande pièce qui servait de réserve. Des cercueils et des urnes y étaient entreposés.

— Le corps de Faith a été amené ici après avoir été examiné par le médecin. C'est moi qui l'ai incinérée. Nexcellogen s'est ensuite chargé d'envoyer ses cendres à la famille.

Hope sentit les larmes lui monter aux yeux. Sa sœur l'avait désignée comme personne à contacter en cas d'urgence, et elle avait fait de même de son côté. Elles s'étaient toujours dit que s'il devait leur arriver quelque chose à l'une ou à l'autre, elles préféraient annoncer la nouvelle en douceur à leurs parents vieillissants.

Le même jour où un représentant de Nexcellogen l'avait appelée pour l'informer du décès de Faith, Hope avait reçu l'urne par la poste.

Par la poste, bon sang ! Aucun message de condoléances. Seulement la supposée lettre d'adieu de Faith, écrite à l'ordinateur et non signée, ainsi qu'un bordereau de livraison. Comme si on lui retournait un produit périmé.

Son estomac se souleva à cette pensée.

Elle suivit Gage jusqu'au bureau installé au fond de la salle.

— C'est Claire qui a remis les cendres de Faith à l'entreprise. Mais elle ignore que j'ai gardé certaines affaires de votre sœur, comme son badge.

— Pourquoi avez-vous fait ça ?

— Personne ne peut pénétrer dans l'enceinte de Nexcellogen sans carte d'accès. J'ai pensé que le badge pourrait me servir un jour, s'ils oubliaient de le désactiver. Ce qui n'est pas totalement exclu, vu le chaos que la mort de Faith a provoqué.

Il ouvrit le premier tiroir du bureau.

— Voilà ce que je voulais vous montrer, en dehors des lieux mêmes, dit-il en lui tendant une petite pochette zippée. J'avais prévu de vous l'envoyer avec une lettre, mais chaque fois que j'ai essayé de l'écrire, je n'ai pas su quoi dire.

À l'intérieur de la pochette se trouvait un collier que Hope avait offert à sa sœur.

— Quand on était enfants, on était inséparables, confia-t-elle, bouleversée. Nos choix de carrières nous ont fait prendre des chemins différents, mais la distance n'a pas affaibli notre relation. C'est Faith qui m'a offert mon appareil-photo préféré. Je l'emporte partout avec moi.

Hope l'avait laissé dans sa chambre d'hôtel, à Goode, de peur de l'abîmer ou de se le faire confisquer en cherchant à entrer dans Benediction.

— De mon côté, je lui ai offert ce collier. Si je comprends bien, elle le portait au moment de sa mort ?

— Oui. Elle l'avait autour du cou quand elle a été conduite ici.

Les larmes roulèrent sur ses joues. Elle ne supportait pas d'imaginer sa sœur terrifiée, sans personne pour lui venir en aide alors que quelqu'un lui ôtait la vie.

— Je suis là, murmura Gage en l'attirant dans ses bras. Vous pouvez vous laisser aller.

Ce geste de compassion, cette simple autorisation, finirent de briser les digues qui avaient jusque-là contenu son chagrin. Hope fut prise de violents sanglots. C'était la première fois qu'elle pleurait depuis qu'elle avait appris le décès de Faith. Comme si son cœur, figé par le choc et le déni, avait été incapable auparavant de ressentir la douleur de cette perte.

Comment sa sœur pouvait-elle être morte ? Elle n'avait que deux ans de plus qu'elle !

Faith avait prévu de poser des congés à Noël pour rejoindre Hope à Los Angeles. Même leurs parents devaient venir de Carmel. Mais à présent, la famille ne serait plus jamais au complet.

— C'est tellement injuste… Ma sœur était la plus intelligente de nous deux. Mon père était persuadé qu'elle finirait par obtenir le prix Nobel de la paix ! Elle était belle sans faire d'efforts, elle rayonnait de l'intérieur. Elle était patiente, aimante. Jamais elle n'aurait fait de mal à une mouche.

Hope avait été la téméraire, l'imprudente qui se jetait dans les bras du danger, rampait sur les champs de bataille et tenait tête aux chefs de guerre sans se soucier des conséquences. Juste pour une photo. Pour raconter une histoire.

— Faith voulait rendre le monde meilleur. Moi, je ne suis qu'une stupide photographe. Si l'une de nous devait être emportée avant l'heure, cela aurait dû être moi.

Sa mère ne lui avait-elle pas dit la même chose au téléphone, au plus fort de son chagrin ?

— *Ta sœur est morte. Laisse—la reposer en paix.*

— *Elle ne peut pas être en paix, maman, tant qu'on*

ne saura pas qui l'a tuée. C'est pour ça que je dois aller en Virginie.

— Oh ! je t'en prie ! Tes théories conspirationnistes n'ont rien à voir avec Faith. Tu vas en Virginie parce qu'il faut absolument que tu ramènes tout à toi. Tu n'as pas le droit de tirer profit de la tragédie de ta sœur.

— Je ne ferais jamais ça.

— Alors arrête ! Tu m'entends ? Laisse-la tranquille, et laisse-nous faire notre deuil. Pourquoi as-tu toujours besoin d'être au centre de l'attention ?

— Et la vérité, tu t'en fiches ? N'as-tu pas envie de savoir ce qui lui est arrivé ?

— Comment oses-tu ? C'est toi qui aurais dû mourir, pas ma petite Faith !

Hope tremblait de tout son corps.

— Non, ça n'aurait pas dû être vous, et ça n'aurait pas dû être elle non plus.

Gage la serra encore plus fort, si tant est que cela fût possible, en se balançant doucement d'avant en arrière. Il la consola sans chercher à la calmer ou à faire cesser ses pleurs. Il la laissa exprimer pleinement ses émotions.

Hope resta ainsi un long moment, lovée dans sa chaleur protectrice. Son cœur lui faisait tellement mal qu'elle aurait juré qu'il s'était déchiré. Quand ses sanglots s'apaisèrent enfin, Gage la guida jusqu'au fauteuil derrière le bureau. Il s'accroupit devant elle, lui prit les mains et respira avec elle, les yeux plongés dans les siens, sans prononcer un mot. Puis il dut sentir que la crise était passée, car un sourire doux et compatissant se dessina sur ses lèvres. Il lui tendit une boîte de mouchoirs.

— Merci, marmonna-t-elle. Je suis désolée, je n'ai rien pu retenir.

Elle s'essuya les yeux et le nez, prenant soudain conscience du piètre tableau qu'elle devait présenter.

— Bizarrement, je n'avais pas réussi à pleurer avant, murmura-t-elle.

Toujours accroupi devant elle, Gage posa les deux mains sur ses genoux.

— C'était peut-être la première fois que vous pleuriez, mais ce ne sera pas la dernière. Et c'est normal. J'ai perdu mon père quand j'avais sept ans. Je sais à quel point c'est dur.

— Mes parents pensent que je suis folle d'être venue ici. Ils n'ont pas envie de se poser de questions. Ils veulent juste accepter la mort de Faith et tourner la page.

Cela lui semblait incompréhensible. Ils étaient pourtant bien placés pour savoir que Faith, contrairement à elle, avait été une fervente catholique. Le suicide allait à l'encontre de toutes ses valeurs.

— Chacun fait son deuil à sa façon, observa Gage.

— C'est vrai, mais j'aimerais bien qu'ils me soutiennent dans cette démarche.

Il poussa un soupir.

— D'après les rumeurs, Faith a eu une peine de cœur. Est-il possible qu'elle ait fait une dépression et…

— Non, le coupa Hope, catégorique. Faith ne se serait jamais suicidée.

— Je ne voudrais pas vous paraître insensible, mais pourquoi êtes-vous si sûre que votre sœur a été assassinée ?

— Elle était heureuse. Elle avait obtenu le job de ses rêves, et elle était tombée amoureuse d'un homme à Goode. Il n'y a pas eu de rupture. Elle n'était pas déprimée.

Faith avait été si impatiente de voir Hope à Noël ! Elle avait même prévu de présenter son petit ami à toute la famille.

— Ma sœur n'était pas du genre à baisser les bras, affirma-t-elle en jetant d'un geste agacé ses mouchoirs dans la corbeille. Si vous croyez aux rumeurs de son suicide, à quoi bon m'aider ?

— Je n'y crois pas, Hope. Au contraire, je pense qu'il y a de grandes chances que vous ayez raison.

— Qu'est-ce qui vous fait dire ça ?

— Différentes choses.

De nouveau, il lui prit les mains.

— On raconte que Faith a été retrouvée au volant de sa voiture, dans son garage, avec le moteur qui tournait.

Hope sentit sa gorge se serrer. Le représentant de Nexcellogen qui l'avait contactée n'avait pas pu lui fournir de détails sur la mort de sa sœur. Il lui avait conseillé d'envoyer une demande d'information officielle.

— D'habitude, ce sont les hommes qui ont tendance à choisir des méthodes « dures » pour se suicider – par arme à feu, par pendaison ou par asphyxie. Les femmes, elles, prennent plutôt des médicaments.

Hope ferma les yeux très fort, tentant de chasser les images que ces mots faisaient naître dans son esprit.

— Vous voulez que j'arrête ?

Elle secoua la tête.

— Non, continuez.

— Quand on suspecte un suicide ou un homicide, on est censé réaliser une autopsie. Or le Dr Steve Howland a signé l'acte de décès sans en pratiquer une. Lorsque j'ai incinéré Faith, je savais qu'elle était morte asphyxiée, mais j'ignorais de quelle manière exactement. Ce n'est que plus tard que j'ai entendu parler du monoxyde de carbone : un voisin avait vu de la fumée sortir de son garage. La peau et les ongles de Faith auraient dû présenter une teinte rouge cerise, car le monoxyde de carbone se fixe sur l'hémoglobine. Ce n'était pas du tout le cas.

— Vous pensez que le Dr Howland a couvert le meurtre de Faith ?

— Pas forcément. C'est moi qui me suis occupé de la crémation, et pourtant je n'ai rien à voir avec un quelconque complot. Nexcellogen a peut-être fait pression sur le médecin pour qu'il bâcle son examen. Tout comme ils ont insisté pour faire incinérer le corps immédiatement afin de respecter la volonté de Faith.

Pardon ?

— Faith n'a jamais demandé à se faire incinérer ! protesta Hope. Je pensais qu'il y avait eu un malentendu. Elle voulait être enterrée dans le caveau familial.

Gage alla chercher un dossier dans un meuble de rangement. Après l'avoir feuilleté rapidement, il tendit à Hope une feuille portant le logo de Nexcellogen.

Tout en haut, on pouvait lire : *Instructions en cas de décès*. La case « Incinération dans les plus brefs délais » avait été cochée, mais ce n'était pas la seule anomalie que présentait le document…

— Je ne suis pas sûre qu'il s'agisse de la signature de Faith, fit remarquer Hope en examinant l'écriture de plus près. Cela y ressemble beaucoup, mais…

Elle haussa les épaules, ne parvenant pas à identifier le problème.

— Il s'agit d'un formulaire interne à Nexcellogen. Quelqu'un a dû le falsifier. Savez-vous si Faith avait des soucis au travail ?

— Elle ne me parlait jamais de ça au téléphone. Elle pensait que les lignes étaient sur écoute.

— Elle avait raison de se méfier. Nexcellogen et la police militaire surveillent les communications.

— Tout ce que je sais, c'est qu'elle bossait dans un laboratoire avec une équipe de scientifiques. À la fin, elle s'est mise à m'envoyer des lettres, mais elle n'y faisait jamais allusion à ses recherches ou à de quelconques conflits avec ses collègues.

Hope ouvrit la pochette en plastique et fit glisser le collier dans sa paume.

— Lui va peut-être nous donner des réponses.

— Un minicryptex, murmura Gage en observant le pendentif en forme de tube.

— Il a été fabriqué selon les croquis originaux de Léonard de Vinci. Faith et moi étions passionnées d'énigmes et de codes secrets. C'était le cadeau idéal pour elle.

Elle fit tourner les cinq cylindres afin de composer le code qu'elle avait programmé, en priant pour que sa sœur ne l'ait pas changé. Quand le tube s'ouvrit, révélant non pas un morceau de parchemin roulé mais une petite clé USB, Gage et Hope restèrent bouche bée.

10

Pendant les heures qui suivirent, assis côte à côte devant l'ordinateur portable du funérarium, ils explorèrent les dizaines et dizaines de dossiers que contenait la clé.

— Encore des résultats de tests, dit Hope, les yeux fixés sur l'écran. Échantillon n° 180. Même composé chimique administré aux souris, mais dans des proportions différentes. Comme chaque fois, la dose a été injectée un mois, une semaine ou une heure avant « l'événement ».

Elle poussa un soupir.

— Quel événement ?

La plupart des résultats apparaissaient en rouge, d'autres en jaune. Seules quelques barres étaient colorées en vert sur le graphique.

— Vu tout ce rouge, j'imagine que cette expérience aussi a raté.

Elle passa directement au dernier test, l'échantillon n° 221.

— On dirait qu'il y a eu du progrès. Presque tous les marqueurs sont en vert. Mais à votre avis, à quoi correspond cette longue barre rouge ?

— Bonne question. Essayez ce dossier, suggéra Gage en en désignant un qu'elle n'avait pas encore ouvert. Il faut que l'on sache sur quoi elle travaillait.

Hope cliqua sur l'icône. Encore des documents… Elle ouvrit le plus récent : cette fois-ci, il ne s'agissait pas de résultats, mais des notes de Faith, ses interprétations. Tout ce dont elle aurait eu besoin pour écrire un article scientifique.

— Regardez. Le médicament est un inhibiteur de neurotransmetteur, et le fameux événement auquel les souris étaient soumises correspond à une série de chocs électriques.

Gage parcourut la page qu'elle lui montrait.

— Faith testait une molécule censée prévenir le syndrome de stress post-traumatique chez les soldats. Ils sont nombreux à en souffrir, quel que soit le conflit auquel ils ont participé. Leur vie peut être complètement détruite par ce qu'ils ont été amenés à faire au combat.

Et les agents de la CIA n'étaient pas épargnés non plus…

— Seuls quelques traitements sont efficaces actuellement, continua Gage, et pour autant que je sache, aucun n'est préventif. Ce serait révolutionnaire de réussir à mettre au point un vaccin.

— Et cela rapporterait beaucoup d'argent, renchérit Hope. Le gouvernement serait prêt à payer une fortune pour disposer d'un tel produit miracle. On ne serait pas loin de créer des super soldats.

— C'est pour ça que Nexcellogen fait ses recherches ici, à Benediction, plutôt que dans les labos de son siège social à Herndon.

La jeune femme fronça les sourcils.

— Faith n'a rien trouvé d'étrange à ce que son équipe soit transférée ici. Elle m'a dit que c'était pour des raisons de sécurité.

— Cette ville a un drôle de passé. Quand j'y ai vécu étant petit, des rumeurs circulaient selon lesquelles le gouvernement menait des expériences sur des humains, des soldats, et pas seulement sur les souris. Qu'il cherchait à fabriquer le guerrier ultime.

— Oh ! je vous en prie ! Je plaisantais quand je parlais de super soldats.

— Les gens d'ici y croyaient dur comme fer, insista Gage. Y compris le père de Claire.

— Ils croient aussi que ma sœur s'est suicidée.

— Ce qui est certain, c'est que l'armée a un intérêt dans cette affaire. Il y a des années, les expériences sur les soldats ont mal tourné et Benediction a failli être bouclée. Mais Nexcellogen a réussi à décrocher un nouveau contrat et a pris la place de la compagnie pharmaceutique qui était installée là avant. Un médicament comme celui-ci serait une vraie aubaine pour les militaires et correspond parfaitement aux objectifs que s'est donnés la ville.

— Sauf qu'il n'est pas efficace, souligna Hope en soupirant.

Elle se laissa aller en arrière dans son siège, tout en faisant défiler la page à l'écran.

— Le seul dosage qui a donné des résultats prometteurs avait été administré une heure avant les chocs. Les souris concernées n'ont pas été tétanisées quand on les a replongées dans le milieu test, et leur seuil de tolérance à la douleur était plus élevé. Mais certains individus ont manifesté des tendances violentes. Pour que l'armée puisse utiliser ce médicament, il faudrait pouvoir l'inoculer une semaine à un mois à l'avance sans qu'il ne transforme les soldats en meurtriers sanguinaires.

— Croyez-vous que Faith ait pu travailler avec une autre entreprise sur ce projet ?

— Vous parlez d'espionnage industriel ?

Gage acquiesça. Il fallait explorer toutes les pistes.

— Si c'est le cas, on aurait au moins un mobile, argumenta-t-il. Quelqu'un de Nexcellogen a pu découvrir le pot aux roses et chercher à l'arrêter. Ou alors, la firme concurrente a voulu la réduire au silence en apprenant les résultats.

— Ma sœur n'aurait jamais trahi son employeur. Elle était loyale.

— Pourtant, elle a pris le risque de faire sortir des informations du complexe. Il doit bien y avoir une raison.

— Je n'ai aucune idée de ce que l'on peut faire avec les informations en question, répliqua Hope. Elles n'expliquent en rien pourquoi Faith a été tuée. J'espérais quelque chose de plus concret…

— On sait au moins par où commencer.

— Ah bon ? Personnellement, j'ai plutôt l'impression d'être dans une impasse.

— Ce que je comprends, c'est qu'il se passait quelque chose au laboratoire qui inquiétait Faith, et qui l'a poussée à stocker toutes ces données sur une clé USB secrète. Il faut découvrir quoi.

— Très bien, mais où doit-on chercher ?

Soudain, elle leva les yeux vers lui et répondit à sa propre question :

— À Nexcellogen. On peut y entrer en utilisant le badge de Faith.

— Certainement pas. On risque de se faire repérer. Cette solution n'est à envisager qu'en dernier recours.

— Alors que proposez-vous d'autre ?

— Faith a peut-être pris des notes sur son ordinateur personnel.

— Vous pensez qu'on devrait aller fouiller chez elle ?

— Non, toutes ses affaires ont été mises en cartons et stockées dans la salle des scellés, au poste de police militaire, expliqua Gage. Je sais comment y accéder discrètement.

— Je n'en doute pas.

Elle l'étudia un moment.

— Ne le prenez pas mal, mais j'ai besoin de savoir pourquoi Jason ne vous fait pas confiance. Pourquoi Claire l'a mis en garde contre vous.

Gage baissa la tête en soupirant, puis il prit une de ses mains dans les siennes.

— J'ai des choses à cacher, Hope. Des choses à fuir. C'est pour ça que je dois tenir Jason et Claire à distance. Je ne veux pas qu'ils souffrent quand je partirai.

Ou quand son passé le rattraperait et l'enverrait six pieds sous terre…

— Jason a déjà eu son lot d'épreuves. Il a besoin de stabilité, de gens sur qui il puisse compter. Je ne peux pas lui offrir ça. Claire comprend, même si elle ne sait pas pourquoi, et on s'est mis d'accord. Mais j'ai fait des erreurs avec Jason. Je m'occupe des cours de sport à l'école, et je suis plus sympa avec les autres gamins que je ne l'ai jamais été avec lui, alors que je ne les vois qu'une heure par semaine. Je dois veiller à ce qu'il ne s'attache pas trop à moi, pour son bien.

— C'est pour ça qu'il a l'impression que vous n'êtes pas celui que vous semblez être.

— Je ne me comporte pas de la même façon avec lui qu'avec les autres, mais c'est pour le protéger. Il croit que la compassion que je leur témoigne est fausse, parce qu'il pense que je n'en ai aucune pour lui. Ce n'est pas vrai : je les aime, Claire et lui.

Hope lui pressa la main. Son regard vert exerçait sur lui une puissante force d'attraction.

— Et la façon dont vous vous comportez avec moi ? demanda-t-elle. Est-elle sincère ?

— Oui.

Une véritable affinité existait entre eux. Ce n'était pas seulement leur soif de justice commune, leur désir de connaître la vérité sur la mort d'un proche. La même flamme semblait brûler au fond de leur âme.

— Dans ce cas, allons vite au poste de police pour inspecter les affaires de ma sœur, dit-elle.

— Nous irons une fois la nuit tombée, quand la ville se sera assoupie.

Il débrancha la clé USB, la confia à Hope, puis rangea l'ordinateur dans sa housse pour l'emporter chez lui.

Alors qu'ils remontaient l'escalier, leurs bras se frôlèrent. Tout naturellement, Gage lui prit la main, et elle entremêla ses doigts aux siens. Il avait bien fait de la conduire ici : elle ne doutait plus de lui.

Cela lui pesait de vivre coupé des autres, les émotions sous cloche. Bientôt, il ne serait plus qu'une coquille vide. Mais après avoir entendu le chagrin de Hope, après avoir vu sa douleur à l'état brut, après l'avoir consolée et serrée contre lui, il n'avait plus envie de se cacher. Un jour, une équipe de tueurs viendrait peut-être s'occuper de lui ; il voulait avoir la chance de lier connaissance avec quelqu'un avant de mourir. D'être vu. D'être accepté tel qu'il était.

Un vœu tout simple en apparence, mais qui pour lui semblait extraordinaire.

Ils avancèrent en silence dans le couloir qui menait au hall d'entrée. Juste avant de tourner au coin, Hope l'arrêta.

— Merci, lui dit-elle en posant une main sur sa joue. Personne n'a jamais fait ça pour moi, prendre autant de risques dans le seul but de m'aider. Je ne pourrais jamais y arriver sans vous.

La sincérité qui se lisait dans son regard emplit Gage d'une douce chaleur. Mais il comprit en voyant ses prunelles s'assombrir qu'il ne s'agissait pas seulement de gratitude. Lentement, timidement, Hope l'attira à elle tout en se hissant sur la pointe des pieds. Elle pressa ses lèvres contre sa joue, sur la ligne de sa mâchoire… puis effleura sa bouche, l'invitant à céder à l'envie qui le tiraillait depuis qu'il l'avait secourue.

Il passa les bras autour d'elle et l'embrassa, d'abord doucement, comme on se glisse dans un bain chaud. Sans réfléchir, il la guida jusqu'au mur et se plaqua contre elle tandis que leurs baisers se faisaient plus pressants, plus intenses. Hope laissa échapper un gémissement de désir qu'il sentit vibrer au plus profond de lui-même.

L'espace d'un instant, il oublia tout. Son cerveau sembla se déconnecter. Il eut à la fois l'impression de perdre l'équilibre et de trouver son centre de gravité. Il n'y avait plus que la sensation de leurs corps bougeant l'un contre l'autre, de la langue chaude et humide de Hope, du goût sucré de sa bouche. De son odeur. De son cœur à lui qui cognait comme un fou dans sa poitrine.

Soudain, un léger grincement lui fit rouvrir les yeux. Hope n'avait rien entendu, elle continuait de l'embrasser avec passion en s'agrippant à ses cheveux. Gage s'écarta d'elle et posa l'index sur ses lèvres.

La porte d'entrée se referma. C'était bien ce qu'il pensait : quelqu'un venait de pénétrer dans le bâtiment.

— Reste ici, chuchota-t-il à Hope. Ne fais pas de bruit. Je m'en occupe.

Elle acquiesça, et il lui confia l'ordinateur portable.

En débouchant dans le hall, il reconnut aussitôt le visage sympathique et la chevelure grise et bouclée du Dr Howland.

— Bonjour, Gage ! lui lança celui-ci avec un sourire qui accentuait les rides autour de ses yeux. Je te cherchais, justement.

— Ah oui ?

Gage s'avança vers lui pour l'empêcher d'aller plus loin.

— Vous voulez peut-être récupérer le survêtement que

je vous ai emprunté. Je vous promets de vous le rendre demain, dès que je l'aurai lavé.

Le médecin ajusta sa casquette de tweed en riant.

— Non, non, prends ton temps ! Il n'y a aucune urgence pour ça.

— Alors qu'est-ce qui vous amène ici malgré la neige ?

D'ordinaire, par un temps pareil, Danielle gérait la clinique même si elle n'était pas de garde, tandis que le Dr Howland restait au coin du feu dans son fauteuil, à lire un livre en sirotant du whisky.

— Je m'inquiétais pour la jeune femme que tu as sauvée, Hope Fischer. Danielle m'a parlé d'elle hier soir au téléphone. Je lui ai recommandé de la garder pour la nuit, par précaution. Je crois qu'elle te l'a dit, glissa-t-il d'un ton faussement détaché.

À Benediction, quand quelqu'un cherchait à minimiser l'importance de quelque chose, il fallait ouvrir grands les yeux et les oreilles. Car les détails qu'on ne voulait pas mettre en avant étaient justement ceux qui avaient de l'importance.

— J'aimerais bien savoir comment elle va, poursuivit Howland. D'après la capitaine Finley, tu l'as ramenée à Goode. C'est vrai ? Où l'as-tu déposée exactement ?

Étrange question… Si Howland était un bon médecin et avait effectivement l'habitude de prendre des nouvelles de ses patients, n'était-ce pas un peu exagéré d'aller jusqu'à traquer Gage en pleine tempête de neige alors qu'il n'avait même pas examiné Hope en personne ?

— Vous savez qu'elle est persuadée que sa sœur ne s'est pas suicidée ? lui dit-il en s'approchant pour mieux étudier sa réaction.

Howland plissa légèrement les yeux.

— Oui, je le sais. C'est aussi pour ça que je voulais la voir. Pour m'excuser.

Intéressant, songea Gage. Ce n'était pas du tout la réponse à laquelle il s'attendait.

— Vous excuser pour quoi ?

— Je n'ai pas pratiqué d'autopsie sur Faith. Si je l'avais fait, cela m'aurait permis de lever ses doutes. C'est dommage que cette jeune femme perde son temps à chasser des fantômes.

— Pourquoi n'avez-vous pas autopsié Faith Fischer ?

— D'abord, tout le monde disait qu'elle était déprimée depuis des mois, et on a retrouvé une lettre de suicide sur le tableau de bord de sa voiture.

— Signée ?

— Tapée à l'ordinateur, mais non signée.

Le vieux médecin retira sa casquette et passa une main dans ses boucles clairsemées.

— L'examen préliminaire du corps a confirmé l'asphyxie. Quand on m'a demandé d'accélérer la procédure pour ne pas faire attendre la famille, j'ai obéi. Avec le recul, je n'aurais pas dû.

Son histoire était crédible. Il semblait sincère. Mais Gage n'oubliait pas qu'ils se trouvaient à Benediction. S'il voulait obtenir la vérité, il allait devoir insister.

— Moi aussi j'ai vu le corps, fit-il remarquer. Les lividités n'étaient pas rouge cerise, les ongles non plus. J'en ai parlé au coroner de Goode, il m'a dit que Faith Fischer était peut-être morte asphyxiée, mais certainement pas d'une intoxication au monoxyde de carbone.

Gage bluffait – et il était particulièrement doué à ce jeu.

— Oh ! je t'en prie, répondit Howland. Ça fait plus de cinquante ans que je suis médecin, tu n'étais même pas né quand j'ai commencé à exercer. La rougeur était bien présente, quoique discrète. Tu n'es pas expert, c'est normal que tu ne l'aies pas vue.

Une fois de plus, il cherchait à minimiser…

— Vous savez aussi bien que moi qu'elle n'est pas morte de cette façon. Pourquoi avez-vous menti ?

— C'est ridicule. Tu te fais des idées.

Agacé, Gage l'attrapa par le col et le plaqua contre le mur. Howland écarquilla les yeux, paniqué.

— Mais qu'est-ce que tu…

— Qui vous a payé pour signer ce certificat de décès bidon ?

— Tu es fou ? Jamais je ne me laisserais corrompre !

— Pourtant, vous l'avez fait. Je veux savoir pourquoi.

— Benediction te monte à la tête, mon garçon. L'isolement, les règles strictes, ce n'est pas bon pour toi.

Décidément, le docteur était coriace… Gage tenta une autre approche.

— Vous savez, je n'ai pas incinéré Faith. Son corps est toujours en bas, dans la chambre froide.

Howland blêmit.

— Je ne comprends pas. Tu as dit à tout le monde que tu l'avais fait. Nexcellogen a envoyé ses cendres à la famille.

— C'étaient celles d'un cerf.

Lors d'une crémation, le corps ne brûlait pas entièrement : il était réduit à l'état de squelette, puis les os étaient pulvérisés. Impossible à l'œil nu de distinguer les cendres d'un être humain de celles d'un animal.

— Et si j'emmenais le corps de Faith à Goode pour demander son avis au coroner ?

— Non ! Ne fais pas ça.

Il n'y avait qu'une seule raison qui puisse expliquer la réaction du médecin : Faith avait été assassinée.

— Comment avez-vous pu sacrifier ainsi vos principes et votre intégrité ? demanda Gage, écœuré.

— Ce n'est pas ce que tu penses. Si tu te posais des questions, pourquoi n'es-tu pas venu m'en parler ?

— J'étais sûr qu'il y avait quelque chose qui clochait.

Gage regrettait de ne pas avoir exprimé ses doutes plus tôt. Cela ne faisait pas de lui un complice comme Howland, mais il n'en avait pas moins honte de s'être tu. S'il voulait à tout prix aider Hope, c'était aussi parce qu'il se sentait coupable.

— Combien vous ont-ils payé ? s'enquit-il.

Le médecin baissa la tête en soupirant.

— Je n'ai pas touché un centime. La nuit où j'ai examiné le corps de Faith Fischer, j'étais ivre. J'avais bu quelques verres au pub avec des gens du village. Faith était venue commander un plat à emporter, comme elle le faisait souvent. Un des hommes a fait remarquer qu'elle avait l'air triste, et que ce devait être à cause de sa rupture avec son fiancé. J'étais encore à peu près lucide à ce moment-là, et j'ai bien vu qu'elle n'était pas en forme. Quelque chose la préoccupait. Plus tard, quand je l'ai examinée, ça m'a paru évident qu'il s'agissait d'un suicide.

— Ça ne vous a pas semblé bizarre qu'une femme déprimée et prête à mettre fin à ses jours se commande à manger ?

— Tout le monde dit qu'elle s'est suicidée. Et puis, on n'a jamais eu de meurtre à Benediction.

— C'est qui, « tout le monde » ?

— Je ne sais pas… Il y avait quelques militaires ce soir-là. La capitaine Finley. Et aussi Mme Lansing.

— Qui vous a demandé d'expédier la procédure ?

— Personne. Je t'ai dit ça pour me couvrir. Je suis désolé…

— Pourquoi cherchez-vous à parler à Hope Fischer ?

— Je veux juste m'assurer qu'elle va bien et la convaincre de rentrer chez elle. Ça me fait mal de penser que cette pauvre jeune femme est là à cause moi, parce que je n'ai pas fait les choses comme il fallait. Je te jure que c'est la vérité.

Gage le relâcha.

— Si vous vous préoccupez du bien-être de Hope, laissez-la tranquille.

— D'accord, c'est ce que je vais faire, promit-il. Tu as raison, Gage, Faith n'est pas morte par inhalation de monoxyde de carbone. Je pense toutefois qu'elle a bien été asphyxiée, et que quelqu'un a voulu déguiser sa mort en suicide.

Il se tordit les mains.

— Si tu emmènes son corps à Goode, je serai radié de l'ordre des médecins.

Son visage tremblait ; il était au bord des larmes.

— Mon boulot, c'est toute ma vie. Je suis un bon médecin quand je suis sobre, tu le sais. N'ai-je pas sauvé Claire ? Je ne bois jamais quand je travaille à la clinique. Danielle y veille. Je t'en prie, Gage…

Ce dernier ne répondit pas tout de suite. Il trouvait cela révoltant, que Howland s'inquiète davantage de protéger sa réputation que d'aider la famille de Faith à obtenir justice.

— Son corps n'est pas là, finit-il par dire. J'ai bien envoyé ses cendres à la famille.

Le visage du médecin se décomposa.

— Tu m'as menti ?

— J'ai bluffé. C'était la seule façon de vous faire cracher le morceau. J'avais besoin de savoir.

Howland s'essuya le front du revers de la main.

— Un conseil, Gage : laisse tomber cette affaire. C'est dangereux. Si quelqu'un a été capable de tuer une fois, il n'hésitera pas à recommencer.

Sur ces mots, il tourna des talons et fila dehors. Quand Gage fut certain qu'il ne reviendrait pas, il rejoignit Hope. Il la trouva adossée au mur du couloir, l'ordinateur portable serré contre sa poitrine.

— Tu as tout entendu ? lui demanda-t-il d'une voix douce.

— Oui. Faith a bien été assassinée, et le docteur a couvert son meurtre par sa négligence.

— Tu tiens le coup ?

— Je veux savoir qui l'a tuée. Mais il a dit une chose à propos de la lettre de suicide qui m'a interpellée. Je l'ai reçue par la poste en même temps que l'urne, et elle n'était pas signée.

Elle ressortit la feuille portant l'en-tête de Nexcellogen, sur laquelle Faith était censée avoir donné ses instructions en cas de décès.

— Pourquoi la personne qui a contrefait sa signature ici n'a-t-elle pas signé aussi la lettre de suicide ?

Gage réfléchit un instant.

— Ce document est un formulaire interne à Nexcellogen, ils nous en envoient juste une copie. En général, on la détruit dès qu'on a fini de s'occuper du corps. Si je l'ai gardée cette fois-ci, c'est à cause de cette histoire de monoxyde de carbone qui ne me semblait pas nette. Le tueur ne prévoyait sans doute pas que tu la voies.

— À ton avis, à quel niveau de la hiérarchie de Nexcellogen ce meurtre est-il couvert ?

— C'est difficile à dire. Michelle Lansing en est la directrice depuis six ans. Il n'y a personne au-dessus d'elle ici.

— Dis-m'en plus sur elle.

— Michelle est agréable, très diplomate. Elle a énormément de pouvoir et d'influence, et elle aime ça. Elle a cinquante ans mais en paraît quarante – seuls ses cheveux blancs trahissent son âge. Lors des événements publics, elle est toujours au centre de l'attention. C'est même elle qui a rendu hommage à Faith pendant le service célébré à sa mémoire.

Les gens l'appréciaient, et contrairement à la plupart des étrangers qui peinaient à s'adapter, Michelle adorait Benediction.

— Il faut qu'on fasse le tour de toutes les personnes qui étaient proches de Faith, déclara Gage. Qui travaillait avec elle au laboratoire ?

— C'est elle qui dirigeait les recherches, et elle a fait venir Paul Kudlow dès le début. Je l'ai rencontré il y a quelques années quand ils étaient encore basés à Herndon. On a dîné ensemble plusieurs fois – Faith et lui étaient amis. L'an dernier, elle a demandé à recruter un autre chercheur, et Neal Underhill a intégré l'équipe. Selon ma sœur, c'était une étoile montante, un type plein de potentiel.

Gage connaissait les deux hommes de loin. Kudlow était plutôt décontracté, du genre à faire des blagues pas toujours drôles. Underhill semblait plus fin, plus sérieux, l'archétype du geek avec ses lunettes et ses T-shirts scientifiques.

— Pourquoi a-t-elle autant attendu pour faire venir Underhill ? s'enquit-il.

— Je ne sais pas. Elle m'a juste dit qu'il serait un précieux renfort pour l'équipe.

— Il faudrait vraiment qu'on trouve quelque chose dans les affaires de ta sœur qui nous éclaire un peu…

Hope acquiesça.

— Crois-tu que le Dr Howland va parler de votre conversation autour de lui ?

— Non. Il n'a pas intérêt à le faire, et il sait que je n'ai aucune preuve contre lui. Par contre, il a raison.

— À propos de quoi ?

S'ils continuaient à poser des questions, ils finiraient par se faire repérer. Ce qui signifiait que Gage ne pouvait pas rouler à la fois pour lui-même et pour Hope. Les deux étaient incompatibles. Il avait eu tort de croire le contraire.

— Ce qu'on fait est dangereux, répondit-il.

— Je comprendrais que tu renonces.

— Je t'ai promis de t'aider. D'aller aussi loin que tu le voulais. Je tiendrai parole.

Hope redressa les épaules en soutenant son regard. L'ardeur qu'il admirait tant brillait de nouveau dans ses yeux.

— Alors je veux aller jusqu'au bout, affirma-t-elle.

11

La nuit, une atmosphère paisible, presque idyllique, régnait à Benediction. Hope savait cependant que sous le vernis des décorations de Noël la corruption gangrenait la ville.

Elle se recroquevilla sur son siège tandis que Gage garait le pick-up près du bâtiment de la police militaire. Tout en répétant mentalement le plan qu'ils avaient mis au point, elle enfila la capuche de son sweat, y glissa les mèches échappées de sa queue-de-cheval et noua le cordon sous son menton.

— Tu m'as dit que tu avais un moyen d'éviter que je me fasse repérer par les caméras intérieures. Il serait peut-être temps que tu m'expliques.

Gage lui lança un sourire qui faillit lui faire oublier pourquoi ils étaient là.

— Tiens, dit-il en lui tendant un boîtier muni d'une antenne et d'un interrupteur. C'est un brouilleur de signal vidéo, un petit gadget que j'ai récupéré quand j'ai ; su que je retournais à Benediction.

— Et tu l'as *récupéré* dans le même magasin que le silencieux pour ton pistolet ?

— Non. Lui, je l'avais déjà.

— Ha ha.

— Je ne plaisante pas, Hope.

Dans d'autres circonstances, venant d'un autre homme, cette réplique l'aurait troublée. Elle ne connaissait rien du passé de Gage et des secrets qu'il fuyait. Mais elle savait qu'elle pouvait lui faire confiance, et cela suffisait.

— Qu'est-ce que je suis censée faire avec ça ? demanda-t-elle.

— Tu dois te trouver à moins de deux mètres de la caméra pour que ça marche. Or, tu seras déjà dans son champ de vision à l'extérieur du bâtiment. Il faudra donc que tu approches par le côté. Longe le mur, et une fois à l'intérieur le brouilleur te protégera. Garde quand même la tête baissée au cas où.

— D'accord. J'imagine qu'il suffit d'appuyer sur l'interrupteur ?

— Exactement. Tu auras aussi besoin de ça.

Il ouvrit une petite pochette de la taille d'une trousse de manucure, révélant des outils qu'elle connaissait bien.

— Il va falloir que je crochète une serrure ? Tu ne me l'avais pas dit.

— C'est une technique que tu maîtrises déjà. Je savais que ça ne te poserait pas de problème.

Elle plissa les yeux.

— De quel genre de serrure s'agit-il ?

— Un cadenas.

Il lui expliqua rapidement comment utiliser les différents instruments.

— Ça ira ?

— Oui, je crois.

— J'occuperai le garde aussi longtemps que nécessaire.

Il posa une main sur la sienne et chercha son regard. Très vite, Hope sentit son angoisse se dissiper. Quand elle lui indiqua d'un signe de tête qu'elle était prête, il compta jusqu'à trois. À « un », ils ouvrirent leurs portières en même temps. À « deux », ils descendirent du pick-up. À « trois », ils refermèrent les portes. Il fallait donner l'impression qu'une seule personne était sortie du véhicule, au cas où la sentinelle les aurait entendus s'arrêter.

Hope resta cachée derrière la cabine tandis que Gage enfonçait son couteau dans un des pneus. Pendant quelques instants, il fit mine d'inspecter la roue, puis il se dirigea vers le bâtiment afin de chercher de l'aide.

Hope avait envie de sautiller, de faire les cent pas pour évacuer sa nervosité, mais elle se força à respirer calmement et à se concentrer sur les prochaines étapes de sa mission. Un moment plus tard, elle entendit Gage ressortir, accompagné d'un des soldats auxquels ils avaient eu affaire à l'entrée de Benediction.

— Merci, Porter.

— Il n'y a pas de quoi. J'ai un cric dans ma voiture.

— C'est déjà la poisse de crever, mais quand en plus on n'a pas le matériel… Je ne voulais pas risquer d'abîmer la jante en roulant jusque chez moi.

Leurs voix se rapprochaient. Hope se prépara à courir.

— Vous avez bien fait de venir me chercher. On est là pour aider, répondit Porter, et il ouvrit le coffre de son véhicule.

C'était le signal.

Elle s'élança vers le flanc du petit immeuble et déclencha le brouilleur dès qu'elle atteignit le mur. Pendant ce temps, Gage racontait sa vie à Porter, l'empêchant de s'éloigner de sa voiture. Hope jeta un rapide coup d'œil autour d'elle et rejoignit l'entrée ; elle réussit à se glisser à l'intérieur du bâtiment avant que les deux hommes ne repartent vers le pick-up.

Son cœur battait à tout rompre sous l'effet de l'adrénaline. Elle vérifia les écrans de surveillance derrière le comptoir de l'accueil : le « gadget » de Gage avait bien fonctionné. Un peu rassurée, elle traversa le couloir principal pour gagner la salle des scellés, se référant au plan qu'elle avait mémorisé.

Posant un genou à terre, elle sortit la trousse à outils, sélectionna un entraîneur et en inséra l'extrémité recourbée dans le cadenas. Elle appliqua suffisamment de pression pour faire tourner le barillet dans la serrure, puis elle se servit d'un petit crochet en forme de râteau qu'elle remua à l'intérieur jusqu'à ce qu'un « clic » se fasse entendre.

Et voilà. Le cadenas était ouvert. Cela n'avait pas été aussi simple que pour le tiroir de la table de chevet, mais elle avait réussi. Peut-être avait-elle un don pour le crochetage…

Une fois dans la pièce, elle accorda à peine un regard aux rayonnages sur lesquels s'entassaient les sachets de preuves, et alla tout droit vers les cartons empilés dans un coin. Tous étaient étiquetés *F Fischer* et scellés au scotch jaune.

Pour peu qu'ils viennent les contrôler plus tard, les soldats remarqueraient inévitablement qu'ils avaient été ouverts. Ils vérifieraient alors les enregistrements des caméras de surveillance, et les images brouillées soulèveraient encore plus de questions.

Jusqu'à ce que Porter remonte le fil des événements de la soirée…

Bon sang.

Gage avait bien dû y penser. Aucun détail ne lui échappait. Il savait qu'en cas de problème, tout le désignerait.

Hope prit brutalement conscience des risques qu'il encourait pour elle. Sa poitrine se serra tandis que les idées se bousculaient dans sa tête. Il y avait forcément un moyen d'effacer ses traces et de protéger Gage.

Arrête. Concentre-toi.

Elle ne pouvait pas faire machine arrière, et le temps pressait. Elle trancha le scotch du premier carton, retira le couvercle et commença à fouiller. Une vague de nostalgie l'envahit aussitôt. Chaque objet lui rappelait Faith, sa vie ici, sa mort, et elle dut s'efforcer de chasser son chagrin pour continuer.

Tous les vêtements, les bijoux, les livres de sciences de sa sœur étaient rangés là. Elle mit de côté un petit album photo où on les voyait toutes les deux enfants et où Faith apparaissait aux étapes importantes de sa vie. Ce n'était pas cela qu'elle était venue chercher, mais elle ne supportait pas l'idée de le laisser ici.

Au bout du compte, elle ne trouva pas d'ordinateur portable. Pourtant, Faith aimait travailler au lit le soir lorsqu'elle n'arrivait pas à s'endormir… Peut-être les responsables de Nexcellogen l'avaient-ils confisqué.

Dans le dernier carton, elle découvrit un exemplaire de *Ne tirez pas sur l'oiseau moqueur*, son livre préféré. Faith, elle, adorait *Les Hauts de Hurlevent*, qu'elle relisait au moins une fois par an ; bizarrement, le roman d'Emily Brontë n'était dans aucune des boîtes.

Hope fut surprise en revanche de tomber sur un carnet. Sa sœur n'était pas du genre à tenir un journal intime… Plus étonnant encore, les pages étaient noircies de mots et de chiffres qui n'avaient en apparence aucun sens. Quelqu'un qui ne connaissait pas Faith aurait facilement pu en conclure qu'elle avait perdu la tête.

Sauf qu'elle avait été parfaitement lucide.

S'agissait-il encore d'une impasse ? Hope avait envie de crier sa frustration, d'envoyer un coup de pied dans un carton. Puis elle la vit. Une petite phrase qui éclairait tout.

« Pense-t-on que l'on aime respirer ? »

C'était une citation célèbre de *Ne tirez pas sur l'oiseau moqueur*. La narratrice expliquait que la lecture lui était venue naturellement, comme on respire, et qu'elle ne s'était par conséquent jamais posé la question de savoir si elle aimait lire. À présent, Hope comprenait le message de sa sœur.

— Merci, Faith, murmura-t-elle.

Elle posa le carnet de notes et le livre de Harper Lee sur la pile d'objets qu'elle avait décidé d'emporter. Elle chercha ensuite autour d'elle la dernière chose dont elle avait besoin : du scotch jaune. Il y en avait un rouleau sur une étagère.

Sans perdre de temps, elle replaça les couvercles sur les caisses et les scella avec le ruban adhésif. Puis elle ramassa les affaires de Faith et sortit de la salle, en prenant soin de refermer le cadenas.

Le silence régnait toujours au sein du poste de police. Hope rejoignit rapidement l'entrée et jeta un coup d'œil dehors. Les deux hommes avaient fini de changer la roue et discutaient à bâtons rompus. Porter tournait le dos au bâtiment.

Sur un signe discret de Gage, Hope ouvrit la porte et se faufila sur le trottoir. Sachant qu'elle ne pourrait pas regagner le véhicule sans que le jeune soldat la repère, elle longea l'immeuble, tourna à l'angle et attendit, plaquée au mur, les jambes tremblantes.

À peine le pick-up s'était-il arrêté devant elle qu'elle sauta à l'intérieur, immensément soulagée.

Gage redémarra sitôt que la jeune femme fut montée.

— Baisse-toi, lui rappela-t-il.

Elle avait accompli brillamment sa mission, mais une erreur d'inattention était vite arrivée lorsque la pression retombait.

— Je n'ai pas trouvé d'ordinateur, annonça-t-elle en s'enfonçant dans son siège.

Gage étouffa un juron.

— Les gens de Nexcellogen ont dû mettre la main dessus. Il fallait s'y attendre.

Il manœuvra pour entrer dans le garage.

— J'imagine qu'ils ont pris tout ce qui aurait pu nous être utile, ajouta-t-il alors que la porte se refermait derrière eux.

— Non, pas tout.

Intrigué, il se tourna vers elle et découvrit la pile d'objets qu'elle tenait sur ses genoux.

— Ne me fais pas mariner, s'il te plaît. Raconte.

— Quand on sera là-haut, au chaud et à l'abri des oreilles indiscrètes.

Elle avait raison. Claire et Jason pouvaient surgir dans le garage à tout moment.

Lorsqu'il fut certain qu'aucun voisin ne regardait à sa fenêtre ou ne se promenait dehors malgré l'heure tardive, Hope et lui grimpèrent l'escalier extérieur jusqu'à l'appartement. Pendant qu'il allumait la cheminée, elle alla se percher sur un tabouret devant le plan de travail, où elle étala les affaires qu'elle avait ramenées du poste de police militaire.

Debout derrière elle, Gage eut un peu de mal à se concentrer en sentant l'épaule de la jeune femme effleurer son torse.

— Je crois que j'ai trouvé quelque chose d'intéressant, dit-elle.

Elle lui montrait un petit carnet rempli de mots et de chiffres jetés là sans aucune logique apparente.

— Pour moi, ça n'a aucun sens, fit-il remarquer.

— Tant mieux. Faith cherchait justement à ne pas être comprise par n'importe qui.

— Parce que toi, tu comprends ?

— Oui. Quand on était petites, on adorait communiquer par codes et par énigmes. On les inventait nous-mêmes.

— Tu veux dire que ce qui est écrit là est un message codé ?

— C'est la preuve qu'elle en a écrit un quelque part. Et ça, c'est la clé pour le déchiffrer, ajouta-t-elle en désignant le livre de Harper Lee.

— D'accord. Donc, on sait comment décoder un message que l'on n'a pas.

— Pas encore, le corrigea-t-elle.

Elle leva la tête vers lui, et leurs visages se retrouvèrent soudain à quelques centimètres l'un de l'autre.

— On doit juste… hum…

Hope s'humecta les lèvres en regardant sa bouche.

— Ne me dis pas que tu veux qu'on entre chez Nexcellogen, grogna-t-il.

— Non, ce n'est pas ça.

— Tu me rassures. Alors que doit-on faire ?

— Tu ferais peut-être bien de t'asseoir.

Gage se redressa.

— Je ne suis pas en sucre. Dis-moi ce que tu as à dire.

— Faith travaille ici depuis quatre ans, mais elle a commencé à m'écrire il y a seulement quelques mois. Je pense que le message codé se trouve dans les lettres qu'elle m'a envoyées. Elles sont dans ma valise, à Goode.

Gage s'assit à côté d'elle en réprimant un soupir de soulagement.

— Ce n'est pas si compliqué. J'irai les récupérer demain.

— Pendant que tu seras là-bas, j'aimerais que tu parles au shérif, Ryan Keller.

Gage fronça les sourcils. Il avait déjà pris des risques avec la capitaine Finley. L'idée de se faire remarquer d'un autre membre des forces de l'ordre ne l'enchantait pas.

— Pourquoi veux-tu que je lui parle ? s'enquit-il.

— Parce que si tu ne lui dis pas que je vais bien, il va venir me chercher à Benediction. Il remuera ciel et terre, et l'armée comprendra vite que tu ne m'as jamais ramenée à Goode.

— Pourquoi viendrait-il te chercher ici ?

Hope mit du temps à répondre. Elle attrapa la bouteille de cognac, leur servit un verre à chacun et lui en tendit un.

— Il faut que je te dise quelque chose qui ne va pas te plaire, lâcha-t-elle enfin. Ce qui m'est arrivé sur la route l'autre soir, cela faisait partie de mon plan pour entrer dans Benediction. Le shérif m'a aidée… en me poussant dans le fossé.

Gage avala le cognac d'un trait, laissant la brûlure de l'alcool chasser le froid qui avait soudain figé ses veines.

— Tu as orchestré ton accident ?

Prononcer les mots tout haut ne faisait qu'accentuer l'absurdité et l'horreur de cet acte.

— Oui et non, répondit-elle.

— Tu as failli mourir !

— Ça, ce n'était pas prévu.

— Encore heureux !

Elle l'implora du regard.

— Ryan est un type bien. Il m'a aidée à peaufiner mon plan. Si j'avais changé d'avis en cours de route, je n'aurais eu qu'à enclencher mes warnings pour tout arrêter. Je ne l'ai pas fait, parce que je voulais aller jusqu'au bout.

— Que tu sois une tête brûlée, je peux le comprendre. Mais un shérif…

— J'étais censée percuter un arbre. Il m'avait indiqué lequel. Il m'avait même expliqué comment réagir au cas où je roulerais sur une plaque de verglas. Sauf que j'ai paniqué : j'ai freiné, la voiture a dérapé, et j'ai perdu le contrôle. J'ai raté l'arbre et fini dans le lac.

Gage se servit un autre verre.

— Il t'a laissée pour morte. Et si je ne m'étais pas arrêté ?

— Ryan devait vérifier dans son rétroviseur qu'on

me portait bien secours. Tout était prévu. Avant ça, il a surveillé le poste de sécurité à la jumelle. Quand il a vu quelqu'un sortir de Benediction – toi, en l'occurrence –, on s'est lancés.

— Tu es complètement folle. Et ce shérif doit l'être encore plus que toi, pour avoir accepté de participer à un plan aussi dangereux et insensé !

— Mon plan n'était pas insensé. Il était astucieux, et il a marché. La preuve, je suis là.

Elle termina son verre.

— Je ne suis pas folle, Gage. J'en avais marre de me heurter à un mur de silence ici. Le besoin de connaître la vérité me rongeait jour et nuit.

Le chagrin n'était pas un nuage sombre suspendu au-dessus de votre tête. C'était un animal monstrueux doté de crocs et de griffes qui finissait par vous dévorer si vous ne le domptiez pas avant.

— Je savais que c'était risqué, ajouta Hope en se servant à son tour un deuxième verre.

— C'est le moins qu'on puisse dire.

— Mais je me suis souvent mise en danger pour mon travail. Comment aurais-je pu hésiter à le faire pour ma sœur ?

— Tu as perdu conscience, lui rappela-t-il doucement en lui caressant la joue. Tu avais de l'eau dans les poumons. Si ç'avait été quelqu'un d'autre à ma place, quelqu'un qui aurait été incapable de casser ta vitre, qui n'aurait pas connu les gestes de réanimation, ou qui n'aurait pas osé se battre pour que tu reçoives des soins, tu serais morte.

Elle lui prit le visage dans les mains et plongea son regard dans le sien.

— Sauf que ce n'était pas quelqu'un d'autre. C'était toi. Un type bien. L'homme qu'il fallait, et qui continue de m'aider à ses risques et périls.

Ses caresses et ses compliments faillirent lui faire oublier le reste.

— Des types bien, il y en a plein, apparemment, fit-il remarquer. Tu as le shérif. Tu m'as, moi. Est-ce qu'il y en a beaucoup d'autres qui attendent en coulisses de voler à ton secours ?

Elle eut un mouvement de recul.

— Non.

— Peut-être que tu es juste extrêmement persuasive, poursuivit-il. Comme une sorcière qui jette des sorts aux types bien.

Cela expliquerait en tout cas pourquoi il éprouvait ce besoin irrépressible d'être près d'elle, de la toucher. Bon sang, elle avait sans doute fait pareil avec le shérif. Lui aussi, elle l'avait ensorcelé.

— Qu'es-tu en train de suggérer, Gage ? Si tu as des questions, pose-les.

Il hésita. Une désagréable amertume qui ressemblait fort à de la jalousie bouillonnait au creux de son estomac.

— À quel point t'es-tu rapprochée du shérif, pour qu'il accepte de risquer son job et sa réputation en t'envoyant dans le fossé ? finit-il par demander.

Hope se leva brusquement.

— Ryan était le petit ami de Faith, lâcha-t-elle. Ils s'aimaient, et elle s'apprêtait à nous le présenter. Il m'a dit qu'il avait prévu de la demander en mariage à Noël, devant nous. J'ai même vu la bague. Je n'ai donc pas eu besoin d'insister beaucoup pour le convaincre. Je lui ai juste promis de retrouver le meurtrier de ma sœur.

Elle tourna des talons et alla s'enfermer dans la chambre en claquant la porte derrière elle.

Gage serra les poings. *Quel imbécile*. Pourquoi s'était-il montré aussi grossier et insultant ? Il n'avait pas de quoi être fier.

Pour tout dire, il avait peur. Peur de s'être trop attaché, peur des sentiments qu'il éprouvait déjà pour cette femme rencontrée depuis moins de quarante-huit heures. Son combat était devenu le sien, non pas pour quelque noble raison, mais parce qu'elle le fascinait. C'était de la folie.

Un grognement de frustration s'échappa de sa gorge.

Si ses coéquipiers le voyaient à cet instant, ils penseraient sûrement qu'il avait perdu la boule, pour s'être entiché aussi vite d'une demoiselle. Nul doute qu'ils se moqueraient bien de lui. Puis Zee lui conseillerait d'aller s'excuser.

— Tu as raison, murmura-t-il. Comme toujours.

Ils lui manquaient tous tellement… Ces trois-là étaient les seules personnes au monde avec qui il pouvait être lui-même et pour qui il était prêt à mourir.

Il lança un coup d'œil vers la porte de la chambre. Oui, il devait demander pardon à Hope, et lui promettre à la fois d'aller chercher les lettres et d'apaiser les craintes de Ryan Keller. Après cela, libre à elle de le gifler ou de le mettre dehors à coups de pied.

12

Les paroles de Gage lui avaient fait l'effet d'un coup de poignard. De toute sa vie, Hope n'avait jamais rencontré un homme aussi exaspérant.

Ni aussi sexy, courageux, et généreux.

Elle retira son gilet – celui qu'il lui avait gentiment prêté – et le lança à l'autre bout de la pièce. Puis elle se mit à marcher de long en large pour calmer sa colère.

Le plus rageant, c'était cette attirance qu'elle ressentait pour lui, et qui lui donnait envie de le pardonner. D'aller lui parler. Elle n'aurait pas dû lui mentir à propos de Ryan. Oui, le shérif aimait Faith et comptait l'épouser, mais il n'avait pas été si facile à convaincre. Lui aussi avait traité Hope de folle lorsqu'elle lui avait présenté son idée. « Je ne veux pas que tu finisses comme Faith », lui avait-il dit. Elle avait été obligée de recourir au chantage affectif pour lui faire changer d'avis.

Gage, lui, l'avait aidée sans se poser de questions, avec un dévouement qui la laissait sans voix. Ce n'était pas pour le flatter qu'elle l'avait qualifié de « type bien ». Jamais elle n'avait eu autant confiance en quelqu'un, en dehors de Faith. Alors qu'elle ne savait presque rien de lui, elle avait l'impression de le connaître mieux que n'importe lequel des hommes qu'elle avait fréquentés par le passé.

Elle comprenait son fonctionnement, son caractère, l'esprit qui dictait sa conduite.

Et s'il était réellement l'homme qu'il lui fallait ?

Soudain, la porte s'ouvrit et Gage déboula dans la chambre.

— Je suis désolé. Pour tout. Je me suis comporté comme un abruti. Tu aurais pu me mentir à propos de l'accident, te contenter de me dire que le shérif s'inquiétait pour toi, mais tu as été honnête. C'est juste que ça me rend malade de penser que tu t'es mise volontairement en danger, et…

Hope le fit taire en l'embrassant. Après un moment de surprise, il l'enlaça et répondit à son baiser avec une telle ardeur qu'elle crut fondre dans ses bras. Quand elle redressa la tête, à bout de souffle, elle ne put s'empêcher de sourire.

— Dès que tu as prononcé le mot « désolé », je n'ai pas pu résister, murmura-t-elle.

— Zee disait toujours qu'on pouvait régler la plupart des conflits avec des excuses sincères, et que les mecs étaient des imbéciles. Apparemment, elle avait raison.

— Qui est Zee ?

Une ancienne petite amie ? se demanda Hope. Une ex-femme ? Quelqu'un qui comptait encore pour lui ?

Gage lui offrit un de ses irrésistibles sourires.

— Peu importe. Je te raconterai plus tard.

Il s'empara de nouveau de ses lèvres, et bientôt Hope ne fut plus capable de réfléchir. Toutes ses terminaisons nerveuses semblaient reprendre vie ; un feu brûlant coulait dans ses veines et se propageait au bas de son ventre.

— J'ai envie de toi, Gage, souffla-t-elle.

— Moi aussi.

Il déposa une pluie de baisers dans son cou, tout en explorant le reste de son corps de ses mains avides. L'incertitude et le chagrin qui l'avaient oppressée ces derniers jours s'évaporèrent. Elle se savait en sécurité avec Gage. S'il y avait un homme sur Terre à qui elle n'avait pas peur de s'offrir, c'était bien lui.

À cet instant, plus rien d'autre n'avait d'importance. Elle brûlait de le déshabiller, de le toucher, de se retrouver peau à peau contre lui.

La pièce bascula autour d'elle tandis qu'il la soulevait dans ses bras pour la porter jusqu'au lit. Il la déposa délicatement, comme si elle était la chose la plus précieuse au monde. Avec la même douceur teintée d'impatience, il la débarrassa de son débardeur et recueillit ses seins dans ses paumes. Lorsqu'il referma la bouche sur un de ses tétons dressés, Hope laissa échapper un gémissement de contentement.

Pendant ce temps, sa main s'était aventurée plus bas, et il se mit à la caresser à travers le fin pantalon de yoga. Comme elle se tordait sous cette délicieuse torture, il finit de la déshabiller et reprit ses explorations. Ses doigts habiles jouèrent avec elle, la taquinèrent, avant de plonger lentement en elle, allant et venant au même rythme que sa langue dans sa bouche. Le plaisir était si intense qu'elle en tremblait.

— Hope, murmura-t-il.

Aucun homme n'avait jamais prononcé son nom de cette manière, avec la révérence d'une prière ou d'un serment. Il promena son regard sur elle, et ses yeux s'assombrirent.

— Tu es tellement belle…

Mais alors qu'elle commençait à défaire le bouton de son jean, il la retint.

— Attends… Je n'ai pas de protection.

— Pour ma part, je n'ai jamais pris de risques.

— Moi non plus, mais je ne suis pas prêt à être père, insista-t-il en se redressant.

De le voir résolu à s'abstenir alors que le désir embrasait

ses prunelles, Hope sut qu'elle était en train de tomber amoureuse de lui – si ce n'était pas déjà fait.

— Moi non plus je ne suis pas prête à être mère, lui assura-t-elle. Je prends la pilule. Et j'ai sans doute quelques préservatifs dans…

Elle n'eut pas le temps de finir sa phrase que Gage se saisissait du sac à main. Il fouilla à l'intérieur et en ressortit d'un air triomphant un petit paquet carré.

— Viens vite, murmura-t-elle en l'attrapant par le pull.

Mais il l'arrêta encore.

— Il faut que je te prévienne : j'ai des cicatrices. Suffisamment pour te surprendre, voire te dégoûter.

C'était la première fois qu'elle le voyait si hésitant. Si vulnérable. Mais c'était justement ce qu'elle voulait : qu'ils se mettent à nu, dans tous les sens du terme.

— Laisse-moi te regarder, Gage.

Elle lui retira son pull, le T-shirt en Thermolactyl qu'il portait dessous, puis son jean. Et elle découvrit les dizaines de marques qui constellaient son corps, souvenirs de blessures par balle ou par arme blanche. Elle les embrassa toutes, effleurant de ses doigts ses muscles vigoureux. Petit à petit, Gage se détendit.

— Tu m'expliqueras, plus tard ? demanda-t-elle, tout en le prenant dans sa main.

Gage étouffa un grognement, la tête rejetée en arrière.

— Je te le promets, répondit-il.

Quand il la repoussa sur le lit et la couvrit de son corps, elle se délecta de sa force, de sa chaleur, du contact de sa peau. Il lui mordilla le cou, faisant naître mille frissons sur son passage. Puis il s'écarta pour enfiler le préservatif, sous le regard avide et impatient de Hope. Le moment était sensuel, intime. Dénué de toute gêne.

Il la pénétra et l'embrassa en même temps, capturant son cri de plaisir. Leurs corps s'ajustaient à la perfection.

Hope se sentit emportée dans un tourbillon de sensations, et il n'y eut plus que les mains de Gage qui la caressaient, sa bouche qui la goûtait, son membre qui allait et venait en elle, de plus en plus fort, leurs souffles mêlés et la tension qui montait, qui montait, si insoutenable et si douce qu'elle craignit d'exploser.

Gage s'était autorisé à l'aimer, à honorer son corps, à se perdre en elle. Sa gorge se serra lorsqu'il repensa au plaisir qu'il avait éprouvé à l'entendre crier son nom, à la sentir se contracter autour de lui. Une expérience magique.

Hope s'était éclipsée dans la salle de bains. Un instant plus tard, elle le rejoignit sous la couette. Il l'attira contre lui en luttant contre le flot d'émotions qui le submergeaient.

— Tes cicatrices, chuchota-t-elle. Est-ce qu'elles ont un rapport avec ta présence à Benediction ?

— Oui.

Gage n'avait jamais dit à personne quel genre de métier il exerçait ni pourquoi il fuyait – pas même à Claire.

— Tu ne veux pas m'expliquer ? demanda Hope doucement.

— On peut vouloir quelque chose et en avoir peur en même temps.

Elle se redressa sur un coude.

— Je t'ai tout dit, et tu as accepté de m'aider à retrouver le meurtrier de ma sœur. C'est merveilleux d'avoir quelqu'un avec qui partager son fardeau. Tu as fait ça pour moi, laisse-moi faire la même chose pour toi.

Il poussa un long soupir et ferma les yeux.

— Je travaillais pour la CIA, lâcha-t-il.

Il en avait déjà trop dit.

— Regarde-moi, lui enjoignit-elle en posant une main sur sa joue. S'il te plaît.

Lorsqu'il plongea son regard dans le sien, il n'y vit aucune méfiance, aucune déception. Seulement l'expression de quelqu'un qui essaie de reconstituer un puzzle.

— Tu peux me faire confiance, Gage.

— Je te fais confiance, mais je ne veux pas te mettre en danger. Je préfère que tu sois libre de partir, de reprendre le cours normal de ton existence. En te rapprochant trop de moi, tu risques de te retrouver avec une cible dans le dos.

— Je suis assez grande pour décider moi-même des risques que je veux prendre, lui fit-elle remarquer. Raconte-moi ce qui t'est arrivé, et j'aviserai. D'accord ?

Comme il acquiesçait, elle demanda :

— Est-ce que tu t'appelles vraiment Gage ?

— Oui, Gage Graham. Mais je travaillais sous d'autres noms. Seuls mes collègues connaissaient ma véritable identité.

À Benediction, il n'aurait pas pu en utiliser une autre, à cause de Claire et des registres de la ville datant de son enfance.

— Qu'est-ce que tu faisais, à la CIA ? Vu toutes tes cicatrices, j'imagine que tu ne travaillais pas derrière un bureau…

— Je faisais partie d'une équipe de tueurs professionnels. Notre boulot était d'éliminer de grands criminels. De rendre le monde plus sûr. On a abattu un certain nombre de dictateurs et de terroristes.

Il avala sa salive et étudia le visage de la jeune femme. Le choc et l'inquiétude y étaient flagrants. Il attendit son jugement, mais celui-ci ne vint pas.

— Continue, dit-elle simplement.

— Notre nom de code était Topaz. On formait un groupe solide, uni comme une famille. Hunter était notre chef. Zee – Zenobia –, notre hackeuse de génie. Dean était l'exécuteur.

Un euphémisme pour assassin…

Si chacun avait sa spécialité, tous étaient des agents surentraînés, capables de combattre au corps-à-corps comme avec n'importe quelle arme.

— Et toi, quel était ton rôle ?

— J'étais le nettoyeur. C'était moi qui étais chargé de faire disparaître les corps ou de maquiller les scènes de crime. Je faisais le nécessaire pour qu'on ne puisse pas remonter jusqu'à la CIA.

— Que s'est-il passé, alors ? s'enquit-elle en lui caressant le front.

Gage ne comprenait pas comment elle pouvait encore supporter de le regarder, sans parler de le toucher.

— J'aimerais bien le savoir, répondit-il. Notre dernière mission a mal tourné. On était censés éliminer un extrémiste, Khayr Faraj, dans les montagnes de l'Afghanistan, en même temps qu'un de ses soutiens financiers.

— Faraj ? J'ai entendu parler de lui. Il est encore vivant. Il paraît que dans quelques années il sera plus puissant et plus dangereux qu'Oussama Ben Laden.

— C'est bien pour ça que la CIA tenait à le supprimer. On n'avait pas de photos de lui, juste une description – on devait le reconnaître grâce à sa tache de naissance sur la joue. D'après nos informations, lui et d'autres terroristes allaient rencontrer un fonctionnaire afghan corrompu. On nous a donné l'ordre d'utiliser des explosifs. De tuer tout le monde. C'était bizarre, parce que d'habitude on décidait nous-mêmes de la méthode à employer.

— Si Faraj n'y était pas, qui avez-vous éliminé ?

— Un chef de tribu, apparemment.

— Comment une telle erreur a-t-elle pu se produire ?

— Aucune idée. On n'a pas eu le temps de poser la question. Notre exfiltration a été compromise, et des hommes ont tenté de nous liquider. À l'époque, on n'était pas certains qu'ils avaient été envoyés par la CIA. Heureusement, Hunter a toujours un plan B : pendant des semaines, on s'est planqués sur un cargo, dans des conteneurs, avant de pouvoir rentrer au pays.

Ce n'était pas son meilleur souvenir…

— Hunter a essayé de rencontrer notre officier traitant à la CIA, poursuivit Gage, sauf que tout est allé de travers. Au lieu de Kelly Russell, c'est une autre équipe de tueurs qui s'est présentée. Des mercenaires sans pitié qui se fichaient des dommages collatéraux. On a compris alors que c'était bien la CIA qui cherchait à nous éliminer. On a été obligés de se séparer, et depuis, on fait profil bas.

Elle posa une main sur son torse.

— Mon Dieu… Je n'imagine pas ce que tu as enduré. Perdre ton travail, tes coéquipiers, être forcé de fuir et de te cacher sans savoir pourquoi…

— C'est un vrai cauchemar, je te le confirme. C'est comme sauter dans le vide sans parachute.

— Au moins, tu as Benediction. La CIA ne viendra pas te chercher ici.

— C'est temporaire. Je ne fais pas vraiment confiance à la capitaine Finley pour respecter sa part du contrat.

— Quel contrat ?

— Je fournis des produits de luxe à son mari pour lui donner envie de rester ici. Cette ville n'est pas très accueillante pour les conjointes et les conjoints… En échange, la capitaine « oublie » de vérifier mes antécédents. Quand elle sera mutée, il sera temps pour moi d'aller voir ailleurs.

Trouver un endroit sûr était difficile, voire impossible, mais il avait encore deux ans pour organiser son départ.

— Moi, je suis là, souligna Hope en effleurant ses lèvres des siennes. Notre histoire ne fait que commencer.

Cette femme était incroyable. Après tout ce qu'il lui avait révélé, elle n'avait pas envie de s'enfuir en courant.

Gage ne distinguait même pas une once de peur dans ses yeux. Il ne demandait rien de mieux que de construire une relation avec elle, mais comment ?

— Je suis terré dans une ville qui t'est interdite, lui rappela-t-il. Ta vie est à Los Angeles, une mégapole truffée de caméras de surveillance. Ce n'est pas l'idéal pour un homme recherché.

— Je suis photojournaliste free-lance. Je peux décider de m'établir n'importe où... Sauf à Benediction.

Ils se mirent à rire tous les deux.

Hope, l'espoir. C'était ce qu'elle était pour lui, une ouverture sur de nouvelles possibilités. Jamais il n'aurait cru rencontrer un jour une femme comme elle, avec laquelle il se sente si bien.

— J'ai été seule longtemps, lui confia-t-elle. Si longtemps que j'avais fini par me convaincre que je n'en souffrais pas, et que c'était mieux comme ça. Qu'on est plus libre quand on n'a aucune attache, quand on ne dépend de personne. Je suis capable de me débrouiller, mais depuis le peu de temps que je te connais, je me suis rendu compte à quel point c'est agréable d'avoir quelqu'un sur qui compter, quelqu'un qui me tienne la main, qui me console, qui m'aide sans rien demander en retour. Je n'avais jamais eu ça, et je n'ai pas envie de le perdre.

Gage la serra contre lui, le cœur gonflé d'un sentiment qu'il n'osait pas nommer.

Un jour, il serait obligé de quitter Benediction. Peut-être Hope pourrait-elle s'installer dans une ville à proximité – ailleurs qu'à Goode, de préférence, car elle y connaissait un shérif – et il la rejoindrait de temps en temps.

Qu'est-ce qui te prend ? songea-t-il amèrement. Il avait perdu la tête.

— Ce serait beaucoup plus simple et plus sûr pour toi si tu abandonnais cette idée, murmura-t-il.

— Tu n'as donc pas encore compris à qui tu avais affaire ?

Elle lui serra la main.

— Bonjour, je suis Hope Fischer, alias « la Casse-Cou ».

— Enchanté, mademoiselle Fischer. Votre surnom me plaît beaucoup.

Il l'attrapa par la nuque pour l'embrasser.

— Je te propose un marché : je vais chercher ces fameuses lettres et parler au shérif, on retrouve le meurtrier de ta sœur, et ensuite on parle de nous. Tout habillés, en dehors de cette chambre.

— D'accord.

— Alors, où puis-je trouver ce Ryan ? À part dans son bureau, bien sûr.

— Il prend son petit déjeuner dans un café situé dans la même rue que mon hôtel. Il y va assez tôt, avant le rush.

— Parfait.

— Merci, Gage. Qu'est-ce qu'on fait, maintenant ? On dort ?

— Ce n'était pas vraiment ce que j'avais en tête…

Il l'attira au-dessus de lui, fit glisser ses mains sur son dos, puis plus bas. Oui, il avait de nouveau envie d'elle, mais il désirait encore plus ce qui viendrait ensuite, leurs discussions, leurs confidences…

— Tant mieux, dit-elle en souriant. Parce que je ne suis pas du tout fatiguée.

13

À 7 heures précises, Ryan avait fini de consulter ses mails et déconnectait son ordinateur. Le soleil entrait à flots par les vitres du bureau. Au moins, il faisait beau… Malheureusement, ça ne voulait pas dire que la journée serait bonne pour autant.

Il enfila sa veste et son chapeau.

— Tu veux que je te prenne quelque chose ? demanda-t-il à Dwight en se dirigeant vers la porte.

Aimee n'était pas encore arrivée, mais elle serait là quand Ryan reviendrait.

— Non merci, j'ai déjà mangé, répondit l'adjoint, qui était en train de taper sur son clavier. Et je vous remercie encore d'avoir accepté que je m'occupe de cette paperasse ce matin.

— Il n'y a pas de quoi. Je suis content que Finn n'ait rien de cassé.

— Il a prévu de venir à 17 heures pour le poste de nuit.

Ryan chaussa ses lunettes de soleil.

— Je lui avais ordonné de prendre sa journée, marmonna-t-il.

— Il dit qu'il va bien et qu'il a envie de travailler.

— Si ça peut lui faire plaisir… Je ne vais pas me plaindre d'avoir un adjoint en plus sur le pont. Je reviens dans une heure.

Dwight lui fit signe de la main et reporta son attention sur son écran.

À une époque, Ryan avait adoré ce moment de la journée. Les gens commençaient à peine à se réveiller, les rues étaient encore tranquilles et silencieuses ; il pouvait s'entendre penser. C'était avant de connaître Faith.

Il l'avait rencontrée quatre ans plus tôt, alors qu'elle logeait à l'hôtel en attendant qu'une maison se libère à Benediction. Comme un imbécile, il avait attendu un an avant de l'inviter à dîner, persuadé qu'une jeune femme aussi jolie et sophistiquée ne s'intéresserait jamais à un type comme lui, simple shérif un peu brut de décoffrage.

Physiquement, les deux sœurs se ressemblaient – belles et minces toutes les deux, avec les mêmes yeux verts. Mais Faith avait quelque chose en plus. Une douceur, une gentillesse inégalées. Elle pouvait deviner les pensées de Ryan à son expression, et c'était la seule personne qui arrivait à faire sourire son père.

Il s'était senti privilégié d'avoir été choisi par elle. Et il s'était efforcé chaque jour de se montrer digne de son amour.

Comment le destin avait-il pu avoir la cruauté de lui faire rencontrer son âme sœur pour la lui arracher presque aussitôt ? Ils n'avaient pas eu le temps de se marier, de fonder une famille, de vieillir ensemble comme ils l'auraient voulu. Ryan aurait dû l'inviter à dîner dès le premier jour.

À présent, son cœur saignait et son sang bouillonnait de rage tandis qu'il marchait dans ces rues décorées pour les fêtes. La bague qu'il prévoyait d'offrir à Faith à Noël pesait bien lourd autour de son cou.

Il avait perdu la femme de sa vie.

En tournant au coin du pâté de maisons, il s'arrêta net. Un homme qu'il n'avait jamais vu venait de déboucher de l'allée séparant l'hôtel de la librairie, une valise à la main.

Une petite valise rose qui n'était assurément pas la sienne. Non pas qu'il soit interdit à un homme d'en posséder une de cette couleur, mais Ryan l'avait tout de suite reconnue. C'était celle de Hope.

Quand le gérant de l'hôtel lui avait signalé qu'une cliente ressemblant étrangement à Faith avait loué une chambre, Ryan était immédiatement allé mener l'enquête. Voilà comment il avait fait la connaissance de celle qui aurait dû être sa belle-sœur.

L'inconnu fourra la valise dans un pick-up, ferma le coffre et traversa la rue pour entrer dans le café. Il avait une carrure d'athlète et se déplaçait avec une assurance discrète, comme une mangouste. Inoffensif en apparence, mais parfaitement capable de tuer.

Hope devait être séquestrée à Benediction par les gens de Nexcellogen ou les militaires. Ils avaient envoyé cet homme pour se débarrasser de ses affaires. Régler les derniers détails et la faire disparaître à jamais.

Ryan resta un moment en retrait, le temps de chasser ces idées folles, puis il poussa à son tour la porte du café. Deux box et une table étaient occupés. Le type s'était installé au comptoir, loin des autres clients, et lisait le journal.

— Bonjour, shérif ! lança Sally, la serveuse. Vous prendrez comme d'habitude ?

— Oui, mais cette fois-ci je vais manger au comptoir. Ça changera un peu.

Elle eut l'air étonnée, mais ne fit aucun commentaire.

Il salua de loin les habitués du café et alla s'asseoir juste à côté de l'étranger, alors que les autres tabourets étaient libres. Un geste qui risquait d'être mal pris : les mangoustes étaient très territoriales.

Ryan retira son Stetson, rangea ses lunettes à l'intérieur et posa le chapeau à côté de lui. Sally lui apporta un jus d'orange, avant de filer en cuisine. Pendant ce temps, l'autre avait bu tranquillement son verre d'eau.

— Comment ça va, shérif ? demanda-t-il soudain sans le regarder.

Une mangouste perspicace… C'étaient les plus dangereuses.

— Bien, répondit Ryan. La neige commence à fondre et le soleil brille, je n'ai pas à me plaindre.

— Ce n'est pas ce que j'ai entendu dire.

— Pardon ?

— Il paraît que vous vous inquiétez pour une femme qui cherchait à entrer dans Benediction, lâcha le type, les yeux rivés sur son journal.

Ryan sentit un frisson glacé remonter le long de sa colonne vertébrale.

— Qui vous a dit ça ?

— Hope Fischer.

— Vous l'avez vue ? chuchota-t-il en se penchant vers lui. Est-ce qu'elle va bien ?

— Hope est à Benediction. Oui, elle va bien. Elle essaie de trouver la personne que vous recherchez tous les deux.

Ryan étouffa un soupir de soulagement.

— Elle sait qui a tué Faith ? demanda-t-il.

L'homme regarda autour de lui comme s'il craignait qu'on les voie parler.

— Soyez plus discret, bon sang. Non, on ne sait pas encore qui l'a tuée, mais ce qui est sûr, c'est que le certificat de décès a été falsifié.

On. Ryan s'accrocha à ce petit mot.

— Je peux faire quelque chose pour aider ?

— Non.

— Quand aurai-je de ses nouvelles ?

Il avait besoin de parler à Hope, d'entendre sa voix,

pour être sûr qu'elle allait bien. S'il lui arrivait quoi que ce soit à Benediction, personne n'en saurait rien.

À cet instant, Sally revint de la cuisine avec un sac en papier, qu'elle posa devant l'étranger.

— Voilà pour vous, monsieur. Deux breakfast sandwichs.

C'étaient les préférés de Faith. Et de Hope également. S'agissait-il d'une coïncidence ?

La serveuse repartit pour accueillir des clients – le petit livreur de journaux et sa mère.

— Je ne sais pas quand vous aurez de ses nouvelles, répondit l'individu en lançant un regard impénétrable à Ryan. Elle ne pourra pas vous contacter tant qu'elle sera à Benediction.

Pratique, songea-t-il. Cela leur laisserait amplement le temps de se débarrasser d'elle et d'effacer toutes les traces de son passage. Ce genre de tactique ne l'étonnait guère, venant d'un habitant de cette ville. Ces gens n'étaient pas dignes de confiance.

Il serra les poings.

— Qui êtes-vous, au juste ? Comment puis-je être sûr que vous ne lui avez pas fait de mal ?

— Moi ?

L'homme replia son journal et pivota vers lui.

— C'est vous qui avez manqué de la tuer, dit-il d'une voix acérée. C'est vous qui avez percuté sa voiture et l'avez envoyée dans le lac, où elle a failli se noyer.

Se noyer ?

Ryan eut soudain la nausée. Il s'était juré de veiller sur Hope comme un grand frère, et au lieu de cela il l'avait mise en danger. Dès l'instant où il avait accepté de l'aider dans sa folle entreprise, il avait regretté sa décision, tout en ayant conscience que c'était la seule façon de découvrir ce qui était réellement arrivé à Faith.

— Je n'ai jamais voulu ça, se défendit-il.

— L'enfer est pavé de bonnes intentions, shérif.

— Ne me parlez pas sur ce ton. Vous n'avez pas le droit de me faire la leçon.

— Pourquoi ? Parce que Hope n'est pas morte ?

Ryan sortit la bague de fiançailles de sous son pull.

— Parce que je vis en enfer depuis que j'ai perdu la femme que j'aimais. Parce que je ne désire qu'une chose : retrouver l'assassin de Faith. Qui êtes-vous ?

— Je suis le type qui s'est arrêté au bord de la route pour secourir Hope, répondit l'inconnu avec une fureur contenue. Celui qui lui a fait du bouche-à-bouche, qui lui a sauvé la vie, et qui l'a conduite à la clinique de Benediction.

Il jeta deux billets de vingt dollars sur le comptoir.

— Tel que je vois les choses, c'est bien vous qui avez besoin d'une leçon. Vous avez été incapable de protéger Faith, et vous avez failli tuer Hope.

Ryan bondit sur ses pieds.

— Salaud ! Comment osez-vous ?

Le silence s'abattit sur la salle du café. Tous les clients regardaient le shérif avec étonnement.

— Si le bien-être de Hope vous importe vraiment, restez loin de Benediction et ne posez pas de questions, lui dit l'étranger à voix basse, avant de partir en emportant le sac de nourriture.

Bien sûr que Ryan se souciait de Hope. En revanche, il ne supportait pas la condescendance, l'arrogance et le manque de respect. Il ne connaissait cet homme ni d'Ève, ni d'Adam et n'avait aucune preuve de ce qu'il avançait. Pour la sécurité de la jeune femme, il était prêt à suivre ses recommandations, mais rien ne l'empêchait d'enquêter sur lui.

Alors que Sally revenait nettoyer le comptoir et s'apprêtait à ramasser les verres, Ryan la retint.

— Attendez. Allez me chercher un sac plastique. Je veux récupérer celui-ci.

— Pourquoi, shérif ?

— Faites ce que je vous dis, Sally.

La serveuse obéit. De retour avec un sachet zippé, elle aida Ryan à placer le verre à l'intérieur à l'aide d'une serviette en papier.

— Merci.

— Et votre petit déjeuner ? demanda-t-elle.

— Emballez-le, et faites-le moi livrer par le gamin, là-bas. Je le paierai dix dollars.

L'école était encore fermée à cause des chutes de neige de la veille.

— Il va être content ! s'exclama Sally. C'est plus que ce qu'il gagne en une semaine.

Ryan retourna au poste avec le verre dans la poche. Ce type ne lui inspirait pas confiance. Plusieurs choses lui déplaisaient chez lui. Son regard insondable. Son impertinence. Son ton méprisant. La façon qu'il avait eue de lui donner des ordres alors qu'il se trouvait sur son territoire. Il pouvait très bien avoir été envoyé par Nexcellogen pour dissuader Ryan de rechercher Hope. S'il était vrai que la jeune femme allait bien, ce dernier voulait l'entendre de sa bouche.

— Vérifie les empreintes là-dessus, dit-il à Dwight en lui remettant le sachet. Dès que tu auras des infos, préviens-moi.

— Je termine ces dossiers et je m'en occupe, lui promit l'adjoint. Jusqu'où voulez-vous que je creuse ?

— Regarde dans toutes les bases de données. Même s'il n'y a aucun casier judiciaire, je veux être au courant de la moindre amende, de la moindre arrestation.

Hope fut soulagée lorsque Gage poussa la porte de l'appartement. Il s'était absenté longtemps, et elle commençait à s'inquiéter.

— Je ne pensais pas que tu rapporterais toute la valise, dit-elle en se levant. Tu n'as pas dû passer inaperçu !

— C'était risqué, mais je me suis dit que tu aurais envie de retrouver tes affaires. Qu'est-ce qu'un photojournaliste sans son appareil ?

Elle se hissa sur la pointe des pieds pour le remercier d'un baiser. Et l'idée lui traversa l'esprit qu'elle ne s'en lasserait jamais…

— Tu as goût de bacon et d'avocat, observa-t-elle.

Il lui montra le sac qu'il tenait à la main.

— Je t'ai ramené un sandwich. Désolé, j'ai mangé le mien en route, j'avais trop faim. Il fallait que je rachète des médicaments pour Claire, et la pharmacie de Goode n'ouvrait pas avant 9 heures. Tu veux que je le réchauffe au micro-ondes ?

— C'est gentil, mais pour l'instant je suis trop tendue pour manger quoi que ce soit.

Elle s'agenouilla et ouvrit la valise. Les quatre lettres, soigneusement nouées avec un ruban de soie blanc, étaient glissées dans la poche intérieure.

— On devrait les prendre dans l'ordre chronologique, suggéra Gage en s'asseyant à côté d'elle.

Hope décacheta la première, datée du 23 août.

— Regarde. Elle m'explique qu'elle est en train de relire *Ne tirez pas sur l'oiseau moqueur.* À l'époque, ça ne m'a pas plus étonnée que ça qu'elle me précise l'édition.

— Elle voulait être sûre que vous ayez la même référence.

— Exactement. Et sous sa signature, elle cite une phrase du roman.

— Attends, je crois que j'ai repéré la différence avec le formulaire de Nexcellogen. Tu peux me le ressortir ?

Hope attrapa le blouson sur le canapé et fouilla dans les poches pour retrouver la feuille, qu'elle tendit à Gage.

— C'est bien ce que je pensais. Faith était gauchère, n'est-ce pas ?

— Oui, pourquoi ?

— La personne qui a imité sa signature était droitière. L'écriture d'un gaucher a tendance à pencher vers la gauche, or là on voit que les lettres ont envie de pencher à droite, malgré les efforts du faussaire.

— Maintenant que tu le dis… C'est subtil.

Heureusement, Gage savait où regarder. Avait-il eu à imiter des écritures, lui aussi, pour maquiller des meurtres en suicides ? Un jour, elle lui poserait la question. Pour l'heure, ils avaient d'autres priorités.

— Tu penses que la citation en bas de la lettre désigne un numéro de page ? demanda-t-il.

— Ce serait sans doute trop simple.

Hope trouva la phrase à la page 112 du roman.

— Elle commence à la quatrième ligne, constata-t-elle. Entourons les mots de quatre en quatre dans la lettre. Si ça ne mène nulle part, on essaiera par paragraphe.

Elle s'appliqua à repérer les mots au stylo. Tandis que le message apparaissait, simple et clair, un frisson la parcourut.

— « Échec au travail. Grosse pression. Ne sais pas quoi faire. Autre problème plus grave. Acolyte cache quelque chose. »

— Qui est cet acolyte ?

— Ce doit être Paul, répondit Hope. Faith appréciait Neal, mais elle ne m'a jamais parlé de lui comme d'un ami.

— Regardons la deuxième lettre.

Celle-ci était datée du 1er octobre. Faith avait eu la gentillesse de choisir le livre préféré de sa sœur ainsi que des citations qui se démarquaient. Hope avait lu ce roman tellement de fois qu'elle savait à peu près où les chercher.

— Sixième ligne, dit-elle à Gage.

Il entoura les mots de six en six.

— « Grands chefs attendent résultats que je ne peux leur donner. Risque d'être mutée. Mais impossible de quitter mon amour maintenant. »

— Elle ne m'a jamais dit qu'elle allait peut-être devoir retourner à Herndon. Pourquoi ne m'en a-t-elle pas parlé directement ?

— Rappelle-toi, elle soupçonnait l'entreprise de mettre ses salariés sur écoute. Visiblement, elle avait peur aussi que son courrier soit lu. Peut-être qu'elle n'avait pas le droit de parler de son travail. Admettre qu'elle pouvait être exclue du projet, c'était reconnaître qu'il y avait un problème avec les essais cliniques. J'aimerais savoir pourquoi elle n'a rien dit au shérif, s'ils étaient vraiment sur le point de se marier. Je n'avais déjà pas une très bonne opinion de lui ; de le rencontrer en personne n'a rien arrangé.

— Faith était une romantique, elle n'aurait pas voulu que son amoureux se sente obligé de la demander en mariage, expliqua Hope, qui éprouvait le besoin de défendre Ryan. S'il avait su qu'elle risquait de partir, cela aurait peut-être précipité les choses. Ça ne m'étonne pas qu'elle ne lui ait rien dit.

— Je suis sûr qu'elle avait ses raisons, mais ce Ryan Keller ne me paraît pas fiable. Il manque de discernement. Ça me dépasse qu'il ait pu te mettre en danger comme ça.

Hope posa la lettre par terre et se rapprocha de lui.

— Je n'ai pas été tout à fait honnête hier soir, avoua-t-elle. Ryan ne voulait pas du tout m'aider, au départ. Il trouvait mon plan complètement inconscient – il m'a même traitée de folle. Mais il a fini par céder à mon chantage affectif. C'est moi qui t'ai induit en erreur ; il ne faut pas que cela influence l'opinion que tu as de lui.

Gage serra les poings sur ses cuisses.

— Tu ne l'as pas forcé, répliqua-t-il. Il avait le choix, et il a pris la mauvaise décision.

Hope savait qu'elle ne réussirait jamais à le convaincre sur ce point. Elle posa une main sur la sienne, et il finit par sourire.

— Continuons, dit-il.

La troisième lettre datait du 27 octobre.

— La citation commence à la neuvième ligne, annonça Hope après avoir retrouvé la phrase dans le livre.

Gage reconstitua rapidement le message.

— « Incroyable. Brutus veut ma place. Promet de meilleurs résultats. Mensonges. Merlin sans la magie. »

— Ça ne ressemble pas au Paul que j'ai rencontré à Herndon, observa Hope. Il s'agit peut-être de Neal, en fin de compte.

— On devrait lire le dernier message.

— Faith a écrit la lettre quatre jours après Thanksgiving. Elle a été tuée le lendemain.

Comme elle frissonnait, il passa un bras autour de ses épaules.

— J'étais en Syrie quand elle me l'a envoyée, poursuivit-elle. Faith avait essayé de m'appeler et m'avait laissé un message, sur lequel elle avait l'air en pleine forme. Elle disait que Ryan viendrait à Noël et que tout s'arrangeait.

— Il a dû se passer quelque chose. Quel est le chiffre-clé, cette fois-ci ?

Chassant le chagrin qui menaçait de la submerger, Hope feuilleta le roman pour localiser la dernière citation.

— Cinq, dit-elle.

En attendant que Gage entoure tous les mots, elle

s'efforça d'imaginer sa sœur heureuse, impatiente de leur présenter Ryan. C'était la seule pensée qui la consolait.

— « Me suis trompée », lut Gage. « Ne peux faire confiance à personne. Ami vend molécule comme drogue. Besoin de preuves. »

— Elle parle bien de Paul, murmura Hope. Je n'arrive pas à croire qu'il ait fait ça. Pourquoi ?

Gage lui frotta gentiment le dos.

— Pour l'argent ? suggéra-t-il. L'argent, le pouvoir, la passion, la vengeance – ce sont les principaux mobiles quand la victime et le meurtrier se connaissent.

— Paul est un type sympa, un vrai boute-en-train en soirée. Ce n'est pas un dealer.

— Tu en as rencontré beaucoup dans ta vie ?

— Tu as raison… Est-ce que tu crois que c'est aussi lui, le Brutus dont elle parle ? En prenant la place de Faith à la tête du labo, il aurait eu le champ libre pour développer son trafic.

— C'est possible. Attends une seconde…

Il relut la lettre entièrement.

— Elle fait allusion à une nouvelle drogue qui a inondé le marché récemment, la Zion. Elle dit que Ryan enquête pour retrouver la personne qui la distribue dans la région, et qu'elle aimerait bien l'aider.

— Je ne me doutais pas qu'elle pensait que cette drogue venait de son labo…

Hope ramena ses cheveux derrière ses oreilles en soupirant.

— Je me sens tellement bête… Faith m'a laissé tous ces indices, elle s'est même servie de mon livre préféré, et je n'ai jamais fait le rapprochement.

— Tu le fais maintenant.

— Mais c'est trop tard ! Si j'avais compris plus tôt,

quand elle était encore vivante, j'aurais pu venir l'aider. Je l'aurais peut-être sauvée.

Le regret l'assaillit, amer, oppressant.

— Ça ne sert à rien de culpabiliser, remarqua Gage en lui caressant la joue. Ça ne te mènera nulle part.

Hope ferma les yeux et s'autorisa pendant quelques instants à absorber le réconfort qu'il lui offrait. Il avait raison, mais c'était difficile de se pardonner une telle erreur.

— Il faut qu'on interroge Paul, décréta-t-elle. Sais-tu où il habite ?

— Faith et lui étaient voisins. Son pavillon se trouve à l'entrée de la zone résidentielle et donne sur la forêt à l'arrière.

— On est samedi. Il y a des chances qu'il soit chez lui. Qu'est-ce qu'on fait encore là ? demanda-t-elle en se levant.

Gage l'imita et posa ses deux mains sur ses épaules.

— On devrait attendre qu'il fasse nuit.

— On a enfin un mobile et un suspect. Je ne veux pas attendre !

— Écoute, tu n'as rien avalé depuis hier soir. Il est déjà midi, et personnellement, j'ai faim. Mangeons un morceau et organisons-nous tranquillement.

— D'accord. Mais si tu crois que je vais patienter ici pendant des heures sans rien faire, c'est toi qui es fou.

14

— C'est une mauvaise idée, marmonna Gage une heure plus tard.

Entièrement vêtu de noir, les mains gantées et un bonnet enfoncé sur la tête malgré les températures plus douces, il se faufilait avec Hope à travers le bois qui bordait l'arrière de la propriété de Paul Kudlow.

Il avait perdu la raison. C'était la seule explication possible.

La neige avait presque entièrement fondu, rendant leur progression relativement discrète, et la végétation était suffisamment dense pour masquer leur présence. Mais on était en plein jour. Une telle opération aurait dû être menée de nuit.

— On n'a pas le choix, répondit Hope, qui trottinait à côté de lui, en jean, T-shirt à col roulé et sweat noir à capuche. Il faut obtenir des réponses, quoi qu'il en coûte.

Sa détermination l'impressionnait. Depuis qu'il la connaissait, Gage peinait à imaginer un avenir sans elle. Ses années d'isolement et de fuite avaient pris fin la veille lorsqu'il s'était ouvert à elle, lorsqu'il lui avait confié des secrets que seuls ses coéquipiers – sa famille de cœur – savaient jusque-là, et d'autres que même eux ignoraient. Après y avoir longuement réfléchi sur la route de Goode, il ne s'expliquait toujours pas pourquoi les murs qu'il avait soigneusement érigés autour de lui s'étaient écroulés avec elle.

Ce n'était pas un coup de foudre. Il ne croyait pas à ce genre d'âneries. Mais un lien fort s'était noué entre eux en très peu de temps, peut-être en partie parce que la survie et la sécurité de Hope dépendaient de lui…

— C'est ici, chuchota-t-il en s'accroupissant derrière un buisson.

Six ou sept mètres de pelouse les séparaient de l'arrière de la maison. Sur la droite, le pavillon où avait habité Faith était inoccupé. Seuls les voisins de gauche risquaient d'entendre quelque chose.

Dans cette zone résidentielle proprette, le calme régnait, seulement perturbé par les cris des enfants qui profitaient de leur samedi après-midi au parc, à quelques rues de là. Chez Paul Kudlow comme chez ses voisins, il n'y avait personne dans la cuisine ni dans la chambre, les deux pièces donnant sur le jardin.

— La voie est libre, murmura Gage. Tu es prête ?

Hope enfila le masque de Kylo Ren qu'il lui avait prêté, et il fit de même avec celui de Dark Vador. Il les avait achetés pour lui et pour Jason à l'occasion de Halloween. Une semaine avant, son neveu avait eu maille à partir avec la police militaire, et Gage avait espéré pouvoir discuter un peu avec lui tout en distribuant des bonbons aux gamins du quartier. Jason avait refusé. Les déguisements n'avaient jamais servi.

— Souviens-toi, c'est moi qui parle, rappela-t-il à Hope.

— Je sais.

Grâce aux modulateurs intégrés aux masques, leurs voix étaient méconnaissables, mais il préférait mener lui-même l'interrogatoire. Sous le coup de l'émotion, Hope risquait de dévier de leur cap.

Il s'élança à travers le jardin et s'agenouilla devant la

porte. La maison n'avait pas d'alarme, et avec un peu de chance il n'aurait pas besoin de crocheter la serrure. Étant donné le niveau de sécurité à Benediction, la plupart des habitants ne prenaient pas la peine de fermer à clé – hormis les soldats et quelques employés de Nexcellogen fraîchement débarqués.

À son grand soulagement, il n'eut qu'à tourner la poignée pour ouvrir la porte. Il fit signe à Hope de le rejoindre, et ils entrèrent discrètement.

Les bruits d'une télévision leur parvenaient depuis l'avant du pavillon. Gage sortit son pistolet et traversa lentement la cuisine, avant de s'arrêter sur le seuil du salon.

Affalé dans son canapé, en caleçon, T-shirt et peignoir, Kudlow jouait à un jeu vidéo. Il était tellement concentré qu'il lui fallut quelques secondes pour remarquer la présence de Dark Vador à quelques pas de lui.

Ses yeux s'agrandirent de surprise.

— Debout, ordonna Gage.

Le scientifique lâcha sa manette et leva les mains en l'air.

— Qu'est-ce qui se passe ? C'est une blague ?

— J'ai dit debout ! aboya Gage.

Il obéit en tremblant.

— C'est toi, Neal ? Si c'est ça, ce n'est pas drôle !

Gage le poussa vers le couloir, pressé de s'éloigner des fenêtres qui donnaient sur la rue animée. Le son de la télévision était tellement fort qu'il y avait toutefois peu de risques qu'un passant entende leurs voix.

— Qu'est-ce que vous me voulez ? gémit Kudlow en trébuchant.

— Avance.

Il le conduisit dans la cuisine.

— Assieds-toi.

L'homme se laissa tomber sur une chaise. Gage fit signe à Hope de lui attacher les mains, comme il le lui avait montré auparavant : derrière le dos, chaque poignet fixé à un barreau par un collier de serrage en plastique. Elle s'exécuta sans la moindre hésitation.

— Aïe ! protesta Kudlow. Ça fait mal !

Très bien, songea Gage. Mieux valait qu'ils soient trop serrés plutôt que pas assez.

Il baissa son arme.

— Alors, raconte-moi tout. C'est quoi, cette drogue que tu vends ?

— Qu-quoi ? Je ne sais pas de quoi vous parlez.

— Zion, ça te dit quelque chose ?

— Je n'ai rien à voir avec ça. Vous vous trompez de personne.

— Écoute, soit tu coopères, soit on emploie la manière forte, le prévint Gage en pointant le pistolet sur son genou. Ça fait très mal, et dans les deux cas, de toute façon, tu parleras.

— Qu'est-ce que vous voulez savoir ?

— Voilà, on progresse ! D'où vient la Zion ?

— C'est, euh… C'est moi qui la fabrique.

— Pourquoi ?

Kudlow parut surpris par la question.

— Vous êtes chercheur, précisa Gage. Vous êtes censé rendre le monde meilleur. Pourquoi vendez-vous de la drogue ?

— Parce que ça rapporte de l'argent ! Vous croyez que j'ai envie de gagner seulement quarante mille dollars par an alors que mon travail rapporte des milliards à Nexcellogen ?

— Le travail de Faith Fischer, tu veux dire, intervint Hope.

Il les regarda tour à tour.

— C'est pareil.

— Donc tu l'as tuée à cause de ça, lâcha Gage.

— Moi ? Non ! Jamais je n'aurais fait de mal à Faith.

— Menteur.

Hope s'approcha de lui.

— Tu l'as assassinée parce qu'elle avait découvert ton petit manège et qu'elle s'apprêtait à te dénoncer.

— Comment savez-vous ça ? demanda Kudlow, le visage tordu par l'angoisse.

— Peu importe, répondit Gage en écartant discrètement la jeune femme. Dis-nous comment tu as fait.

— Elle s'est suicidée. Je ne l'ai pas tuée ! C'était mon amie, je n'aurais pas pu.

Gage se pencha vers lui, collant son visage masqué au sien.

— Pour l'argent, si. Pour sauver ta réputation et ta carrière. Pour protéger ton business.

— Non, ce n'est pas ce qui s'est passé.

— Alors explique-nous ! rugit-il en tapant du poing sur la table.

— Je voulais la chasser du labo, c'est vrai, mais seulement pour qu'elle retourne à Herndon, répondit Kudlow, tout tremblant et transpirant. Neal a découvert ce que je faisais bien avant elle. Il m'a promis de ne rien dire si je l'aidais à prendre la place de Faith.

Il marqua une pause, déglutit difficilement.

— Pour nous, ça aurait été gagnant-gagnant. Moi, j'aurais pu continuer à fabriquer ma drogue, et lui aurait récolté toute la gloire une fois notre médicament mis au point. Mais Faith est allée à Goode pendant le week-end de Thanksgiving, et il s'est passé quelque chose qui lui a permis de faire le lien entre la Zion et la molécule sur laquelle on travaillait au labo.

— Que s'est-il passé ?

— Aucune idée. Elle ne me l'a pas dit.

Gage observa le chercheur un moment, tentant de jauger sa sincérité.

— Que faisait-elle à Goode ce week-end-là ? s'enquit-il.

— Je crois qu'elle était avec son petit copain. Faith était assez réservée, elle ne parlait pas trop de ces choses-là. Vu qu'elle allait souvent là-bas, j'en ai conclu qu'elle avait rencontré quelqu'un. Après son suicide, les gens ont dit qu'elle avait vécu une rupture douloureuse.

— Elle ne s'est pas suicidée, gronda Hope.

Comme Gage lui lançait un regard dissuasif, elle alla se planter à l'autre bout de la cuisine, les bras croisés sur la poitrine.

— Quand Faith est revenue au travail après Thanksgiving, elle avait compris que la Zion était produite dans son laboratoire, résuma-t-il. Elle a appris que c'était toi, et tu l'as tuée pour la faire taire.

Kudlow secoua la tête.

— Je n'ai pas touché à un seul cheveu de Faith.

— Pourtant, elle savait que tu fabriquais cette drogue, non ?

— Elle me soupçonnait, mais elle n'avait aucune preuve. Il aurait fallu qu'elle se procure un échantillon de Zion pour le comparer à notre molécule. Par contre, elle a deviné que Neal était au courant, et que c'était pour ça que je le soutenais dans son projet de récupérer la direction du labo.

— Faith te faisait confiance ! explosa Hope. Elle croyait que tu étais loyal. Que tu étais son ami.

Paul se mit à sangloter.

— Je revois son visage furieux… Elle m'a dit que je n'étais qu'un être méprisable, et elle a comparé Neal à Brutus. Elle voulait révéler l'échec des tests dans le rapport annuel. La boîte aurait fermé. Ça aurait été la fin !

Gage fronça les sourcils. Il n'avait jamais entendu parler

de cette éventualité, alors qu'il suivait de près tout ce qui se passait et tout ce qui se disait.

— Comment ça, la boîte aurait fermé ? Je croyais qu'il y avait d'autres projets en cours à Benediction…

Kudlow acquiesça.

— Oui, mais le nôtre, c'est le projet phare, le grand espoir de Nexcellogen. On est censés atteindre des objectifs, montrer qu'on est prêts pour les essais cliniques sur l'humain. Si on n'arrive pas à trouver ce vaccin contre le syndrome de stress post-traumatique, ils nous coupent les financements. Nexcellogen pourrait quitter Benediction au printemps.

Intéressant… Les répercussions seraient énormes pour tous les habitants. Cela signerait la mort de la ville. Mais Benediction avait déjà failli mourir par le passé, et elle s'était toujours relevée.

— Quand Faith a découvert ton petit manège, tu t'es senti obligé de la supprimer, c'est ça ? dit Hope en s'approchant de nouveau de Kudlow. Avoue-le, et on t'épargnera peut-être.

— Arrête, lui demanda Gage.

Cela ne les avancerait pas à grand-chose si Paul reconnaissait un crime qu'il n'avait pas commis juste par peur de mourir. Les coupables essayaient toujours de vous convaincre de leur innocence. Autant les laisser parler, creuser leur propre tombe. Invariablement, ils finissaient par se trahir eux-mêmes.

— Pourquoi devrais-je arrêter ? Il avait de bonnes raisons de la tuer. Il en a sans doute eu l'opportunité, et je parie qu'il n'a pas d'alibi.

— C'est faux ! s'écria Kudlow. J'ai un alibi. Le soir où Faith est morte, je n'étais pas à Benediction. J'étais justement avec mon dealer. On a parlé affaires, on voulait développer la vente et la production, trouver des moyens de fabriquer la Zion en dehors du labo pour que Faith n'obtienne jamais les preuves qu'elle cherchait. On a beaucoup bu, et comme j'étais incapable de conduire, j'ai dormi chez lui.

— Qui est ton dealer ? s'enquit Gage.

Kudlow ferma les yeux et baissa la tête. Il regrettait d'en avoir trop dit.

— Alors ?

— C'est…

Sa lèvre inférieure tremblait. Visiblement, il redoutait davantage son complice que les deux inconnus qui avaient débarqué dans son salon avec des masques de Star Wars.

— Si je vous dis son nom, il va me tuer. S'il vous plaît…

— Et si tu ne nous le dis pas, c'est nous qui allons te tuer, rétorqua Gage.

Kudlow leva vers lui son visage baigné de larmes et de morve.

— Il travaille au bureau du shérif.

Hope et Gage échangèrent un regard choqué. S'il s'agissait de Ryan Keller, Gage retournerait à Goode pour s'occuper de lui en personne.

— Donne-nous son nom. Tout de suite.

Il appuya le pistolet sur le genou de Paul.

— C'est Dwight ! cria ce dernier. Dwight Travers, un des adjoints. Les soldats peuvent vous confirmer que j'ai bien quitté Benediction après le travail à 17 heures et que je n'ai pas repassé les grilles avant… 9 ou 10 heures le lendemain matin. Faith était déjà morte à ce moment-là. Toute la ville ne parlait que de ça.

Il avait raison. Le corps de Faith avait été conduit au funérarium un peu avant minuit. Selon le rapport du Dr Howland, la mort remontait à quatre ou cinq heures, et un voisin sorti faire son jogging avait dit avoir vu de la fumée s'échapper du garage de Faith vers 20 heures.

— Tu es en train de nous dire que c'est Neal qui l'a tuée ? demanda Gage.

— Je ne sais pas qui l'a fait, répondit Kudlow, l'air réellement désemparé. Neal voulait sa place, et il l'a eue, mais ça ne fait pas de lui un meurtrier.

— C'est quand même une sacrée aubaine pour vous deux que Faith ne soit plus là, observa Gage en s'accroupissant devant lui. Peut-être que Neal l'a tuée et que tu l'as couvert. Peut-être que c'est toi qui as répandu la rumeur de la rupture amoureuse.

— Non ! C'est n'importe quoi.

Hope se mit à faire les cent pas dans la cuisine. Gage percevait la rage et la tension qui émanaient d'elle. Il l'admirait de réussir à se contenir malgré tout.

— Moi, ça me semble crédible, insista-t-il. Peut-être que je devrais te descendre et descendre Neal aussi.

— S'il vous plaît, le supplia Kudlow en sanglotant. Ne faites pas ça.

— Donne-moi une bonne raison de croire que Neal et toi n'êtes pas complices dans ce meurtre.

Paul regarda autour de lui, comme s'il cherchait un moyen de fuir.

— Attendez… Le soir où Faith est morte, Neal m'a dit qu'il travaillerait tard au labo. On doit pointer en entrant et en sortant du bâtiment. Si vous arrivez à mettre la main sur les registres du poste de sécurité, vous saurez si Neal était bien à Nexcellogen à ces heures-là.

— Dans ce cas, qui d'autre aurait bénéficié de la mort de Faith ?

— Tout le monde ! Je veux dire, si Nexcellogen s'en va, Benediction n'a plus de raison d'être. Les gens d'ici feraient n'importe quoi pour sauver leur ville.

C'était vrai, encore une fois.

— Mais personne ne savait que l'entreprise risquait

de partir, souligna Gage en réfléchissant tout haut. Si un seul des habitants en avait eu vent, la nouvelle se serait répandue comme une traînée de poudre. Ils ne l'auraient su qu'au moment du rapport annuel, quand Nexcellogen aurait rendu sa décision publique.

Ce qui signifiait que le meurtrier était quelqu'un de l'intérieur. Seul un employé avait pu falsifier le formulaire indiquant les dernières volontés de Faith.

— Maintenant, ça n'arrivera plus, murmura Kudlow.

— Et pourquoi ? demanda Hope.

— Neal a modifié le rapport. Il a fait en sorte que les résultats paraissent bien plus prometteurs qu'ils ne le sont vraiment. On est sur le point de réussir, on le sait tous les deux. Ce n'est qu'une question de temps.

— Michelle Lansing est-elle au courant que le rapport est truqué ?

— Vous plaisantez ? Elle nous virerait sur-le-champ si elle le savait.

Gage le croyait. Michelle lui avait toujours paru honnête, très à cheval sur l'éthique. Kudlow avait peut-être raison également à propos de Neal Underhill, mais l'intuition ne suffisait pas. Il leur fallait des preuves.

— Où puis-je trouver un stylo et du papier ? s'enquit-il.

— Dans le tiroir de gauche, répondit Kudlow en montrant l'endroit d'un geste du menton.

Gage alla se servir, puis s'assit à table.

— Tu vas nous donner les noms de tous les responsables de projets. Ils auraient tous quelque chose à perdre si Nexcellogen se retirait de Benediction. Je veux aussi savoir comment le bâtiment est agencé et à quoi m'attendre à l'intérieur. Les protocoles de sécurité, combien de personnes viennent travailler le samedi en général, ce genre de choses. Tous les détails comptent. C'est compris ?

— D'accord, soupira Paul.

Durant une heure, Gage lui fit déballer tout ce qu'il savait, l'obligeant à revenir plusieurs fois sur les différents points pour s'assurer qu'il ne lui racontait pas de salades. Pendant ce temps, Hope fouilla les affaires de Kudlow.

Elle réapparut dans la cuisine avec deux blouses blanches et quelques objets portant le logo de Nexcellogen. D'un hochement de tête, elle indiqua à Gage qu'elle n'avait rien trouvé d'autre d'utile.

— Combien d'agents de sécurité y a-t-il dans le bâtiment ? demanda-t-il à Kudlow.

— Quatre en semaine, et deux le week-end – un dans le hall et l'autre au PC de sécurité.

— À quelle heure a lieu le changement d'équipe ?

— À 7 heures. Toujours.

Chaque employé devait scanner son badge à l'entrée pour passer le tourniquet. Les registres seraient donc précis et fiables : quiconque s'était trouvé à l'intérieur du bâtiment au moment de la mort de Faith pourrait être disculpé.

En revanche, cela signifiait que Gage et Hope auraient besoin de deux badges qui fonctionnaient.

— Où est ton passe ? s'enquit-il.

— Sur le plan de travail, à côté de mon portefeuille.

Gage s'en empara, avant de faire signe à Hope. Cette fois-ci, elle bâillonna Kudlow avec du scotch.

Il secoua la tête, les yeux écarquillés de terreur.

— Désolé, mais on ne peut pas prendre le risque que tu alertes la police militaire, expliqua Gage. On te libérera plus tard. Si tu as menti, ou si tu as oublié de nous donner des informations essentielles, personne ne viendra te voir avant lundi.

Finalement, ils allaient devoir utiliser la solution qu'ils n'étaient censés envisager qu'en dernier recours : s'introduire dans les locaux de Nexcellogen.

15

Dwight frappa à la porte du bureau de Ryan et passa la tête par l'entrebâillement.

— Les empreintes n'ont rien donné, shérif.

— Vraiment rien ?

Ryan se renversa en arrière dans son fauteuil. L'étranger n'avait peut-être pas de casier, mais ça ne voulait pas dire qu'il était innocent. Seulement qu'il ne s'était jamais fait prendre – pour l'instant.

— Rien de rien, répondit Dwight. Il y avait deux séries d'empreintes, et seules celles de Sally ont matché.

— Quoi ? Notre douce Sally, si gentille et si sage ?

— Je vous rappelle qu'elle a obtenu sa carte d'agent immobilier il n'y a pas longtemps. On a même fêté ça au café.

— Ah oui, c'est vrai.

Dans l'État de Virginie, les personnes qui souhaitaient exercer ce métier devaient soumettre leurs empreintes aux autorités afin que celles-ci vérifient leurs antécédents judiciaires.

— Tu as regardé dans tous les fichiers ? insista Ryan.

— Oui. FBI, ministère de la Défense, ministère de l'Intérieur et même les bases de données internationales. *Nada.*

— D'accord. Merci, Dwight.

— Encore une chose, shérif. On a reçu un appel de Gary Metsos il y a une dizaine de minutes.

— Qu'est-ce qui lui est arrivé, cette fois-ci ? Il a vu un autre OVNI ?

Dwight ricana.

— Non, il ne les voit que la nuit. Par contre, il dit qu'un hélicoptère s'est posé dans son champ.

— Un atterrissage d'urgence ? Quelqu'un a besoin d'aide ?

— Je ne crois pas. Gary s'apprêtait à aller voir ce qui se passait quand un gros SUV noir s'est arrêté au bord de la route, juste devant chez lui. Les hommes débarqués de l'hélico sont montés à l'intérieur, le véhicule a filé vers l'est et l'hélico est reparti.

— C'est bizarre. Gary a dit à quoi ils ressemblaient ?

— Oui. À des militaires.

— Ils étaient armés ?

Dwight acquiesça.

— Fusils d'assaut, précisa-t-il. Vous voulez que j'aille voir ?

Ryan étouffa un juron en pianotant sur son bureau. Encore une journée qui s'annonçait bien.

Les armes d'assaut – dont les chargeurs pouvaient contenir plus de vingt cartouches – étaient légales ici. À moins que ces types soient équipés de mitrailleuses automatiques ou de silencieux, le département du shérif n'avait aucun pouvoir contre eux.

— S'ils se dirigent vers l'est, fit-il remarquer, alors on devrait bientôt les…

Il s'interrompit, le regard rivé sur la fenêtre. Un SUV aux vitres teintées venait justement de se garer devant le poste.

— Tiens, tiens… Quand on parle du loup.

Un homme sortit du côté passager. Cheveux bruns

lissés en arrière, costume noir impeccable, il portait des lunettes de soleil alors que la nuit commençait à tomber.

— Vous pensez qu'il travaille pour le gouvernement ? demanda Dwight en fronçant les sourcils.

— Vu le véhicule et le costume, ça ne m'étonnerait pas.

Mais Ryan n'avait pas l'intention de faire confiance à ce type avant qu'il ait montré patte blanche.

Tout en refermant le premier bouton de sa veste, l'homme entra dans le bâtiment et s'arrêta à l'accueil pour parler à Aimee. Comme celle-ci décrochait le téléphone, dans l'idée sans doute de prévenir son supérieur, il l'arrêta d'un geste, lui offrit un sourire qui ressemblait davantage à une grimace et se dirigea tout droit vers le bureau de Ryan, passant devant Dwight sans lui accorder la moindre attention.

Il n'avait toujours pas retiré ses lunettes de soleil.

— Vous voulez que je reste, chef ? demanda l'adjoint en examinant leur visiteur de la tête aux pieds.

— C'est bon, je m'en occupe.

— Si vous avez besoin de moi, je suis juste à côté.

Tandis que Dwight repartait, l'homme s'assit en face de Ryan avant même qu'il l'y ait invité.

— Bonjour, shérif. Je suis l'agent Joe Smith.

Il fouilla dans sa poche intérieure pour en sortir non pas une carte de visite, mais un téléphone portable.

— Nous avons appris que cet individu se trouvait peut-être dans la région, dit-il en tournant l'écran vers Ryan.

C'était une photo du type de Benediction qu'il avait rencontré ce matin au café... Les cheveux plus courts, mais le même regard impénétrable, la même expression sévère.

Une sueur froide perla dans son dos.

— Avez-vous vu cet homme ? demanda Smith.

— Qui est-ce ?

— Un dangereux fugitif. Il est recherché pour plusieurs

crimes. Savez-vous où il se trouve actuellement ? Vous, ou l'un de vos adjoints ?

— Comment avez-vous dit qu'il s'appelait ?

— Je ne vous l'ai pas dit.

Smith baissa le téléphone.

— Shérif, il est assez impoli de répondre à une question par une autre question.

— Il est impoli aussi de porter des lunettes de soleil à l'intérieur, et carrément idiot d'en mettre la nuit. Je crois qu'on manque tous les deux de bonnes manières.

Smith retira ses lunettes, les lèvres pincées.

— L'homme que nous recherchons a utilisé plusieurs noms d'emprunt. Le dernier dont nous ayons connaissance est Taggert Jenner. Il faut le considérer comme armé et dangereux.

— Un peu comme votre petite troupe, dans la voiture ? répliqua Ryan en montrant le SUV d'un coup de menton. Vous avez un permis de port d'arme non dissimulée ?

— À l'intérieur d'un véhicule, cette règle ne s'applique pas.

— M. Gary Metsos vous a vus sur sa propriété avec des fusils d'assaut. Là, ils n'étaient pas cachés.

Smith se laissa aller en arrière sur son siège et croisa les jambes.

— Corrigez-moi si je me trompe, mais il me semble que le port d'arme en public est autorisé dans ce comté. Et, soit dit en passant, je ne me trompe jamais.

— Je vois que vous vous êtes renseigné. Quelles armes avez-vous, exactement ?

— Des fusils d'assaut semi-automatiques. Vous désirez les voir ?

— Pourquoi pas.

Alors que Ryan se levait et attrapait son chapeau, Smith resta assis, se contentant de passer un coup de téléphone.

— Le shérif veut vérifier vos armes. Ramenez vos fraises.

Trois portières s'ouvrirent, et trois hommes descendirent du SUV en tenue militaire et gilets pare-balles, une arme de poing à la ceinture et un fusil dans les mains. Ils avaient tous des mines sinistres.

— Qu'est-ce qui se passe, chef ? demanda Dwight en traversant le hall d'un air inquiet.

— Ils vont juste me montrer leurs armes, expliqua Ryan. Retourne à ton bureau.

Les hommes défilèrent sous le nez d'Aimee, qui les regarda sans ciller, puis se postèrent en ligne devant Ryan. Smith fit signe à l'un d'eux de s'avancer.

— C'est un MP5K semi-automatique avec munitions de 9 mm, décrivit l'agent. Le magasin contient quinze cartouches. Vous voulez l'inspecter, monsieur ? proposa-t-il en tendant l'arme à Ryan, la crosse vers l'avant.

— Non, ce ne sera pas nécessaire, répondit-il, tout en notant que la bouche du canon pouvait recevoir un silencieux.

Ces simagrées étaient bien jolies, mais Ryan ne connaissait toujours pas le vrai nom de l'homme recherché – ni celui du chef en costume, qui ne s'appelait certainement pas Joe Smith. Quant aux trois sbires qui occupaient le bureau, ils ne portaient aucun sigle sur leurs gilets pare-balles.

— Pour quelle agence travaillez-vous, monsieur Smith ? s'enquit Ryan.

— Écoutez, shérif, c'est une question de sécurité intérieure. Où est cet individu ?

— De sécurité intérieure, rien que ça ? J'aimerais bien voir votre pièce d'identité. Avec votre vrai nom dessus, si possible.

Smith se pencha vers lui. Ses pupilles étaient tellement

dilatées qu'elles semblaient occuper tout l'iris. Deux trous noirs dans l'espace.

— Vous nous feriez gagner beaucoup de temps et d'énergie en coopérant, monsieur Keller. De toute façon, avant que je reparte, vous aurez répondu à toutes mes questions sans que je ne vous aie dit mon nom. Alors autant s'y mettre tout de suite.

Ryan croisa les mains sur son ventre en ricanant. C'était le deuxième Yankee qui venait jouer au cow-boy avec lui aujourd'hui... Cela commençait à faire beaucoup.

— Vous êtes rigolo, Joe.

Smith resta silencieux un moment. Puis il composa un numéro sur son téléphone.

— Oui, c'est moi. Je suis actuellement dans le bureau du shérif Ryan Keller, dans la bonne petite ville de Goode. Il refuse de coopérer.

Il écouta la réponse de son interlocuteur sans quitter Ryan des yeux.

— D'accord, merci, dit-il, avant de raccrocher. Monsieur Keller, mes hommes et moi allons boire un café. Vous recevrez bientôt un appel. Après cela, je reviendrai m'asseoir dans ce fauteuil, et nous verrons qui rigolera.

Smith quitta la pièce, suivi de ses trois nervis. Ryan s'attendait à ce qu'ils sortent du poste, mais ils s'adressèrent à Aimee, qui se leva pour leur servir du café dans le coin repos réservé au personnel.

Ryan sentit un picotement d'appréhension lui parcourir la nuque. Discrètement, il fit signe à Dwight de venir.

— Oui, chef ?

— Tu m'as dit que les empreintes n'avaient rien donné, c'est bien ça ?

— Pas le moindre résultat, dans aucun des fichiers.

— OK, merci.

Pourquoi ces types s'étaient-ils pointés ici, alors ? se demanda-t-il.

Au moment où Aimee se rasseyait, le téléphone de l'accueil sonna. Elle appela Ryan par l'Interphone.

— Le gouverneur veut vous parler.

Bon sang... Debout près de la secrétaire, Joe Smith souriait d'un air satisfait.

Ryan détourna les yeux, s'éclaircit la gorge et décrocha.

— Bonjour, monsieur le gouverneur. C'est le shérif Keller à l'appareil.

— Avant aujourd'hui, je n'avais jamais entendu parler de la ville de Goode, ni de vous, grommela l'élu sans même le saluer. Je n'aime pas bien recevoir des coups de fil de gens qui ont le pouvoir de me compliquer la vie. Moi, j'ai le pouvoir de compliquer la vôtre. C'est clair ?

— Très clair, répondit Ryan en se redressant dans son fauteuil.

— Il y a un monsieur dans votre bureau qui a des questions à vous poser. Vous allez lui répondre sincèrement et précisément.

Joe Smith comprendrait vite. Que faisait cet individu à Goode ? demanderait-il pour commencer. Avait-il commis un crime ? Non ? Pourquoi Ryan avait-il vérifié ses empreintes, alors ? De quoi avaient-ils discuté au café ?

Toutes ces questions mèneraient à Hope.

La jeune femme avait déjà failli mourir à cause de Ryan. Hors de question de la livrer aux loups sans raison légitime.

Qui étaient ces hommes ? Pourquoi recherchaient-ils l'étranger de Benediction ? Ryan n'avait aucune idée des liens que Hope pouvait avoir avec ce type. Ce qu'il savait, en revanche, c'était que lorsque Smith et ses sbires mettraient la main sur lui, elle ne serait pas loin et risquerait d'être prise entre deux feux.

— Avec tout le respect que je vous dois, monsieur,

vous n'avez aucune autorité sur moi, répondit-il. J'ai été élu par le peuple de Goode, c'est à lui que je dois rendre des comptes.

Le gouverneur n'avait pas le pouvoir de le renvoyer ni de couper les financements alloués à son service. Il ne pourrait pas lui « compliquer la vie » aussi facilement qu'il voulait bien le faire croire.

— Tant que je ne saurai pas d'où viennent ces hommes, conclut-il calmement, je n'aurai aucune réponse à leur donner.

— Bon, je vois que je n'ai pas été assez clair. Cette affaire concerne la sécurité nationale et nous dépasse tous les deux, shérif. Alors vous allez être un bon citoyen et répondre aux questions de M. Smith avant que je reçoive d'autres coups de fil de barbouzes du gouvernement ou, Dieu m'en garde, de la Maison-Blanche. Vous avez compris, cette fois-ci ?

Smith et ses hommes devaient travailler pour la CIA. Cela expliquerait comment une vérification d'empreintes avait pu ne donner aucun résultat tout en déclenchant l'arrivée d'un groupe d'intervention. La CIA n'avait aucune autorité pour agir sur le sol américain, ce qui rendait la situation complexe. Mais si Smith avait pu avoir le gouverneur en ligne en moins de cinq minutes, alors il s'agissait d'une affaire officielle. Une affaire importante, et qui les dépassait tous en effet.

— Oui, monsieur, répondit-il. J'ai bien compris.

La communication coupa. Ryan raccrocha et inspira profondément.

Après avoir renvoyé ses agents au SUV, Smith jeta son gobelet à la poubelle et revint s'asseoir en face de Ryan sans la moindre trace de sarcasme dans le regard.

— Reprenons du début, dit-il en lui montrant de nouveau

la photo de l'étranger. Quelqu'un dans ce bureau a vérifié les empreintes de cet homme aujourd'hui. Pourquoi ?

— Je l'ai fait après lui avoir parlé ce matin au café, expliqua Ryan. Quelque chose chez lui m'a dérangé.

Et Smith lui provoquait la même réaction, en pire. Si l'étranger était une mangouste, lui était un requin.

— Cet homme n'est pas du genre à attirer l'attention, pourtant. Il est très doué pour se fondre dans le paysage. S'il a piqué votre intérêt au cours d'une conversation, ce doit être pour une raison extraordinaire. De quoi avez-vous discuté ?

Ryan remua dans son fauteuil. Croisa les jambes, puis les décroisa. Il était coincé.

— Nous avons parlé d'une femme.

— Je veux savoir ce que vous vous êtes dit, mot pour mot. Et je vous en prie, shérif, n'insultez pas mon intelligence en essayant de mentir.

— Cette femme est innocente, prévint Ryan. Promettez-moi qu'elle ne sera pas blessée au cours de votre opération.

— Nous sommes tous les deux des professionnels, monsieur Keller. Nous savons que ce genre de garantie n'existe pas. Si je vous faisais cette promesse, vous ne me croiriez pas.

Il avait raison, évidemment.

— Ce que je peux vous dire, en revanche, c'est qu'elle est en danger avec lui. Vous voulez la protéger ? Racontez-moi ce que vous vous êtes dit, et commencez par me donner le nom de la femme en question.

Ryan frotta ses paumes sur son pantalon. Il était pris entre le marteau et l'enclume. Entre la sécurité nationale et sa loyauté envers celle qui aurait dû être sa belle-sœur. Sa loyauté envers Faith.

Malheureusement, il n'y avait pas d'échappatoire.

— Nous avons parlé de Hope Fischer.

16

Hope admirait le coucher de soleil derrière le lac et les montagnes. Faith avait adoré cette ville. Son cadre pittoresque qui lui donnait l'impression d'être en vacances tous les jours, la vie simple et paisible loin des embouteillages et de l'agitation, le bonheur de faire partie d'une communauté, de connaître ses voisins…

Au bout du compte, l'un d'eux l'avait tuée.

L'alarme de Gage sonna. Il était 17 heures.

Kudlow leur avait assuré qu'à 16 heures un samedi, il n'y aurait presque personne dans les bureaux de Nexcellogen. Gage avait quand même tenu à attendre une heure de plus par précaution.

— Il est temps d'y aller, dit-elle, partagée entre l'impatience d'agir et l'envie de profiter encore un peu de ce moment de calme.

Assis à côté d'elle sur le canapé, Gage ne l'avait pas quittée des yeux depuis plusieurs minutes. L'air vibrait d'une intensité particulière entre eux. Il la soutenait entièrement dans cette quête, elle n'en doutait pas un seul instant. Mais quelque chose le préoccupait.

— Qu'y a-t-il ? lui demanda-t-elle en posant une main sur sa cuisse.

— Quand ils auront interrogé Kudlow, ils vont me soupçonner. Ça, ce n'est pas grave ; les soupçons, je peux les détourner. Mais une fois que nous aurons pénétré dans ce bâtiment, le garde à l'entrée n'aura aucune peine à m'identifier. Celui du PC de sécurité non plus, si je n'arrive pas à le maîtriser avant qu'il voie mon visage. Alors, ils n'auront plus de doutes.

— Je ne veux pas que ta vie soit gâchée à cause de moi.

— La CIA s'en est chargée bien avant que tu arrives.

Il couvrit sa main de la sienne.

— Seulement, ce n'est pas facile de fuir, poursuivit-il. C'est même la chose la plus difficile que j'aie jamais faite. S'ils découvrent que je suis impliqué, je n'aurai pas d'autre choix que de partir. Au pied levé. Or ça prend du temps de trouver un endroit sûr où se cacher. Fuir sans s'y être préparé, c'est…

— Dangereux.

— C'est du suicide.

— Qui a dit qu'ils devaient voir ton visage ?

— Je ne peux pas entrer dans Nexcellogen avec un masque de Halloween, Hope. Et toi non plus.

— Pourquoi pas ?

Comme il la dévisageait d'un air incrédule, elle reprit :

— Écoute-moi jusqu'au bout. En arrivant en même temps un samedi après 17 heures, on va forcément attirer l'attention. Donc, on y va séparément, chacun avec une casquette de l'entreprise. Quand je m'approche du champ de vision de la caméra extérieure, je baisse la tête, comme au poste de police militaire. Kudlow nous a dit que l'agent de sécurité de l'entrée ne vérifiait même pas l'identité des employés, puisqu'il faut un badge pour passer les tourniquets.

« J'entre la première. Pendant ce temps, tu fais diversion pour l'attirer dehors – comme ça, il ne me regarde pas de trop près – et tu en profites pour te glisser à l'intérieur sans qu'il te voie. Tu as le brouilleur vidéo avec toi. Et pour accéder au PC de sécurité, tu mets le masque. Personne ne sera capable de nous décrire précisément.

— Ça semble simple en théorie, mais il y a un autre garde au PC qui contrôle les écrans des caméras de surveillance. S'il les voit se brouiller les uns après les autres, il déclenchera l'alarme avant que j'aie pu le neutraliser.

— Je te rappelle qu'on est à Benediction, où il n'y a jamais de meurtre et quasiment jamais d'infractions, répliqua-t-elle. Je suis prête à parier que l'agent sera en train de lire un livre ou de faire un Sudoku au lieu de surveiller les écrans. Et dans le cas contraire, il pensera d'abord à un problème technique.

Gage réfléchit un long moment, les sourcils froncés.

— C'est risqué, mais on peut tenter le coup, finit-il par dire.

— Comment comptes-tu faire diversion ?

— Il me reste des feux d'artifice du 4-Juillet au garage. Je me débrouillerai avec ça. Par contre, tu ne peux pas m'attendre dans le hall. Ce serait trop suspect.

Il sortit le plan du bâtiment.

— On pourrait se retrouver près du poste de sécurité, à côté de l'escalier Est. Il y a des toilettes. Attends-moi à l'intérieur.

— Ce n'est pas très loin de l'entrée. Ça me semble jouable.

Il se leva et l'attira dans ses bras.

— On va être séparés un moment. Pendant ce temps, fais attention à toi. Les gardes de Nexcellogen n'ont que des Taser, ajouta-t-il en lui confiant son pistolet muni du silencieux. Je doute que tu en aies besoin, mais on ne sait jamais…

Ils rassemblèrent les affaires susceptibles de leur être utiles : blouses blanches, casquettes, sacoches. Hope avait découvert une tonne d'objets portant le logo de l'entreprise dans le placard de Kudlow – à croire que Nexcellogen en offrait constamment à ses employés. Ou alors, Paul était cleptomane en plus d'être dealer.

Une fois dans le garage, elle grimpa dans le pick-up pendant que Gage allait chercher le carton de feux d'artifice.

— Normalement, tout devrait bien se passer, dit-il en s'installant au volant. En cas de gros pépin, si tu n'as vraiment pas le choix, tire pour blesser, pas pour tuer. Sinon, essaie de gagner du temps. Je serai là.

Trois mots en lesquels elle croyait, et qui avaient plus de valeur pour elle que « Je t'aime. » Car elle savait qu'elle pouvait faire confiance à Gage, quoi qu'il arrive.

Elle posa une main sur sa joue.

— Je sais que tu seras là.

En regardant Joe Smith remonter dans le SUV noir, Ryan eut envie de vomir. Il avait répondu à toutes ses questions. Il avait trahi Hope. Qu'allait-il se passer, maintenant ?

Tout ce qu'il savait, c'était que quelque chose ne tournait pas rond dans cette histoire.

S'il voulait bien croire que l'homme de Benediction était un fugitif, pourquoi n'apparaissait-il dans aucune base de données ? Ryan avait coopéré, il avait obéi au gouverneur, mais il n'avait reçu aucune réponse claire en retour.

Hope était en danger imminent, il le sentait dans ses tripes. Smith et ses agents n'hésiteraient pas une seconde à sacrifier un bouclier humain pour atteindre leur cible, quitte à déplorer ensuite des « dommages collatéraux ». L'idée que la jeune femme puisse mourir par sa faute l'anéantissait.

Il s'assit à son bureau, rejouant les derniers événements dans sa tête et réfléchissant à ce qu'il pourrait faire pour l'aider. Si seulement il connaissait le nom de l'étranger, il trouverait un moyen de le contacter pour le mettre en garde…

À moins que…

Il appela Aimee par l'Interphone.

— Trouvez-moi le numéro de la clinique de Benediction, s'il vous plaît.

— Benediction ?

Elle pivota sur son siège et le regarda avec de grands yeux à travers la vitre qui les séparait.

— Vous m'avez bien entendu.

Le mystérieux inconnu lui avait dit qu'il avait lui-même transporté Hope à la clinique. Il y avait forcément quelqu'un là-bas qui était capable de l'identifier. Ryan pouvait essayer d'obtenir ses coordonnées sans révéler que la sœur de Faith se trouvait encore sur place.

Joe Smith n'était pas sorti depuis cinq minutes que Dwight rejoignit Ryan dans son bureau, passant devant Finn qui venait d'arriver, couvert de bleus et de bosses.

— Hé, chef, qu'est-ce qu'ils voulaient, les barbouzes ?

— Ils cherchent quelqu'un. L'homme dont tu as vérifié les empreintes aujourd'hui. On ne sait toujours pas qui c'est, mais Joe et ses joyeux compagnons le connaissent.

— Est-ce qu'on peut faire quelque chose ?

— Toi, non, répondit Ryan en attrapant son Stetson.

Il enfila son manteau et se dirigea vers la porte.

— Vous avez ce que je vous ai demandé, Aimee ?

— Tenez, dit-elle en lui tendant un post-it.

— Je vais aller voir ce que font ces garçons.

— Vous voulez que je vienne avec vous ? proposa Dwight.

— Non, reste ici.

Ryan sauta dans son véhicule et partit dans la direction que les quatre hommes avaient prise. Il avait peu de chances de les rattraper, et ce n'était pas ce qu'il cherchait. Il voulait juste les garder à l'œil.

Tout en conduisant, il composa le numéro qu'Aimee lui avait donné.

— Clinique de Benediction, infirmière Varma à l'appareil.

— Bonsoir. Je suis le shérif Ryan Keller, de Goode. J'essaie de contacter quelqu'un à Benediction. Un homme d'une trentaine d'années, brun, environ un mètre quatre-vingts. Je ne sais pas comment il s'appelle, mais il a sauvé la vie à Hope Fischer, et je crois qu'il l'a conduite à la clinique. J'aimerais le remercier pour son geste. J'ai aussi quelque chose d'urgent à lui dire. Pouvez-vous m'aider ?

17

Hope enfila une blouse et une casquette identiques à celles que Gage portait. Ses cheveux détachés encadraient son visage. Le badge de Faith pendait déjà à son cou.

Gage ouvrit la porte du garage et recula pour sortir. Hope resta recroquevillée sur son siège jusqu'à ce qu'ils se soient garés derrière l'église, au plus près du bâtiment de Nexcellogen.

— Marche à une allure régulière jusqu'à la porte, lui conseilla-t-il. Tranquillement, sans précipitation. Ça me laissera le temps de préparer les fusées et de les déclencher au moment où tu entreras.

Elle glissa le pistolet dans sa sacoche.

— Tu vas t'en sortir, sans arme ? s'enquit-elle.

— Ne t'inquiète pas pour moi.

Il lui sourit, mais son regard restait on ne peut plus sérieux.

— Échangeons nos badges, dit-il soudain.

— Pourquoi ?

— Au cas où celui de Faith aurait été désactivé.

— Que feras-tu s'il ne fonctionne pas ?

— J'improviserai. D'une manière ou d'une autre, je te rejoindrai.

— D'accord.

— Surtout, reste concentrée.

— Et toi, reste vivant, répliqua-t-elle.

— Je suis assez doué pour ça.

Elle l'embrassa une dernière fois avant de descendre du pick-up. Ayant contourné l'église, elle traversa la rue, éclairée à intervalles réguliers par des lampadaires. Le bâtiment de l'entreprise n'était pas clôturé – ce n'était pas nécessaire, la ville entière étant séparée du reste du monde par des barrières électrifiées et une épaisse forêt.

Le parking offrait un nombre de places à faire pâlir d'envie un habitant de New York ou de Los Angeles. Sur un des côtés, Hope nota la présence d'un garage à vélos et d'une benne à ordures. Elle se trouvait à cent mètres de la porte, et Gage n'avait toujours pas fait diversion. Comment parviendrait-il à minuter son intervention alors qu'il ne la voyait pas ? Peu importait : elle lui faisait confiance. Tant qu'elle suivrait ses instructions et continuerait d'avancer sans précipitation, tout irait bien.

Plus que cinquante mètres. Les battements de son cœur s'accéléraient à mesure que la distance entre elle et l'entrée se réduisait.

Trente mètres. Les épaisses semelles de ses bottes crissaient légèrement sur le bitume. L'air était vif et piquant. Elle essuya ses mains moites sur son jean et baissa la tête le plus naturellement possible.

Dix mètres.

Cinq.

Soudain, une explosion retentit du côté Est du bâtiment. Si elle n'en avait pas connu l'origine, Hope aurait pensé à un coup de feu. Elle se dépêcha d'entrer.

Une fois à l'intérieur de l'atrium, elle hésita quelques instants. Alors que la plupart des halls étaient conçus pour l'esthétique et la commodité, celui-ci répondait clairement à la seule exigence de sécurité. Un mur s'élevait en plein milieu, percé de deux tourniquets hauts de deux mètres par lesquels on accédait au cœur du bâtiment. Kudlow avait beau leur avoir décrit les lieux en détail, Hope n'en fut pas moins impressionnée.

Elle prit son courage à deux mains et interpella l'agent.

— Il se passe quelque chose dehors, dit-elle tout en présentant le badge devant le lecteur.

Une autre explosion déchira la nuit. Le garde se pencha sur son siège, tentant de déterminer la provenance du bruit. Sur le tourniquet, la petite lumière resta rouge. Hope sentit son estomac se soulever.

Pourquoi cela ne marchait-il pas ?

Si Paul Kudlow avait réussi à se détacher, ou si quelqu'un l'avait libéré, il aurait prévenu ses supérieurs. Son badge n'aurait pas simplement été désactivé : des agents de sécurité auraient été là pour les accueillir, Gage et elle.

Dehors, les détonations se succédaient. Retenant son souffle, Hope tenta de passer la carte dans l'autre sens. Un bip, une petite lumière verte… *Ouf.* Elle poussa le tourniquet en soupirant de soulagement.

— Sur le parking, ça faisait beaucoup de bruit, insista-t-elle auprès du garde. Ce n'était pas très rassurant.

— Je vais aller voir. C'est sans doute une bande de gamins qui s'amusent.

Tandis qu'il s'approchait du tourniquet, Hope fit semblant de chercher quelque chose dans sa sacoche. Dès qu'il fut sorti, elle fila devant les ascenseurs pour prendre le couloir menant au PC de sécurité.

Elle repéra d'abord la porte de l'escalier, puis celle des toilettes. Mais quand elle voulut tourner la poignée, celle-ci résista.

— J'en ai pour une minute ! lança l'occupant.

Affolée, Hope recula d'un pas, regarda d'un côté et de l'autre. Impossible d'attendre là… Ne voyant pas d'autre solution, elle se glissa dans la cage d'escalier et, le dos pressé contre le mur, surveilla le couloir à travers le hublot.

Lorsque les toilettes s'ouvrirent, elle se baissa le temps de laisser passer l'agent, qui retourna au PC de sécurité. Quelques instants plus tard, un autre homme en sortit et s'arrêta sur le seuil, une bouteille de rhum à la main.

Cheveux bruns coiffés en arrière. Pantalon noir. Chemise blanche. Veste de sport rouge portant le logo de Nexcellogen et l'inscription « Chef de la Sécurité ».

Hope l'avait rencontré à la clinique. Ian McCallister.

— Laisse la caméra du bureau de Mme Lansing désactivée, ordonna-t-il à son collègue.

— Je n'ai pas l'intention de vous espionner, répliqua ce dernier. Pourquoi vous n'allez pas chez elle ou chez vous ?

— Elle préfère qu'on reste discrets, et je suis un gentleman. Tout le monde surveille tout le monde, ici. En plus, elle a fait acheter un canapé extrêmement confortable pour son bureau.

— Je vous comprends. Les rumeurs circulent vite à Benediction.

— Ne m'en parle pas ! Bon, je monte.

Comment ça, « je monte » ? songea Hope. Et s'il décidait d'emprunter l'escalier plutôt que l'ascenseur ?

Prise de panique, elle grimpa les marches quatre à quatre, tenant la sacoche serrée contre son ventre. Arrivée au premier étage, elle pressa le badge contre le lecteur. Sans succès.

Merde !

Elle se rappela soudain que les deux étages supérieurs abritaient les laboratoires, et qu'en dehors de Michelle Lansing et des agents de sécurité, seules les personnes qui y travaillaient pouvaient y accéder.

Au rez-de-chaussée, la porte d'accès à l'escalier s'ouvrit dans un grincement.

— D'accord, fit la voix de Ian McCallister. Mais cette fois-ci, pense à jeter tes canettes de bière.

Hope se précipita vers le deuxième étage. Parvenue sur le palier, elle colla son badge contre la machine. Le voyant s'alluma en vert. *Dieu soit loué !* Elle se faufila dans le couloir, prenant soin de refermer discrètement la porte derrière elle.

Selon Paul Kudlow, le bureau de Michelle Lansing se trouvait également à cet étage. McCallister ne tarderait donc pas à apparaître. Quant au laboratoire de Faith, il se situait à l'opposé, près de la salle de repos des employés. Hope se hâta dans cette direction.

De ce côté-ci, le bâtiment semblait désert. Aucune des pièces n'était éclairée. Lorsqu'elle atteignit celle qu'elle cherchait – la seule que son badge pouvait ouvrir –, la porte coulissa dans un murmure feutré.

Le laboratoire occupait une surface de près de deux cents mètres carrés. Comme tous les autres que Hope avait aperçus en passant, il était aménagé en *open space,* et de grandes fenêtres munies de films anti-regards laissaient entrer la lumière naturelle. Toutes les cloisons étaient transparentes – sans doute une façon de favoriser la collaboration et de renforcer la sécurité.

Mais ces cloisons vitrées expliquaient peut-être aussi pourquoi certains chercheurs travaillaient tard le soir… Pour être plus tranquilles. Pour pouvoir comploter. Et fabriquer des drogues.

C'était donc ici que Faith avait passé le plus clair de son temps aux côtés de Paul Kudlow et de Neal Underhill, entourée de traîtres et d'un meurtrier…

Hope déambula dans l'immense salle, laissant errer son regard sur les ordinateurs, les microscopes, les boîtes de Pétri, les tubes à essai, les pinces et les pipettes, en se demandant quel poste de travail avait été celui de sa sœur. Tous les indices que celle-ci lui avait laissés l'avaient menée jusqu'ici.

Soudain, l'émotion lui serra la gorge lorsqu'elle reconnut un objet qu'elle avait offert à Faith pour ses trente ans. Un pendule de Newton. Elle s'approcha du bureau et passa doucement l'index sur l'une des barres.

Le principe était simple : cinq billes en métal alignées côte à côte, suspendues chacune par deux fils à deux tiges parallèles fixées sur un socle. Lorsqu'on lançait la première bille, elle venait frapper la deuxième, mais seule la plus éloignée se mettait en mouvement. En revenant heurter les autres billes, celle-ci produisait à son tour une réaction en chaîne.

Ce cadeau pouvait certes sembler « cliché » pour une scientifique, mais Faith l'avait adoré. À ses yeux, il représentait les lois les plus fondamentales de la physique et de la mécanique. La conservation de l'énergie et de la quantité de mouvement. La force de frottement.

Hope s'assit dans le fauteuil, souleva une des billes et la laissa retomber. Après tout ce qui s'était passé, elle ne put s'empêcher de voir dans le pendule en action une métaphore de sa propre vie. Faith avait été la première bille à percuter les autres. Hope la deuxième. Puis Gage la troisième.

Qui serait la prochaine à être touchée ?

Accroupi dans un angle mort des caméras de surveillance, Gage déclencha la dernière fusée. Sachant que l'agent de sécurité arriverait par le sud, où se trouvait l'entrée, il s'élança du côté opposé. Au moment où il tournait à l'angle du bâtiment, il jeta un coup d'œil en arrière et aperçut le vigile qui venait investiguer.

Gage termina le tour de l'immeuble, passant devant un

garage à vélos et un conteneur à poubelles. Après avoir vérifié que la voie était libre, il courut jusqu'à la porte et se glissa dans le hall désert. Alors qu'il s'apprêtait à présenter le badge de Faith devant le scanner d'un des deux tourniquets, il suspendit son geste.

Dans l'éventualité où la carte d'accès aurait été désactivée, il avait prévu un plan B. Mais si l'utilisation du badge déclenchait une alarme ? Pis, une alarme silencieuse dont il n'aurait pas conscience avant qu'il ne soit trop tard ?

Alors il se ferait arrêter. Et Hope serait prisonnière de Nexcellogen.

Pas question de prendre ce risque. Il fit demi-tour pour ressortir, et tomba sur l'agent de sécurité qui revenait. En quelques secondes, il lui fallut trouver une parade.

— Je vous cherchais ! lui lança-t-il avec un léger accent du Texas, tout en prenant soin de ne pas lui montrer son visage. J'ai vu des gamins là-bas qui taguaient le mur. Venez, on a une chance de les rattraper.

Lâchant un juron, l'agent fila devant Gage, bien décidé à donner une leçon à ces petits voyous qui perturbaient sa soirée. Après avoir tourné au coin, il s'arrêta net à côté de la poubelle, sans doute étonné de constater qu'il n'y avait ni jeunes ni graffitis. Gage ne lui laissa pas le temps de se retourner ; il lui bondit dessus et passa un bras autour de son cou.

S'ils faisaient à peu près la même taille, son adversaire était plus costaud, et il se débattait comme un diable. Heureusement, Gage avait pour lui l'effet de surprise, et l'autre paniquait au lieu de réfléchir. Il ne tarda pas à s'évanouir dans ses bras.

Sans perdre une seconde, Gage lui colla du scotch sur la bouche et autour des poignets et des chevilles, le dépouilla de son Taser et de son badge, avant de le hisser à grand-peine dans le conteneur à ordures. Alors, il referma le couvercle et regagna l'entrée, non sans s'être assuré qu'aucun témoin n'avait assisté à la scène.

Dès qu'il eut passé le tourniquet, il enclencha le brouilleur et se hâta de rejoindre les toilettes près du PC de sécurité. Il frappa discrètement à la porte.

Pas de réponse.

Inquiet, Gage tourna la poignée. Les toilettes étaient désertes.

Où es-tu passée, Hope ?

Tout en enfilant une fine cagoule en polyester qui ne laissait voir que ses yeux, il se dirigea vers le PC. Kudlow avait omis de préciser qu'il fallait un badge pour y entrer. Une chance que Gage ait récupéré celui du garde de l'accueil…

Lorsqu'il pénétra dans la pièce, il fut soulagé de n'y trouver qu'un seul agent. Celui-ci était plongé dans un roman policier, une canette de bière posée à côté de lui sur le bureau.

Gage le connaissait : c'était Sylvester Faliveno, un type tranquille, sans histoire. L'usage du Taser ne serait sans doute pas nécessaire.

— Déjà de retour ? lança-t-il sans lever les yeux de son livre.

— Mets-toi à genoux face au mur, les mains derrière la tête, ordonna Gage en altérant de nouveau sa voix.

Après un bref moment de surprise, Sylvester obéit calmement. Gage le ligota, lui colla un morceau de scotch sur la bouche et l'allongea sur le côté. Puis il s'installa devant l'immense écran sur lequel s'affichaient de façon cyclique les images de vidéosurveillance : extérieurs, hall, bureaux, laboratoires, salles de conférences… L'un des carrés était noir, comme si une caméra avait été désactivée, mais avant d'avoir pu s'y intéresser de plus près, Gage repéra Hope au deuxième étage, dans le laboratoire où avait travaillé Faith.

Qu'est-ce qui lui avait pris de dévier de leur plan ?

Peu importait pour l'instant. L'essentiel était qu'elle soit en sécurité.

Il se tourna vers l'ordinateur de bureau, dont l'écran était allumé. Attrapant la souris, il double-cliqua sur l'icône intitulée « Centurion » – il avait repéré ce nom sur les tourniquets, dans le hall du bâtiment. Comme il s'y attendait, il s'agissait des registres des entrées et sorties.

Le moment était venu de vérifier celles du soir où Faith avait été assassinée.

18

Hope fixait l'ordinateur de sa sœur, hypnotisée par le cliquetis du pendule de Newton.

Dans les derniers jours de sa vie, Faith avait pris le risque de copier les résultats et les comptes rendus des essais cliniques effectués dans son laboratoire. Des pages et des pages sauvegardées sur une mini-clé USB qu'elle avait cachée dans son collier. Pourquoi avait-elle voulu conserver des copies de ces documents ?

Le mot se répétait en boucle dans sa tête, au rythme du claquement des billes. *Pourquoi ? Pourquoi ? Pourquoi ?*

Alors qu'elle faisait taire le pendule, la réponse lui apparut, comme un coup de tonnerre dans le silence revenu. Et elle comprit soudain comment sa sœur avait prévu d'utiliser ces informations.

— Faith ?

La voix féminine lui fit l'effet d'un choc électrique. Elle releva la tête en retenant son souffle.

Une belle femme aux cheveux blancs coupés au carré se tenait dans l'entrée du laboratoire, un seau à glaçons à la main. Ses yeux bleus brillaient au clair de lune. Elle portait un pantalon noir parfaitement repassé et un chemisier bleu pâle. Tout en elle respirait l'autorité.

Hope la reconnut à la description que Gage lui en avait faite. Michelle Lansing.

— Qui êtes-vous ? demanda la directrice en s'approchant.

Hope se leva et s'écarta du poste de travail.

— Hope Fischer, répondit-elle. La sœur de Faith.

— Pendant un moment, j'ai cru voir un fantôme... J'allais chercher des glaçons dans la salle de repos quand je vous ai aperçue.

Michelle posa le seau sur le bureau. Alors qu'elle s'avançait encore, Hope remarqua qu'elle était pieds nus.

— Vous lui ressemblez tellement. Pauvre Faith...

Elle secoua la tête, et son expression changea, comme si elle se réveillait d'un rêve. La stupéfaction laissa place à la froideur et à la retenue sur son visage.

— J'ai appris que vous aviez été conduite à la clinique, l'autre jour, dit-elle avec une compassion qui sonnait faux.

Son regard se posa un instant sur l'écran de l'ordinateur, sans doute pour vérifier qu'il n'avait pas été allumé.

— Que faites-vous ici ?

— Je suis là pour trouver le meurtrier de ma sœur, déclara Hope tout en reculant vers la porte. Pour qu'elle puisse reposer en paix.

— Le meurtrier ? Faith a mis fin à ses jours. C'est terrible, je sais, mais j'ai moi-même vu son corps.

— Je me fiche de ce que vous avez vu. Faith était heureuse, elle ne souffrait pas d'un chagrin d'amour, comme vous avez tous essayé de le faire croire.

— Pourquoi quelqu'un aurait-il voulu lui faire du mal ? répliqua Michelle en continuant d'avancer. C'était une jeune femme adorable. Lumineuse et chaleureuse. Tout le monde l'appréciait.

Hope plongea la main dans sa sacoche et en sortit le pistolet. La directrice s'immobilisa, le visage impassible.

— Faith travaillait sur le projet phare de Nexcellogen, affirma Hope. Mais les essais n'étaient pas concluants, et l'entreprise risquait d'abandonner les recherches et de se retirer de Benediction.

— Comment savez-vous cela ?

— C'est vrai, n'est-ce pas ?

— *C'était* vrai, mais ça ne l'est plus. Il y a eu une grande avancée et on va pouvoir rester. Si seulement Faith avait tenu le coup assez longtemps pour assister à cela, peut-être que les choses auraient été différentes…

— Rien n'a changé. Les résultats ne sont toujours pas bons, et je crois que vous le savez très bien.

— Hope…

— Réfléchissez bien avant de parler, Michelle. Parce que si vous me mentez, je ne vous croirai pas quand vous essaierez de me convaincre que vous n'avez pas tué ma sœur.

Elle ôta le cran de sûreté de son arme et posa l'index sur la détente.

— Vous savez que le rapport de Neal Underhill est faussé, pas vrai ?

— Les essais ne sont pas un échec. C'est juste qu'ils ne sont pas encore complètement positifs. Et, oui, je sais que les résultats ont été présentés de manière qu'ils paraissent un peu plus prometteurs qu'ils ne le sont.

— Comment avez-vous pu accepter de falsifier les données ?

— Notre contrat avec le gouvernement vaut des millions de dollars. Quand nous pourrons inoculer aux soldats un vaccin contre le syndrome de stress post-traumatique, les applications civiles seront infinies. Ce projet est trop important et trop lucratif pour être abandonné si près du but.

— C'est pour ça que vous l'avez tuée ? demanda Hope. Pour l'argent ?

— Je reconnais que je suis impitoyable en affaires – sinon, je ne serais pas arrivée là où je suis aujourd'hui. Mais je ne suis pas une meurtrière. Votre sœur avait le choix.

Soit elle jouait le jeu, soit elle était mutée à Herndon et Neal la remplaçait. Je suis une femme civilisée. La seule arme que j'utilise, c'est la négociation.

— Faith n'aurait jamais été d'accord pour participer à votre combine.

— Figurez-vous qu'elle réfléchissait à ma proposition, qui s'accompagnait d'une jolie prime et lui aurait permis de rester à Benediction comme elle le souhaitait.

Était-il possible que Faith ait envisagé de pactiser avec le diable ? s'interrogea Hope. Elle aurait pu continuer de vivre près de Ryan et de travailler aux recherches qui lui tenaient tant à cœur. Si elle avait décidé de démissionner, en revanche, cela aurait signé la fin de sa carrière de scientifique. Elle aurait été forcée de trouver un autre emploi, moins intéressant pour elle et moins bien payé.

— Elle était censée me donner sa réponse après le week-end de Thanksgiving, poursuivit Michelle. C'est à ce moment-là que son compagnon a dû la quitter, et qu'elle a sombré dans la dépression.

Non, c'était à ce moment-là qu'elle avait fait le lien entre la drogue Zion et la molécule mise au point dans son laboratoire. Sans doute avait-elle sommé Paul et Neal de s'expliquer.

— Après Thanksgiving, ma sœur a bien pris une décision. Mais elle n'a certainement pas choisi de jouer votre jeu, ni de retourner à Herndon.

En entendant un bruit derrière elle, Hope pivota. Ian McCallister venait d'entrer dans le laboratoire.

— Tout va bien, Michelle ?

— Oui, mais cette jeune femme est complètement folle.

— Éloignez-vous de la porte, ordonna Hope au chef de la sécurité.

Il se décala de quelques pas, et elle se rapprocha de la sortie.

— Le rapport annuel que vous avez soumis à la direction est aussi faux que le certificat de décès de ma sœur. J'en ai des preuves. Je vais faire ce que Faith aurait voulu que je fasse. Ce qu'elle aurait fait si elle n'avait pas été tuée. Je vais révéler l'imposture. Mais avant cela, vous allez m'expliquer ce qui est vraiment arrivé à ma sœur.

McCallister serra les poings, et Hope entendit le crissement caractéristique du cuir. Il avait enfilé des gants avant de venir.

En un éclair, il attrapa le seau à glaçons sur le bureau et se jeta sur elle. Le plastique dur heurta violemment le poignet de Hope, lui faisant lâcher le pistolet. Michelle porta une main à sa bouche, les yeux écarquillés, tandis que Ian continuait de frapper.

Il se débarrassa ensuite du seau et garda le sac plastique dont ce dernier était tapissé. Avant que Hope ait eu le temps de comprendre son intention, il lui passa le sac sur la tête et, placé derrière elle, le resserra autour de son cou.

Hope tenta de lui griffer les mains, mais ses ongles ne pouvaient pas grand-chose contre le cuir… Voilà pourquoi McCallister portait des gants. Il avait prémédité son geste.

— Ian ! cria Michelle. Qu'est-ce que tu fais ?

— Je te protège, comme je l'ai toujours fait.

Il balançait Hope d'un côté et de l'autre, tentant de la déséquilibrer tandis qu'elle cherchait son souffle.

— Tu veux savoir ce qui est arrivé à ta sœur ? Je vais te le dire. Je l'ai tuée exactement comme ça, et ensuite je l'ai mise dans sa voiture.

Michelle recula, horrifiée.

— Ian, laisse-la partir.

— Je ne peux pas. Je suis obligé de la tuer, pour toi. Pour nous.

Hope comprit qu'il ne servait à rien de tenter de se libérer de son étreinte. Sa poigne était trop puissante, trop absolue. À la place, elle s'évertua à déchirer le sac autour de sa bouche.

— Pourquoi ? demanda Michelle en se tordant les mains. Pourquoi as-tu tué Faith ?

— Parce qu'elle cherchait des histoires à Paul et à Neal, et qu'elle voulait envoyer les vrais résultats à la direction. Elle se fichait des répercussions que cela aurait pour tout le monde. C'était une égoïste. Il fallait qu'elle disparaisse. Comme sa sœur.

Hope continuait de se débattre. Le plastique se collait à son nez et l'oxygène commençait à lui manquer.

— Avec Faith, ça n'a pas mis aussi longtemps, commenta-t-il tranquillement. J'ai utilisé un sac-poubelle indéchirable.

Et il serra ses mains autour du cou de Hope pour l'étrangler.

Les registres ne mentaient pas. Y figuraient les noms de tous ceux qui avaient été présents dans les locaux de Nexcellogen le soir où Faith avait été tuée. Neal Underhill, Michelle Lansing et quatre des neuf autres chefs d'équipe.

Un détail ressortait : Ian McCallister avait quitté les lieux à 17 heures, avant de revenir à 19 h 30. Selon le médecin, Faith était morte entre 19 heures et 20 heures. Trente minutes, cela suffisait amplement pour tuer quelqu'un.

En poursuivant ses recherches, Gage nota que le chef de la sécurité était reparti de Nexcellogen à 21 heures ce soir-là, juste après Michelle Lansing. On les avait sans doute informés du décès de Faith.

Qu'avait-il fait entre 17 heures et 19 heures ? Gage devait absolument parler à Hope.

Il se tourna vers l'écran de surveillance pour vérifier que la jeune femme n'était pas en train de redescendre l'escalier. Puis le laboratoire où elle se trouvait apparut à l'écran, et il crut que son cœur s'arrêtait de battre.

Il se précipita hors du PC de sécurité.

Hope agrippa les mains de Ian, cherchant désespérément à desserrer ses doigts autour de sa gorge. Des points noirs commençaient à danser devant ses yeux.

— Mon Dieu, comment as-tu pu faire ça ? murmura Michelle.

— J'ai fait boire le Doc au bar. Je lui ai payé plusieurs coups, sachant que ce poivrot ne pourrait pas résister à la tentation. Mine de rien, j'ai commencé à parler de Faith qui n'avait pas le moral, qui venait de se faire plaquer. Au comptoir, les gens se fichent de la vérité, pourvu que l'histoire soit bonne… J'ai soufflé l'idée du suicide aux militaires, et même à toi, Michelle. Le bon vieux docteur y a cru et a signé le certificat de décès. Il ne s'est pas rendu compte que je l'avais manipulé comme une marionnette.

Hope tâtonna autour d'elle, cherchant à attraper un objet, n'importe quoi, qui pourrait lui servir d'arme.

— Ian, je t'en prie, lâche-la ! supplia Michelle.

— Je fais ça pour toi, tu sais. Pour nous. À Benediction, on a trouvé tout ce qu'on voulait tous les deux. Toi et moi, on est les maîtres de cette ville. Tu dis toi-même que régner en enfer est toujours mieux que de servir au paradis.

Hope bouscula des tubes à essai qui se brisèrent sur le sol. McCallister l'écarta violemment du bureau. Mais elle n'allait pas se laisser faire comme ça… Elle lui envoya un coup de talon dans le tibia, de toutes ses forces. Grognant de douleur, il trébucha en l'entraînant avec lui contre une autre table.

— Je n'ai jamais voulu tuer personne, se défendit Michelle. Il faut que tu arrêtes, Ian. Laisse-la !

La pression augmentait dans la poitrine de Hope, une douleur qu'elle ne connaissait que trop bien pour l'avoir éprouvée à peine quelques jours plus tôt. Ses poumons étaient en feu et ses jambes commençaient à faiblir. Elle balaya frénétiquement la surface du bureau.

— Non, Michelle, grommela-t-il. On est trop près du but pour s'arrêter maintenant. Le rapport annuel a été rédigé, cet empire est à nous. Un dernier détail à régler et tout rentrera dans l'ordre. Tu verras, tu me remercieras.

Hope avait tellement de mal à s'accrocher… À se battre… Mais alors que sa vision s'obscurcissait, ses doigts se refermèrent autour d'un outil en métal. Une paire de ciseaux.

Elle l'enfonça dans la cuisse de son agresseur. Une fois, deux fois, trois fois. Enfin, il lâcha prise avec un hurlement de douleur.

Hope s'éloigna de lui, toussant et hoquetant, en arrachant le sac de sa tête. Au même instant, la porte s'ouvrit et Gage déboula dans la pièce comme un fou furieux, le visage dissimulé sous une cagoule. McCallister plongea aussitôt vers un objet qui luisait par terre dans la pâle lumière de la lune.

Le pistolet.

Gage se jeta sur le chef de la sécurité. Pendant de longues et terribles minutes, les deux hommes roulèrent au sol, se disputant l'arme. Ian la tenait serrée dans son poing, le canon dirigé entre leurs deux corps, tandis que Gage tentait de la lui arracher.

Soudain, un coup de feu partit, et ils s'immobilisèrent tous les deux.

Michelle poussa un cri. Hope se figea.

S'il vous plaît, faites que ce ne soit pas Gage.

19

Gage attendit que la douleur le transperce, mais rien ne vint. Au-dessus de lui, McCallister avait le regard fixe et la bouche entrouverte. Il le repoussa, saisit le pistolet et s'assit.

Une tache rouge se déployait sur la chemise blanche du chef de la sécurité. Gage aussi avait du sang sur sa blouse, mais ce n'était pas le sien.

— Dieu merci, tu es vivant ! s'écria Hope en s'agenouillant à côté de lui pour le serrer dans ses bras.

— Dieu merci, toi aussi.

S'ils avaient été seuls, il se serait autorisé à savourer cet instant. Il lui aurait dit ce qu'il pensait, ce qu'il ressentait. Mais ce n'était pas le moment. Ce ne serait sans doute jamais le moment.

— Je n'aurais pas supporté que tu meures, lui murmura-t-elle à l'oreille.

Il enroula un bras autour de ses épaules, comprenant parfaitement ce qu'elle voulait dire. L'angoisse de la perdre l'avait submergé dès l'instant où il l'avait vue aux prises avec McCallister sur l'écran de surveillance.

Comme il rêvait de passer une journée, une semaine, un mois avec elle, autant de temps que le destin voudrait bien lui accorder ! Pour apprendre à la connaître. Pour l'aimer. Et être aimé en retour, si un tel bonheur était permis à un homme comme lui.

Tandis qu'ils se relevaient tous les deux, Michelle s'approcha de Ian.

— Pourquoi as-tu fait ça, imbécile ? sanglota-t-elle. On n'avait pas besoin de *tout* avoir, tant qu'on était tous les deux !

— Ils étaient complices ? demanda Gage à Hope.

— Pour la falsification du rapport, oui. Mais c'est lui qui a tué Faith, et Michelle a eu l'air sincèrement choquée de l'apprendre. Ou alors, elle s'en doutait et a préféré l'ignorer .

Elle se tourna vers la directrice de Nexcellogen.

— J'ai l'intention de publier toutes les données que Faith avait copiées, et qui prouvent que vos chiffres ont été trafiqués. Vos supérieurs et les médias intéressés sauront ce que vous avez fait. Ce que votre petit copain a fait à ma sœur.

— Si vous croyez que je vais m'excuser, vous vous fourrez le doigt dans l'œil.

En deux pas, Hope la rejoignit et la gifla.

— Vous n'allez pas régner en enfer, madame Lansing. Vous allez y pourrir.

Soudain, une fusée éclairante illumina le ciel nocturne. Puis une deuxième. Et une troisième.

C'était le signal de l'apocalypse.

Dès son arrivée à Benediction, Gage avait confié à Claire un pistolet de détresse. Il lui avait expliqué comment, en cas de danger et de grave danger seulement, elle devrait tirer trois fusées depuis les bois, derrière la maison.

— On doit partir, lâcha-t-il.

— Bonne chance, répliqua Michelle, qui se tenait la joue. Le temps que vous atteigniez le hall, j'aurai déjà bouclé le bâtiment.

Gage dégaina le Taser et lui délivra un choc électrique.

Les yeux de la directrice se révulsèrent, son corps trembla violemment, puis elle s'effondra, inconsciente.

— Désolé, mais on n'a pas de temps à perdre, marmonna-t-il.

Il prit Hope par la main et l'entraîna dans le couloir. Moins d'une minute plus tard, ils ressortaient de l'immeuble.

— Que se passe-t-il ? s'enquit la jeune femme tandis qu'ils traversaient le parking en courant.

— Je ne sais pas, mais ces fusées m'étaient destinées.

— Comment peux-tu en être sûr ?

— Claire vient d'utiliser le signal dont on avait convenu.

Ils grimpèrent dans le pick-up, se débarrassèrent des blouses. Gage retira sa cagoule et la fourra dans sa poche.

— On rentre à l'appartement ? demanda Hope.

— Non. En cas d'urgence, le point de ralliement, c'est le funérarium.

À cinq cents mètres de l'entrée de Benediction, Ryan éteignit ses phares et se gara sur le bas-côté de la route. Il prit ses jumelles dans la boîte à gants, puis sortit.

Le SUV de Joe Smith s'était arrêté devant la barrière. Les quatre portières s'ouvrirent, et à sa grande surprise, cinq hommes descendirent. Pour une raison ou pour une autre, l'un d'eux avait dû rester dans le véhicule quand ses collègues étaient venus se présenter dans le bureau de Ryan…

Les gardes dégainèrent leurs armes, mais Smith et ses sbires ne leur laissèrent aucune chance. Des éclairs aveuglants jaillirent de leurs fusils d'assaut, qu'ils avaient pris soin de munir de silencieux. Les deux soldats s'écroulèrent.

— Seigneur, murmura Ryan tandis que les tueurs traînaient les corps dans la guérite.

Ils venaient d'abattre de sang-froid ces pauvres garçons,

alors qu'ils auraient pu se contenter de les blesser ou de les désarmer. Que feraient-ils si Hope se retrouvait sur leur chemin ?

Ryan n'avait plus qu'à espérer que le coup de fil qu'il avait passé un peu plus tôt avait servi à quelque chose. Mme Varma, l'infirmière, lui avait donné deux numéros : celui de Gage Graham et celui de sa demi-sœur. Le premier ne répondant pas, Ryan avait appelé Claire Ferguson Coughlin pour lui présenter la situation. Elle l'avait remercié et lui avait promis de transmettre son message.

Au moment où Ryan regardait de nouveau dans ses jumelles, trois fusées éclairantes traversèrent le ciel l'une après l'autre. Une coïncidence ? Sans doute pas. Ryan ne croyait pas à ces choses-là.

Il se concentra sur l'entrée de la ville protégée. À présent, la barrière était ouverte. Smith avait ôté sa veste de costume et enfilait un gilet pare-balles à la place. Il remonta dans le SUV, où l'attendaient ses hommes.

Bonne idée, songea Ryan. Il se changea lui aussi, clipsa son étoile de shérif sur le devant du gilet, et jeta un dernier coup d'œil à travers les jumelles.

Smith venait de pénétrer dans Benediction.

Gage gara le pick-up sur le parking du funérarium. Claire et son fils attendaient devant l'entrée. Si l'inquiétude marquait le visage de sa demi-sœur, un ennui profond se lisait sur celui de son neveu. Les mains enfoncées dans les poches de son manteau, Jason bâillait ostensiblement.

Pour que Claire ait déclenché les fusées, quelque chose de terrible avait dû se produire – terrible pour Gage, tout au moins. Mais de les voir tous les deux vivants, de savoir Hope saine et sauve à côté de lui, était tout ce qui lui importait. Pour le reste, il se débrouillerait.

— Ça va ? demanda Claire lorsque Hope et lui les eurent rejoints.

— Oui. Qu'est-ce qui se passe ?

— Le shérif de Goode, Ryan Keller, a réussi à te localiser.

Gage échangea un regard avec Hope.

— Il avait un message pour toi, continua Claire. Il te doit deux excuses. La première, pour ne pas t'avoir remercié d'avoir sauvé la vie à Hope. Il en est désolé.

— Et la deuxième ?

— Un certain Joe Smith, accompagné de trois hommes, est venu le voir dans son bureau aujourd'hui. Ils te cherchaient.

— Keller a dit pourquoi ?

— Oui, et c'est pour ça qu'il s'excuse. Il avait récupéré ton verre ce matin, au café, pour vérifier tes empreintes.

Gage serra les mâchoires. Cette fois-ci, c'était certain : il allait devoir repartir.

— Serais-tu un criminel, tonton Bonneteau ? railla Jason. Se pourrait-il que tu fuies la police ?

Claire fit taire son fils et se tourna de nouveau vers Gage.

— Joe Smith sait que tu es ici avec une amie, et il est en route. Il est peut-être même déjà arrivé. Benediction n'est plus un endroit sûr pour toi.

L'espace d'un instant, le temps sembla suspendre son cours. La phrase fatidique avait été prononcée. Gage n'avait plus le choix.

— Venez, dit-il en ouvrant la porte du funérarium.

Comme Jason s'apprêtait à allumer la lumière, il le retint par le bras.

— Non. Attends d'être en bas.

Cette fois-ci, il referma à clé derrière eux, tenant à s'épargner d'autres visites-surprises. Celle du Dr Howland, la veille, lui avait suffi.

— Jason, va me chercher le marteau dans le placard,

demanda-t-il à son neveu lorsqu'ils furent descendus au sous-sol.

— Je ne crois pas qu'on en ait.

— Si, tu verras.

Il en avait justement acheté un en prévision de ce jour.

Jason obéit sans protester. Malgré tout ce qu'il avait à reprocher à son oncle, il devinait sûrement l'urgence de la situation. Pendant ce temps, Gage déplaça le bureau pour dégager le mur. Au retour de l'adolescent, il confia son pistolet à Hope afin de ne pas être gêné dans ses mouvements, puis il demanda à tout le monde de reculer et attaqua la cloison à coups de marteau. Quand l'ouverture fut assez grande, il en extirpa un sac de sport qu'il avait caché là à son arrivée à Benediction.

Il le posa sur le bureau et ouvrit la fermeture Éclair.

— La vache ! s'exclama Jason en découvrant les liasses de billets, les passeports et les armes.

— Je ne suis pas un criminel, leur expliqua Gage. Je n'ai jamais fait que servir mon pays. Je ne peux pas vous dire pourquoi ces hommes sont venus me chercher, ni pourquoi je suis en cavale. Je peux seulement vous assurer que lorsque mon heure sera venue, je mourrai la conscience tranquille. Si ces types survivent et moi pas, et s'ils vous interrogent, reniez-moi. Dites-leur que vous ne savez rien de moi, pas même d'où je viens.

— Oh ! mon Dieu, murmura Claire en portant une main à son cœur.

Gage la prit par les bras.

— On n'est pas toujours restés en contact, toi et moi, mais je veux que tu saches que tu as été la meilleure sœur dont je pouvais rêver. Tu m'as aidé sans poser de questions, et je t'en serai éternellement reconnaissant.

Claire l'attira contre elle.

— Je ne veux pas qu'il t'arrive du mal, Gage. Je veux que tu sois heureux.

Pour l'heure, il espérait juste survivre la nuit…

— Je t'aime, Claire, depuis le jour où tu m'as appelé « petit frère » et où tu as défié les autres gamins de me traiter comme un étranger.

Elle le serra encore plus fort. Gage prit une liasse de billets dans le sac et la lui tendit. Dix mille dollars.

— Je ne peux pas accepter, protesta-t-elle.

— C'est ma contribution aux études de Jason, insista-t-il en lui fourrant l'argent dans la main.

Puis il s'adressa à son neveu.

— Tu avais raison quand tu disais que je cachais des secrets. C'est pour ça que je te laissais m'appeler « tonton Bonneteau ». Je savais que ce jour viendrait, et de ce fait, je ne pouvais pas tisser des liens trop forts avec toi. Tu as déjà perdu suffisamment de personnes que tu aimais, je ne voulais pas ajouter mon nom à la liste. Mais tu m'impressionnes, fiston. Par ton intelligence. Par ton courage. Et surtout par ta générosité. Sois gentil avec ta mère, écoute-la. Elle ferait n'importe quoi pour toi.

Pour une fois, Jason resta sans voix, mais cela ne l'empêcha pas d'acquiescer. Alors que Gage se tournait vers elle, Hope fronça les sourcils.

— Si tu essaies de me faire tes adieux, je te gifle toi aussi, le prévint-elle.

Gage ne put s'empêcher de sourire. Cette femme était incroyable.

— Tu m'as expliqué les risques, poursuivit-elle. Je suis prête à les prendre. Après tout ce que tu as fait pour moi… Laisse-moi t'aider. Laisse-moi partir avec toi.

Gage soupira. Il avait compris qu'il était vain, une fois qu'elle s'était mis une idée en tête, d'essayer de lui faire changer d'avis. Lorsqu'il aurait repoussé la menace immédiate, il lui laisserait une chance de revenir à la raison.

— D'accord, dit-il. Claire, emmène Jason à la caserne des pompiers, et restez-y jusqu'à ce que tout soit fini. Dis-leur d'appeler les volontaires en renfort, parce que des hommes violents viennent de pénétrer dans Benediction. Ils vous protégeront.

— Sois prudent, murmura-t-elle, les larmes aux yeux. Je t'aime aussi, petit frère.

— Une dernière chose : Paul Kudlow est ligoté chez lui, il faut que quelqu'un aille le libérer. Pareil pour deux agents de sécurité de Nexcellogen. Il y en a un dans le conteneur à ordures, et l'autre au PC de sécurité.

Sa demi-sœur eut l'air surprise, mais elle ne posa pas de question.

— J'enverrai quelqu'un les délivrer, promit-elle, avant de lui planter un baiser sur la joue.

Puis elle prit Jason par le bras, et ils filèrent tous les deux dans l'escalier.

— Qu'est-ce que je peux faire ? s'enquit Hope.

— Il faut que tu comprennes à quoi on s'expose. Pour éliminer des cibles étrangères, la CIA envoie des agents comme moi et mes coéquipiers. Mais dans le cadre d'une opération comme celle-ci, où elle s'en prend à ses propres hommes sur son propre sol, elle recrute des mercenaires sans merci. Ils ne sont pas là pour me capturer, mais pour me tuer.

— Qu'attends-tu de moi ? demanda-t-elle sans hésiter.

Sa ténacité ne cesserait jamais de l'étonner.

— Tu vas accomplir deux missions en une, lui dit-il, tout en lui tendant le seul gilet pare-balles qu'il possédait. La première sera de faciliter notre sortie de Benediction.

— Et la seconde ?

Gage accrocha son couteau militaire à l'arrière de sa ceinture.

— Tu vas servir d'appât.

— Pardon ?

— Ce que je vais te demander de faire va attirer l'attention. Ce Joe Smith et ses hommes chercheront forcément à t'utiliser comme moyen de pression contre moi.

Et lorsqu'elle ne leur servirait plus à rien, ils l'élimineraient elle aussi. Mais Gage ne les laisserait pas faire. Jamais.

Il dévissa le silencieux du SIG Sauer qu'il avait confié à Hope et le fixa sur son pistolet-mitrailleur HK MP5K. Il glissa ensuite quelques chargeurs supplémentaires dans ses poches.

— Si je tire, fit remarquer Hope, ils vont m'entendre.

— Tu vas tirer, et ils t'entendront.

Il posa une main sur sa joue, plongeant les yeux dans les siens.

— Je te protégerai, Hope. Suis bien mes instructions. Et ne t'écarte pas du plan comme tout à l'heure. Tu as failli te faire tuer.

— D'accord. Dis-moi ce que je dois faire.

— Tu te souviens de l'endroit où on est entrés dans les bois, en allant chez Kudlow ?

— Oui.

— C'est là que Claire a tiré les fusées. Les types commenceront par regarder dans ce coin. On va y aller ensemble.

Gage connaissait cette forêt par cœur, chaque arbre, chaque buisson, chaque sentier. Il l'avait parcourue de jour comme de nuit un millier de fois. S'il avait demandé à Claire de faire partir les fusées éclairantes depuis ce lieu, c'était aussi pour attirer ses poursuivants dans un secteur qui lui était familier. À la guerre, la connaissance du terrain comptait presque plus que le nombre d'armes ou de combattants.

— Pourquoi aller à leur rencontre alors qu'on pourrait fuir ? s'enquit Hope. On n'a pas besoin de sauter dans le feu pour savoir que ça brûle.

— Parce que c'est la seule solution. Dans le bois, on a pris à gauche et on a suivi un sentier jusqu'à la maison de Kudlow, tu te rappelles ?

Hope acquiesça.

— Je veux que tu ailles tout droit, cette fois-ci, jusqu'à la clôture. Il y a une armoire électrique à cet endroit : tu vas tirer dedans pour faire sauter les plombs, et ensuite tu découperas le grillage.

— Avec quoi ?

Il désigna la pince dans le sac de sport.

— Avant ça, tu vérifieras à l'aide de ce tournevis qu'il n'y a plus de courant. Le manche est en plastique dur, tu ne risques pas de t'électrocuter.

— Et si je me fais repérer ?

— Cela arrivera assurément, répondit-il en lançant le sac sur son épaule. Tout ce que tu as à faire, c'est suivre mes instructions. Tu me fais confiance ?

— Je te confierais ma vie.

Gage soutint son regard si fougueux, si déterminé. Si beau. Il n'avait qu'une seule envie : l'embrasser et la serrer contre lui, mais le temps était compté. Il fallait se mettre en route.

Après avoir enfilé sa cagoule de ski pour mieux se fondre dans la forêt, il s'équipa d'un casque monoculaire à vision nocturne. L'objectif à haute résolution se positionnait parfaitement devant son œil gauche.

À moins que les assassins ne possèdent le même matériel, ils ne pourraient pas voir à plus de trois mètres dans la nuit. Sans doute étaient-ils surentraînés, mais il y avait aussi de fortes chances qu'ils soient un peu trop sûrs d'eux. À quatre contre un, persuadés que Gage ne s'attendait pas à les voir surgir, ils devaient croire la bataille gagnée d'avance.

Finalement, Ryan Keller avait su se montrer utile.

Tandis qu'ils quittaient le funérarium, Gage expliqua rapidement à Hope ce qu'ils allaient faire, et lui fit répéter les différentes étapes. Ils se dirigèrent à pied vers les bois, s'éloignant de plus en plus des habitations. Tout était calme et silencieux. La neige avait presque entièrement fondu, et seules quelques plaques reflétaient encore la lumière de la lune ici et là.

Entraînant Hope derrière un épais buisson, Gage lui confia la montre dont elle aurait besoin plus tard et cacha le sac sous le feuillage. Puis il lui fit signe d'attendre.

Traquer les prédateurs, c'était sa spécialité. Il scruta les environs, tous les sens en alerte. Très vite, il perçut du mouvement sur sa gauche – à 9 heures et à 11 heures précisément. Deux hommes qui fouillaient le secteur, séparés d'une dizaine de mètres l'un de l'autre.

D'un geste, il ordonna à Hope de s'aplatir sur le sol.

Les quatre mercenaires avaient dû partir de l'endroit où les fusées avaient été tirées, avant de former deux équipes pour se déployer dans chaque direction. Le fait qu'ils opèrent en binômes compliquait la tâche à Gage. S'il tirait sur l'un des deux, l'autre l'entendrait forcément. Un silencieux ne supprimait pas totalement le bruit d'un coup de feu.

Il mit son fusil en bandoulière et sortit le couteau de son étui. Quand les deux hommes furent passés, il leva une main pour signifier à Hope de ne pas bouger, puis il s'avança sans un bruit entre les arbres.

S'il avait pu les maîtriser rapidement et discrètement, il l'aurait fait. Ces types avaient beau vouloir le tuer, Gage ne prenait aucun plaisir à ôter la vie à un être humain, aussi malfaisant soit-il. Cependant, les circonstances ne lui laissaient pas le choix.

Il s'approcha de l'un d'eux par-derrière, prenant soin d'éviter la neige qui aurait crissé sous ses pas. Le mercenaire portait un gilet pare-balles, mais ce genre d'équipement ne résistait pas aux coups de couteau, et les plaques de protection ne se rejoignaient pas complètement sur les côtés. Gage avait presque rattrapé l'homme quand une brindille craqua sous sa botte, trahissant sa présence.

L'autre fit volte-face en brandissant son pistolet. D'un seul mouvement, Gage lui enfonça la lame sous les côtes, droit vers le cœur, tout en lui couvrant la bouche de sa main gauche. Après un bref soubresaut, le type s'écroula.

Gage s'avança ensuite vers le deuxième assassin, qui s'était arrêté de marcher. Il avait dû entendre un bruit mais ne pouvait rien voir. Parvenu à quelques mètres de lui, Gage se cacha derrière un arbre, le dos pressé contre le tronc. Il attendit, s'obligeant à respirer calmement. L'adrénaline pulsait dans ses veines.

Son ennemi approchait. Les feuilles mortes craquaient sous ses chaussures. Gage entendit des branches bouger près de lui.

Pas tout de suite, s'ordonna-t-il, le poing serré autour du manche de son couteau.

Quand l'homme passa à côté de l'arbre, Gage surgit de sa cachette et le poignarda au cou. L'autre n'eut pas le temps de comprendre ce qui lui arrivait. Il était mort avant de toucher le sol.

Gage rengaina son arme et courut rejoindre Hope.

— Tu les as eus tous les deux ? chuchota-t-elle.

— Oui. Plus que deux.

— Tu as fait vite… Je t'ai vu tuer le premier, c'était tellement… violent !

— Je suis désolé. Je comprends que tu sois choquée, et même horrifiée.

— Non, Gage. Ce monstre de McCallister m'a choquée et horrifiée. Toi, tu ne pourras jamais m'inspirer ce genre de sentiments.

S'il n'avait pas porté de cagoule, Gage l'aurait embrassée.

— On n'est pas encore tirés d'affaire, murmura-t-il. Allons-y.

Il ramassa le sac et guida la jeune femme jusqu'à l'endroit où ils devaient se séparer. Là, à l'aide de son casque à vision nocturne, il vérifia que le chemin menant au grillage était dégagé.

— C'est bon, il n'y a personne, lui dit-il. Tu attends cinq minutes. Ensuite, tu sais ce qu'il faut faire.

Hope acquiesça, tout en jetant un coup d'œil sur la montre qu'elle avait attachée à son poignet. Il lui tendit le sac.

— Fais attention, il est plus lourd qu'il n'en a l'air.

— J'y arriverai, lui assura-t-elle.

Et elle fila, courbée en deux, en direction de la clôture.

Gage avait cinq minutes devant lui pour trouver sa prochaine cible et l'éliminer. Il s'avança rapidement dans la forêt, balayant la zone du regard.

En toute logique, les deux derniers mercenaires arriveraient face à lui. Mais le terrain était vaste, et il ne pouvait pas savoir s'ils évolueraient plutôt le long du grillage ou plus près des habitations. Or, s'il se fiait à son horloge interne, au moins deux minutes s'étaient déjà écoulées. Il fallait absolument qu'il supprime un troisième tueur avant que Hope entre en action. Son plan ne marcherait pas s'il devait abattre les deux à la fois.

Il accéléra, progressant en silence à travers le sous-bois. Un instant plus tard, il repéra son homme.

Il le contourna par la gauche pour se placer derrière

lui. Plus qu'une minute. Il allait devoir prendre le risque d'utiliser son pistolet-mitrailleur.

Posant un genou à terre, Gage épaula le MP5K et visa la tête à travers l'objectif de son casque. L'index sur la détente, il attendit que sa cible, qui avait disparu derrière un arbre, revienne dans son champ de vision.

Alors, il expira lentement et tira.

Plus qu'un.

20

Hope courut le plus vite possible, ralentie par le poids du sac et du gilet pare-balles. Lorsqu'elle atteignit l'orée du bois, elle s'assit contre un arbre pour reprendre son souffle. Devant elle se dressait le grillage marquant la limite de Benediction, avec en arrière-plan l'étendue noire et menaçante du lac de Goode.

Les cinq minutes étaient passées à la vitesse de l'éclair. Hope pria pour que Gage ait eu le temps d'éliminer un troisième ennemi.

Elle se releva et pointa le pistolet sur l'armoire électrique. Celle-ci était si proche qu'elle ne pouvait la rater, quand bien même elle ne s'était jamais servie d'une arme à feu. Par précaution, elle pressa deux fois la détente. L'armoire explosa violemment, envoyant des gerbes d'étincelles de toutes parts. Un panache de fumée s'éleva dans les airs.

Nul doute qu'un tel vacarme ne manquerait pas d'attirer l'attention…

Traînant le sac jusqu'à la clôture, Hope en sortit le tournevis et le passa le long des fils de fer.

Pas d'arc électrique, pas d'étincelle.

Venait l'étape qu'elle redoutait le plus. Ayant besoin de ses deux mains pour découper le grillage avec la pince, elle devait se séparer du tournevis et du pistolet. Elle serait donc désarmée et tournerait le dos à la forêt…

Malgré son inquiétude, elle se mit au travail, sectionnant les mailles de bas en haut. Chaque brin cédait avec un claquement sec. Plus le temps passait, plus elle avait l'impression qu'on l'observait, mais elle s'empêcha de regarder derrière elle.

Alors qu'elle avait entaillé le grillage sur un mètre de hauteur, elle sentit le canon d'une arme se poser sur l'arrière de son crâne.

Gage courait tout droit vers la clôture quand il aperçut Hope à travers les arbres. Un homme vêtu de la même tenue de combat noire que les trois autres l'avait agrippée par la nuque et braquait un pistolet sur sa tempe. De toute évidence, il attendait Gage et, exactement comme celui-ci l'avait prévu, comptait se servir de la jeune femme pour faire pression sur lui.

— Lâchez votre arme et avancez les mains en l'air, cria-t-il. Si vous faites ce que je vous dis, elle aura la vie sauve.

À supposer que Gage coopère et se laisse exécuter, rien ne lui garantissait que Hope serait épargnée. L'ordre avait été donné d'éliminer les membres de la cellule Topaz parce qu'ils avaient dû voir quelque chose qu'ils n'étaient pas censés voir ; si les tueurs soupçonnaient Hope d'avoir été mise dans la confidence, ils seraient obligés de la supprimer elle aussi.

— D'accord, répondit Gage en s'écartant du tronc derrière lequel il se cachait. Ne lui faites pas de mal.

— Posez votre arme par terre et approchez.

Hope avait les mains levées bien haut au-dessus de la tête, comme il le lui avait conseillé. Dès que le type pointerait son pistolet vers Gage, elle pourrait lui assener un coup de coude dans les parties intimes avant de se jeter à plat ventre pour se protéger.

Gage s'avança lentement, le fusil en l'air.

Soudain, il entendit un bruissement sur sa gauche. L'instinct et les années d'entraînement le firent plonger vers le sol. Une salve de projectiles s'enfonça dans le tronc à quelques centimètres de l'endroit où s'était trouvée sa tête une seconde plus tôt.

Il courut se réfugier tandis que les rafales d'arme automatique faisaient exploser la terre derrière lui. Bon sang, d'où sortait ce cinquième homme ? Il le vit filer entre les arbres : chemise blanche, pantalon noir, gilet pare-balles. Ce devait être le chef, le fameux Joe Smith.

— Montrez-vous ! ordonna celui-ci. Si vous n'obéissez pas, la femme mourra. Hope Fischer, c'est bien ça ? D'après ce que j'ai compris, vous tenez à elle. Je vais compter jusqu'à trois.

D'un coup d'œil, Gage évalua la situation. Le type en noir retenait toujours Hope en otage. En s'exposant, Gage offrirait une cible facile aux deux assassins. Impossible de les éliminer en même temps à lui seul.

Alors que son regard croisait celui de Hope, le courage qu'il y lut lui serra le cœur. Elle n'avait pas peur, car elle lui faisait confiance pour la sortir de là.

— Un ! cria Smith.

Gage sentit des gouttes de transpiration couler dans son dos. Il n'avait pas le choix, il devait se sacrifier pour elle.

— Deux !

La réalité lui apparaissait soudain clairement : il l'aimait. La peur de la perdre lui paralysait les jambes.

— Trois.

— Département du shérif, lâchez votre arme ! fit une voix sortie de nulle part.

Ryan Keller venait de surgir de la forêt. Profitant de l'effet de surprise, Gage tira en direction de Smith, qui répliqua aussitôt. Ils se ratèrent de peu.

L'autre agent tenait le shérif en joue tout en se servant de Hope comme d'un bouclier humain. Keller ne parviendrait jamais à l'abattre sans blesser la jeune femme.

Gage s'avança vers le chef, fit feu à deux reprises et s'abrita derrière un autre arbre. Le tronc vibra sous l'impact d'une dizaine de balles ; son ennemi s'approchait lui aussi, sans cesser de tirer.

Il allait bientôt être à court de munitions.

Plus loin, le mercenaire tentait d'entraîner Hope dans le bois. Elle faisait tout ce qu'elle pouvait pour le ralentir, plantant ses talons dans le sol et s'accrochant aux branches et aux buissons.

Clic. Clic. Cette fois-ci, le chargeur de Smith était vide. Gage quitta son abri et épaula son fusil. Mais l'agent lui fonça dessus – cent kilos de muscles et de rage qui le percutèrent de plein fouet. Désarmé, Gage heurta violemment le tronc.

Sans lui laisser le temps de reprendre ses esprits, Smith se mit à le frapper. Gage rendit coup pour coup, jusqu'à ce que son adversaire lui décoche un uppercut au plexus solaire, juste sous le sternum.

La douleur lui coupa le souffle et le mit à genoux. Il cligna des yeux, sonné, désorienté. Alors, Smith lui arracha le casque à vision nocturne, puis la cagoule, l'empoigna par les cheveux et le força à relever la tête.

— Je veux te regarder dans les yeux quand tu mourras, grogna-t-il en attrapant le pistolet qu'il avait à la ceinture.

Gage était incapable de se lever. Incapable de se battre. Il pouvait à peine respirer.

Mais il dégaina son couteau et l'enfonça dans la cuisse de son ennemi.

Un voile d'angoisse recouvrit le visage de Smith. La blessure était mortelle, il le savait. L'artère fémorale était touchée, et en quelques minutes il se viderait de son sang.

Cependant, il vivait encore, et il parvint à sortir son arme de son holster. Gage le poignarda une nouvelle fois dans le ventre, sous le gilet pare-balles.

Smith se crispa. Ses traits se déformèrent. Le pistolet glissa de sa main, et il s'effondra.

Inquiet pour Hope, Gage rampa jusqu'à son fusil. À dix mètres de là, le dernier membre du commando essayait toujours de traîner sa prisonnière vers les arbres. Brusquement, elle se laissa tomber comme un poids mort dans ses bras, le faisant trébucher. Il la repoussa contre le grillage et se tourna vers le shérif, prêt à tirer.

Sans la moindre hésitation, Hope s'empara du SIG Sauer resté par terre près de l'armoire électrique. Gage la vit lever l'arme en direction du mercenaire. Un éclair jaillit du canon, et il s'écroula, tué sur le coup.

Gage se précipita vers la jeune femme pour la prendre dans ses bras.

— Dieu soit loué, vous n'avez rien ! s'exclama Ryan Keller en accourant vers eux.

— C'est fini, murmura Hope, qui serrait Gage contre elle. C'est fini.

— Pas tout à fait, la corrigea-t-il. La police militaire ne va pas tarder à arriver.

— Je suis dans l'obligation de vous arrêter, intervint Ryan en pointant son pistolet sur Gage. Vous êtes recherché pour quelque chose. Ces barbouzes de la CIA s'y sont pris n'importe comment, mais ça ne change rien au fait que vous êtes un fugitif.

— Je suis recherché, c'est vrai, reconnut Gage. Mais je n'ai commis aucun crime. Je n'ai rien fait de mal.

— J'aimerais en avoir la preuve.

— M'avez-vous vu enfreindre la loi, ce soir ?

— Non.

— Alors pourquoi voulez-vous m'arrêter ? Qu'ai-je à me reprocher ?

— Ce sont de bonnes questions. Vos empreintes n'apparaissent dans aucun fichier. Mais ces hommes étaient ici pour une raison.

— Me placer en garde à vue équivaudrait à me tirer vous-même une balle dans la tête, expliqua Gage. La CIA ne veut pas m'envoyer en prison. Elle veut juste me tuer.

Hope s'avança vers Ryan et posa une main sur son bras pour lui faire baisser son arme.

— Tout ce qu'il dit est vrai, assura-t-elle. Si tu l'embarques, tu signes son arrêt de mort. Ces types en sont la preuve.

Il rengaina son pistolet, sans pour autant paraître totalement convaincu.

— Ian McCallister, le chef de la sécurité de Nexcellogen, a tué Faith et déguisé sa mort en suicide, lui révéla la jeune femme. L'entreprise risquait de perdre un contrat très lucratif à cause d'elle. Il fallait la faire taire.

— Pourquoi ? murmura Ryan en secouant la tête.

Hope détacha le collier qu'elle portait autour du cou.

— Dans ce cryptex, il y a les vrais résultats des essais cliniques que Faith a menés. Michelle Lansing, la directrice, Neal Underhill et Paul Kudlow ont falsifié le rapport annuel. Faith s'apprêtait à les dénoncer.

Un mélange de douleur et de soulagement se peignit sur le visage du shérif. Hope lui mit le collier dans la main.

— 98-25 : c'est le code pour ouvrir le cryptex. À l'intérieur, tu trouveras une mini-clé USB avec toutes les données. 98-25. Lansing. Underhill. Kudlow. Répète après moi.

— 98-25. Lansing, Underhill, Kudlow. Et McCallister, où est-il ? s'enquit Ryan. Je veux enfermer ce salaud pour le restant de ses jours.

— Il est mort. Il a essayé de me tuer moi aussi, mais Gage l'en a empêché. Il m'a sauvé la vie une deuxième fois.

— D'abord Faith, ensuite toi…

— Ce n'est pas tout. Faith avait découvert que Paul Kudlow utilisait la molécule sur laquelle ils travaillaient pour synthétiser la Zion.

— Quoi ?

— Et il était de mèche avec un de tes adjoints, qui la vendait.

Ryan se figea.

— Quel adjoint ?

— Dwight Travers. Paul Kudlow a avoué.

Le shérif lâcha un juron, incrédule.

— Retourne à Goode, lui dit Hope. Arrête Dwight, et demande un mandat contre Kudlow. Envoie ces données à un maximum de médias. Assure-toi que les grands chefs de Nexcellogen en reçoivent aussi une copie, et dis-leur que Michelle Lansing n'est pas digne de confiance.

— Tu peux compter sur moi.

— Sans lui, je n'aurais jamais découvert la vérité sur le meurtre de Faith, ajouta Hope en désignant Gage. Si tu tiens à moi, si tu veux faire ce que Faith aurait voulu que tu fasses, va-t'en, Ryan. Dis aux militaires que tu ne sais pas ce qui nous est arrivé.

Il se frotta le menton, l'air hésitant.

— On n'a pas beaucoup de temps, le pressa Gage. Vous voulez nous aider, ou nous faire tuer ?

Ryan fourra le cryptex dans sa poche.

— Je vous dois déjà deux excuses, n'en ajoutons pas une troisième. Merci d'avoir retrouvé le meurtrier de Faith. C'est ce que je désirais le plus au monde, rendre justice à la femme que j'aimais.

Il lui serra la main.

— Et merci aussi d'avoir veillé sur Hope.

— Si vous pouviez nous faire gagner dix minutes en retenant les soldats…, lui demanda Gage.

— Je vais essayer. Et après ?

— La suite, je m'en charge.

Ryan acquiesça et repartit en trottinant entre les arbres.

— C'est ta dernière chance, murmura Gage à Hope. Tu peux encore retourner à ta vie normale. Les agents de la CIA risquent de te retrouver et de t'interroger, mais si nous ne sommes plus ensemble, ils penseront que tu n'avais pas d'importance pour moi. Contente-toi de leur dire que tu ne sais rien.

— Mais je sais des choses, et je veux en savoir plus, répliqua-t-elle en posant une main sur sa joue. Je crois qu'on serait plus heureux ensemble que séparés.

Il l'embrassa avec ardeur. Elle venait d'exprimer exactement ce qu'il pensait.

— Il faut qu'on se dépêche, maintenant, dit-il. Est-ce que tu as eu le temps de découper le grillage ?

Hope lui montra l'ouverture qu'elle avait pratiquée. Il écarta les mailles pour l'aider à s'y faufiler, puis il la rejoignit de l'autre côté.

De son sac de sport, il sortit un carton dans lequel était roulé un bateau pneumatique. Pendant qu'il le gonflait à l'aide d'une pompe à main double action, Hope assembla les rames. Cinq minutes plus tard, ils étaient sur le lac.

Gage oublia la fatigue, les courbatures, il oublia la capitaine Finley et les militaires qui devaient déjà être en train de fouiller les bois, il oublia Claire et Jason qui risquaient d'être interrogés, et il se concentra sur ses mouvements, ramant de toutes ses forces et le plus vite possible. Quand ils eurent atteint le milieu du lac et se furent suffisamment éloignés de Benediction, il s'arrêta pour reprendre son souffle.

— Où allons-nous ? s'enquit Hope.

— À Riverton, une ville sur l'autre rive. J'ai planqué une voiture là-bas.

— Et après ? Tu m'as dit que fuir, c'était comme sauter dans le vide sans parachute…

— Tu as une bonne mémoire. En fait, *j'ai* un parachute. Par contre, on risque d'être obligés de rester à l'endroit où on atterrira.

— Est-ce qu'on sera ensemble ?

— Oui.

— Et est-ce qu'on sera en sécurité ?

— Oui.

— Alors utilise-le.

Gage extirpa son téléphone satellite du fond du sac. Il composa le numéro d'urgence qu'il connaissait par cœur et qu'il ne pouvait appeler qu'une fois.

— Parachute, fit une voix au bout du fil – celle de Hunter Wright.

Gage devait donner la bonne réponse pour s'authentifier.

— Ouverture, dit-il.

Hunter lui dicta des coordonnées.

— C'est bon, tu les as mémorisées ?

— Oui.

— Un homme avec un bonnet bleu t'attendra là-bas. Il te parlera du temps, tu lui répondras que tu détestes les ouragans. Compris ?

— Compris.

La ligne coupa, et Gage lança le téléphone dans le lac.

Il venait de perdre le refuge parfait, celui qu'il avait eu tant de mal à trouver et à conserver. Il avait ouvert le seul parachute auquel il aurait jamais droit. Et pourtant, au lieu de se sentir inquiet ou nerveux, il souriait…

Car une femme extraordinaire, aussi intelligente que sexy, avait décidé de faire le grand saut dans l'inconnu avec lui. Il était l'homme le plus chanceux au monde.

Épilogue

Trois semaines plus tard

Hope était assise à côté de Gage sur un petit canot motorisé. Après leur départ de la Virginie, ils avaient rejoint le port de Wilmington, en Caroline du Nord, où un homme coiffé d'un bonnet bleu les avait fait embarquer sur un cargo en partance pour l'Amérique du Sud. L'équipage ne leur avait posé aucune question, personne n'avait demandé à voir leurs passeports. On leur avait attribué une cabine minuscule dont ils avaient fait leur cocon, profitant de la traversée pour décompresser et apprendre à se connaître. Ils avaient tout partagé, y compris leurs certificats de bonne santé, et avaient fait l'amour sans aucune barrière entre eux.

Le monde était peut-être sombre et perfide, mais ils avaient trouvé ensemble un lieu chaleureux, lumineux, où ils se sentaient en sécurité.

Avant que le cargo n'atteigne la côte du Venezuela, une femme reconnaissable elle aussi par son bonnet bleu les avait pris sur la petite embarcation dans laquelle ils se trouvaient à présent. Le soleil caressait leurs visages de ses tièdes rayons, et l'eau était d'un vert clair enchanteur.

— Comme tes yeux, murmura Gage.

L'inconnue les conduisit jusqu'à une petite île dotée

d'un ponton en bois. Gage y grimpa le premier et aida Hope à s'extraire du bateau. Passant un bras autour de ses épaules, il l'entraîna vers une maison construite au bout de la plage.

— Qu'es-tu venu faire à Benediction, alors que tu aurais pu t'installer dans ce paradis ? s'enquit-elle.

— Quand on s'est rendu compte que la CIA voulait nous éliminer, on a compris qu'il valait mieux se disperser, expliqua Gage. Ensemble, on forme une cible plus facile à repérer. On avait tous des téléphones satellites dont l'agence ne connaissait pas l'existence. Hunter nous a dit qu'on pourrait l'appeler, mais seulement si on n'avait pas le choix, si on se retrouvait le dos au mur. Alors il nous fournirait un parachute. Mais plus on sera nombreux à l'ouvrir, plus le paradis deviendra dangereux.

Un homme sortit de la maison et descendit les marches du porche pour les accueillir. Un mètre quatre-vingt-dix, tout en muscles – et beau à se damner sous son chapeau de paille et ses lunettes de soleil.

Gage laissa tomber le sac sur le sable fin, et ils s'enlacèrent comme deux vieux amis. Comme deux frères.

— Ça fait plaisir de te voir, malgré les circonstances, dit Gage.

— Le sentiment est partagé.

— Hunter Wright, je te présente Hope Fischer. Je t'expliquerai plus tard pourquoi elle m'accompagne. C'est une longue histoire.

Hunter serra la main à la jeune femme. Une poigne ferme, énergique.

— Enchanté, madame Fischer.

— Je vous en prie, appelez-moi « Hope ».

— J'ai hâte d'entendre l'histoire en question. J'imagine que c'est un récit dramatique, émaillé de dangers et sans doute de quelques coups de feu, mais qui finit bien ?

— Ce n'est pas mal résumé, répondit-elle en riant. Vous devez être devin.

— Avec le métier que je fais, il vaut mieux. Entrez.

Il les précéda dans la maison, modestement mais confortablement meublée.

— Asseyez-vous, mettez-vous à l'aise, dit-il en leur montrant le canapé.

À cet instant, une sonnerie retentit dans une autre pièce. Hunter poussa un soupir.

— Pas de repos pour les braves… Excusez-moi une minute.

Hope s'approcha d'une des fenêtres ouvertes pour admirer la plage dorée et les vagues qui venaient s'échouer paisiblement sur le rivage.

— C'est magnifique, murmura-t-elle.

Gage la rejoignit et l'attira dans ses bras. Il l'embrassa, très tendrement d'abord, puis avec une passion qui éveilla en elle un désir brûlant.

Lorsqu'il releva la tête, il plongea son regard dans le sien et sourit. Et les papillons se remirent à danser dans le ventre de Hope.

En partant à la recherche du meurtrier de sa sœur, elle avait trouvé un trésor rare et précieux. L'amour d'un homme pour lequel elle était prête à tout abandonner. Quoi qu'il advienne à présent, elle ne regretterait jamais d'avoir choisi Gage.

Elle se lova contre lui, les yeux clos.

Quand Hunter reparut dans le salon un peu plus tard, son visage s'était rembruni.

— Je viens d'avoir Zenobia au téléphone, annonça-t-il. Elle a des problèmes, elle aussi. On devrait la voir arriver bientôt… si elle survit.

ELLE JAMES

Une présence troublante

Traduction française de
DOMINIQUE TRUFFANDIER

BLACK ROSE

HARLEQUIN

Titre original :
HELD HOSTAGE AT WHISKEY GULCH

1

Tessa Bolton refit les lacets de ses tennis et se redressa. Même si le soleil ne faisait encore que poindre à l'horizon, la journée promettait d'être belle et lumineuse.

Elle inspira profondément, leva les bras à la verticale et souffla. Après quelques étirements, elle se sentit prête à s'élancer sur le sentier qui longeait la rivière, pour la séance de footing qui l'aidait à bien commencer ses journées.

Elle s'engageait sur le sentier quand une silhouette se dessina dans la lumière grisâtre de l'aube. Elle fut gagnée par une angoisse diffuse, qui se dissipa quand elle reconnut l'homme qui venait vers elle.

Elle sourit, leva la main et lança :

— Bonjour !

Joseph « Irish » Monahan ralentit et s'arrêta face à elle.

— Il faut que nous cessions de nous rencontrer ainsi, répondit-il avec un clin d'œil. Vous allez finir par penser que je vous suis.

Elle éclata de rire.

— C'est plutôt moi qui ai l'air de vous suivre. J'arrive toujours après vous.

— J'aime courir avant le lever du soleil, comme je le faisais à l'armée. J'évite les grosses chaleurs.

La sueur perlait à son front, son torse et ses épaules nus brillaient dans la légère brume matinale. Il courait toujours torse nu, et les gouttelettes de transpiration soulignaient la beauté sculpturale de ses muscles. Cet homme était un vrai régal pour les yeux.

Elle fut saisie du brusque désir d'effleurer son torse du bout des doigts pour jauger la fermeté de ses muscles et déglutit pour le chasser.

— Vous n'êtes plus à l'armée, fit-elle remarquer.

— Non, mais je travaille et j'aime être ici de bonne heure.

Il haussa ses puissantes épaules.

— Vous comprenez, j'ai beaucoup de bouches à nourrir.

Elle gloussa de rire.

— Celles de chevaux, de vaches et de poules ?

Il acquiesça et un sourire gagna son visage.

— Je les ai rarement entendus se plaindre des repas qu'on sert au réfectoire.

— J'aurais pensé que la vie à la campagne vous semblerait bien morne après toutes ces années dans les Forces spéciales, observa-t-elle en inclinant la tête de côté. Vous étiez bien dans les Forces spéciales, n'est-ce pas ?

Il fit un signe d'assentiment.

— Oui, et c'est là que j'ai passé les meilleures années de ma vie.

Elle le dévisagea, perplexe, et demanda :

— Si c'étaient les meilleures, pourquoi avoir renoncé à l'armée ?

Il quitta son visage des yeux pour regarder au loin, par-dessus son épaule.

— J'étais prêt à commencer à vivre. Quand on appartient aux Forces spéciales, on a tendance à mettre le reste de son existence en suspens.

— Je ne comprends pas.

Il reposa les yeux sur elle.

— Il est presque impossible de faire vivre une relation

amoureuse quand on est toujours absent. J'ai vu trop de mes camarades se marier pour divorcer moins d'un an plus tard pour vouloir prendre moi-même ce risque.

— Vous avez donc quitté l'armée pour venir à Whiskey Gulch et vous marier ? demanda-t-elle en s'efforçant de réprimer un sourire.

— Je ne dirais pas ça, répondit pensivement Irish. J'ai quitté l'armée pour découvrir à quoi ressemblait la vraie vie. Et je devenais trop vieux pour les exigences physiques du métier.

Elle le regarda de la tête aux pieds. Pour sa part, elle le trouvait en excellente forme.

— Je suis sûre que vous arriviez encore à suivre le rythme des plus jeunes.

— Oui, mais ma chance aurait fini par tourner. Ce n'était qu'une question de temps. Une balle perdue, un véhicule qui se retourne, les éclats d'une bombe artisanale ou d'un obus de mortier… Plutôt que d'être contraint de quitter l'armée suite à une blessure, j'ai préféré choisir le moment où je partirais.

Tessa plia la jambe, saisit sa cheville derrière elle et tira pour assouplir ses articulations.

— Et travailler avec des animaux suffit à vous rendre heureux ?

— Entre autres choses, répondit-il en souriant. Trace, mon patron, pense à nous confier d'autres activités. Il fait venir d'autres hommes comme moi pour mettre ses idées en œuvre.

— Vraiment ?

Elle relâcha sa cheville et exécuta le même mouvement avec l'autre.

— Quel genre d'activités ?

Il haussa une épaule.

— Une sorte d'agence de sécurité. En tant qu'anciens

soldats, nous possédons des aptitudes qui sont rares chez les civils. Trace aimerait que nous mettions notre formation à profit pour aider nos semblables.

— C'est une idée admirable. Mais trouverez-vous suffisamment de travail dans une aussi petite ville que Whiskey Gulch ? J'aurais pensé que les agences de sécurité s'établissaient dans des zones plus peuplées.

— Trace pense qu'il suffit que nous démarrions pour que la nouvelle de notre existence se répande par le bouche-à-oreille, répondit Irish en haussant les épaules. Entre-temps, il m'a chargé de m'occuper des animaux. C'est une activité thérapeutique.

— Et après tout ce que vous avez traversé dans les Forces spéciales, vous avez bien besoin d'un peu de calme.

Elle sourit.

— Merci d'avoir consacré toutes ces années à la défense de notre pays.

Il rougit.

— Je ferais mieux d'y aller.

Ensuite, il fronça les sourcils, posa les yeux sur le sentier et demanda :

— Êtes-vous sûre que vous ne risquez rien, en courant seule ?

Elle releva le menton.

— Je viens ici tous les matins, depuis plusieurs mois. Il n'y a aucun danger.

— Vous suivez toujours le même trajet ?

— Oui. J'essaie d'améliorer mon temps.

— Vous devriez en changer. Être moins prévisible.

Elle éclata de rire.

— Qu'est-ce qui pourrait m'arriver ici ? Nous sommes au milieu de nulle part.

Irish étrécit les yeux.

— J'ai pour philosophie de ne jamais prévoir ce qui

pourrait se produire. J'aurais l'impression d'inviter le destin à jeter un malheur en travers de ma route.

Elle mit les mains sur les hanches.

— Pour un ancien des Forces spéciales, vous êtes bien superstitieux.

— Et comment. Mon intuition m'a sauvé la vie, et à plus d'une reprise.

— Je ne crois ni à la chance, ni au sort, ni à l'intuition. C'est sur le savoir qu'il faut se reposer.

— Vous êtes infirmière, c'est bien ça ?

Elle fronça les sourcils.

— Oui. Et alors ?

— Une partie de votre travail n'est-elle pas basée sur l'instinct ?

Elle secoua la tête.

— Je ne parlerais pas d'instinct mais d'expérience. Je ne laisse pas la vie de mes patients dépendre de la destinée ou d'une impression.

Irish inclina la tête de côté.

— Croyez ce que vous voulez, mais je reste persuadé que la chance et l'intuition jouent un rôle essentiel dans nos vies et dans les chemins que nous choisissons d'emprunter – ou que le destin nous pousse à suivre.

Il reposa les yeux sur le sentier.

— Vous êtes certaine de ne pas vouloir que je vous accompagne ?

— Oui. Vous avez des bouches affamées à nourrir. Tout ira bien.

Elle se détourna pour partir.

— Tessa ? appela Irish.

Elle regarda par-dessus son épaule.

— Quoi ?

Il ouvrit la bouche, mais dut se raviser parce qu'il la referma, avant de lui décocher un sourire en coin.

— Rien. Bonne course.

Il se détourna, monta dans son camion et s'éloigna.

Elle le suivit des yeux pendant un long moment. Si elle ne se leurrait pas, il avait été sur le point de… de quoi ? L'inviter à prendre un café ? Lui proposer de sortir avec lui ? Lui dire qu'il était prêt à se lancer dans le grand bain de la vie civile, et qu'il voulait tester l'eau avec elle ?

Elle secoua la tête. Oui, elle trouvait Irish séduisant. S'il lui demandait de sortir avec lui, elle accepterait sans doute. Mais ce n'était pas pour autant qu'ils se dirigeraient vers une fin digne d'un conte de fées. Elle avait trop de bagages pour s'aventurer sur cette route d'un pas insouciant.

Comme dit le dicton, « Chat échaudé craint l'eau froide. »

Son ex-mari l'avait irrémédiablement cassée, au point de lui rendre presque impossible toute relation sentimentale. Sa violence l'avait vidée de toute son essence, ne laissant d'elle qu'une coquille vide. Elle avait passé ces derniers mois à réapprendre à s'apprécier et à se faire confiance. Plus jamais elle ne laisserait un homme lui faire toucher le fond.

Ce qu'Irish ne ferait jamais, elle le savait.

Elle fit jouer ses épaules pour les libérer de la tension qui les nouait toujours quand elle pensait à Randy. Pour apaiser les souffrances qu'il lui infligeait, par ses poings et par ses mots, elle s'était réfugiée dans la nourriture jusqu'à peser vingt-cinq kilos de trop.

Randy Hudson, en parfaite ordure qu'il était, avait critiqué son surpoids comme il critiquait tous les autres défauts qu'il voyait en elle, la faisant plonger encore un peu plus dans la dépression.

Un jour, elle s'était regardée dans le miroir et avait vu une étrangère la dévisager. Ce jour-là, elle avait décidé qu'elle en avait assez subi. Elle avait jeté son bac tout neuf de crème glacée, enfilé ses tennis et était allée se promener. Bientôt, les promenades étaient devenues des footings, et elle n'avait plus mangé que pour apporter à son corps le carburant dont il avait besoin, et non pour nourrir sa dépression.

Quand Randy la critiquait, elle lui tenait tête et menaçait de le quitter s'il ne la respectait pas. Comme rien ne changeait, elle l'avait quitté et obtenu le divorce. Bien décidée à tourner la page, elle était revenue à Whiskey Gulch, la ville de son enfance, tandis qu'il restait à San Antonio.

Jamais elle n'avait pris meilleure décision : elle avait perdu un total de trente kilos, et jamais elle ne s'était sentie aussi bien physiquement, aussi satisfaite de sa vie.

Pourtant, elle devait s'avouer que la solitude lui pesait parfois. Elle n'était sortie avec aucun homme depuis son divorce. Elle n'avait pas suffisamment confiance en son jugement. Après tout, quand elle avait épousé Randy, c'était avec la certitude qu'il était l'homme de sa vie.

Mon Dieu, comme elle s'était fourvoyée ! Si elle sortait avec un homme, comment pouvait-elle être certaine de ne pas tomber sur un nouveau Randy ?

Cela faisait maintenant des semaines qu'elle croisait Irish sur le sentier qui longeait la rivière. Elle le trouvait séduisant, elle ne pouvait le nier, mais un physique avenant n'était pas tout. Randy aussi était séduisant. Si un homme entrait dans sa vie, il faudrait qu'il soit gentil et s'abstienne de juger son prochain. Il devrait la soutenir, non la détruire.

Jusqu'ici, Irish s'était toujours comporté en parfait gentleman. Elle avait été tentée d'aller plus loin avec lui.

Elle chassa l'ancien soldat des Forces spéciales de ses pensées, mit ses écouteurs dans ses oreilles, sélectionna la liste de lecture qu'elle avait spécialement composée pour ses séances de footing et s'élança sur le sentier, au rythme de la musique. Depuis deux mois qu'elle passait ces mêmes chansons, il lui suffisait d'en entendre une pour savoir où elle en était dans sa séance. Quand elle entendit *Born to Run* de Bruce Springsteen, elle sut qu'il était temps de faire demi-tour.

Elle courait depuis une vingtaine de minutes quand elle traversa un bosquet de saules pleureurs dont les branches effleuraient presque sa tête. Sans qu'elle ait entendu le moindre bruit – la chanson de Duran Duran qui passait à ce moment-là masquait tous les autres sons –, une silhouette surgit parmi les branches et se planta devant elle, lui barrant la route. L'inconnu portait des vêtements de couleur sombre et une cagoule de ski noire.

Elle laissa échapper un cri étouffé et obliqua sur la gauche pour l'éviter, mais il fut plus rapide qu'elle. Il l'attrapa par le bras, et elle remarqua qu'il portait le genre de gants qu'utilisent les sportifs pour avoir une meilleure prise sur le ballon.

Elle planta ses talons dans le sol et se tortilla pour dégager son bras, mais en vain. L'homme lui donna un coup de poing au visage, la plaqua contre lui et l'immobilisa par une clé au cou.

Le pouls de Tessa s'emballa et sa vision se brouilla, mais elle ne cessa pas de se débattre pour autant. Comme ses efforts étaient vains, elle cessa de lutter et s'efforça de se rappeler les leçons d'autodéfense qu'elle avait prises avant de quitter San Antonio. Tout lui revint.

Elle se laissa aller et s'effondra contre l'homme, qui se pencha en s'efforçant de la maintenir debout. Alors, elle tendit les jambes et se redressa si brusquement qu'il n'eut pas le temps de réagir.

Le sommet de son crâne heurta violemment le menton de l'homme, projetant sa tête en arrière. Comme il relâchait sa prise sur son cou, elle repoussa son coude et se glissa sous son bras. Ensuite, elle posa un pied sur le flanc de son agresseur et le poussa, le projetant dans le saule pleureur.

Avant qu'il ait pu recouvrer son équilibre, elle s'élança vers sa voiture, qui était garée près de la route. Elle n'avait fait que la moitié du chemin quand il la percuta par l'arrière.

Elle tomba sur le ventre, sans même sentir la morsure du gravier sur ses genoux et ses paumes. L'homme était sur son dos. Il empoigna sa queue-de-cheval et tira sa tête vers l'arrière.

— Tu vas le regretter, dit-il d'une voix sourde, emplie de menace.

Elle agita les bras et les jambes, mais en vain. L'homme la maintenait clouée au sol.

Il la prit par le bras, s'accroupit à côté d'elle et la força à se retourner. En roulant sur elle-même, elle arma son bras libre et lui décocha un violent coup de coude en plein visage. L'homme poussa un cri de douleur et se prit le visage dans les mains. Comme il était toujours accroupi, elle le poussa rudement, le projetant sur le dos.

Elle n'avait que quelques secondes pour lui échapper. Elle se releva péniblement et se mit à courir, sans un regard en arrière. Elle entendait le bruit de ses pas sur le gravier, derrière elle, quand elle atteignit sa voiture.

Le cœur battant la chamade, elle prit sa clé dans la poche de son short, pressa le bouton de déverrouillage, ouvrit vivement la portière et se jeta dans l'habitacle.

D'une main tremblante, elle glissa à tâtons la clé dans le contact mais perçut un mouvement du coin de l'œil. L'homme l'avait presque rattrapée.

Elle pressa vivement le bouton du verrouillage centralisé, une fraction de seconde avant que l'homme encagoulé empoigne la poignée de sa portière et la tire violemment. Comme elle ne s'ouvrait pas, il commença à donner des coups de poing sur la vitre.

Terrifiée, Tessa démarra, mais son agresseur se jeta sur le capot et se mit à marteler le pare-brise des deux poings.

Elle accéléra et se mit à zigzaguer sur le sentier, en dérapant dans le gravier. L'homme glissait d'un côté à l'autre du capot, mais il refusait de lâcher prise.

Elle accéléra brusquement, et la voiture bondit vers l'avant. Ensuite, elle freina d'un coup sec, et l'homme glissa du capot.

Tessa passa la marche arrière et recula pour s'engager sur la route, dans la direction de Whiskey Gulch. Elle parcourut ainsi quelques centaines de mètres avant d'estimer qu'elle s'était suffisamment éloignée de son agresseur. Elle fit demi-tour et fila vers la ville, en marche avant cette fois. Elle ralentit un peu quand elle arriva en vue des premières maisons, s'engagea sur la rue principale et s'arrêta devant le bureau du shérif dans un crissement de pneus.

Elle descendit de son SUV en trébuchant. Le shérif se tenait en haut des marches, en compagnie d'un autre homme – Irish, qui portait maintenant un pantalon de survêtement. Elle gravit les marches en courant et il se retourna.

— Tessa ?

— À l'aide ! cria-t-elle.

Et elle se jeta dans ses bras.

2

Irish enveloppa Tessa de ses bras et la serra contre lui.

— Hé, qu'est-ce qu'il y a ? Il vous est arrivé quelque chose ?

Le shérif posa une main sur son bras.

— Ça va, mademoiselle Bolton ?

Elle secoua la tête et pressa son visage contre le torse d'Irish.

— J'ai été agressée.

Irish se tendit.

— Par qui ?

— Je ne sais pas, répondit-elle en secouant la tête. Il portait une cagoule. Il m'a fait une prise d'étranglement. J'ai failli… ne pas pouvoir lui échapper.

Elle sanglotait en tremblant de tous ses membres. Irish glissa un doigt sous son menton pour la forcer à relever la tête et scruta ses yeux noyés de larmes.

— Où cela s'est-il passé ? Sur le sentier de la rivière ?

Elle acquiesça.

— Ce n'était… jamais… arrivé, dit-elle entre deux sanglots.

— Est-ce que je dois appeler une ambulance ?

— Non. Je suis arrivée jusqu'ici. Je peux rentrer chez moi.

Le shérif Barron secoua la tête et approcha le micro agrafé à son épaule de sa bouche.

— Je vais tout de suite dépêcher une brigade sur le sentier.

— S'il vous plaît, dit Tessa. Il faut que vous l'attrapiez.

— Nous ferons de notre mieux, répondit le shérif.

Il rentra dans les bureaux tout en continuant à émettre ses ordres.

— Où êtes-vous blessée ? demanda Irish.

Il la dévisageait en effleurant du pouce une marque rouge, près de sa tempe. Tessa grimaça et saisit sa main.

— Il m'a frappée avant de passer son bras autour de mon cou.

Elle leva sa main libre à sa gorge.

— Comment vous êtes-vous échappée ? demanda-t-il.

Tessa secoua la tête.

— Je me suis laissée aller avant de me redresser pour lui donner un coup de tête sous le menton.

Irish lui sourit gentiment.

— Vous avez agi très intelligemment.

— J'ai pris des cours d'autodéfense à San Antonio avant de revenir ici, dit-elle dans un petit rire. J'avais presque oublié tout ce que j'avais appris.

— Apparemment non.

Il lui pressa la main et elle ouvrit de grands yeux en comprenant ce qu'il voulait dire.

— Sinon, je ne serais plus de ce monde.

— Et vous êtes toujours parmi nous, Dieu merci.

Il posa une main sur sa tête et dit :

— Il faudrait vous faire examiner.

Ensuite, il voulut la repousser, mais elle s'agrippa à lui en tremblant de tous ses membres.

— Je n'ai jamais eu aussi peur de ma vie, chuchota-t-elle.

Irish caressa ses cheveux blond vénitien, qui s'étaient échappés de sa sempiternelle queue-de-cheval.

— Raison de plus pour vous faire examiner par un médecin. Vous pourriez avoir une commotion cérébrale.

— Non, répondit-elle. Je vais bien.

Cette fois, quand il s'écarta d'elle, elle le laissa faire.

— Il faudrait au moins soigner les écorchures de vos genoux.

Elle inclina la tête vers le bâtiment.

— Je suis sûre que le shérif a une trousse de premier secours.

— Je préférerais qu'un médecin les examine, répliqua-t-il d'un ton réprobateur.

Comme elle fronçait les sourcils, il leva les mains en l'air.

— Mais si vous voulez une trousse de premier secours, allons la chercher.

Il ouvrit la porte et l'escorta à l'intérieur, une main posée au creux de ses reins. La femme qui tenait l'accueil se leva et vint à leur rencontre.

— Oh ! Tessa, ma chérie. J'ai appris ce qui t'était arrivé… Tiens, prends mon siège.

— Non, Ramona. Je vais bien, répondit Tessa en souriant. D'ailleurs, tu travailles.

— Je peux travailler debout, répondit Ramona en montrant son micro-casque. Le Bluetooth est une magnifique invention.

Elle se dirigea vers un placard, à l'autre bout de la pièce.

— Il y a une trousse de premier secours là-dedans, dit-elle en ouvrant la porte. Nous l'utilisons rarement, mais elle est là pour des occasions comme celle-ci. De quoi as-tu besoin ?

Irish conduisit Tessa jusqu'à la chaise de Ramona et la pressa de s'asseoir.

— Il nous faudrait du désinfectant et des pansements, dit-il.

Tessa se laissa tomber dans le fauteuil, les mains entrelacées sur ses genoux, comme pour les empêcher de trembler. Le shérif, qui se dirigeait vers la sortie, s'arrêta face à elle.

— Je vais me rendre sur les lieux. Je ne vous demande pas de m'accompagner, mais il faudrait que vous me disiez où précisément a eu lieu l'incident. Nous aurons plus de chances de découvrir des indices susceptibles de nous mener jusqu'à votre agresseur.

Tessa se releva, le dos raide.

— Non. Je viens avec vous. Il faut attraper ce type. Il pourrait s'en prendre à d'autres femmes, qui ne pourront peut-être pas lui échapper.

Irish fronça les sourcils.

— Occupons-nous d'abord de ces écorchures.

Il ouvrit un sachet d'alcool, s'agenouilla devant elle et la regarda dans les yeux.

— Ça va peut-être piquer.

— Allez-y, répondit-elle en se rasseyant.

Quand il passa la compresse sur son genou à vif, elle inspira vivement mais sans émettre le moindre son. Pourtant, l'alcool devait la brûler. Il ressentit un surcroît d'admiration pour cette femme qui refusait de laisser paraître une quelconque faiblesse.

Quand ses deux genoux furent pansés, il prit ses mains dans les siennes.

— Avez-vous d'autres écorchures ?

Elle dégagea ses mains et se leva.

— Je peux vivre avec, dit-elle. Plus vite nous retournerons là-bas, plus nous aurons de chances d'attraper cet homme.

— Il est sans doute parti depuis longtemps, intervint le shérif, mais nous trouverons peut-être des indices.

Attendez-vous à ce que je vous pose quelques questions personnelles : la plupart des victimes connaissent leur agresseur.

Irish serra les poings.

— Raison de plus pour porter une cagoule de ski. Nous devons trouver ce salaud.

Le shérif inclina la tête vers Tessa, puis vers la porte.

— Est-ce que vous me suivez dans votre véhicule ?

Tessa ouvrit la bouche mais, avant qu'elle ait pu parler, Irish répondit à sa place.

— Elle vient avec moi.

Il la regarda.

— Si cela vous convient, bien sûr.

Elle lui adressa un sourire mal assuré.

— Merci. Je suis venue ici par mes propres moyens, mais si je dois retourner là-bas seule… j'ai peur de m'effondrer.

Il prit sa main dans la sienne et la pressa doucement.

— Tenez bon. Vous n'êtes plus seule.

Elle inclina la tête.

— Et j'en suis heureuse. Jamais je ne me suis sentie aussi vulnérable. Même quand…

Elle laissa sa phrase en suspens. Irish étrécit les yeux.

— Même quand quoi ?

— Rien, répondit-elle en redressant les épaules. Allons-y. Cet homme doit être arrêté. Puisque je lui ai échappé, il pourrait s'en prendre à une autre femme.

Elle inspira profondément et sortit du bâtiment avant d'ajouter :

— Si cela devait arriver, je ne pourrais plus me regarder dans la glace.

— Il est seul responsable de ses actes, objecta Irish en la suivant. Vous n'avez rien à vous reprocher.

Il tendit le bras vers son pick-up et ajouta :

— Laissez votre voiture ici. Je vous ramènerai.

— Ne deviez-vous pas retourner sur le Whiskey Gulch Ranch pour travailler ? demanda-t-elle.

— Trace comprendra. Je l'appellerai dès que nous serons en route. Il cherche justement à intervenir dans des situations telles que celle-ci.

Elle se tourna vers lui.

— Pourquoi tient-il autant à monter cette agence de sécurité ? J'aurais pensé qu'il se bornerait à diriger le ranch que son père lui a légué.

— Parce qu'il ressent encore le besoin de protéger et de servir ses semblables, répondit Irish en souriant. Il veut utiliser les compétences qu'il a acquises et perfectionnées au sein des Forces spéciales.

— Et c'est pour cela qu'il vous a engagé ?

Irish acquiesça.

— Avec lui, nous sommes trois maintenant. D'autres anciens soldats nous rejoindront.

— L'idée est vraiment excellente, commenta-t-elle en montant dans le pick-up. J'ai eu des vétérans pour patients. Ils avaient tous beaucoup de mal à trouver leur place dans le monde des civils.

— Sans blague.

Irish s'installa au volant, sortit du parking et suivit la voiture du shérif.

— Mais pour le moment, reprit-il, je m'inquiète pour vous.

Tessa soupira.

— Je vais bien. Je lui ai échappé.

— De justesse.

— Mes cours d'autodéfense m'ont sauvée.

— Cette fois, dit Irish.

Elle lui décocha un regard inquiet.

— Il ne va quand même pas retenter sa chance, n'est-ce

pas ? Puisqu'il n'a pas réussi à m'enlever, il va sans doute choisir une cible plus facile.

Irish haussa les épaules.

— Nous ne pouvons que spéculer sur ses motivations et ses intentions. Il peut ne vous avoir choisie que parce que vous étiez là.

Tessa hocha la tête.

— C'est ce que j'ai pensé.

— Mais il peut aussi vous avoir visée spécifiquement, reprit Irish.

Il la regarda, à temps pour la voir déglutir avec force.

— Mais pourquoi ? chuchota-t-elle.

— Je ne sais pas… Vous êtes-vous fait des ennemis, parmi vos patients ?

— Non. Mes patients m'adorent.

Irish sourit.

— Je le crois sans peine.

Il tendit le bras et effleura le dessous de son menton du bout des doigts.

— Comment ne pas vous adorer ?

Elle partit d'un petit rire.

— Et pourtant, on dirait bien que j'ai contrarié quelqu'un. Mais je ne vois pas qui. Vraiment pas. Aucun nom ne me vient à l'esprit.

— Comment pourrait-on vous en vouloir ? Vous êtes bien trop gentille.

Il lui prit la main et ajouta :

— Faites-moi plaisir : n'allez plus courir seule sur ce sentier.

— Il faut que je fasse du sport, répondit-elle, les yeux rivés à leurs deux mains entremêlées. C'est le sport qui m'a aidée quand je traversais une mauvaise passe.

— Vraiment ?

Il espérait qu'elle allait se confier au sujet de cette « mauvaise passe », mais il ne voulait pas l'y forcer.

Elle garda le silence pendant un long moment avant de répondre :

— Mon ex-mari m'en a fait voir, quand je l'ai quitté.

La main d'Irish se resserra sur la sienne.

— Comment ça ?

— Il ne voulait pas divorcer.

— Pourquoi avez-vous divorcé ?

Il relâcha sa main.

— Pardon. Cela ne me regarde pas.

Les doigts de Tessa se refermèrent sur les siens.

— Non. Cela ne me gêne pas de vous répondre. J'en avais assez, c'est tout.

Elle se tourna vers sa vitre, le visage tendu, et poursuivit :

— La dernière fois, celle où il m'a cassé des côtes, j'ai compris qu'il ne changerait jamais, qu'il ne saurait jamais canaliser sa colère. J'ai compris que s'il pétait les plombs une fois de plus, je ne survivrais pas.

Irish jura à mi-voix et sa main libre se crispa sur le volant. Selon ses critères, un type qui frappait une femme n'avait rien d'un homme.

— Je suis désolé, dit-il doucement.

— Pourquoi ? Ce n'est pas vous qui m'avez frappée. J'aurais dû partir plus tôt, au lieu d'espérer qu'il finirait par changer.

— Je suis désolé que vous ayez subi ce genre de situation, dit-il doucement. Est-ce que c'est pour cela que vous avez suivi des cours d'autodéfense ?

Elle hocha la tête.

— Randy ne respectait pas toujours l'ordonnance restrictive. Il ne m'aimait pas, mais il ne supportait pas que je l'aie quitté. Pour lui, c'était comme un match entre nous, et il a toujours détesté perdre. Alors, j'ai quitté San

Antonio pour revenir dans ma ville natale. Je voulais m'éloigner de lui pour me libérer de toute peur.

— Est-ce que vous pensez qu'il pourrait être venu jusqu'ici pour se venger ? demanda Irish.

Tessa marqua un silence.

— Je ne sais pas, mais je ne pense pas qu'il s'agissait de lui. Pourquoi aurait-il attendu aussi longtemps pour se venger ? D'ailleurs, mon agresseur était plus grand que lui, et il m'a semblé plus fort.

Elle haussa les épaules.

— Tout s'est passé si vite que mes souvenirs sont assez flous.

— Vous n'êtes pas donc certaine qu'il soit aussi grand et fort que vous le dites ?

La bouche de Tessa se tordit.

— Non. Mais je n'ai pas eu l'impression que c'était Randy.

— Il serait quand même utile de se renseigner sur ses allées et venues, fit remarquer Irish. Parlez-en au shérif.

— Je lui en parlerai, oui.

Elle frissonna quand ils quittèrent la route pour s'engager sur le parking gravillonné aménagé sur la berge de la rivière, où il voyait généralement la voiture de Tessa en finissant son footing.

Il se tourna vers elle.

— Vous n'êtes pas obligée de faire ça, vous savez.

Elle inspira profondément et souffla avant de se redresser.

— Si, dit-elle avec un hochement de tête sec. Il faut que je montre au shérif l'endroit exact de l'agression. S'il y trouve un quelconque indice susceptible d'entraîner l'arrestation de ce type, ça en vaut la peine.

— Vous avez raison.

Le sentier traversait un terrain peuplé d'arbres, de

broussailles et de hautes herbes. Trouver des indices ne serait sans doute pas facile, mais Tessa tenait à aider le shérif de son mieux.

Irish coupa le moteur, descendit de son pick-up et le contourna par l'avant. Elle avait déjà ouvert sa portière, mais elle demeura assise, les yeux rivés au sentier qui longeait la rivière avant de s'en éloigner pour disparaître entre deux rangées d'arbres. Son corps était tendu à l'extrême, sa respiration rapide et saccadée.

Quand une main se posa sur son bras, elle sursauta et se tourna vivement.

— Pardon, dit Irish. Je ne voulais pas vous effrayer.

Elle secoua la tête.

— Ne vous excusez pas. Je suis nerveuse, c'est tout.

— Vous avez toutes les raisons de l'être.

Il tendit la main, et elle y mit la sienne.

— Allons-y, dit-elle.

— Il ne faut pas avoir peur. Le shérif et moi serons là pour veiller sur vous.

— Je sais bien, dit-elle. Seulement, il s'est passé si peu de temps depuis…

Elle posa le pied sur le marchepied, sauta sur le sol et manqua perdre l'équilibre. Irish passa un bras autour de sa taille pour la retenir.

— Ça va ? demanda-t-il.

— Oui, répondit-elle. Je suis incroyablement maladroite, c'est tout.

— Je ne m'en plains pas, dit-il d'une voix profonde, vibrante.

Il resserra le bras qu'il avait passé autour de sa taille et inspira profondément le parfum de ses cheveux. Elle sentait tellement bon…

Soudain, son jean lui sembla trop étroit. Pourtant, le moment était mal choisi pour éprouver un tel désir pour cette femme. Elle venait à peine d'être agressée et, pour autant qu'il sache, elle avait de justesse échappé à un viol ou à la mort.

Ils rejoignirent le shérif, qui les attendait à l'orée du sentier.

— Pouvez-vous me dire où s'est déroulée l'agression ? demanda-t-il.

— Oui, répondit-elle. À l'endroit où le sentier passe sous les saules pleureurs.

Elle sentit ses muscles se crisper sous l'effet d'une peur disproportionnée. Jamais elle n'avait été en proie à une telle angoisse, même quand son mari la battait. Sans doute parce qu'elle s'attendait à recevoir des coups.

Mais l'agression de ce matin l'avait complètement prise au dépourvu. Sa respiration était de plus en plus saccadée. Si elle ne se reprenait pas, elle allait faire une crise d'angoisse avant même qu'ils aient atteint le lieu de l'agression.

Une grande main chaude saisit la sienne et se referma doucement sur ses doigts gelés. Ce simple contact suffit à calmer les battements effrénés de son cœur et à repousser la terreur qui menaçait de l'engloutir.

Elle leva les yeux vers Irish, qui lui fit un petit signe de la tête avant de reporter son attention sur le sentier.

Elle devait suivre son exemple. Se concentrer.

Son pas se fit plus hésitant quand ils approchèrent de l'arche que formaient les saules pleureurs au-dessus du sentier, qu'ils effleuraient presque de leurs branches. Ce lieu, qui fournissait au promeneur un abri contre le soleil brûlant du Texas, lui semblait désormais bien plus sinistre.

Un frisson courut dans sa nuque.

Le shérif se pencha et tendit le doigt vers le sol.

— Nous avons une bonne empreinte de chaussure ici, trop grande pour être la vôtre. C'est peut-être celle de votre agresseur.

— Je suis passé par ici moi aussi, dit Irish, mais ces empreintes ne sont pas celles de mes chaussures de course.

— Non. Elles ressemblent plus à celles d'une chaussure de randonnée.

Le shérif prit son portable et photographia l'empreinte.

— Est-ce que l'un de vous deux a croisé quelqu'un, ce matin ?

Tessa gardait les yeux rivés à l'empreinte.

— Généralement, Irish est la seule personne que je croise.

— Pareil, dit Irish. Nous nous croisons presque tous les matins, et jamais je n'ai vu personne d'autre que Tessa sur ce sentier.

— Est-ce que vous venez courir tous les jours à la même heure ? demanda le shérif.

Ils acquiescèrent de concert, et Irish précisa :

— Je devrais pourtant savoir que c'est la chose à ne pas faire. Quand nous étions déployés à l'étranger, on nous demandait de ne suivre aucune routine. En prenant des habitudes, nous aurions fait des cibles trop faciles à atteindre.

— Mais nous ne sommes pas à l'étranger, dit Tessa. Nous sommes au Texas.

— Nous devrions prendre les mêmes précautions.

— Il n'y a pas d'agression dans les petites villes, argua-t-elle.

— Il y en a, et plus que vous le croyez, remarqua gravement le shérif.

Elle frissonna.

— Je suis revenue vivre ici pour m'éloigner de mon ex-mari, mais aussi de la ville et de son insécurité.

Le shérif esquissa un sourire.

— Nous faisons de notre mieux, mais nous ne pouvons pas lire dans les pensées des criminels, malheureusement.

— Je sais, répondit Tessa en posant une main sur son bras. Il y a seulement quelque chose d'effrayant à savoir que ce genre d'individu malfaisant rôde dans les environs. Qui attaquera-t-il, la prochaine fois ?

— Je n'ai pas encore beaucoup d'indices, en dehors de votre description, mais je vais fouiner un peu par ici. Je trouverai peut-être un détail qui pourrait nous conduire jusqu'à votre agresseur.

— Merci, shérif.

Irish prit la main de Tessa et la glissa sous son bras.

— Je vais reconduire Mlle Bolton à Whiskey Gulch.

— Si je trouve quelque chose, je vous préviendrai, promit le shérif.

— Merci, murmura Tessa.

Ils regagnèrent le pick-up, et Irish l'aida à s'y installer. Avant de refermer la portière, il la dévisagea longuement.

— Est-ce que ça va aller ?

Elle hocha la tête et ravala le sanglot qui montait dans sa gorge.

— Oui. Merci.

Il monta dans le pick-up et démarra.

— Pourquoi me remerciez-vous ?

— Parce que vous m'avez crue et que vous m'avez accompagnée jusqu'ici pour que je n'affronte pas cette épreuve seule.

Il reprit la direction de Whiskey Gulch, le front creusé d'un pli profond. Il se gara devant les bureaux du shérif, coupa le moteur, descendit et se hâta d'aller ouvrir la portière de Tessa, qui s'efforçait de détacher sa ceinture de sécurité.

— Laissez-moi vous aider, dit-il.

Il tendit le bras par-dessus ses genoux pour défaire la ceinture, ce qui l'amena à se pencher vers elle.

Tessa inhala l'odeur chaude et boisée qui émanait de lui. Soudain, elle eut envie d'effleurer ses muscles de la main, pour voir s'ils étaient aussi fermes qu'ils semblaient l'être. La pensée lui était venue si vivement que sa main esquissa le geste avant qu'elle ait recouvré sa lucidité.

— Vous êtes sûre que ça va ? demanda-t-il.

Il était si proche d'elle qu'elle n'aurait eu qu'à se pencher légèrement vers l'avant pour l'embrasser.

Elle ouvrit de grands yeux.

— Oui, répondit-elle d'une voix un peu haletante. Oui, bien sûr.

Il recula et lui tendit la main.

— Si vous voulez, je peux rester avec vous aujourd'hui, proposa-t-il.

Elle prit sa main et s'y appuya pour descendre du pick-up.

— Ce ne sera pas nécessaire. Je travaille toute la journée, et je serai toujours entourée de gens.

Elle le gratifia d'un pâle sourire.

— Tout ira bien.

— Et ce soir ? demanda-t-il sur un ton plus doux.

— Ça ira. Je serai rentrée avant la nuit, et je serai très prudente.

— Est-ce que vous avez des voisins ?

Elle haussa les épaules.

— Plus ou moins. Ma maison est la dernière de la rue.

— Ce qui ne veut pas forcément dire que vous avez des voisins.

— Il y a une maison à côté de la mienne, dit-elle.

— Et en face ?

Elle pinça les lèvres.

— La parcelle est vide.

Irish fronça les sourcils.

— Je viendrai inspecter votre maison quand vous quitterez le travail.

Elle secoua la tête. Depuis son divorce, elle préservait farouchement son indépendance. Même si elle aurait aimé pouvoir s'appuyer sur quelqu'un dans ce cas précis, elle tenait à se débrouiller seule.

— Ce n'est pas nécessaire, répondit-elle. J'ai l'habitude de vivre seule, je connais la musique. Avant de descendre de voiture, je dois sortir ma clé de mon sac et regarder tout autour de moi pour m'assurer qu'il n'y a aucun danger. J'ai même une petite bombe lacrymogène sur mon porte-clés.

Irish croisa les bras.

— Depuis combien de temps l'avez-vous ?

— Environ trois ans. Je l'ai achetée à Houston.

— La date de péremption est peut-être dépassée.

— Si cela peut vous rassurer, je regarderai.

Elle posa une main sur son bras et ajouta :

— Tout ira bien.

Il scruta son visage pendant un long moment avant de tendre la main.

— Passez-moi votre portable.

— Mon portable ? répéta-t-elle, perplexe.

— Oui, dit-il en agitant les doigts. Votre portable.

Elle prit son portable, qu'elle avait laissé dans le porte-tasse de son SUV, et le lui tendit.

— D'abord, déverrouillez-le, fit-il.

Elle tapa le code et lui tendit de nouveau le téléphone. Irish enregistra son numéro dans ses contacts avant de le lui rendre.

— Maintenant, vous avez mon numéro. Si vous avez peur, si vous vous ennuyez ou si vous vous sentez seule, appelez-moi.

Il enveloppa sa main de la sienne, referma ses doigts sur le téléphone et les pressa doucement.

— Ce ne sont pas des paroles en l'air. Si vous entendez un bruit étrange en pleine nuit, appelez-moi. Je serai là.

Il se renfrogna et ajouta :

— Je n'aime pas savoir que vous serez seule chez vous après cette agression.

Elle posa une main sur son bras.

— Vous n'avez pas à vous inquiéter pour moi. Je ne suis pas sous votre responsabilité.

Il se renfrogna de plus belle.

— Je sais, mais je ne peux pas m'empêcher de m'inquiéter pour vous.

— Tout ira bien.

— Permettez-moi au moins de vous suivre jusque chez vous pour m'assurer que personne ne rôde dans le quartier.

Elle tordit les lèvres pendant un instant avant de soupirer.

— D'accord. Si cela peut vous rassurer…

— Ça me rassurerait, oui.

Elle ne voulait pas reconnaître qu'elle était soulagée qu'il la suive jusque chez elle. Malgré son air bravache, elle ne se sentait pas du tout en sécurité. Elle avait été agressée en plein jour, elle pouvait l'être une seconde fois.

Un frisson courut le long de son dos.

— Est-ce que nous pourrions partir tout de suite ? Il faut que je rentre me changer pour aller travailler.

Irish acquiesça.

— Allons-y. Je vous suis.

Quand elle fut montée dans son SUV, il referma sa portière avant de s'installer au volant de son pick-up. Tessa attendit qu'il soit sorti de sa place de parking avant de s'engager sur Main Street.

Son agresseur s'était enfui. Et s'il s'en prenait de nouveau à elle ?

Elle jeta plusieurs coups d'œil dans le rétroviseur pendant les quelques minutes que dura le trajet. Elle était encore secouée par l'agression, et sincèrement heureuse de voir le pick-up d'Irish derrière elle.

3

Irish gara son pick-up dans l'allée, à côté du SUV de Tessa, et posa les yeux sur un petit cottage accueillant, aux murs peints en bleu ciel et aux volets blancs.

Il coupa le contact, descendit d'un bond et s'approcha de la voiture de Tessa, qui ouvrait déjà sa portière.

— Donnez-moi la clé.

Elle posa un regard pensif sur sa maison.

— Est-ce que vous pensez vraiment qu'il pourrait venir me chercher jusqu'ici ?

— Puisque vous ne savez ni qui vous a agressée ni pourquoi, il vaut mieux rester prudents. Attendez que j'aie inspecté l'intérieur pour entrer.

Elle inclina la tête et posa les clés dans la main qu'il tendait vers elle. Quand ses doigts effleurèrent sa paume, il fut traversé par une onde de désir. Pourtant, elle n'était pas le genre de femme avec lesquelles il sortait d'habitude. Elle était bien trop sérieuse et, avec ses cheveux blonds et ses yeux gris-bleu, elle avait tout de la fille d'à côté.

— Restez ici et verrouillez les portières.

Tessa frissonna.

— Et vous ? S'il y avait quelqu'un à l'intérieur ? Vous pourriez être blessé.

Il la gratifia d'un sourire sec.

— Je suis un ancien soldat. J'ai déjà fait ce genre de chose.

— C'est vrai. Je vais rester ici.

Elle sortit son portable de son sac à main et ajouta :

— Mais si vous n'êtes pas revenu dans trois minutes, j'appelle la police.

Il partit d'un petit rire.

— Si la maison est vide, je serai revenu bien plus tôt.

Il se pencha et l'embrassa sur la joue. Elle ouvrit de grands yeux et posa ses doigts sur l'endroit où ses lèvres avaient effleuré sa peau.

— Pourquoi avez-vous fait ça ?

— Pour me porter chance.

Il lui fit un clin d'œil.

— Mais si cela vous a déplu, je ne recommencerai pas.

— Non. Cela ne me dérange pas, dit-elle en baissant les yeux. J'ai été surprise, c'est tout.

— Désolé.

Il marqua une pause avant d'ajouter :

— En cas de problème, retournez au bureau du shérif. Et verrouillez votre portière.

Il s'assura qu'elle obéissait avant de se détourner et de gravir les marches du perron. La porte d'entrée était fermée à clé. Parfait.

Il glissa la clé dans la serrure et poussa lentement la porte. Il n'avait pas pris son pistolet. Pourvu qu'il n'en ait pas besoin…

Il coula un regard dans l'entrée avant de pénétrer dans la maison. Il resta debout à la porte pendant quelques instants, à l'affût du moindre bruit, avant d'inspecter les pièces l'une après l'autre. Il ouvrit les armoires, regarda sous les lits, derrière le rideau de douche et dans le cellier. Les trois minutes ne s'étaient pas encore écoulées quand il ressortit sous le porche et annonça :

— La voie est libre.

Tessa descendit de voiture avant qu'il ait eu le temps de la rejoindre. Il la prit par le coude et demanda :

— Vous êtes sûre que ça va ?

Elle acquiesça.

— Ça va, oui. Je suis seulement un peu secouée. Je ne m'attendais pas à être agressée pendant mon footing.

— Personne ne s'attend jamais à être agressé. Vous ne devriez vraiment pas courir seule.

— Je n'ai personne avec qui aller courir. Tous les gens que je connais ne peuvent pas sortir aussi tôt le matin. Ils doivent s'occuper de leur famille.

— Dorénavant, j'irai courir avec vous, dit-il. Comme le dit l'adage, « La sécurité est dans le nombre. »

Tessa fit la moue.

— Je ne veux dépendre de personne. J'aurais l'impression qu'on m'arrache mon indépendance, et j'ai dû batailler pour la trouver.

— Je n'ai aucune intention de vous ôter votre indépendance, protesta-t-il. Mais ce qui s'est passé ce matin montre que vous ne devriez pas continuer à courir seule.

— Je sais bien, convint-elle, l'air soucieux. Je n'aime pas ça, mais je le sais.

Elle soupira.

— Merci. Je partirai plus tôt pour m'adapter à vos horaires.

— Bonne idée. Et en courant avec vous, je serai en sécurité moi aussi, dit-il avec un sourire en coin.

Elle partit d'un petit rire.

— Comme si vous aviez besoin qu'on vous protège.

— Tout le monde semble me croire indestructible, mais je ne le suis pas plus que vous.

Il tendit la main.

— Vous me promettez de ne pas me poser de lapin demain matin ?

Tessa posa sa main dans la sienne.

— Je vous le promets.

Il sourit.

— Vous voyez ? Ce n'était pas si difficile.

— Plus que vous ne le pensez, marmonna-t-elle.

Il pressa sa main et demanda :

— Prête ?

Elle inspira profondément et souffla lentement.

— Mes genoux tremblent, avoua-t-elle.

— Les miens aussi, après un bon footing, répondit-il en riant. Ça va passer.

— Je connais cette impression. Mais cette fois, c'est différent.

— Je vous crois sans peine, dit-il.

Elle secoua la tête et contempla la maison.

— Quel est mon problème ? Je suis rentrée seule chez moi des centaines de fois. C'est ma maison. Je ne devrais pas avoir peur.

Il relâcha sa main pour passer un bras autour de sa taille.

— Je ne vous quitterai pas d'une semelle. La maison est sûre. Personne ne va vous sauter dessus.

— J'ai confiance en vous, avoua-t-elle. Je suis un peu sur les nerfs, c'est tout.

— Faites seulement le premier pas. Les autres suivront.

Ce qu'elle fit, jusqu'à ce qu'ils atteignent la porte d'entrée.

— Vous voulez que j'entre le premier ? demanda-t-il.

— Oui, s'il vous plaît.

Il reprit sa main et la précéda à l'intérieur.

— Je resterai aussi longtemps que vous le voudrez. Mais si vous préférez que je m'en aille, j'attendrai dehors.

— Je pensais vraiment que je pouvais affronter ça seule. Mais maintenant, je n'en suis plus aussi sûre.

Elle pressa sa main et ajouta :

— Restez.

— J'ai regardé dans tous les placards, sous le lit et dans le cellier. Aucun croque-mitaine ne se cache chez vous.

Il baissa les yeux vers elle et lui sourit.

— Tout ira bien.

— Je sais, dit-elle.

Il ne supportait pas de la voir aussi terrifiée à l'idée de rentrer chez elle. Il voulait trouver le fumier qui, en l'agressant, lui avait arraché toute sensation de sécurité, même dans sa propre maison.

Il fallait qu'il discute de cette affaire avec Trace. Peut-être qu'ils pourraient l'aider. Mais quoi que Trace décide, Irish avait la ferme intention de passer autant de temps que possible avec Tessa pour empêcher l'agresseur de frapper une seconde fois.

Tessa fixa longuement l'intérieur de son petit cottage. Rien n'avait changé depuis qu'elle était partie courir ce matin. C'était elle qui n'était plus la même.

— Je vais vous laisser, dit Irish.

En sentant ses doigts relâcher les siens, elle s'agrippa à sa main, soudain réticente à l'idée de se priver de la force et de la chaleur de ce simple contact.

— Ou pas, reprit-il dans un petit rire. Prenez votre temps, mais je ne pourrai pas vous tenir la main pendant que vous vous changerez pour aller travailler.

Un sourire taquin naquit sur ses lèvres.

— À moins que vous le vouliez.

Il reprit son sérieux pour poursuivre :

— Je vais rester ici pendant que vous vous préparez. Ensuite, je vous suivrai jusqu'à l'hôpital.

Elle relâcha sa main.

— Vous êtes sûr ?

Comme il acquiesçait, elle remarqua :

— Vous devez aller travailler, vous aussi.

Il gloussa de rire.

— Les chevaux peuvent attendre. Pendant que vous vous habillerez, j'appellerai Trace pour le mettre au courant de ce qui s'est passé.

Tessa se frotta les bras, comme si elle avait froid.

— Je ne sais pas ce que j'ai. J'ai passé ma porte d'entrée une centaine de fois, et je ne me suis jamais sentie comme ça.

— Parce que vous n'aviez jamais été agressée, dit-il en posant une main sur son bras. Vous êtes nerveuse, et c'est normal. Mais je suis ici, et je veille sur vous. Vous pouvez y arriver.

— Vous avez raison. Je peux y arriver.

Elle carra les épaules et se dirigea vers la porte de sa chambre. Une fois sur le seuil, elle jeta un regard vers l'homme qui se tenait à la porte d'entrée. Il l'encouragea d'un hochement de tête.

Elle entra dans sa chambre, referma la porte derrière elle et s'y appuya, submergée par les émotions. Elle tremblait de la tête aux pieds. Elle s'accorda deux minutes pour craquer avant de faire appel à toute sa volonté pour se redresser. Elle prit sa tenue d'infirmière et ses sous-vêtements et passa dans la salle de bains. Une douche l'aiderait peut-être à redevenir la femme qu'elle était d'habitude : une infirmière calme, sûre d'elle, toujours bien dans sa peau.

Le cœur battant la chamade, elle tira le rideau de douche d'un geste brusque avant de partir d'un petit rire étranglé. Comme Irish le lui avait promis, personne ne se cachait derrière.

Elle se déshabilla, entra dans la cabine de douche et laissa le jet d'eau chaude laver son corps de la terre et de la poussière qui le maculaient. Quand les pansements qu'Irish avait appliqués sur ses genoux se décollèrent, la brûlure de l'eau sur ses écorchures lui rappela qu'elle était en vie. Son agresseur aurait pu la laisser pour morte, mais elle avait survécu parce qu'elle avait su se servir de son cerveau et de ses aptitudes.

Elle se lava les cheveux avant de frotter chaque centimètre carré de sa peau afin d'en effacer le souvenir du contact des mains de son agresseur, l'esprit tourné vers l'homme qui, de l'autre côté de la porte de sa chambre, attendait qu'elle soit prête.

Elle avait souvent pensé à Irish, après leurs brèves rencontres. Elle se demandait qui il était, quelle était son histoire. Mais, d'instinct, elle savait qu'Irish était un homme bien, incapable d'un acte tel que celui qu'avait commis son agresseur.

Elle se brossa les cheveux, s'habilla et étudia son reflet dans le miroir. La femme terrifiée qui était entrée dans la salle de bains quelques minutes plus tôt avait disparu, remplacée par la Tessa qu'elle avait l'habitude de voir.

Pour ne pas retenir Irish plus longtemps que nécessaire, elle se fit une rapide queue-de-cheval qu'elle enroula en chignon sur sa nuque. Ses cheveux étaient encore humides, mais ils sécheraient rapidement dans la chaleur du Texas.

Elle jeta un nouveau coup d'œil à son reflet. Maintenant que ses cheveux dégageaient son visage, l'ecchymose de sa tempe était plus visible. Elle envisagea d'y mettre de l'anticerne, mais cela aurait pris trop de temps – et d'ailleurs, cela lui était égal qu'on la voie. Elle avait été agressée. Si les gens savaient qu'un criminel rôdait dans les environs, ils prendraient toutes les précautions nécessaires pour ne pas subir le même sort qu'elle – ou pire encore.

Elle enfila ses chaussures et sortit de sa chambre. Irish

regardait par la fenêtre, mais il se retourna en l'entendant et surprit le regard appuyé qu'elle posait sur lui.

Elle sentit une onde de chaleur remonter dans son cou et gagner ses joues.

— Prête ? demanda-t-il.

— Presque. J'aimerais faire un sandwich pour l'emporter pour mon déjeuner.

— Prenez tout votre temps. J'ai appelé Trace, et il va commencer à nourrir les animaux.

Elle prit son sac à main.

— Je peux me passer de ce sandwich. Allons-y. Je vous ai déjà retenu assez longtemps.

Irish sourit.

— Vous ne me retenez pas. Promis.

Il inclina la tête vers la cuisine.

— Venez, allons préparer ce sandwich. Qu'est-ce que vous mangez, d'habitude ?

Elle le suivit dans la cuisine.

— Je mets un peu de blanc de dinde, de la tomate et de la salade entre deux tranches de pain. Mais du beurre de cacahuètes et de la confiture me suffiront pour tenir pendant mes douze heures de garde.

Irish secoua la tête et se dirigea vers le réfrigérateur.

— Hors de question. Je vais préparer votre sandwich. Est-ce que tout est rangé à l'endroit habituel ?

— Oui, répondit-elle. Mais vous n'avez pas à me préparer mon sandwich. Je peux le faire moi-même.

— Permettez.

Il sortit la salade, les tomates, la dinde et la mayonnaise du réfrigérateur tandis que Tessa déposait deux tranches de pain sur une feuille de papier essuie-tout. Quand il entreprit de confectionner le sandwich, elle dit :

— Je vous assure que je pourrais le faire moi-même.

— Je sais bien, répondit Irish en souriant. Mais pendant que mes mains sont occupées, je ne fais pas de bêtises.

— Je vais me faire un café. Est-ce que vous en voulez un ?

— Volontiers.

Il emballa son sandwich dans une feuille de cellophane tandis qu'elle préparait le café. Tous deux travaillaient côte à côte avec un naturel, une aisance qui surprirent Tessa. Jamais son ex-mari ne l'aurait aidée à faire un sandwich, qu'il soit pour elle ou même pour lui. Il n'accomplissait jamais aucune tâche ménagère. Il tenait la cuisine, en particulier, pour un domaine strictement féminin dont elle avait l'entière responsabilité. Cela ne la dérangeait pas : elle était heureuse de passer du temps dans la cuisine, où Randy n'entrait guère que pour prendre une bière dans le réfrigérateur.

La cuisine était devenue pour elle un sanctuaire où elle pouvait se réfugier loin des critiques constantes de son mari.

Elle remplit deux gobelets de voyage de café fumant, les ferma avec leurs couvercles et en tendit un à Irish. Il le prit et lui remit en retour son sac isotherme, dans lequel il avait mis son sandwich et un sachet de chips.

— Prête ? demanda-t-il.

— Prête.

— Allons-y. Je vais vous suivre jusqu'à l'hôpital.

— Ce n'est vraiment pas la peine. Je serai dans un véhicule en mouvement, personne ne pourra m'agresser.

— Vous pouvez me reprocher d'être trop prudent, répliqua-t-il, mais je refuse de vous quitter des yeux avant que vous soyez à l'intérieur de l'hôpital.

Il fronça les sourcils.

— Faites-moi plaisir. Acceptez.

Elle s'efforça de lui sourire.

— J'apprécie ce que vous faites pour moi, vraiment. Mais je dois reprendre le contrôle de mes nerfs.

— Madame, dit Irish, vous les contrôlez parfaitement. Parmi les personnes que je connais – femmes et hommes –, peu tiendraient aussi bien le coup que vous après une agression telle que celle dont vous avez été victime.

Ils sortirent du cottage, et Irish verrouilla la porte avant de lui tendre sa clé. Ensuite, il l'escorta jusqu'à son SUV, ouvrit la portière et inspecta l'intérieur avant de l'autoriser à y monter.

Ces précautions étaient peut-être excessives, mais Tessa fut soulagée de savoir que son agresseur ne se dissimulait pas aux alentours en attendant le moment de se jeter sur elle. Cependant, il faudrait qu'elle apprenne rapidement à inspecter elle-même sa maison et sa voiture.

Depuis qu'elle avait quitté Randy pour vivre seule, elle attachait le plus grand prix à son indépendance. Mais si elle était maintenant hors d'atteinte de l'homme qui lui avait fait subir des violences physiques et verbales répétées, elle était sans défense devant de potentiels agresseurs – tel celui dont elle avait croisé le chemin le matin même.

Pendant six mois, elle avait vécu comme dans une bulle, vaquant à ses occupations, bercée par un faux sentiment de sécurité. Elle avait toujours cru que les petites villes ne recelaient aucun danger. Maintenant, elle n'en était plus aussi sûre.

Elle s'installa au volant de son SUV et Irish ordonna :

— Verrouillez les portières.

Tessa obéit avant de mettre sa ceinture de sécurité.

N'avait-elle vraiment été agressée que ce matin ? Tellement de choses s'étaient passées entre-temps qu'elle avait l'impression que l'agression s'était produite la veille, ou la semaine précédente. Et maintenant elle était en route pour son travail, comme tous les autres jours.

Elle sortit de l'allée en marche arrière et prit la direction de l'hôpital, le pick-up d'Irish derrière elle. Quand elle fut arrivée à destination, elle se gara à sa place habituelle et attendit qu'Irish se gare à côté d'elle, descende de son pick-up et vienne ouvrir sa portière.

— Je pense que vous pouvez partir, maintenant, dit-elle.

— Pas avant que vous ayez passé la porte.

Elle soupira.

— J'ai la désagréable impression d'être un bébé qu'on dépose à la crèche.

Il gloussa de rire.

— Vous n'avez rien d'un bébé.

Il tendit la main vers elle, mais elle hésita. À quel point voulait-elle se reposer sur lui ?

— Il faut que je me débrouille seule, fit-elle enfin. Il fait jour et ce parking est fréquenté. Je peux aller de ma voiture au bâtiment sans anicroche.

— Une fois encore, dit-il avec une ombre de sourire, faites-moi ce plaisir. Quand je saurai que vous êtes en sécurité à l'intérieur de l'hôpital, je me sentirai mieux.

Elle pinça les lèvres pour ne pas protester devant son insistance et se laissa escorter jusqu'à l'entrée des urgences.

Quand les portes automatiques s'ouvrirent devant eux, sa collègue, Allison Wade, la vit depuis le bureau des admissions.

— Tessa, ma chérie !

Allison courut vers elle, la prit par le bras et l'entraîna dans le hall.

— J'ai appris ce qui t'était arrivé, poursuivit-elle en la regardant de la tête aux pieds. Est-ce que tu vas bien ?

Tessa jeta un regard à Irish par-dessus son épaule et lui fit un petit signe de la main.

— Combien de gens sont au courant ?

— Nous sommes tous au courant !

Allison l'entraîna par-delà les portes qui délimitaient la zone réservée aux soignants, jusque dans la petite salle de garde.

— Brian était de service à la caserne. Il a entendu l'appel passé sur la radio de la police et m'a appelée dès qu'il a su qu'il s'agissait de toi.

D'autres infirmières et des médecins entrèrent à leur tour dans la pièce.

— Et Allison nous a tous mis au courant, dit le Dr Slade, le médecin de garde.

Tessa rit bruyamment.

— Les bonnes nouvelles voyagent vite, n'est-ce pas ?

— Les bonnes nouvelles ? répéta Allison en secouant la tête. Je me suis fait un sang d'encre pour toi !

Le Dr Slade prit sa lampe stylo et dirigea le faisceau dans les yeux de Tessa.

— Vous avez un vilain bleu.

— Il m'a frappée, dit-elle. Mais sinon, je vais bien.

Le médecin fit la grimace.

— Nous devrions vous examiner des pieds à la tête pour être sûrs qu'il ne vous manque rien.

— Non, docteur Slade. Je vous assure que je suis entière, répondit-elle. Je n'ai que ce bleu et quelques égratignures. Je me suis enfuie avant qu'il ait pu vraiment me faire mal.

— Je vais quand même aller chercher une poche de glace pour appliquer sur ce bleu, dit Allison en se dirigeant vers un placard.

— Non, Allison. Nous avons du travail.

— Le travail attendra, répliqua Allison.

Elle entraîna Tessa jusqu'au placard, y prit une poche de glace et la pressa contre sa tempe.

— Garde-la le temps que je m'occupe d'un patient.

— Écoute, dit Tessa, je suis ici pour travailler, et ce n'est pas ce petit bleu qui va m'en empêcher.

— C'est ça, riposta Allison. Je suppose que tu vas aussi me dire qu'il n'y a rien de bien grave à se faire agresser sur une route déserte. Eh bien, je ne te croirai pas. À ta place, je serais terrifiée à l'idée de sortir de chez moi.

Elle ne pouvait pas vraiment protester. Après tout, elle avait eu peur de rentrer chez elle – plus encore que d'en ressortir. Si Irish n'avait pas été là, peut-être qu'elle aurait hésité à ressortir, mais… elle aurait fini par le faire. Parce que la vie continuait.

— Je t'assure que je vais bien, dit-elle, tant pour se convaincre elle-même que pour rassurer Allison.

Sa collègue hocha la tête.

— D'accord. Mais dis-moi au moins qui est le beau gosse qui t'a accompagnée. Tu as son numéro, j'espère ?

Les joues de Tessa s'enflammèrent.

— C'est Irish. Il travaille sur le Whiskey Gulch Ranch et court sur le même sentier que moi tous les matins, mais un peu plus tôt que moi.

Allison sourit.

— Est-ce qu'il est célibataire ? Est-ce qu'il y a d'autres beaux gosses sur le ranch ? Dis-moi tout.

— Je te rappelle que tu as un petit ami, objecta Tessa en secouant la tête.

Allison sourit de plus belle.

— Cela fait tellement longtemps que Brian et moi sommes ensemble qu'un peu de compétition ne nous ferait pas de mal.

Tessa haussa les épaules.

— Je ne sais vraiment pas grand-chose sur Irish, sinon qu'il aime aller courir le matin.

— Comment a-t-il fini par t'accompagner au travail ? demanda Allison.

— Il était au bureau du shérif quand j'y ai déboulé

après l'agression. Et depuis, il ne m'a pas quittée d'une semelle, uniquement pour s'assurer que tout allait bien.

Allison plissa le nez.

— Il court au même moment que toi, tu dis ? Est-ce que tu es sûre que ce n'est pas lui qui t'a agressée ?

— Non, c'est impossible. Il était déjà rentré en ville à ce moment-là. Et d'ailleurs, l'homme qui m'a agressée était plus costaud que lui, avec un peu de ventre.

Allison inclina la tête.

— Je ne sais pas... Irish est assez grand et large d'épaules.

Le cœur de Tessa s'emballa.

— Oui, c'est vrai.

Allison prit ses mains dans les siennes.

— Si tu as besoin d'un endroit où vivre pendant quelques jours, jusqu'à ce que le type soit arrêté, tu peux venir dans mon appartement. J'ai une chambre d'amis.

— Ce n'est pas nécessaire, répondit Tessa. J'ai une bombe lacrymogène dans mon sac à main et un pistolet dans ma table de chevet.

Allison haussa un sourcil.

— Et tu sais te servir des deux ?

— Tu parles que je le sais, répondit Tessa.

— Bonne fille, dit Allison en la prenant dans ses bras.

— Bien, fit Tessa. Maintenant, au travail.

Le travail l'aida à juguler sa nervosité... en partie du moins. Elle jetait de fréquents coups d'œil par-dessus son épaule et sursautait quand on lui touchait le bras. Avant de s'approcher d'un homme, elle l'observait en se demandant s'il pouvait s'agir de son agresseur.

Quand vint la fin de sa garde, elle était tellement épuisée, physiquement et émotionnellement, qu'elle avait mal au dos et à la tête. Elle n'avait pas fait de pause, de peur de ressasser les événements de la matinée.

Elle rangeait un tiroir de matériel quand Allison l'appela.

— Hé, Tessa !

Elle se retourna.

— Est-ce que tu ne devrais pas déjà être partie ?

— Si, répondit Allison, et toi aussi. Je voulais te dire que mon offre tenait toujours : tu peux vivre chez moi jusqu'à ce qu'on arrête ton agresseur.

Tessa secoua la tête.

— Je ne peux pas, non. Nous ne savons pas quand, ni même s'ils le retrouveront. Je ne peux pas m'installer chez toi indéfiniment.

Allison haussa les épaules.

— Ça ne me dérangerait pas. Je peux aussi venir m'installer chez toi… si tu acceptes que Brian me rejoigne un soir sur deux, conclut-elle avec un clin d'œil.

— Ce n'est pas la peine. Tout va bien, je t'assure.

Elle referma le tiroir qu'elle venait de ranger et leva les yeux vers Allison, qui posait sur elle un regard inquisiteur.

— Alors, qu'est-ce que tu fais encore ici ?

Tessa soupira.

— Il fallait que je range ce placard et ces tiroirs. Ils étaient en désordre.

— Ils sont toujours en désordre, remarqua Allison en la prenant par le bras. Maintenant, viens. Si cela peut te rassurer, je vais te suivre jusque chez toi.

Elles se dirigèrent ensemble vers la sortie, et les portes vitrées coulissèrent, laissant apparaître un visage familier. Le cœur de Tessa s'emballa aussitôt.

— Oublie mon offre, murmura Allison. Ton garde du corps est arrivé.

Irish attendait, un sourire aux lèvres. Tessa sentit son visage s'empourprer.

— Que faites-vous ici ? demanda-t-elle.

Son sourire se teinta d'ironie.

— Pas un seul « Bon sang, Irish, je suis vraiment heureuse de vous voir » ?

Il fit un signe de la tête à Allison et ajouta :

— Je prends le relais.

Allison battit des paupières et sourit.

— Je suis certaine qu'elle est entre de bonnes mains, dit-elle en lâchant le bras de Tessa. À demain matin !

Quand son amie s'éloigna, Tessa eut l'impression d'être laissée à la dérive.

— Voulez-vous monter avec moi, ou prendre votre voiture ? demanda Irish.

Elle dut réfléchir avant de répondre. Décidément, cet homme lui faisait tourner la tête… à moins que le coup qu'elle avait reçu à la tempe lui ait laissé des séquelles.

— Je vais prendre la mienne, dit-elle enfin. Mais vous n'êtes pas…

Il leva la main pour la faire taire.

— Ne vous fatiguez pas. De toute façon, je vous suivrai.

Tessa souffla. Même si elle n'allait certainement pas le lui dire, elle était heureuse de le voir. Elle n'aurait pas aussi peur de rentrer chez elle s'il était là pour veiller sur elle.

Pour une divorcée éprise d'indépendance, elle se conduisait d'une façon bien étrange.

4

Irish avait passé la journée à s'inquiéter pour Tessa. Même s'il savait qu'elle passerait toute la journée à l'hôpital, où elle ne serait jamais seule, il l'avait quittée à contrecœur.

Aussi longtemps que son agresseur était libre, elle n'était pas en sécurité. L'homme attendait peut-être qu'elle baisse sa garde pour l'agresser une seconde fois.

Il escorta Tessa jusqu'à son SUV et lui tint la portière.

— Merci, dit-elle en s'installant au volant.

Il sourit.

— Tout le plaisir est pour moi.

Quand il eut refermé la portière, il monta dans son pick-up et la suivit jusque chez elle. Il avait la ferme intention de rester auprès d'elle aussi longtemps qu'elle le lui permettrait, mais elle était tellement obstinée et déterminée à se débrouiller seule qu'il avait fait appel à des renforts.

Il avait acheté le dîner, espérant qu'il l'aiderait à plaider sa cause.

Tessa s'engagea dans son allée et se gara. Il aurait préféré que son petit cottage soit doté d'un garage, dont elle aurait pu fermer la porte avant de descendre de son véhicule. Mais après tout, un criminel suffisamment déterminé aurait pu se glisser dans le garage avant qu'elle ait eu le temps de refermer la porte. Elle se serait retrouvée prise au piège, seule avec lui dans ce garage, et personne n'en aurait rien su.

Il n'aimait pas du tout la situation de sa maison, qui se trouvait en bout de rue, face à une parcelle vide. La seule maison voisine de la sienne semblait inhabitée, et une autre, un peu plus loin, arborait une pancarte « À vendre ».

Pour autant qu'il le sache, elle était seule dans cette rue. Si elle appelait à l'aide, personne n'entendrait.

Raison de plus pour rester, se dit-il.

Même si elle refusait.

D'où la pizza qu'il avait commandée avant de quitter le Whiskey Gulch Ranch et qu'il était passé prendre sur le chemin de l'hôpital. Qui pouvait résister à une pizza garnie des meilleurs ingrédients qui soient ?

Il saliva en sentant les parfums mêlés de fromage, de sauce tomate et de pepperoni. Comme elle pouvait ne pas aimer toutes les garnitures, il avait prévu un plan de secours : une salade de poulet avec tout un choix de sauces. Il avait même demandé que le poulet soit mis à part, au cas où elle aurait été végane.

Il avait aussi emprunté une comédie romantique à Rosalyn Travis, la mère de son patron.

Plus longtemps il pourrait convaincre Tessa de lui permettre de rester, mieux il se sentirait. La seule pensée de la laisser seule lui donnait la chair de poule.

Il descendit de son pick-up, prit la pizza, la salade et le DVD et rejoignit Tessa alors qu'elle descendait de voiture.

— Je ne pense pas que vous aimiez la pizza et la salade ?

Elle releva le nez et renifla.

— Pepperoni ?

Il acquiesça.

— Entre autres. Il y a de tout, sauf des anchois.

Elle ferma les yeux et ses lèvres s'incurvèrent.

— L'idée semble merveilleuse.

— Rosalyn Travis envoie un film, une comédie romantique. Elle a dit que cela vous remonterait le moral.

C'était un petit mensonge, puisque l'idée venait de lui. Il avait demandé à Mme Travis de lui prêter le DVD d'une comédie romantique pour aider Tessa à se changer les idées après son agression.

— C'est très gentil de sa part.

Elle claqua la portière de son SUV et verrouilla les portières.

— Remerciez-la, s'il vous plaît. Elle est toujours tellement gentille avec moi, quand je la croise en ville.

— Je pense qu'elle nous a tous adoptés et qu'elle nous considère un peu comme ses enfants. La mort de son mari a été un coup très dur pour elle.

— Mais la présence de Trace semble beaucoup l'aider.

Il acquiesça.

— Trace est un type bien. Quand nous étions en mission, c'était toujours lui qui nous couvrait.

Tessa se dirigea vers le cottage, sa clé à la main.

— Tout le monde en ville a été surpris d'apprendre que Matt Hennessey était le fils que M. Travis avait eu d'une précédente relation, avant d'épouser Rosalyn.

— Personne n'a été aussi surpris que Matt et Trace eux-mêmes.

— Ils sont donc copropriétaires du Whiskey Gulch Ranch. Comment est-ce que cela se passe ?

— Tous deux sont des patrons formidables, répondit Irish. Ils sont aux antipodes l'un de l'autre, mais ils partagent la même philosophie et les mêmes valeurs.

Il marqua une pause avant d'ajouter :

— Si vous déverrouillez la porte, j'inspecterai l'intérieur avant que vous entriez.

Dieu merci, elle ne protesta pas, cette fois. Elle était

trop fatiguée, comme en attestaient les cernes qui creusaient ses joues.

Irish entra dans le cottage, tous ses sens en alerte, inspecta rapidement les lieux et retourna auprès de Tessa.

— Rien à signaler.

— Tant mieux, parce que je meurs de faim et que cette pizza me met l'eau à la bouche.

Elle passa la porte et posa son sac sur la table, dans la petite entrée.

— J'ai laissé la pizza sur le comptoir de la cuisine. Vous pouvez la manger à vous seule mais, si vous ne voyez aucun inconvénient à ce que je reste, je serais ravi de me joindre à vous, dit-il en souriant. À vous de choisir. Je ne veux pas vous envahir.

— C'est votre pizza. Vous devriez rester et la manger. Mais si vous êtes attendu ailleurs, j'adorerais en prendre une portion avant que ne vous partiez.

— Je suis nouveau en ville. Je ne suis attendu nulle part.

Il ferma et verrouilla la porte.

— Est-ce que tous les animaux ont été nourris ? demanda-t-elle.

Elle passa dans la cuisine et sortit des assiettes d'un buffet.

— Tous. J'ai aussi nettoyé les écuries, et j'ai même eu le temps de prendre une douche.

Il cligna de l'œil.

— J'ai entendu dire que certaines femmes adoraient l'odeur du crottin. Je ne vois pas comment c'est possible… mais après tout, tous les goûts sont dans la nature.

Tessa éclata de rire.

— Merci de vous être douché. Pour ma part, je préfère éviter que l'odeur du crottin vienne se mêler aux effluves de fromage et de sauce tomate.

Irish ouvrit le carton de pizza et recula pour qu'elle choisisse sa part la première.

— Je vois que j'ai fait le bon choix. Je vois aussi que nous avons deux points communs.

— Et quels sont ces points communs ? demanda-t-elle en choisissant une part de pizza pour la porter à sa bouche.

— Nous aimons le pepperoni et courir le matin.

Sa main s'arrêta à mi-chemin de sa bouche. Aussitôt, Irish s'en voulut à mort. Pourquoi avait-il fallu qu'il évoque leurs séances de footing ? Il n'était pas ici pour lui remettre l'incident en mémoire, mais pour l'aider à l'oublier. Pour un petit moment, du moins.

— Pardon. Je ne devrais pas…

— Non, coupa-t-elle. Ne vous excusez pas. Il faut que je retourne courir. Je ne veux pas que la peur m'empêche de sortir de chez moi. J'ai travaillé trop dur pour arriver là où j'en suis aujourd'hui pour régresser à cause d'une agression.

Elle carra les épaules et prit une bouchée de pizza.

— Miam, dit-elle en fermant les yeux. C'est tellement bon…

Irish manqua s'étouffer avec sa bouchée de pizza.

Son petit gémissement de plaisir, l'expression comblée qui illuminait son visage et la façon dont elle respirait lui évoquaient une tout autre activité que la dégustation d'une pizza.

Son bas-ventre se tendit. Il s'efforça d'avaler sa bouchée de pizza, mais elle se coinça au fond de sa gorge et il se mit à tousser.

Tessa posa sa pizza dans son assiette et le tapa dans le dos.

— Est-ce qu'il faut que je fasse une manœuvre de Heimlich ?

— Non, parvint-il à dire d'une voix étranglée, les larmes aux yeux. Avalé de travers.

Elle alla chercher une bière dans le réfrigérateur, la déboucha et la lui tendit.

— Pour faire couler.

Il porta la bouteille à ses lèvres et prit une grande gorgée de bière. Quand il put respirer de nouveau, il poussa un soupir de soulagement.

— Merci.

Il regarda la bouteille et sourit.

— Nous avons un autre point commun… nous aimons la même bière.

Elle sourit à son tour.

— Parfait, répondit-elle.

Elle prit une autre bouteille, la déboucha et en avala une gorgée.

— Je n'aime pas boire seule.

— C'est pour ça que je suis ici, répondit Irish. Que demander de plus qu'une bière, de la pizza, une salade et un film qui vous amusera ?

— La tranquillité d'esprit. Ne plus jamais être agressée. Ne plus avoir à me demander si je serai encore en vie le lendemain.

Elle porta son assiette et sa bière dans le séjour et s'assit sur le canapé. Après avoir mis la salade au frais, Irish la rejoignit, avec son assiette et le DVD.

— Vous réfléchissez un peu trop.

— Ce qui pourrait m'amener à boire un peu trop.

Elle prit une autre gorgée de bière et contempla la bouteille avant de la poser sur la table basse.

— Mais il faut que je garde l'esprit clair, au cas où ce type reviendrait finir ce qu'il a commencé.

Irish brandit le DVD.

— Prête pour le film ? Ça vous changera les idées.

Tessa acquiesça.

— Bien sûr.

Elle se leva et prit le DVD. Quand leurs mains se touchèrent, Irish fut traversé par une étincelle électrique. En entendant le léger soupir que Tessa laissait échapper, il leva les yeux vers elle.

Les yeux étincelants, elle lui prit le DVD de la main et le pressa contre sa poitrine. Sans mot dire, elle tourna les talons et ouvrit maladroitement le tiroir du lecteur de DVD.

Une fois le DVD en place, elle prit son assiette et retourna dans la cuisine.

— Vous avez déjà fini de manger ? demanda Irish.

— Non, répondit-elle. J'en veux plus.

Elle en voulait plus. Tout à fait comme lui. Mais dans son cas, il ne s'agissait pas de pizza.

Le générique de début défilait sur l'écran quand elle revint avec son assiette et s'installa à l'autre bout du canapé. Juste hors de sa portée.

Cela valait sans doute mieux. Si elle avait été assise trop près de lui, il aurait été tenté de passer un bras autour de ses épaules pour l'attirer contre lui. Il voulut se convaincre que c'était uniquement son instinct protecteur qui se manifestait, mais la vérité était tout autre.

Cette femme au corps souple, aux cheveux blond vénitien et aux yeux gris-bleu l'avait attiré dès leur première rencontre, sur le sentier où il allait courir. En le croisant, elle l'avait salué d'un sourire timide, sans s'arrêter.

À l'époque, il venait tout juste d'arriver en ville. Ce sourire avait suffi à lui réchauffer le cœur, à lui donner l'impression qu'il était chez lui à Whiskey Gulch.

Il avait eu la sensation d'avoir enfin trouvé ce qu'il avait toujours voulu : un endroit où il se sentirait chez lui. Il avait quitté l'armée pour commencer une nouvelle vie – ou plutôt, pour mener enfin une existence normale.

Il ne voulait plus passer la majeure partie de l'année à l'autre bout du monde. Il voulait rentrer chez lui pour y dîner tous les soirs.

D'accord : pour le moment, il rentrait dans un appartement vide et se nourrissait de plats surgelés, à moins que Rosalyn Travis l'invite à se joindre à sa famille pour le dîner. Sa future bru et elle pouvaient cuisiner de quoi nourrir toute une armée, si besoin était. En contrepartie, Irish se portait volontaire pour faire la vaisselle et, à l'occasion, gérer le barbecue.

Tessa régla le volume de sorte qu'ils puissent entendre les dialogues sans être assourdis par la musique, mais Irish se surprit à la regarder plus qu'il regardait le film. Il voulait en savoir plus sur elle. Elle s'était battue contre son agresseur, et elle lui avait échappé. Il était impressionné.

Il esquissa un sourire.

— Vos cours d'autodéfense ont vraiment porté leurs fruits.

Elle lui jeta un coup d'œil et hocha la tête.

— Qu'est-ce qui vous a fait penser que vous auriez besoin d'apprendre à vous défendre pour vivre à Whiskey Gulch ?

Elle posa les yeux sur l'écran et haussa les épaules.

— J'avais mes raisons.

— Aviez-vous peur de quelqu'un d'autre que votre ex-mari ? demanda-t-il. En parlant de lui, nous devrions peut-être l'interroger.

— Non, je n'avais peur de personne en particulier. Sinon, j'aurais été plus prudente pendant mes footings.

— De nos jours, une femme n'est jamais trop prudente, dit-il.

— Surtout quand elle connaît la personne qui la frappe, murmura-t-elle.

— Malheureusement, c'est vrai.

Il serra les poings. Une colère sourde brûlait dans sa poitrine.

— Ce n'est pas important, dit-elle.

Son regard était rivé à l'écran, où passait un film que ni lui ni elle ne regardaient.

— C'est sacrément important, au contraire ! s'exclama Irish. Si c'est votre ex-mari qui vous a agressée, il faut l'arrêter. Avez-vous parlé de lui au shérif ?

— Je doute que ce soit lui. Il vit et travaille à San Antonio.

— Comment pouvez-vous être sûre qu'il y était ce matin ? Par la route, il faut deux heures pour venir jusqu'ici. Et par avion, encore moins.

Elle agita la main.

— Une ordonnance restrictive a été prononcée contre lui et, d'ailleurs, jamais il n'aurait pris le temps de venir jusqu'ici pour m'agresser. Il ne me frappait que quand cela l'arrangeait.

Irish partit d'un rire méprisant.

— Quand cela peut-il arranger un homme de frapper une femme ?

— Quand il est marié avec elle ?

Elle se tourna vivement vers lui.

— C'était mon mari. Il pensait qu'il avait le droit de me battre.

Irish serra les poings.

— Aucun homme n'a le droit de battre aucune femme, dit-il entre ses dents serrées.

Tessa pinça les lèvres et releva le menton.

— Je suis arrivée à la même conclusion. Après qu'il m'ait envoyée à l'hôpital, j'ai demandé le divorce, pris des cours d'autodéfense et je suis venue m'installer dans ma ville natale. Il fallait que je parte, le plus loin et le plus vite possible.

— Oh ! Tessa…

Irish tendit le bras et lui prit la main.

— Je suis désolé.

— Pourquoi ?

Elle posa les yeux sur leurs mains entrelacées, mais ne chercha pas à dégager la sienne.

— Ce n'est pas vous qui me frappiez.

— Je suis désolé que vous ayez dû vivre cette situation avant d'être de nouveau agressée ce matin.

Il porta sa main à ses lèvres et y déposa un baiser.

— J'aurais aimé être là pour vous aider. Si j'étais arrivé quelques minutes plus tard…

— Ou moi quelques minutes plus tôt, dit-elle en resserrant ses doigts sur les siens. Mais il aurait peut-être attendu qu'une autre occasion se présente, et j'aurais été tout autant prise au dépourvu.

Elle pressa sa main avant de la relâcher.

— L'essentiel est que je sois saine et sauve. Dorénavant, je serai prudente. Cela ne se reproduira pas.

Elle se leva.

— Il faut que j'aille dormir. Je suis fatiguée et je dois aller au travail, demain matin.

Irish se leva lui aussi.

— Après notre footing ?

— Après notre footing, confirma-t-elle avec un sourire.

— Je n'aime pas vous laisser seule.

— Je suis seule depuis que je suis revenue ici. Je sais comment me protéger.

— Je comprends que vous teniez à votre indépendance, mais j'ai peur que cette ordure revienne.

— Je laisserai toutes les lumières allumées, mon pistolet sera sous mon oreiller et ma bombe lacrymogène à portée de main.

Avec un sourire forcé, elle conclut :

— Je gère la situation.

— Et vous voulez que je vous fiche la paix, dit-il. J'ai compris. Vous avez mon numéro. Si vous entendez un bruit, appelez-moi. Même si ce n'est qu'un chat qui a renversé votre poubelle, appelez-moi.

Il balaya le petit séjour du regard.

— Est-ce que vous me permettez de vérifier les fenêtres et les portes ?

— Allez-y, éclatez-vous.

Il vérifia rapidement les verrous des fenêtres et de la porte, dans la cuisine, qui s'ouvrait sur l'extérieur.

— Vous êtes parée, dit-il. Si vous voulez que je reste, je peux camper sur le canapé. J'ai dormi dans de pires endroits.

Elle secoua la tête.

— Ça va aller. Je suis prête.

— Je me sentirais mieux si vous aviez un chien. Un gros chien. Avec des dents pointues.

Elle gloussa de rire.

— J'aurais plus peur d'être attaquée par le chien que par un visiteur indésirable. Je n'hésiterais pas à tirer sur un intrus, mais jamais je ne pourrais abattre le chien.

— En ce cas, si vous n'avez vraiment pas besoin de moi…

Il n'avait pas le choix : il devait partir. Il ne pouvait pas aider quelqu'un qui ne voulait pas de son aide.

— À demain matin, dit-il.

Il se pencha et effleura son front des lèvres.

— J'espère que vous pourrez dormir. N'hésitez pas à m'appeler, même si vous avez seulement besoin d'entendre une voix amie.

— Merci. J'apprécie tout ce que vous avez fait pour moi aujourd'hui, mais je ne peux pas continuer à me servir de vous.

— Si cela me dérangeait, je ne vous le proposerais pas.

Il sortit à reculons et ajouta :

— Je ne partirai qu'après vous avoir entendue fermer à clé.

— D'accord. Bonne nuit, Irish.

— Bonne nuit.

Il resta debout sous le porche, longtemps après qu'elle eut refermé et verrouillé la porte. Il ne voulait pas la laisser seule.

Les ténèbres qui cernaient le cottage semblaient recéler mille menaces. L'agresseur de Tessa pouvait rôder dans l'obscurité en ce moment même, attendant qu'il s'en aille pour passer à l'acte. Dès le lendemain, il achèterait et poserait des détecteurs de mouvement.

Il se força à tourner les talons, descendre les marches et monter dans son pick-up. Il s'assura que son portable était allumé au cas où Tessa changerait d'avis et lui demanderait de rester pour la nuit.

Mais elle ne changea pas d'avis, et son téléphone demeura silencieux.

Il resta dans son pick-up pendant plusieurs minutes, attendant que sa vision se fasse à l'obscurité. Il ne vit rien bouger, pas même un chat errant.

Il envisagea de dormir là où il était, mais Tessa lui en aurait voulu. Elle avait été très claire : elle tenait à son indépendance, et il la comprenait. Après ce que lui avait fait subir son ex-mari, pourquoi aurait-elle cru un homme capable de la protéger ?

Il démarra et sortit de son allée en marche arrière. Plus il s'éloignait, plus son ventre se nouait.

Il priait pour qu'il ne lui arrive rien. Tandis qu'il se dirigeait vers le Whiskey Gulch Ranch, il se demanda une bonne douzaine de fois s'il avait eu raison de la laisser seule… Mais non. Tout irait bien. Elle avait son numéro, et elle pouvait toujours appeler la police en cas de besoin.

Alors, pourquoi était-il habité par l'impression diffuse qu'il ressentait toujours quand un drame était sur le point de se produire ?

5

Quand Irish fut parti, Tessa s'adossa contre la porte et inspira profondément. Elle sentait un picotement sur le front, là où Irish l'avait embrassée. Une vague pensée traversa son esprit : elle aurait préféré qu'il l'embrasse sur la bouche.

Elle pressa ses doigts contre ses lèvres. Qu'aurait-elle ressenti ? Et pourquoi se posait-elle cette question ? Elle ne cherchait pas un homme pour remplacer son mari. Elle avait trop lutté pour se libérer de son emprise.

Pourtant… Irish était différent de son ex-mari. Jamais Randy n'aurait veillé sur elle comme il l'avait fait. Il se serait attendu à ce qu'elle surmonte ses problèmes seule, sans l'importuner.

Oui, Irish était très différent de Randy. C'était un gentleman. Il avait apporté de la pizza sans rien attendre d'elle en retour. Le baiser qu'il avait déposé sur son front avait été dénué de toute sensualité. Et pourtant, ce baiser avait suffi à emplir son corps d'une chaleur qui s'était concentrée dans son ventre.

Elle aurait tellement aimé l'embrasser sur la bouche…

Elle gémit et s'écarta de la porte. Par la fenêtre, elle vit des phares balayer son allée : Irish partait.

Depuis son retour à Whiskey Gulch, elle menait une vie solitaire. Ses parents, qui étaient déjà assez âgés au moment de sa naissance, étaient morts à l'époque où elle vivait à San Antonio avec Randy. Elle était heureuse qu'ils n'aient jamais su ce que leur gendre faisait subir à leur fille unique. Comme tous les habitants de Whiskey Gulch, ils avaient toujours pensé que le roi et la reine du bal étaient faits l'un pour l'autre.

Heureusement, ses parents avaient tenu à ce qu'elle fasse des études. Elle était donc allée à l'école d'infirmières, pendant que Randy étudiait la finance à l'université A&M du Texas. Une fois son diplôme en poche, il était rentré et l'avait demandée en mariage.

Un vrai conte de fées, n'est-ce pas ?

Eh bien, non, bien au contraire. Dès l'instant où elle avait dit « Je le veux », Randy l'avait considérée comme sa propriété dont il pouvait faire tout ce qu'il voulait.

Après leur lune de miel, qui avait duré un mois, ils avaient tous deux commencé à travailler. Tessa avait trouvé un poste dans le service de soins intensifs d'un grand hôpital. Comme elle était nouvelle, on lui avait attribué la garde de nuit.

Randy, lui, travaillait de jour. Quand il rentrait le soir, il s'attendait à ce que le dîner soit prêt. Il se moquait pas mal qu'elle vienne d'enchaîner les gardes : si le dîner n'était pas prêt, il lui criait dessus, critiquait son travail et la frappait si elle avait le malheur de répondre.

Non, ces années n'avaient pas été les plus heureuses de sa vie. Si elle avait tenu aussi longtemps, c'était parce qu'ils ne se voyaient pas beaucoup. Elle avait même fini par se porter volontaire pour effectuer les gardes de nuit afin de passer le moins de temps possible à la maison, avec son mari.

Bien qu'Irish ait fait le tour de la maison pour vérifier toutes les serrures, elle procéda à une nouvelle inspection pour s'assurer que personne ne pouvait entrer. Elle scrutait les ténèbres par chaque fenêtre, et sursautait au moindre mouvement. Les branches agitées par le vent devenaient autant de spectres dans l'obscurité.

Elle doutait de pouvoir beaucoup dormir cette nuit. Elle envisagea de prendre un somnifère, mais se ravisa. Si quelqu'un s'introduisait chez elle, elle ne se réveillerait peut-être pas à temps pour se défendre. Elle pourrait avoir été violée et tuée avant que le jour se lève.

Elle pensa, et ce n'était pas la première fois, qu'il lui fallait un chien. Un gros chien. Ou mieux encore, un garde du corps. Un homme comme Irish. Après tout, Travis était en train de monter une agence de sécurité dont le but semblait être d'aider des personnes qui connaissaient la même situation qu'elle.

Elle se demanda combien cela coûterait d'engager un garde du corps et partit d'un petit rire. Elle parvenait tout juste à rembourser son crédit et payer ses factures ! Jamais elle n'aurait les moyens de rémunérer un garde du corps. D'ailleurs, Irish n'avait pas demandé à l'être : il avait tout simplement décidé de veiller sur elle – et elle lui en était infiniment reconnaissante.

Quand elle fut certaine que toutes les portes et fenêtres étaient bien verrouillées, elle passa dans sa chambre, se déshabilla et enfila son pyjama préféré. Si elle devait prendre la fuite, un pyjama la couvrirait mieux qu'une chemise de nuit.

La colère grondait dans sa poitrine. Elle n'aurait pas dû s'inquiéter de ce genre de choses. Quel genre d'homme pouvait s'en prendre à une femme sans défense ?

Le pire.

Elle s'allongea sur son lit, fit gonfler son oreiller et ferma les yeux. Aussitôt, l'image de l'homme encagoulé qui surgissait des saules pleureurs traversa son esprit. Elle ouvrit vivement les yeux. Pouvait-on s'endormir les yeux ouverts ? C'était ce qu'elle allait essayer de faire, en tout cas. Pendant la demi-heure qui suivit, elle contempla le plafond, à l'affût du moindre bruit. Chaque craquement était comme amplifié. Quand elle ne put plus le supporter, elle prit son téléphone portable et composa le numéro d'Irish.

Il répondit à la seconde sonnerie.

— Hé, ma beauté. Je vous manque déjà ? demanda-t-il.

Sa voix profonde l'enveloppa, telle une couverture bien chaude.

— Non, je..., bredouilla-t-elle. J'ai dû faire votre numéro par accident.

Elle n'aimait pas mentir, mais elle aimait encore moins l'impression qu'elle devait le faire.

— Vous n'arrivez pas à dormir ?

— Pas vraiment, avoua-t-elle.

— Je peux rester en ligne jusqu'à ce que vous vous endormiez, cela ne me dérange pas.

— Vous êtes sûr ? demanda-t-elle.

— Je ne le proposerais pas si je n'étais pas sincère, dit-il.

— Merci.

Elle s'autorisa à fermer les yeux. Cette fois, ce ne fut pas une image de son agresseur qui lui vint à l'esprit mais une d'Irish, qui courait vers elle sur le sentier de la rivière.

— De quoi allons-nous parler ?

— Cela m'est égal, répondit-elle en souriant. De n'importe quoi.

— Quelle est votre équipe de football préférée ?

Elle rit.

— C'est facile : les Texas Longhorns.

— Non, non, non, gémit-il. Vous ne pouvez pas être supportrice des Longhorns.

— Pourquoi pas ? demanda-t-elle.

— Nous ne pourrons jamais nous entendre si vous supportez les Longhorns, et moi les Aggie.

— Quel dommage… moi qui pensais qu'il pouvait y avoir quelque chose entre nous. Et la NFL ? répliqua-t-elle.

— D'accord, quelle est votre équipe préférée de la NFL ?

— Les Denver Broncos.

Il gémit de nouveau.

— Non, non, non ! vous êtes du Texas. Vous devez aimer les Dallas Cowboys.

— Vous suivez les Cowboys ? demanda-t-elle.

Il partit d'un petit rire.

— Oui. Même s'ils n'ont pas fait une très bonne saison.

Pendant la demi-heure qui suivit, il passa en revue les matchs de la saison, les différents joueurs et les meilleures publicités des cinq dernières éditions du Super Bowl. Rien qui n'ait la moindre importance dans le grand ordre du monde, aux yeux de Tessa, mais le son de sa voix la réconfortait. Elle se mit bientôt à bâiller, apparemment assez fort pour qu'il l'entende, parce qu'il demanda :

— Est-ce que vous êtes prête à dormir ?

— Oui.

— Faites de beaux rêves, jolie madame, dit-il.

Elle sourit, les yeux fermés.

— Merci de m'avoir parlé.

Elle raccrocha et s'allongea, plus réchauffée et réconfortée par la voix d'Irish que par les couvertures. Bientôt, elle glissa dans un sommeil profond et sans rêves.

Elle fut réveillée en sursaut par un bruit de verre brisé. Elle se redressa, saisit le pistolet qu'elle avait posé sur sa table de chevet, ôta la sécurité d'une main tremblante et pointa l'arme vers la porte. Dans la cuisine, le verre brisé crissait sous les pas de l'intrus. Elle sortit de son lit et s'accroupit derrière, tout en cherchant son téléphone à tâtons. Elle composa le numéro d'Irish en priant pour qu'il soit encore réveillé.

— Répondez, implora-t-elle. Je vous en supplie.

Enfin, sa voix résonna à l'autre bout du fil.

— Tessa, qu'est-ce qu'il se passe ?

— Il y a quelqu'un chez moi, chuchota-t-elle.

— Je serai là dans deux minutes. Restez en ligne. Je vous mets en attente le temps d'appeler la police.

Elle attendit, le pistolet dans sa main dominante, toujours pointé vers la porte de sa chambre. Elle ne l'avait jamais utilisé que pour s'entraîner, au pas de tir. Mais maintenant, elle tremblait si violemment qu'elle doutait d'être en mesure d'atteindre une quelconque cible. Des pas résonnèrent dans le couloir : l'intrus se dirigeait vers sa chambre.

Elle ne pouvait pas attendre deux minutes. Irish ou le shérif n'arriveraient jamais à temps. Elle rassembla tout son courage et cria :

— Je sais que vous êtes ici. J'ai un pistolet, et je n'hésiterai pas à tirer !

Les pas s'arrêtèrent.

— Le shérif est en route, ajouta-t-elle.

La poignée de la porte bougea. En remerciant Dieu d'avoir pensé à la fermer à clé, elle suivit son instinct et pressa la détente. La balle traversa la porte de sa chambre.

Le hurlement étouffé des sirènes résonna, au loin.

L'intrus essaya une nouvelle fois d'ouvrir sa porte, avant de donner un coup de pied dedans. Le bruit des sirènes était plus fort maintenant, plus proche. Mais où était Irish ? Cela faisait au moins cinq minutes qu'elle l'avait appelé !

Un klaxon se joignit au hurlement des sirènes. Au bruit de ses pas, elle devina que l'intrus courait vers la cuisine pour fuir par la porte de derrière. Elle envisagea de le pourchasser mais se ravisa : les personnes qui venaient à son secours auraient pu lui tirer dessus par erreur. Elle resta donc accroupie derrière le lit, son pistolet posé sur le matelas au cas où l'intrus reviendrait. Elle entendit la porte de sa cuisine s'ouvrir bruyamment, et les pas s'éloigner dans la nuit. Quelques secondes plus tard, on frappa à sa porte d'entrée.

— Tessa ! appela Irish. Tessa, ouvrez-moi !

Elle hésita. Et si l'intrus se cachait dans les environs ? S'il tirait sur Irish ? Elle se leva en chancelant et s'élança vers sa porte d'entrée.

— Faites attention, Irish ! cria-t-elle. Il est peut-être encore ici.

Elle s'élança dans le couloir, son arme pointée devant elle, prête à tirer sur quiconque lui barrerait la route ou menacerait de tirer sur Irish. Quand elle atteignit la cuisine, son pied nu se posa sur un éclat de verre et elle poussa un cri. Mais en voyant une silhouette qui se dessinait dans l'embrasure de la porte extérieure, elle oublia tout de la douleur qui lui transperçait le pied. Elle pointa son arme vers le torse de l'inconnu, le doigt posé sur la détente.

— Ne tirez pas ! cria Irish en levant les mains.

— Oh ! Dieu merci.

Elle baissa son pistolet et un sanglot monta dans sa gorge.

Il alluma la lumière.

— Est-ce que ça va ?

Elle secoua la tête sans répondre.

Irish baissa les yeux, vit la flaque de sang qui se formait déjà sous son talon et jura avant d'avancer vers elle. Les éclats de verre crissaient sous ses bottes.

— Ne bougez pas.

— Ne vous inquiétez pas, répondit-elle avec un rire nerveux. Je n'en ai pas l'intention.

Il la prit dans ses bras et la porta jusqu'au canapé, dans le séjour. Il posa son pistolet sur la table basse et dit :

— Gardez votre arme à la main. Vous allez me couvrir. Si quelqu'un entre par la porte de la cuisine, tirez.

Elle prit son arme et la pointa vers la cuisine. Enfin,

dans un dernier hurlement de sirène, la voiture du shérif se gara dans sa cour.

— Je vais ouvrir au shérif, dit-il. Vous pouvez rester ici ?

Elle acquiesça, rassurée par sa seule présence.

Irish déverrouilla la porte d'entrée, alluma la lumière du porche et leva les mains.

— Ne tirez pas, cria-t-il. C'est moi qui ai appelé. Fouillez le périmètre, l'intrus pourrait encore être dans le coin.

— Est-ce que Tessa va bien ? demanda une voix de femme sur le même ton.

Tessa connaissait cette voix : c'était celle de l'adjointe Dallas Jones, la seule femme du service. Elle était à Whiskey Gulch depuis à peine plus longtemps que Tessa elle-même.

— Nous aurons peut-être besoin d'une ambulance, lui dit Irish.

— Non, intervint Tessa. Ce n'est qu'une petite coupure. J'irai la faire suturer à l'hôpital s'il le faut, mais je n'ai pas besoin d'une ambulance.

— Vous êtes sûre ? demanda-t-il sans masquer son inquiétude. Cette plaie saigne beaucoup.

— Je n'ai besoin que d'une pince à épiler et d'un pansement. Je suis infirmière. C'est mon métier.

— Vous aurez peut-être plus de mal à trouver le morceau de verre dans votre pied que dans celui d'un patient, objecta-t-il.

— En ce cas, je vous laisserai faire. La pince à épiler est dans un tiroir de ma salle de bains, et la trousse de premier secours dans le placard, sous le lavabo. Si vous pouviez aller les chercher, j'apprécierais.

Il ne fallut à Irish que quelques instants pour ressortir de sa salle de bains et s'asseoir auprès d'elle, muni de la trousse de premier secours, de la pince à épiler, d'un gant humide et d'une serviette. Il souleva son pied, le posa sur ses genoux et l'observa avant de retirer le morceau de verre avec la pince à épiler.

— Pardon, fit-il.

— Pourquoi ?

— Je dois vous avoir fait mal.

— J'ai connu pire, dit-elle. Ce n'est qu'une petite coupure. Mettez un pansement dessus. Ça suffira.

Il nettoya son pied, posa un carré de gaze sur la plaie et termina avec un morceau de sparadrap.

— Quand elle ne saignera plus, je mettrai un pansement plus léger. Pour le moment, il faut un pansement compressif, pour stopper l'hémorragie.

— Qui est l'infirmière ici ? demanda-t-elle en souriant.

Il la regarda droit dans les yeux.

— J'ai déjà fait ce genre de chose.

Elle sentit son sourire pâlir.

— Quand vous étiez dans les Forces spéciales, je suppose.

— Nous sommes formés pour donner les premiers soins. Si l'un de nos camarades est blessé, nous devons être capables de le prendre en charge jusqu'à l'arrivée de l'équipe médicale. Le médecin de l'unité est parfois trop loin et, quand on se trouve au cœur de la bataille, il faut suturer et filer aussi rapidement que possible.

Elle toucha la main qu'il avait posée sur son pied.

— Ça a l'air intense. De quoi faire des cauchemars.

— J'en ai fait quelques-uns, dit-il en pressant ses doigts dans les siens. Tout comme vous, j'imagine.

L'adjointe Jones apparut à la porte. Un berger allemand l'accompagnait.

— Nous avons fouillé la zone, déclara-t-elle. Votre intrus est parti depuis longtemps. Mon chien a brusquement perdu sa trace, comme s'il était monté dans un véhicule.

Une fois encore, son agresseur avait fui. Elle regretta de ne pas l'avoir abattu quand elle en avait eu l'occasion.

— Merci d'avoir inspecté les environs, dit Tessa.

Le shérif apparut à son tour.

— Mademoiselle Bolton, est-ce que vous allez bien ?

Elle acquiesça.

— Irish s'occupe de moi.

— En ce cas, répondit le shérif en souriant, vous êtes entre de bonnes mains.

Elle pressa les doigts d'Irish.

— Oui, monsieur. En effet.

Mais pendant combien de temps encore la protégerait-il ? Elle ne pouvait pas se permettre un garde du corps, et cet homme avait un travail sur le Whiskey Gulch Ranch.

Comme le shérif avait quelques questions à lui poser, Irish se leva et passa dans la cuisine. Du séjour, Tessa l'entendit balayer les éclats de verre.

— Vous n'êtes pas obligé de faire ça, lança-t-elle.

— Si, rétorqua Irish. Ma mère m'a bien élevé.

— Laissez-le faire, commenta le shérif. Est-ce que beaucoup d'hommes ont déjà balayé votre cuisine ?

Elle pensa aussitôt à son ex-mari et faillit répondre : « Aucun. » Mais Irish était aux antipodes de Randy, et elle était heureuse de pouvoir compter sur son soutien. Quel que soit le prix qu'elle attache à son indépendance, elle pouvait faire quelques concessions alors qu'un criminel venait tout juste de s'introduire chez elle.

Irish était arrivé si vite qu'elle devina qu'il n'était pas rentré sur le ranch. Il devait être resté dans les environs, et elle lui en était reconnaissante. Qu'aurait-elle fait si l'intrus avait défoncé la porte de sa chambre ? Elle n'avait jamais tiré sur personne, mais elle n'aurait pas hésité à le faire si sa vie avait été menacée.

6

Irish entreprit de balayer la cuisine, et son ventre se noua quand il posa les yeux sur le sang répandu sur le sol. Si l'agresseur de Tessa était parvenu à ses fins, il aurait pu y en avoir beaucoup plus. Il mit les éclats de verre à la poubelle et nettoya le sang avec une serpillière – en prenant garde de ne pas toucher à la porte comme le lui avait demandé le shérif, qui comptait y chercher des empreintes.

Il fut rassuré en entendant Tessa parler dans l'autre pièce avec le shérif et son adjointe. Elle allait se remettre. En revanche, il faudrait remplacer la vitre de cette porte – ou, mieux encore, poser une porte neuve, plus solide que celle-ci.

Heureusement qu'il n'était pas rentré au Whiskey Gulch Ranch. Il avait traversé la ville avant de faire demi-tour pour se diriger vers le bistrot local, le Stew & Brew, avec l'intention d'y rester jusqu'à la fermeture, vers 2 heures du matin.

Sur le ranch, le réseau portable était parfois de mauvaise qualité – et, même si Tessa était parvenue à le joindre, il lui aurait fallu plus d'un quart d'heure pour arriver chez elle. Pour tout dire, il venait à peine de sortir du bar en envisageant de passer la nuit sur le parking quand elle avait appelé. Il avait roulé à tombeau ouvert pour arriver avant que son agresseur puisse l'atteindre, tout en appelant le shérif pour demander que l'on envoie des hommes sur les lieux.

Sa porte d'entrée était fermée à clé. Quand elle avait crié, il en avait presque perdu la tête. Le cœur dans la gorge, il s'était rué vers la porte de derrière. Quand il l'avait vue debout dans la cuisine, pieds nus, un pistolet braqué sur son torse, il avait été profondément soulagé. Elle avait failli lui tirer dessus, mais elle était en vie.

Quand il eut fini de nettoyer la cuisine, il remplit un verre d'eau, y ajouta des glaçons et le porta dans le salon, où Tessa parlait toujours avec le shérif et son adjointe.

— Nous ne pouvons rien faire de plus ici, disait le shérif. Est-ce que vous voulez que je laisse l'adjointe Jones en faction devant votre maison pour la nuit ?

— Ce ne sera pas nécessaire, dit Irish. Je vais monter la garde jusqu'au matin, et je la monterai toutes les nuits jusqu'à ce que l'agresseur soit appréhendé.

Il se tourna vers Tessa.

— À moins que Mlle Bolton préfère que deux personnes surveillent sa maison pour le restant de la nuit.

Tessa le regarda un instant avant de se tourner vers le shérif.

— Irish a raison. S'il reste, la présence de l'adjointe Jones n'est pas nécessaire. Une seule personne suffit pour monter la garde. D'ailleurs, l'adjointe Jones doit certainement patrouiller dans d'autres quartiers, cette nuit.

Le shérif hocha la tête.

— Comme vous voulez. Nous reviendrons demain pour chercher d'éventuels indices.

— Merci, shérif Barron. Et merci, adjointe Jones. J'apprécie que vous soyez venus aussi rapidement.

Le shérif secoua la tête.

— J'aimerais que nous ayons plus d'éléments. Mais une

chose est sûre : vous êtes indubitablement visée. C'était la deuxième fois qu'il essayait de vous atteindre.

Irish avait eu la même pensée. L'agression du matin aurait pu être une agression opportuniste. Mais il était pratiquement sûr que l'effraction de cette nuit était le fait du même malfaiteur. C'était personnel. Cet homme voulait Tessa, et personne d'autre.

— Je m'inquiète de vous savoir seule ici, dit le shérif.

Tessa secoua la tête.

— Tout ira bien.

— Je veillerai à ce qu'il ne lui arrive rien, renchérit Irish.

— En ce cas, nous allons vous laisser, dit le shérif. Je suis heureux que vous soyez saine et sauve, mademoiselle Bolton.

Irish raccompagna le shérif et son adjointe à la porte, où il s'attarda jusqu'à ce que les feux arrière de leurs véhicules aient disparu au bout de la rue. Ensuite, il se tourna vers Tessa.

— Avez-vous de quoi boucher la fenêtre de la porte de la cuisine ? demanda-t-il. Du contreplaqué, par exemple ?

Elle haussa les épaules.

— Il y a un abri de jardin, derrière la maison. Je ne sais pas trop ce qu'il y a dedans, à part la tondeuse à gazon. Il pourrait y avoir des planches.

Il réprima un sourire.

— Auriez-vous aussi un marteau et des pointes, par hasard ?

Elle haussa de nouveau les épaules.

— Je ne sais vraiment pas. Je ne suis pas ici depuis longtemps, et je n'ai encore eu aucune réparation à faire. J'ai acheté cette maison à deux retraités qui sont retournés à San Antonio pour se rapprocher de leur fille. Je ne pense pas que M. Fellows ait vidé son abri de jardin avant de partir. Vous y trouverez peut-être des outils et des matériaux. Laissez-moi vous donner une lampe torche.

Elle se leva et grimaça quand son pied toucha le sol. Irish posa sur elle un regard sévère.

— Restez assise, dit-il. Je m'en occupe.

— Non. Je dois m'habituer à me servir de ce pied. Je travaille, demain.

Il fronça les sourcils.

— Vous ne pouvez pas demander un jour de congé ?

— Non. L'hôpital est déjà en sous-effectif. Je dois aller travailler, même si je boite.

— Peut-être, mais vous n'avez pas à être debout en ce moment. Je m'occupe de tout. Restez assise ici, et gardez votre pistolet à portée de main.

Il rapprocha son arme d'elle sur la table basse.

— Je ne sais pas trop où est ma lampe torche, dit Tessa. Sans doute dans la cuisine, dans le tiroir le plus proche du réfrigérateur.

Irish passa dans la cuisine, ouvrit le tiroir en question et y trouva une petite lampe torche qui ne lui serait d'aucune utilité. Il ressortit de la cuisine, traversa le séjour et passa la porte d'entrée.

— Où allez-vous ? demanda Tessa.

— Chercher une vraie lampe torche, répondit-il.

Il prit la grosse lampe torche qu'il gardait toujours derrière le siège de son pick-up au cas où il tomberait en panne, et courut vers l'abri de jardin.

Il y trouva deux planches, une boîte de clous et un marteau, qu'il rapporta jusqu'à la maison, et entreprit aussitôt de boucher le trou béant de la porte. Quand il eut terminé, il rentra, ferma la porte à clé derrière lui et alla rejoindre Tessa, qui était toujours sur le canapé.

— Ce n'est pas très esthétique, mais cela suffira pour

cette nuit, dit-il. Demain, j'irai au magasin de bricolage chercher une porte neuve.

— Merci, fit Tessa. Je le ferais moi-même si je ne devais pas travailler.

Elle inclina la tête de côté.

— Mais... ne serez-vous pas en retard pour votre travail ?

Irish secoua la tête.

— J'ai parlé à Trace. Il m'a demandé de rester avec vous jusqu'à ce que nous ayons identifié votre agresseur. Comme je vous l'ai dit, il monte une agence de sécurité, et c'est exactement le genre d'affaire dont il envisage de se charger.

Tessa fronça les sourcils.

— Je n'ai pas les moyens d'engager un garde du corps, dit-elle. J'arrive tout juste à payer mes factures et le crédit de la maison.

Irish leva les mains.

— Ne vous inquiétez pas de ça. Trace a hérité de suffisamment d'argent pour pouvoir se permettre de prendre toutes les affaires, que les gens puissent payer ou non.

Tessa inspira et souffla.

— Je déteste ça.

Irish hocha la tête.

— Moi aussi.

— Maintenant, je ne me sens plus en sécurité nulle part, pas même dans ma propre maison.

— Je comprends, dit Irish. Si cela peut vous rassurer, je serai dans mon pick-up, juste devant chez vous. Si vous avez besoin de moi, criez. Je vous entendrai. Est-ce que vous voulez que je vous aide à regagner votre chambre ?

Elle secoua la tête et se leva en s'efforçant de ne pas trop solliciter son pied blessé.

— Je pense que ça va aller. Si je fais porter le poids

de mon corps sur mon avant-pied, j'évite de m'appuyer sur le talon.

— En ce cas, suivez-moi jusqu'à la porte et fermez à clé derrière moi.

Il se dirigea vers la porte.

— Est-ce que vous allez vraiment passer la nuit dans votre pick-up ? demanda Tessa en le suivant.

Il partit d'un petit rire.

— Croyez-moi, c'est beaucoup plus confortable qu'une tranchée.

Il posa une main sur sa joue.

— Je suis désolé de ce qui se passe. Mais je ferai de mon mieux pour veiller sur vous et m'assurer qu'il ne vous arrive rien d'autre.

Elle pressa son visage contre sa main.

— Ce n'est pas votre faute, dit-elle. Ce n'est pas vous qui m'avez agressée.

— Mais quand même, personne ne mérite ça.

— C'est vrai. Ces choses ne devraient pas arriver, mais elles se produisent bien trop souvent, dit Tessa. Merci d'être là pour moi.

Il effleura son front de ses lèvres.

— N'oubliez pas de fermer à clé derrière moi, dit-il avant de sortir sous le porche.

— Irish ! appela-t-elle.

Il se retourna, et son regard captura le sien.

— Je ne serai qu'à quelques pas. Tout ce que vous avez à faire est de m'appeler, de crier, de siffler – n'importe quoi du moment que vous attirez mon attention.

Elle secoua la tête.

— Vous ne pouvez pas dormir dans votre pick-up. Vous êtes trop grand. Vous n'y serez pas bien.

— J'y serai très bien. Et j'aurai l'esprit plus tranquille en étant près de vous.

Il se détourna de nouveau.

— N'oubliez pas de fermer à clé.

— Irish, dit-elle dans un soupir, rentrez. Vous pouvez dormir sur le canapé.

Il se tourna vers elle.

— Je ne veux pas vous mettre mal à l'aise alors que je suis ici pour veiller à votre sécurité.

— Je me sentirai plus à l'aise en vous sachant dans la maison que dehors, dit-elle. Rentrez, s'il vous plaît.

Irish rentra, referma la porte et la verrouilla.

— Si ma présence vous met mal à l'aise, dites-le-moi.

Elle sourit.

— Après tout ce que vous avez fait pour moi ? Je n'ai pas peur de vous, Irish. Vous n'avez jamais cherché à me nuire, seulement à m'aider. D'ailleurs, si vous dormiez dans votre pick-up et que vous vous réveilliez avec un torticolis ou le dos coincé, je m'en voudrais. Le canapé est étonnamment confortable. Je pense que vous y serez très bien. Et je me sentirai plus rassurée en vous sachant à quelques pas de moi.

Elle disparut dans le couloir en boitant et revint avec une couverture et un oreiller.

— Si vous avez faim, n'hésitez pas à vous servir. Il y a de la charcuterie dans le réfrigérateur et du pain dans le garde-manger. Vous pouvez vous faire un sandwich. J'ai même un reste de spaghettis.

— Merci, dit-il, mais j'ai mangé un hamburger au bar. Par contre, si vous voulez un sandwich ou des spaghettis, je serai ravi de vous les préparer.

Elle secoua la tête.

— Non, il faut que j'aille me coucher. Je commence tôt, et nous sommes presque au matin. Merci d'être là. Bonne nuit.

— Bonne nuit, Tessa, dit Irish.

Elle regagna sa chambre en boitant et referma la porte derrière elle, avant de l'entrouvrir quelques instants plus tard.

Irish s'allongea sur le canapé et posa sa tête sur l'oreiller. De là où il se trouvait, il pouvait voir la porte de sa chambre. Réconforté par la pensée que personne ne pourrait atteindre Tessa sans devoir d'abord se battre avec lui, il mit ses mains sous sa nuque et ferma les yeux.

Il ne trouva le sommeil qu'aux petites heures du matin, et se leva avant le soleil. Jusqu'à ce que l'agresseur ait été appréhendé, il ne quitterait pas Tessa un seul instant, sauf quand elle serait en train de travailler. Et encore : il envisageait de demander à la direction de l'hôpital la permission de l'accompagner afin de s'assurer que personne ne rôdait dans les couloirs, attendant l'occasion de se jeter sur elle.

Elle allait sans doute refuser qu'il s'immisce dans son travail. « Progresse par étapes », se dit-il. Oui, c'était ce qu'il allait faire, pour la protéger de son mieux.

Il avait préparé le café et faisait cuire des œufs brouillés quand elle entra dans la cuisine en boitant, déjà vêtue de sa tenue d'infirmière. Il espérait que cette journée se déroulerait bien mieux pour elle que la précédente.

— Bonjour, ma jolie, dit-il.

Elle inspira profondément, les yeux fermés.

— Est-ce que c'est du café que je sens ?

Il acquiesça.

— Et comment. Vous voulez une tasse ?

— Avec plaisir, répondit-elle en se pinçant l'arête du nez. Mes paupières me font l'effet d'être en papier de verre.

— C'est compréhensible, dit-il. Vous ne devez pas avoir dormi plus de trois heures.

— Et vous n'avez sans doute pas plus dormi que moi.

— J'ai assez dormi.

Il versa du café dans une grande tasse, qu'il lui tendit.

— Si vous avez besoin de sucre ou de lait, vous savez où les trouver.

— Je vais le prendre noir, dit-elle. L'essentiel est qu'il me réveille. La journée va être longue, à l'hôpital.

Irish mit les œufs brouillés dans une assiette.

— Je préférerais vraiment que vous demandiez un jour de congé. Avec cette blessure au pied, la journée va être pénible.

Elle soupira.

— Je ne peux pas. J'ai été engagée trop récemment pour demander un jour de congé. D'ailleurs, ce matin, je peux m'appuyer un peu sur mon pied. Il est encore sensible, mais je tiendrai le coup.

— Vous êtes une dame très déterminée, dit Irish.

— Je dois l'être si je veux m'en sortir, fit-elle. Dans la vie, on n'a rien sans rien.

Il posa l'assiette d'œufs brouillés sur la table.

— Asseyez-vous. Vos œufs sont prêts.

Il ôta les deux tranches de pain du grille-pain, en posa une sur l'assiette de Tessa, l'autre sur l'assiette qu'il s'était préparée, sur le comptoir, et cassa d'autres œufs dans la poêle.

— Donc, dit Tessa en s'attablant devant son assiette, vous savez vous occuper d'animaux et vous servir d'une arme, et je découvre maintenant que vous savez faire la cuisine. Qu'est-ce que je devrais savoir d'autre à votre sujet, Irish ?

— Quand j'étais enfant, mes parents travaillaient tous deux à temps complet, et c'était moi qui étais chargé de m'occuper de mes deux petites sœurs. Je devais les préparer pour l'école, les faire monter dans le bus, les récupérer à la descente du bus et les surveiller jusqu'au retour de mes parents. Si je me débrouille dans une cuisine, c'est par nécessité. Je sais aussi faire des tresses, et je suis un invité parfait pour une dînette.

Il lui coula un regard en coin.

— Je compte sur vous pour ne pas le répéter aux garçons. Je n'aurais pas fini d'en entendre parler.

Elle sourit et leva la main, comme si elle prêtait serment devant un tribunal.

— Motus et bouche cousue.

— Vous m'en voyez ravi.

Il versa les œufs dans son assiette, la porta jusqu'à la table et s'assit face à elle.

— Je suis étonnée qu'aucune femme n'ait mis le grappin sur vous. Avec ces qualifications, vous êtes une belle prise.

Elle prit une bouchée d'œufs et le regarda par-dessus son assiette.

Il secoua la tête.

— Je n'ai jamais trouvé le bon moment pour une relation. Aussi longtemps que j'étais dans les Forces spéciales, j'appartenais à l'armée. Ma première allégeance était pour elle. Toute relation serait passée en second, ce qui n'aurait pas été juste pour une femme.

Il la regarda par-dessus la table.

— Et vous ? Je sais que vous avez été mariée, mais… vous n'avez pas d'enfants ?

Du bout de sa fourchette, elle poussa ses œufs dans son assiette avant de répondre.

— Je voulais en avoir, mais mon ex-mari n'était pas du même avis. Il se prenait pour le centre du monde, et il n'aurait jamais supporté la compétition que l'arrivée d'un enfant instaure dans un couple.

Elle haussa une épaule.

— D'ailleurs, c'est aussi bien comme ça. Quand il a commencé à me frapper, j'ai compris qu'un enfant n'aurait pas pu grandir dans cette atmosphère. Maintenant, je suis vraiment heureuse que nous n'en ayons pas eu.

— Avez-vous renoncé à l'idée d'en avoir ? demanda Irish.

Le regard de Tessa dériva vers la fenêtre.

— Je ne sais pas. Je ne suis pas pressée d'entamer une nouvelle relation. Apparemment, je ne sais pas choisir les hommes. Si je faisais le mauvais choix, une fois de plus ? Jamais je ne pourrais mettre au monde l'enfant d'un père violent.

Irish tendit le bras pour prendre sa main sur la table.

— Les hommes ne sont pas tous comme votre ex-mari, dit-il. Et vous étiez jeune quand vous l'avez épousé. Vous ne pouviez pas savoir qu'il était violent avant qu'il commence à vous frapper.

— J'aurais dû le sentir. Il a toujours été très égocentrique. Il avait la grosse tête parce qu'il était capitaine de l'équipe de football et roi du bal de fin d'année. Il ne pouvait rien faire de mal. J'étais pom-pom girl, il était quarterback… notre mariage était inévitable. Même si nos chemins se sont séparés le temps de nos études supérieures, nous savions que nous nous marierions dès que nous aurions obtenu notre diplôme. Et c'est ce que nous avons fait.

Irish pressa sa main.

— Que s'est-il passé ?

Elle posa les yeux sur leurs mains entrelacées.

— Je pense que le stress causé par son travail a fait naître en lui une colère qu'il a passée sur la seule personne disponible : moi. Je sais bien que tous les hommes ne sont pas comme lui. Mais pour avoir survécu à une relation toxique, je n'ai aucune envie d'en vivre une autre.

Elle dégagea sa main, finit ses œufs et porta son assiette dans l'évier en boitant.

— Je vais passer toute la journée à l'hôpital, reprit-elle.

Je vous promets de ne pas en sortir avant la fin de ma garde. Vous n'avez pas à veiller sur moi.

— Vous êtes sûre que tout se passera bien si vous êtes seule ? Même à l'hôpital ? demanda-t-il.

— Je suis généralement très occupée, et rarement seule, répondit-elle en souriant. D'ailleurs, je suis certaine que vous manquez aux chevaux et qu'ils attendent que vous veniez les nourrir.

— J'ai des renforts sur le ranch. Je ne suis pas seul pour m'occuper des animaux.

Tessa leva une main.

— Je vous promets que tout ira bien. Vous pouvez passer la journée là-bas.

Il finit son petit déjeuner, rinça son assiette dans l'évier et la rangea dans le lave-vaisselle, avec celle de Tessa.

— J'aimerais vraiment changer cette porte. Mais je peux m'en charger après m'être occupé des animaux.

Elle sourit.

— Bien. Je ne veux pas perturber votre journée plus que nécessaire.

Il prit sa main dans les siennes.

— Vous ne la perturbez pas. Quand je ne suis pas avec vous, je m'inquiète pour vous. Je serai là quand vous quitterez le travail. Vous finissez tous les jours à la même heure, n'est-ce pas ?

Elle acquiesça.

— Oui, sauf en cas d'incident grave. Il m'arrive de devoir enchaîner une seconde garde. Si cela se produit, je vous préviendrai en vous appelant ou par SMS.

— Très bien. Je vous attendrai devant l'hôpital pour m'assurer que vous regagnez sans encombre votre voiture, puis votre maison.

Elle sourit.

— Merci. Il ne me reste plus qu'à me brosser les dents

et je serai prête à partir. Il y a une brosse à dents neuve dans le cabinet de toilette, si vous voulez vous en servir.

— Merci. Je prendrai mes affaires de toilette sur le ranch. Jusqu'à ce qu'ils attrapent ce type, je préfère rester ici avec vous, si cela ne vous dérange pas.

Elle secoua la tête.

— Après ce qui s'est passé cette nuit ? Cela ne me dérange pas du tout, au contraire. Je suis heureuse que vous soyez là.

— Tant mieux. Je pensais que j'allais encore devoir me battre avec vous aujourd'hui.

Elle sourit.

— Pas aujourd'hui, non.

Irish trouva la brosse à dents neuve et un petit tube de dentifrice dans le cabinet de toilette. Il se brossa les dents et se débarbouilla avant de passer une main sur son visage hérissé de barbe naissante en étudiant son reflet dans le miroir. Il prendrait son nécessaire de rasage au ranch. Pour le moment, il fallait que Tessa arrive à l'hôpital à l'heure.

Elle sortit de sa chambre en passant son sac à l'épaule.

— Prêt ?

Il hocha la tête.

— Vous pourriez monter avec moi. Puisque je dois vous suivre sur le chemin du retour, il est inutile que nous prenions deux véhicules.

Elle secoua la tête.

— Si cela vous est égal, je préfère conduire ma propre voiture. Juste au cas où vous seriez retenu et n'arriveriez pas à temps ce soir.

Il lui adressa un regard sévère.

— Quand je vous dis que je ne veux pas que vous quittiez l'hôpital sans moi, je suis sérieux.

Elle inspira profondément.

— Je préfère vraiment avoir mon propre véhicule.

— Très bien. Je vous suivrai. Passez la première.

Elle sortit, attendit qu'il la rejoigne sous le porche, verrouilla la porte derrière eux et lui tendit la clé.

— Vous en aurez besoin pour réparer la porte de la cuisine.

Il mit la clé dans sa poche et la suivit jusqu'à son SUV. Avant de la laisser monter, il inspecta la banquette arrière pour s'assurer que personne ne s'y cachait. Ensuite, il monta dans son pick-up, démarra et la suivit. Une fois à l'hôpital, il l'escorta jusqu'à la porte.

Elle se retourna et lui fit un signe de la main.

— Je peux continuer seule.

Il recula, et les portes coulissantes se refermèrent devant lui. Il n'aimait pas la laisser, même pour un instant, mais elle avait raison : beaucoup de monde travaillait à l'hôpital, et elle ne serait seule à aucun moment de la journée.

Il retourna à son pick-up et resta assis derrière le volant pendant quelques minutes pour observer d'un œil soupçonneux les gens qui entraient dans le parking ou en sortaient. Pour autant qu'il puisse en juger, personne ne ressemblait à un meurtrier. Il finit par démarrer et prendre la direction du ranch pour s'acquitter de ses tâches quotidiennes, en espérant que Tessa traverserait la journée sans encombre. Quand il reviendrait en ville, il passerait au bureau du shérif pour savoir si l'enquête visant à identifier son agresseur avait progressé.

7

Ce matin-là, Tessa entra dans les urgences comme n'importe quel autre jour… sauf qu'elle boitait et qu'elle avait à peine dormi parce qu'un malfrat s'était introduit chez elle. Non, décidément, cette matinée ne ressemblait pas aux autres. Elle passa devant le bureau des entrées et entra dans la zone réservée aux soignants au moment où sa collègue Allison sortait d'une salle d'examen.

— Tessa ! Cette fois, ma fille, il n'y a plus aucun doute. Tu dois venir t'installer chez moi.

Tessa grimaça.

— J'en déduis que tu es au courant.

— Si je suis au courant ? Bon sang ! s'exclama-t-elle. Tout l'hôpital est au courant.

Elle fronça les sourcils et ajouta :

— Et tu boites. Qu'est-ce qui s'est passé ? Il t'a blessée, c'est ça ?

— Pas exactement, non. Je le poursuivais quand j'ai marché sur un morceau de la vitre qu'il avait cassée dans ma cuisine.

Allison grimaça.

— Ouille. Viens ici, je vais regarder ce pied.

Elle entraîna Tessa dans une salle d'examen vide et la fit asseoir sur le lit.

— Je vais bien, dit Tessa. Nous avons nettoyé la plaie et mis une pommade antibiotique et un pansement compressif.

— Laisse-moi en juger, dit Allison.

Elle ôta la chaussure et la chaussette de Tessa et commenta :

— Joli pansement. C'est le secouriste qui l'a fait ?

— Non.

Tessa sentit une onde de chaleur gagner son cou et remonter jusqu'à ses joues.

— C'est Irish.

Allison leva les yeux vers elle, les sourcils haussés, et elle laissa échapper un petit gémissement.

— Ne va pas tirer de conclusions. Il est arrivé le premier sur les lieux. Je l'ai appelé dès que l'intrus a cassé la vitre de la porte de ma cuisine.

Allison ricana.

— Donc tu as appelé Irish en premier, et pas la police ?

— C'était le dernier numéro de mon journal d'appel. J'ai trouvé plus simple de faire le « Bis ».

— Je vois, dit Allison avec un sourire en coin. Tu es certaine que ce n'est pas plutôt parce qu'il passait la nuit chez toi ?

Tessa secoua la tête.

— Contrairement à ce que tu pourrais penser, je ne suis pas prête pour ce genre de relation.

Allison soupira.

— Il faut vraiment que tu fréquentes des hommes. Ils ne sont pas tous comme ton ex.

— Je sais, dit Tessa. Et Irish ne ressemble pas du tout à Randy. Mais j'ai besoin de temps pour m'accepter et apprendre à faire de nouveau confiance à mon jugement. Avant de l'épouser, je pensais que Randy était fait pour moi.

— Il est rare qu'on passe toute sa vie avec son petit ami du lycée, fit remarquer Allison.

Tessa partit d'un petit rire narquois.

— Comme si tu étais un exemple. Depuis quand es-tu avec Brian ?

Allison se fendit d'un grand sourire.

— Depuis la quatrième. Mais il est l'exception qui confirme la règle. Il a toujours été, et sera toujours un gentleman. Il n'oublie jamais mon anniversaire, la Saint-Valentin, et le jour de notre premier baiser. Même quand il a été déployé pendant quatorze mois, il s'est arrangé avec un fleuriste de la ville où il était stationné pour me faire envoyer une boîte de chocolats et des fleurs pour la Saint-Valentin. Il tenait à marquer le coup.

— Pourquoi est-ce que Randy ne pouvait pas être comme lui ? demanda Tessa. Les cadeaux ne sont pas le plus important, mais il n'a jamais eu aucun de ces petits gestes qui sont la marque d'un amour sincère.

Allison sourit gentiment.

— Comme prendre ta main dans la sienne sans la moindre raison ?

Tessa acquiesça.

Allison soupira et joignit les mains sur sa poitrine.

— T'ouvrir la porte quand tes mains sont pleines de sacs de courses ? reprit-elle. Ou insister pour les porter lui-même, puisque c'est toi qui les as faites ?

— Non, dit Tessa. Je ne parle pas d'un échange de bons procédés. Seulement de ces petits gestes par lesquels un homme bien montre à sa femme qu'il l'aime.

Allison gratifia Tessa d'un petit sourire mystérieux.

— Un homme qui reste en ville alors que rien ne l'y retient ? Qui arrive dès que possible alors qu'un intrus a pénétré chez toi ? Qui panse ta blessure comme un professionnel ?

Tessa leva les yeux au ciel.

— Nous en revenons à Irish, je suppose ?

— Il est plutôt beau gosse, observa Allison.

Tessa ne pouvait pas dire le contraire. Cet homme avait de larges épaules, des bras fortement musclés, une taille et des hanches étroites et des cuisses sculpturales, qu'elle avait pu admirer à plus d'une occasion. Elle secoua la tête.

— Il n'a agi que par gentillesse. Et il semblerait que son ami Trace Travis lui ait donné pour mission d'être mon garde du corps personnel.

— Sérieux ? demanda Allison sans masquer son étonnement.

— Oui. Trace Travis monte une sorte d'agence de sécurité, dans laquelle travailleront certains de ses anciens compagnons d'armes.

Allison ôta le pansement du pied de Tessa.

— Et moi qui croyais qu'Irish était un simple ouvrier agricole.

Tessa gloussa de rire.

— Irish est tout sauf simple. Tu sais qu'il appartenait aux Forces spéciales, n'est-ce pas ?

— J'avais entendu dire qu'il avait été soldat, répondit Allison. Mais les Forces spéciales ? Eh bien. Ces hommes sont les meilleurs des meilleurs, n'est-ce pas ?

Elle posa les yeux sur le pansement qu'elle venait de retirer et reprit :

— Ça explique sans doute pourquoi ce pansement est aussi bien fait. Ces hommes doivent être capables de faire ce genre de chose sur un champ de bataille.

Elle regarda tout autour d'elle et demanda :

— S'il est ton garde du corps, où est-il ?

— Je lui ai dit que je n'avais pas besoin de lui pendant que j'étais à l'hôpital. Il y a suffisamment de gens autour de moi pour que je sois en sécurité.

— J'espère que tu as raison, fit Allison sur le ton de la mise en garde. Assure-toi seulement de toujours être entourée. N'entre pas seule dans le local du gardien ou une pièce sombre.

— Tout ira bien. Les gens de l'accueil ne laissent pas n'importe qui entrer dans la zone réservée au personnel.

Allison secoua la tête.

— C'est vrai. Mais quand même, quelqu'un qui a le toupet de s'introduire chez toi pour t'agresser pourrait chercher un moyen de se faufiler jusqu'ici.

Tessa pinça les lèvres.

— Fais-moi confiance. Maintenant que je sais que c'est spécifiquement à moi qu'il en veut, je serai très attentive à tout ce qui se passe autour de moi.

Allison examina son talon et commenta :

— On dirait que cette plaie va bien cicatriser. Il n'y a ni œdème ni inflammation.

Elle la nettoya à l'alcool avant d'appliquer un pansement propre et moins épais, parce que la plaie ne saignait plus.

— Je t'aurais bien conseillé d'éviter de rester debout, mais puisque tu dois travailler, c'est impossible. Si tu peux, essaie au moins de ne pas trop solliciter la zone blessée.

— Je ferai de mon mieux, dit Tessa. Merci.

Elle se mit au travail, faisant porter le poids de son corps sur son avant-pied dès que possible – quand elle traitait des patients ou entrait des données dans le système informatique, par exemple. Si elle profita de sa pause-déjeuner pour mettre son pied douloureux en l'air, elle n'eut que rarement le temps de s'asseoir pendant le reste de la journée. Mais cela ne la dérangeait pas : quand elle s'asseyait entre deux patients, elle repensait aussitôt à l'agression… et à Irish.

Un petit frisson d'excitation parfaitement déplacé commença à vibrer en elle quand la fin de sa garde fut proche. Elle allait bientôt le revoir, parce qu'il l'attendrait sur le parking. Et, cette nuit encore, il allait dormir sur son canapé.

Une demi-heure avant la fin de son tour de garde, la collègue qui devait la relever appela pour dire qu'elle aurait deux heures de retard et demander si on pouvait la remplacer.

— Je peux le faire, dit Allison. Non, attends... Il faut que je rentre tout de suite. Un technicien vient réparer ma climatisation. J'appellerais bien la société pour repousser le rendez-vous, mais c'était le seul créneau disponible avant plusieurs jours.

Tessa secoua la tête.

— Pas grave. Je peux rester.

Allison fronça les sourcils.

— Tu as passé toute la journée à boiter. Je vais demander que le technicien vienne un autre jour.

Tessa leva les mains.

— Tout va bien, je t'assure. Il y a moins de patients, et je pourrai m'asseoir de temps en temps. Par cette chaleur, c'est de la folie de dormir sans climatisation. Tu dois y aller.

— Brian pourrait s'en charger, mais il est de service jusqu'à 7 heures demain matin.

— Je reste, dit Tessa. Toi, va t'occuper de ta clim.

Allison partit à 17 heures, et Tessa envoya un SMS à Irish pour l'informer qu'elle ne quitterait pas son travail avant 19 heures et qu'il était donc inutile qu'il arrive plus tôt. Il répondit : « D'accord. »

À peine Allison était-elle partie qu'une ambulance arriva, amenant un adolescent qui avait été blessé à la tête dans un accident de moto. Tessa et le médecin de garde le stabilisèrent et le préparèrent pour son transfert vers l'hôpital de San Antonio, qui était mieux équipé que le leur. À peine l'avaient-ils installé dans l'ambulance qu'un vieil homme se présenta à l'accueil des urgences en se plaignant de douleurs thoraciques. Ils traitèrent ensuite un enfant avec une rupture du tympan, un cow-boy qui avait marché sur un clou, une victime de morsure de serpent et un cas de pneumonie.

Soudain, Tessa sentit une main sur son épaule. L'infirmière qui devait la relever était arrivée, une demi-heure plus tôt que prévu.

— Désolée d'être en retard, dit-elle. Je prends le relais. Rentre chez toi. Repose-toi.

Tessa hocha la tête. Son pied la lançait, elle avait un début de migraine et elle était épuisée. Après avoir passé treize heures et demie debout, elle n'avait qu'une envie : prendre une douche et se mettre au lit. Elle prit son sac dans le vestiaire, sortit de l'hôpital et se dirigea d'un pas lent vers son SUV. Parce que le ciel s'était couvert dans la journée, il faisait déjà presque nuit. Elle n'était plus qu'à quelques mètres de son véhicule quand elle se rappela qu'elle avait promis à Irish de l'attendre. Elle s'arrêta net.

Soudain, elle entendit un bruit derrière elle. Elle se retourna et vit une silhouette, sombre et massive, qui courait dans sa direction. Une silhouette dont elle ne parvenait pas à distinguer le visage. Prise de panique, elle suivit son instinct et s'enfuit en courant. Soudain, un moteur rugit et des phares s'allumèrent dans le parking. Elle était maintenant piégée entre l'inconnu et les phares, qui fondaient tous deux sur elle. Elle poussa un hurlement. L'homme la saisit par le bras, l'attira vers lui et la plaqua contre son torse avant de l'entraîner derrière une voiture.

Le véhicule qui fonçait vers eux tourna brusquement, dans un hurlement de pneus, et elle se débattit pour se libérer des bras de l'homme qui la maintenaient contre lui.

— Laissez-moi partir ! hurla-t-elle.

Le véhicule fit demi-tour pour se diriger de nouveau vers Tessa et son ravisseur. Quand elle n'eut plus aucun doute que le véhicule fonçait droit sur elle, Tessa joignit ses forces à celles de l'homme qui la tenait toujours par la taille pour s'écarter de sa trajectoire. Avant qu'elle ait pu deviner ses intentions, son ravisseur la projeta par-dessus le capot de la voiture à côté de laquelle ils étaient avant de suivre le même chemin.

Le véhicule emboutit le flanc de la voiture devant laquelle ils se tenaient quelques instants plus tôt. Une main saisit la sienne, la releva et l'entraîna loin de la voiture qui glissait vers elle.

— Courez, Tessa ! cria une voix familière. Courez !

Un sanglot monta dans sa gorge. L'inconnu n'était autre qu'Irish. Le véhicule qui les attaquait fit une rapide marche arrière, contourna la voiture qu'il avait emboutie et fonça de nouveau sur eux. Irish dégaina son pistolet et le braqua sur le conducteur.

— Courez, Tessa ! répéta-t-il.

Mais elle était comme clouée sur place par l'horreur que lui inspirait la scène qui se déroulait devant elle : Irish allait être broyé sous les roues du véhicule qui fonçait vers lui.

Il ouvrit le feu sur le véhicule, qui fit une embardée et sortit du parking en trombe pour filer sur la route, dans un nouveau hurlement de pneus.

Elle courut vers lui, jeta les bras autour de sa taille et s'agrippa à lui.

— J'ai cru qu'il allait vous écraser, dit-elle d'une voix étranglée par les sanglots.

— Je me serais écarté, répondit-il en lui caressant les cheveux.

— Il arrivait sur vous tellement vite que j'ai cru que vous n'en auriez pas le temps.

Il gloussa de rire.

— Est-ce que cela veut dire que vous vous souciez de mon sort ?

— Oui, je m'en soucie, répondit-elle.

Elle enfouit son visage contre sa chemise et murmura :

— Qui d'autre serait mon garde du corps ?

— Pourquoi vous êtes-vous enfuie quand je venais vers vous ? demanda-t-il.

— Je ne savais pas que c'était vous. J'ai cru que c'était quelqu'un qui essayait de m'enlever. Mais cette voiture est arrivée et vous… vous m'avez jetée par-dessus l'autre voiture.

— C'est vrai. Il fallait que je vous écarte de la trajectoire du conducteur.

Il recula d'un pas et demanda :

— Avez-vous été blessée ?

— Non. J'aurai peut-être quelques bleus, mais sans vous j'aurais pu être écrasée entre la voiture de ce fou et celle qu'il a emboutie.

La mâchoire d'Irish se crispa.

— Exactement. J'ai pensé que vous jeter par-dessus le capot ferait moins de dégâts.

Il la prit par la main.

— Venez. Rentrons chez vous. Cette fois, vous allez monter avec moi. Nous ne savons pas où est allé ce type. Il attend peut-être l'occasion d'emboutir votre voiture.

Sans protester, elle laissa Irish l'entraîner vers son pick-up. Tout en marchant, il prit son portable dans sa poche et appela la police pour signaler l'incident et décrire le véhicule.

— J'aurais aimé vous fournir une immatriculation, mais la plaque avait été enlevée, précisa-t-il.

Elle avait été trop concentrée sur la nécessité d'échapper à l'homme qui semblait vouloir l'agresser, puis aux deux tonnes de métal qui menaçaient de l'écraser, pour bien regarder le véhicule et sa plaque d'immatriculation. Mais

Irish, malgré le stress de la situation, avait su garder toute sa faculté d'observation. C'était impressionnant.

Il ouvrit la portière de droite de son pick-up. Comme elle trébuchait sur le marchepied, il la saisit par la taille et la hissa jusqu'au siège. Il laissa ses mains sur sa taille pendant un long moment en la regardant droit dans les yeux.

— Pourquoi ne m'avez-vous pas attendu ?

Elle soupira.

— Je sais que j'aurais dû. Mais j'étais tellement fatiguée à la fin de ma garde que je n'ai pas réfléchi. Je ne pensais plus qu'à une chose : rentrer chez moi.

Irish gloussa de rire.

— Comme un cheval qui sent l'écurie.

Elle éclata de rire.

— Vous me comparez à un cheval ?

Il sourit.

— J'ai le plus grand respect pour les chevaux.

— En ce cas, je ne dois sans doute pas me sentir vexée, répondit-elle.

— Attachez votre ceinture, ma jolie.

Il referma sa portière, contourna le capot et s'installa au volant.

— Peut-être que je devrais rester avec vous tout au long de votre journée de travail.

— Je l'envisagerai peut-être si cette situation s'éternise, dit Tessa. Mais pas demain.

— Pourquoi pas demain ?

Elle sourit et laissa aller sa tête sur l'appuie-tête.

— Parce que je suis de repos les trois prochains jours.

— Bien, dit Irish. Je les passerai avec vous.

Tessa fronça les sourcils.

— Vous avez sûrement des choses plus intéressantes à faire que me suivre comme si vous étiez ma nounou.

— Non. Trace me remplace sur le ranch. Cette affaire m'a été confiée. Vous êtes officiellement ma mission.

— Ça semble tellement impersonnel, remarqua-t-elle, les yeux toujours clos. Et c'est aussi bien.

— Pourquoi dites-vous ça ? demanda Irish.

Elle tourna la tête et ouvrit les yeux pour le regarder.

— Même si vous êtes très mignon en short, je n'ai pas besoin de me lancer dans une nouvelle relation.

Irish se fendit d'un sourire espiègle.

— Vous me trouvez mignon en short ? Vraiment ?

Elle sentit une onde de chaleur gagner son cou et se propager à ses joues. Qu'est-ce qui lui était passé par la tête ?

— Je dois vraiment être très fatiguée pour vous avoir dit ça... mais oui, vous avez un physique agréable. Il faudrait que je sois aveugle pour ne pas l'avoir remarqué. Mais n'allez pas penser pour autant que cela veut dire quelque chose.

Son sourire ne le quitta pas pendant tout le trajet jusque chez elle. Elle ne pouvait s'empêcher de sourire, elle aussi. Après les événements de ces deux derniers jours, la joie de vivre d'Irish apportait un changement bienvenu dans sa vie. Il fallait vraiment qu'elle apprenne à sourire et rire plus souvent.

— Je ne sais pas trop ce que j'ai dans le réfrigérateur, mais si vous voulez dîner avec moi, vous êtes le bienvenu.

Il secoua la tête.

— Comme nous ne savons pas jusqu'à quand je vais rester chez vous, j'ai pris la liberté de faire quelques courses. J'ai aussi remplacé la porte de votre cuisine par une autre, plus solide.

Elle se redressa et se tourna vers lui.

— Vous avez fait tout ça en une seule journée ?

Il haussa les épaules.

— Je peux me rendre utile quand je le veux. Il reste

seulement à peindre la porte, mais nous pourrons nous en occuper demain.

— Pourquoi faites-vous tout ça pour moi ? demanda-t-elle. Ce n'est pas le rôle d'un garde du corps.

— Je prends soin de ma copine de footing, dit-il. Nos rencontres sur le chemin de la rivière sont le point culminant de mes journées.

Tessa s'abstint de dire à voix haute qu'il en était de même pour elle. Elle était toujours impatiente de le voir courir vers elle et la saluer.

— Que diriez-vous d'un bon steak grillé et de pommes de terre ? demanda Irish.

Elle partit d'un petit rire.

— Ce serait merveilleux, si j'avais un gril.

— En ce cas, que diriez-vous d'un bon steak au four et de pommes de terre ? demanda-t-il en coulant un regard vers elle.

— Parfait.

Elle sourit et ajouta :

— J'en déduis que c'est vous qui cuisinez ?

Il hocha la tête.

— C'est moi, oui. Il faut que la petite dame se repose. En parlant de ça, comment va votre pied aujourd'hui ?

Maintenant qu'elle était assise, il la lançait ; comme si la zone blessée était mieux irriguée.

— Il me fait mal, mais je survivrai.

Il gara le pick-up dans son allée, descendit et vint ouvrir sa portière. Quand elle voulut descendre, il l'enleva dans ses bras. Elle passa un bras autour de ses épaules et le laissa la porter jusque sous le porche.

— Même si mon pied me fait mal, je suis parfaitement capable de marcher, dit-elle.

— Je sais.

Il cligna de l'œil et la posa par terre pour déverrouiller la porte d'entrée.

— Restez ici. Je reviens tout de suite.

Elle s'appuya au mur et attendit en retenant son souffle. Il revint une minute plus tard.

— Rien à signaler.

Elle souffla et demanda :

— Comment peut-on vivre ainsi ?

— Comment ? demanda-t-il.

— En ayant peur de rentrer dans sa propre maison ?

— Nous attraperons ce type. Il finira bien par faire une erreur. Espérons qu'ils localiseront le véhicule qui lui a servi de voiture bélier et remonteront ainsi jusqu'à lui.

— À moins qu'il l'ait volé, fit remarquer Tessa.

— S'il est futé, c'est ce qu'il a fait.

Il la fit entrer, referma la porte à clé et demanda :

— La question est de savoir pourquoi il vous en veut à ce point.

— J'aimerais avoir la réponse, dit Tessa.

Elle posait son sac sur le comptoir de la cuisine quand son portable sonna. Elle regarda le nom qui s'affichait sur l'écran et fronça les sourcils.

— Pourquoi est-ce qu'il m'appelle ? demanda-t-elle à voix haute.

— Qui ça, « il » ?

— Mon ex-mari, répondit-elle en fixant le téléphone. Est-ce que je dois répondre ?

— Vous dites que ce n'est pas lui qui vous a agressée, mais… si vous vous trompiez ? À moins qu'il ait engagé quelqu'un pour faire le boulot ?

Elle secoua la tête.

— Pourquoi ferait-il ça ? Je lui ai tout laissé. La maison, la voiture, le compte en banque… tout, sauf mes vêtements. Je voulais seulement m'éloigner de lui.

— Qui a demandé le divorce ?

Tessa pinça les lèvres.

— Moi.

— Certains hommes n'acceptent pas d'être rejetés.

Comme le portable de Tessa recommençait à sonner, il reprit :

— Vous devriez peut-être répondre. S'il vous appelait pour tout avouer ?

Tessa serra les dents et appuya sur l'icône « Répondre ».

— Tessa ?

Quand elle entendit la voix de Randy, son ventre se noua.

— Qu'est-ce que tu veux, Randy ? demanda-t-elle sèchement.

— Je serai à Whiskey Gulch demain soir et j'aimerais te rencontrer, si c'est possible.

— Demain soir ? répéta Tessa. Tu es sûr que tu n'es pas déjà ici ?

— Je ne sais pas de quoi tu parles.

Il semblait sincèrement perplexe, mais il était bon acteur. Il avait feint de l'aimer tout au long de leur mariage.

— Non, je suis à San Antonio, mais je viens à Whiskey Gulch demain soir et j'aimerais te rencontrer. Est-ce que tu pourrais envisager de dîner avec moi ?

Son premier réflexe fut de refuser. Mais s'il était derrière les agressions, une rencontre lui permettrait peut-être d'obtenir des aveux.

— D'accord. Je dînerai avec toi demain soir, mais dans un lieu public.

— Ce sera parfait, dit Randy. Dis-moi où.

— Le restaurant sur Main Street, à 18 heures, répondit-elle en croisant le regard d'Irish.

— J'y serai, confirma Randy.

Elle raccrocha sans rien ajouter.

— On dirait que vous avez un rendez-vous avec votre ex-mari, remarqua Irish.

Elle hocha la tête.

— Je n'appellerais pas ça un rendez-vous. J'ai accepté de le voir. Et si c'est lui qui est derrière toutes ces agressions…

Elle esquissa une moue et acheva :

— Je le ferai tomber.

Irish prit sa main.

— Je serai avec vous demain soir.

Tessa fronça les sourcils.

— Si vous êtes avec nous, il n'avouera peut-être pas. Il n'est violent avec une femme que quand il est seul avec elle. Devant un public, il change du tout au tout.

— J'avoue que l'idée que vous soyez près de lui ne m'enchante pas, dit Irish.

— Moi non plus. J'ai trop dû lutter pour m'éloigner de lui.

— En ce cas, rappelez-le et annulez. Vous ne devriez pas avoir affaire à lui.

— Je ne suis plus la même que quand j'étais mariée avec lui, dit-elle en relevant le menton. Je ne le laisserai plus me malmener. Mais si vous pouviez ne pas être trop loin de moi, il me serait moins pénible d'être dans la même pièce que lui.

— Marché conclu. Je serai à la table voisine de la vôtre. Si je vois qu'il envisage de lever la main sur vous, je serai là pour l'en empêcher.

— Très bien. En ce cas…, dit-elle en pressant sa main, je le rencontrerai.

Elle n'avait aucune hâte de revoir Randy. Il n'avait pas très bien pris leur divorce. Mais s'il avait quelque chose à voir avec les agressions, elle voulait le découvrir. Et le rencontrer était peut-être le seul moyen d'y parvenir.

8

Irish n'était pas ravi que Tessa ait accepté de dîner avec son ex-mari. S'il existait un autre moyen de le faire venir à Whiskey Gulch afin que le shérif puisse l'interroger…

Il s'apprêtait à appeler le shérif quand son portable sonna. Il regarda le nom qui s'affichait sur l'écran : Trace Travis.

— Salut, patron, dit-il en décrochant.

— Je suis au bureau du shérif en ce moment même, avec l'adjointe Jones. Est-ce que tu vois un inconvénient à ce que nous venions discuter avec Mlle Bolton ?

Il jeta un regard vers Tessa.

— Moi non, mais attends que je lui pose la question.

— Je t'ai appelé parce que je voulais être certain qu'elle serait d'accord, dit Trace. J'ai appris qu'elle avait été victime d'une nouvelle agression dans le parking de l'hôpital.

— Si tu as quelque chose à nous apprendre sur l'identité de l'agresseur, je suis sûr qu'elle sera ravie de l'entendre… Tessa ? Acceptez-vous que Trace et l'adjointe Jones viennent chez vous ?

Elle fit un pas vers lui en hochant la tête.

— S'ils peuvent nous apprendre quoi que ce soit sur mon agresseur, je ne demande pas mieux. Dites-leur de venir.

— Quand peux-tu être là ? demanda Irish.

— D'ici cinq minutes, répondit Trace.

Irish raccrocha et demanda :

— Vous êtes sûre que leur visite ne vous dérange pas ?

— Sûre et certaine, du moment qu'elle est en lien avec cette affaire. J'ai beau me creuser les méninges, je ne vois pas qui pourrait m'en vouloir au point de s'en prendre ainsi à moi. En dehors de mon ex-mari, bien sûr.

— C'est aussi bien qu'il vienne en ville demain… s'il n'y est pas déjà. Et parmi vos patients ? Quelqu'un dont vous auriez demandé le transfert en psychiatrie, par exemple ?

Elle secoua la tête.

— Je ne vois personne.

— Un ancien petit ami, alors ? reprit-il en inclinant la tête de côté. Vous avez grandi à Whiskey Gulch. Vous êtes séduisante, vous étiez forcément très populaire.

Elle sourit.

— Non. Je n'ai eu qu'un petit ami, et c'était mon ex.

Son sourire pâlit.

— Tout le monde savait que j'étais la copine de Randy.

— Est-ce qu'un homme vous a proposé de sortir avec lui depuis que vous êtes revenue ? insista-t-il. Un homme que vous auriez repoussé ?

Elle secoua la tête.

— Je ne fréquente presque personne. Je ne voulais pas qu'un homme me propose de sortir avec lui.

— Vous dites que votre ex-mari s'est mis en colère quand vous lui avez présenté les papiers du divorce.

Elle acquiesça, et Irish hésita un instant avant de demander :

— Assez en colère pour vouloir vous tuer ?

— Je ne sais pas, dit-elle en haussant les épaules. Peut-être.

Son visage était pâle et creusé de profonds cernes. Irish posa une main sur sa joue et demanda, d'une voix plus douce :

— Est-ce que vous voulez prendre une douche pendant que je prépare le dîner ?

Elle appuya sa joue contre sa main.

— Vous êtes censé être mon garde du corps. Pas mon cuisinier personnel, ni mon homme de ménage.

— Je préférerais que vous vous changiez, répliqua-t-il en clignant de l'œil. Même si cette tenue d'infirmière vous va à ravir, je suis sûr que vous êtes couverte de microbes.

— J'aime l'enlever et prendre une douche dès que je rentre chez moi, avoua-t-elle.

— En ce cas, allez-y.

Il la poussa doucement vers la porte.

— Je ferai patienter Trace et l'adjointe jusqu'à ce que vous ayez fini.

— Merci.

Elle entra dans sa chambre et referma la porte derrière elle.

Irish passa dans la cuisine, sortit les steaks du réfrigérateur où ils marinaient depuis plusieurs heures et les mit dans le plateau lèchefrites. Ensuite, il racla des pommes de terre. Comme il n'avait pas le temps de les faire cuire au four avec le steak, il les mit dans le micro-ondes pour six minutes. Il ne ferait cuire les steaks qu'une fois Trace et l'adjointe Jones partis.

Quand tout fut prêt, il retourna dans le salon juste au moment où on frappait à la porte. Il alla ouvrir et s'effaça pour laisser entrer Trace et l'adjointe Jones.

— Entrez, dit-il. Tessa est sous la douche, elle nous rejoindra dans un moment.

— Bien, dit Jones. Nous avons du nouveau.

— J'espère que ce sont de bonnes nouvelles, lâcha Irish.

— Je ne sais pas si elles sont bonnes, fit Trace, mais ce sont des nouvelles.

Quand ils furent entrés, Irish referma la porte et demanda :

— Est-ce que vous voulez un café ?

— Pas pour moi, répondit Trace.

— Avec plaisir, acquiesça l'adjointe Jones. Je suis de nuit, et j'ai passé la journée à faire des recherches dans des bases de données.

— La nuit va vous sembler longue, dit Irish.

— Est-ce que tu as changé la porte ? demanda Trace.

— Oui. Viens voir.

Ils passèrent tous trois dans la cuisine, et Trace examina la porte pendant qu'Irish servait une tasse de café à l'adjointe.

— Elle m'a l'air très bien, plus solide que l'ancienne. Mlle Bolton doit se sentir plus tranquille. Un cambrioleur n'a aucun mal à entrer par une porte vitrée. Il suffit de briser la vitre et de tourner la poignée de l'intérieur.

— C'est exactement ce qu'il a fait. Heureusement que Tessa l'a entendu et qu'elle avait gardé son pistolet à portée de main. Maintenant, je n'ai plus qu'à reboucher le trou qu'elle a fait en tirant à travers la porte de sa chambre.

Il tendit la tasse de café à l'adjointe Jones.

— Voulez-vous du lait, ou du sucre ?

— Un peu de sucre, merci.

Irish lui tendit le sucrier et une cuillère. Elle sucra son café et le remua.

— J'espère que vous m'apportez de bonnes nouvelles, dit Tessa en entrant dans la cuisine.

Elle portait un pantalon de footing gris, un T-shirt ample et des pantoufles. Ses cheveux encore humides étaient peignés en arrière. Quand il la vit boiter pour ménager son pied blessé, la mâchoire d'Irish se crispa.

— Plus tôt ils trouveront cette ordure, mieux ce sera.

— Je ne sais pas si ce sont de bonnes nouvelles, dit l'adjointe. Cet après-midi, M. Travis et moi-même avons interrogé les bases de données de la police pour y chercher des affaires similaires dont les victimes sont des femmes.

— J'aurais pensé qu'il n'y avait pas beaucoup de crimes dans la région, remarqua Tessa.

— C'est le cas, mais nous avons eu quelques affaires de trafic d'êtres humains ces derniers temps, répondit l'adjointe. M. Travis et Matt Hennessey nous ont aidés à résoudre certaines de ces affaires.

— Du trafic d'êtres humains, ici à Whiskey Gulch ? répéta Tessa. C'est assez effrayant.

— Effectivement, concéda l'adjointe, le visage sombre.

— Est-ce que vous pensez que mon agresseur voulait m'enlever et me vendre comme esclave sexuelle ?

Irish serra les poings.

— Si c'était le cas, pourquoi aurait-il essayé de vous écraser dans le parking de l'hôpital ? fit-il remarquer. On n'abîme pas la marchandise.

— Vous avez raison, dit l'adjointe du shérif. Ce ne serait pas logique. Mais il s'agit peut-être de tout autre chose.

— À quoi pensez-vous ? demanda Tessa.

— Comme je ne trouvais pas beaucoup de crimes commis contre des femmes aux alentours de Whiskey Gulch, j'ai étendu mes recherches à une zone plus vaste. Cette fois, la recherche me retournait trop de résultats. J'ai donc joué avec différents paramètres, limitant la recherche à des victimes ayant votre âge, votre couleur de cheveux, et exerçant elles aussi le métier d'infirmière. Ensuite, M. Travis a pris le relais.

— J'ai abordé le problème sous un autre angle, enchaîna Trace. La plupart des victimes d'agression connaissent leur agresseur. Autrement dit, le vôtre pourrait vivre à Whiskey Gulch, ou en être originaire. J'ai donc cherché des affaires similaires dans les archives du bureau du shérif, et il y en a une qui a retenu mon attention. Une jeune femme qui était née la même année que vous et qui est morte juste après avoir obtenu son diplôme de fin d'études secondaires.

— Penny, dit Tessa en pâlissant. Vous parlez de Penny Stevens. Elle a été assassinée la nuit même.

Trace fit un signe d'assentiment.

— C'est ça. Penny Stevens, âgée de dix-huit ans.

Irish se rapprocha de Tessa et la prit par la taille.

— C'était il y a treize ans, dit-elle. Comment peut-il y avoir un lien avec ce qui m'arrive aujourd'hui ?

— J'ai suivi mon intuition, reprit Trace, et cherché la liste de vos camarades de lycée. Elle n'est pas la seule à être morte.

Tessa poussa un cri étouffé.

— Qui d'autre ? demanda-t-elle.

L'adjointe Jones prit le relais.

— En nous basant sur l'annuaire des anciens élèves, nous avons recherché vos autres condisciples dans les bases de données de la police.

— Et nous les avons trouvées, enchaîna Trace. Il y a cinq ans, Kitty Kitterman a disparu de chez elle, à Kerrville. Son corps a été retrouvé trois jours plus tard dans un fossé, au bord de la nationale 30, à quatre-vingts kilomètres à l'ouest de Kerrville.

L'adjointe du shérif prit le relais.

— Il y a trois ans, Bethany York, qui était enseignante à San Antonio, a disparu de chez elle en pleine nuit. Son corps a été retrouvé un mois plus tard au bord de la même route, à huit kilomètres de l'endroit où avait été découvert celui de Mme Kitterman.

Tessa se plaqua une main sur la bouche.

— Est-ce qu'il y a eu d'autres victimes parmi les filles de ma classe ?

— Non, répondit Jones. Mais maintenant, c'est à vous qu'on s'en prend.

— Est-ce qu'il y avait un point commun entre ces trois femmes et vous, en dehors du fait que vous étiez dans la même classe de terminale ? demanda Trace.

Des larmes montèrent aux yeux de Tessa.

— Oui. Nous étions toutes les quatre pom-pom girls. Nous étions les plus anciennes de la troupe.

Jones leva vivement les yeux vers Trace.

— Eh bien ! Nous aurions dû le voir. Je pense qu'ilest temps maintenant de commencer à nous demander qui parmi vos anciens camarades de classe peut avoir une dent contre les pom-pom girls. Parce que nous pouvons être certains que l'assassin de ces trois femmes les connaissait.

L'adjointe du shérif planta son regard dans celui de Tessa.

— Et qu'il vous connaît aussi.

— Ce qui signifie que vous le connaissez, remarqua Trace, le front plissé.

Tessa s'appuya contre Irish, qui resserra son étreinte autour de sa taille.

— Mais qui ? demanda-t-elle en secouant la tête. Qui parmi mes anciens camarades pourrait vouloir nous tuer ?

L'adjointe Jones soupira.

— Nous n'avons pas encore la réponse à cette question. Nous espérions que vous pourriez nous aider. Vous les connaissez mieux que nous.

Trace se mit à faire les cent pas dans la cuisine avant de se tourner vers Tessa.

— Vous souvenez-vous d'un incident qui aurait pu opposer les pom-pom girls de terminale et l'un des lycéens, qu'il soit de la même classe ou non ?

— Je ne me souviens de rien qui aurait pu mener l'un des garçons au meurtre. J'étais trop prise par l'élaboration des chorégraphies et l'organisation d'événements pour lever des fonds. Comme les autres filles de la troupe, d'ailleurs.

L'adjointe Jones tordit les lèvres et se tapota le menton.

— Y a-t-il eu une rupture houleuse entre une pom-pom girl et l'un des garçons de votre école ?

— Pas de mon côté, en tout cas. Je sortais avec le quarterback depuis la troisième. Tout le monde savait que j'étais la copine de Randy.

Elle sentit Irish bouger, mais il ne relâcha pas sa taille.

— Et les autres pom-pom girls ?

— Elles passaient d'un petit copain à l'autre. Cela aurait pu arriver… Mais je ne peux pas leur poser la question maintenant. Elles sont mortes.

Des larmes dévalèrent son visage.

— Pourquoi est-ce que je n'ai rien su ?

— Kitty Kitterman avait épousé un homme du nom de Pearson, dit Trace. Ma mère, qui était amie avec celle de Kitty, m'a dit que les Kitterman avaient quitté Whiskey Gulch dès que Kitty avait eu son bac. Quant aux York, ils ont déménagé à Boerne, dans la banlieue de San Antonio, quand Bethany a quitté le lycée. L'avis de décès de Penny Stevens est le seul qui soit paru dans les journaux de Whiskey Gulch parce qu'elle était la seule qui vivait encore ici au moment de sa mort.

— Je n'arrive pas à croire que nous ayons perdu le contact, chuchota Tessa. J'aurais dû être une meilleure amie.

— Les gens se perdent souvent de vue en quittant le lycée.

Irish tira une chaise et fit asseoir Tessa. Il ne supportait pas de la voir aussi triste. La vue de ses larmes lui déchirait le cœur. Il voulait arranger tout son univers.

— C'était mes amies, dit Tessa. Mes coéquipières.

— Vous ne pouvez pas vous en vouloir, fit Irish. Vous étiez occupée à essayer de survivre à un mariage toxique.

— Est-ce que votre mari était l'un de vos camarades de classe ? demanda l'adjointe.

Tessa se prit le visage dans les mains.

— J'ai divorcé de lui après qu'il m'eut frappée une fois de trop.

Irish posa une main sur l'épaule de Tessa. La colère que lui inspirait l'ex-mari de Tessa brûlait dans sa poitrine tel un chalumeau.

— Est-ce qu'il pourrait être votre agresseur ? demanda Jones.

Tessa secoua la tête.

— Je ne pense pas. Mon agresseur m'a semblé plus costaud que lui. Mais après tout, cela fait six mois que je ne l'ai pas vu.

— Par contre, elle le voit demain soir, précisa Irish.

Tessa épongea ses larmes et releva la tête.

— En effet. Nous nous voyons pour dîner à 18 heures.

— Je serai là-bas avec elle, ajouta Irish.

— Nous pouvons poster une voiture de patrouille à proximité du restaurant et un agent en civil à l'intérieur, dit l'adjointe.

Trace fit un signe de la tête à l'intention d'Irish.

— Matt Hennessey et moi pouvons être là également.

Tessa partit d'un petit rire qui se brisa en un sanglot.

— Je ne pense pas que vous puissiez aussi installer un détecteur de métaux ?

L'adjointe la gratifia d'un demi-sourire.

— Je pourrais demander au principal de me prêter celui du lycée pour la soirée.

— Toute cette histoire est complètement dingue, dit Tessa. Mais si Randy est l'assassin, nous devons l'arrêter avant qu'il tue quelqu'un d'autre.

— N'y avait-il que quatre terminales dans la troupe de pom-pom girls ? demanda Jones.

Tessa fit un signe d'assentiment.

— Bien sûr, il pourrait commencer à s'en prendre à celles qui étaient dans d'autres classes, remarqua l'adjointe.

Mais il semble en vouloir plus spécifiquement à celles de terminale.

Trace croisa les bras et demanda :

— Y a-t-il quelqu'un que vous pourriez interroger sur d'éventuels incidents ?

— D'ici demain soir, enchaîna Jones, je commencerai à vérifier les antécédents des garçons de votre classe. Certains vous semblent-ils plus suspects que les autres ?

— On dirait vraiment que j'ai passé toute mon année de terminale dans une bulle, dit Tessa. Je pensais que nous étions tous heureux. Nous travaillions dur pour obtenir notre bac, et nous avions prévu d'aller passer la soirée sur la falaise, après la remise des diplômes.

Elle prit une profonde inspiration tremblante et souffla lentement avant de reprendre.

— Comme nous savions qu'il y aurait de l'alcool, nous avons confisqué toutes les clés de voiture au début de la soirée. Personne n'avait le droit de partir avant d'avoir dessoûlé, le lendemain matin.

— Bien vu, commenta Trace.

— C'est ce que nous pensions, dit doucement Tessa. La soirée était géniale. Il y avait un feu de joie et de la musique, tout le monde dansait et l'alcool coulait à flots. Personne n'a remarqué que Penny n'était plus là. Beaucoup de couples s'étaient éclipsés pour faire l'amour dans les broussailles. Nous ne faisions pas attention à ce que faisaient les autres.

Irish esquissa un sourire.

— Ça me semble normal.

— Plusieurs filles sont tombées enceintes suite à cette fête, reprit Tessa. Quoi qu'il en soit, ce n'est que le lendemain après-midi que nous avons appris que Penny n'était pas rentrée chez elle et que ses parents avaient appelé le shérif.

— Où a-t-elle été retrouvée ? demanda Irish.

— Au pied de la falaise. Au début, les enquêteurs ont pensé qu'elle était ivre et qu'elle était tombée. Mais ensuite...

La voix de Tessa se brisa.

— Le rapport d'autopsie est arrivé. Elle avait des marques de strangulation. Nous étions tous sous le choc. Le bureau du shérif a demandé l'aide de la police criminelle de l'État. Leurs hommes sont venus interroger tous les élèves de la classe, mais personne n'avait rien vu. Après cette nuit, beaucoup d'entre nous ont quitté Whiskey Gulch pour faire des études supérieures. Les autres filles ont trouvé un emploi sur place, et certaines se sont mariées et ont eu des enfants.

— Penny n'a pas eu cette chance, conclut Irish.

Il souffrait sincèrement pour Tessa et les bonnes gens de Whiskey Gulch.

— Espérons que l'examen des antécédents des garçons de votre classe nous apprendra quelque chose. L'un d'entre eux aura peut-être un casier judiciaire, dit l'adjointe du shérif.

— Ma mère et celle de Penny étaient amies, ajouta Trace. Je demanderai à Martha Stevens si sa fille lui avait parlé d'un quelconque incident, qui ne figure pas dans les rapports de police.

— Il y a un Josh Kitterman qui travaille au magasin de bricolage, observa Jones. Est-il apparenté à Kitty ?

— C'est son grand frère, répondit Tessa. Il s'est engagé dans l'armée après le lycée.

— Nous passerons au magasin demain, dit Irish. J'ai besoin de matériel pour réparer la porte de la chambre de Tessa.

— De mon côté, je regarderai l'annuaire des anciens élèves, ajouta Tessa. Cela m'aidera peut-être à me souvenir d'un incident entre l'un des garçons et les pom-pom girls.

— Pendant ce temps, nous mettrons tout le dispositif en place pour le rendez-vous avec votre ex, dit Trace. D'ici là, essayez de vous reposer un peu.

Tessa hocha la tête.

— C'est ce que je vais faire. J'espère que vous trouverez quelque chose. J'ai l'impression d'avoir une épée de Damoclès au-dessus de la tête.

Elle pressa la main d'Irish, qui était toujours posée sur son épaule, et inclina la tête vers Trace.

— Merci de me prêter Irish. Je ne sais pas ce que j'aurais fait sans lui. Je serais sans doute déjà morte.

— Nous avons servi ensemble, répondit Trace. Je connais ses qualités, et il restera avec vous jusqu'à la fin de cette affaire.

Tessa partit d'un rire sans joie.

— Espérons qu'elle ne se termine pas par ma mort.

— Ce ne sera pas le cas, dit Irish.

Trace lui serra la main en disant :

— Reste avec elle.

Irish sourit.

— Tu n'as pas à me le dire deux fois.

— Maintenant, nous allons vous laisser, dit l'adjointe Jones. Si vous vous souvenez de quelque chose, n'hésitez pas à appeler et ce, quelle que soit l'heure.

— Je le ferai, promit Tessa.

Irish raccompagna Trace et l'adjointe du shérif jusqu'à la porte, qu'il ferma à clé avant de revenir dans la cuisine. Toujours assise au même endroit, Tessa pleurait sans bruit.

— Ces filles étaient mes amies, sanglota-t-elle. Comment ai-je pu ne pas savoir qu'elles étaient mortes ?

— Et maintenant, c'est vous qui êtes visée, dit Irish. Vous savez ce que cela signifie, n'est-ce pas ?

— Que je suis en danger ? Nous le savons déjà.

— Non, répondit-il avec un sourire radieux. Cela

signifie que je vais vous coller comme une mouche à une feuille de papier collant.

Elle esquissa un sourire et répondit :

— La position me semble peu enviable, mais je n'ai rien contre.

— Maintenant, je dois passer ces steaks au four pendant quelques minutes et préparer une salade. Vous pensez-vous capable de ne pas mourir de faim dans le quart d'heure ?

— Laissez mon steak au four un peu plus longtemps. Je n'aime pas la viande qui meugle encore.

— Un steak bien cuit ? Je vous prépare ça.

— Et je peux vous aider à préparer la salade, dit Tessa en se levant.

— Vous êtes restée debout toute la journée. Restez assise.

— Non. Il faut que je m'occupe. Toute cette histoire est tellement…

Elle s'essuya les yeux et reprit :

— Si seulement j'arrêtais de pleurer. Ça n'arrange rien.

Irish l'enveloppa de ses bras et l'attira contre lui.

— Je ne devrais pas pleurer, sanglota-t-elle.

— Si, la contredit-il. C'étaient vos amies.

Elle enfouit son visage contre sa chemise.

— Je suis désolée de tremper votre chemise.

— Pas grave. J'en ai une autre.

Ils restèrent ainsi enlacés pendant un long moment. Il lui caressa les cheveux et la laissa pleurer, le cœur brisé devant son chagrin. Sa colère contre l'homme qui en était la cause redoubla… et son instinct lui soufflait que l'auteur des meurtres et des agressions n'était autre que son ex-mari.

Cet homme n'avait pas hésité à la battre. La violence qui l'habitait pouvait le conduire jusqu'au meurtre. S'il n'avait pas tué Tessa plus tôt, c'était peut-être parce qu'ils étaient mariés. Mais maintenant qu'ils ne l'étaient plus, il pouvait envisager de s'en prendre à elle. Comme il n'était pas encore parvenu à ses fins, il l'amenait à sortir de chez elle en organisant cette rencontre dans un lieu public. Ils devaient être prêts à tout. Vraiment, plus Irish y pensait, plus il aimait l'idée d'installer un détecteur de métaux à la porte du restaurant.

Quand elle cessa enfin de pleurer, il recula d'un pas et la regarda. Malgré ses yeux rouges et gonflés, elle était très belle.

— Venez. Il faut que nous mangions quelque chose.

— Vous avez raison. Merci.

Avant d'avoir pu s'en dissuader, il glissa deux doigts sous son menton, la força à relever la tête et effleura ses lèvres des siennes. Elle ouvrit de grands yeux.

— Pourquoi avez-vous fait ça ?

— Je ne sais pas, dit-il. J'ai seulement eu l'impression que c'était la chose à faire. Et j'ai eu envie de la faire pendant toute la journée.

Elle le regarda dans les yeux et chuchota :

— Est-ce que vous la referiez ?

Il lui sourit avec gentillesse.

— Seulement si vous le voulez.

Elle se passa vivement la langue sur les lèvres et il sentit son pouls s'emballer.

— Est-ce que vous le voulez ?

Elle acquiesça et se mit sur la pointe des pieds.

— Je ne devrais pas vous embrasser, dit-il. Vous êtes bouleversée, et j'aurais l'impression de profiter de vous. Mais, zut… je ne peux pas résister.

Il plaqua sa bouche sur la sienne et son corps contre le sien. D'abord, le baiser fut doux mais, quand elle lui ouvrit sa bouche, il s'en empara pour la proclamer sienne. Pendant un long moment, ils restèrent ainsi, dans les bras l'un de l'autre.

Quand il eut recouvré la raison, Irish releva la tête et inspira profondément.

— Pardonnez-moi, dit-il. Je n'aurais pas dû faire ça.

Elle secoua la tête.

— Tu n'as fait que ce que je t'ai demandé de faire.

— Il ne faut pas que cela se reproduise.

— Pourquoi ? Nous sommes adultes et responsables.

— Oui, mais tu me distrais, femme. Et si je suis distrait, je risque de commettre une erreur qui pourrait t'être fatale.

Il la repoussa et ajouta :

— Je dois rester concentré.

Elle passa les mains sur son T-shirt pour le défroisser.

— Très bien. En ce cas, concentrons-nous sur le dîner.

Irish mit les steaks dans le four et sortit la laitue, les tomates et les autres ingrédients du réfrigérateur. Tandis qu'ils préparaient la salade côte à côte, il n'avait qu'une envie : lâcher son couteau, la prendre dans ses bras et la porter jusqu'à la chambre pour lui faire l'amour. Il ne pouvait pas la protéger s'il ne restait pas concentré. Et il ne pouvait pas rester concentré quand il était debout juste à côté d'elle. Peut-être qu'il aurait dû demander à Trace de confier à un autre que lui la mission de la protéger.

Tessa jeta les tranches de tomates dans la laitue, leva les yeux vers lui et sourit.

Ce seul regard suffit à Irish pour comprendre qu'il était perdu. Il ne pouvait pas laisser un autre que lui la protéger. C'était à lui de le faire et il le ferait, dût-il y laisser la vie.

9

Quand les steaks furent sortis du four et les pommes de terre du micro-ondes, Tessa les disposa dans deux assiettes où elle rajouta de la salade avant de les porter jusqu'à la table. Irish la suivait, deux verres de thé glacé dans les mains.

— Attends, dit-elle. Pour un tel dîner, il faut des chandelles.

Elle posa son assiette et attrapa deux chandeliers, deux bougies et une boîte d'allumettes, qu'elle tendit à Irish.

— À toi l'honneur.

— Avec plaisir.

Il alluma les bougies avant d'éteindre la lumière. Tessa sourit.

— C'est mieux.

— On dirait presque un rendez-vous galant, commenta Irish.

— C'en serait un si tu étais mon petit ami, et non mon garde du corps. Mais cette atmosphère est plus agréable.

— C'est vrai, convint Irish. D'ailleurs, s'il s'agissait d'un rendez-vous galant, j'aurais pris du filet mignon au lieu d'une bavette d'aloyau.

— Eh bien, tu as eu de la chance. Je préfère la bavette d'aloyau. Elle est moins épaisse que le filet mignon et plus facile à faire cuire à cœur.

Irish sourit.

— J'ai eu de la chance, comme tu dis.

— Si nous avions un vrai rendez-vous galant, où m'emmènerais-tu ? demanda Tessa.

— Je trouve que nous sommes très bien ici mais si je devais t'emmener dîner quelque part, je choisirais un joli petit restaurant à l'atmosphère intime et feutrée, où nous pourrions parler tranquillement. J'aime la musique, mais je préfère découvrir la femme que j'invite à dîner, ce qui est impossible quand la musique est trop forte. Par contre, peut-être que je t'emmènerais danser, après le dîner. Je me défends assez bien sur une piste de danse.

— J'en déduis que tu irais dans un dancing.

— Je peux danser sur du rock ou de la pop, dit Irish. Mais je préfère le *country and western* parce que je tiens la femme dans mes bras.

Tessa fut traversée par un frisson de désir inattendu. Elle s'était déjà réfugiée dans les bras d'Irish quand elle avait peur. Mais danser… Une danse pouvait être un prélude à autre chose. Une boule de chaleur enfla dans son ventre.

— Est-ce que ton ex t'emmenait danser ?

Elle eut un sourire en coin.

— Il l'a fait une fois, pour le bal de fin d'année, uniquement parce qu'il allait être nommé roi du bal. Ensuite, il ne l'a plus jamais fait.

— Laisse-moi deviner…, dit Irish. Tu adores danser, n'est-ce pas ?

Elle acquiesça.

— Je dansais avec les autres pom-pom girls, mais danser seule ou au sein d'une troupe n'est pas aussi intime que danser avec un homme.

Irish acquiesça.

— C'est exactement ce que je veux dire. Un rendez-vous

doit être intime. Comment se passaient tes rendez-vous avec Randy ?

Il leva les mains et précisa aussitôt :

— Tu n'as pas à répondre. Ça ne me regarde pas.

— Ta question ne me gêne pas, répondit-elle en riant. Nous sortions toujours en groupe, avec d'autres footballeurs, des pom-pom girls... Randy aimait avoir un public. Moi aussi, bien sûr. Mais après le lycée, j'ai appris que le plus important est la qualité d'une relation. J'ai dû travailler dur pour décrocher les notes nécessaires pour entrer à l'école d'infirmières, et si j'y suis parvenue, c'est aussi grâce au groupe d'étude dont je faisais partie. Je n'étais plus pom-pom girl, je ne me produisais plus devant un public, et ce groupe est devenu pour moi comme une seconde famille.

— Et Randy est donc allé dans une autre université ?

— Oui. Il a pu obtenir une bourse grâce au football. Il s'est retrouvé dans la même situation qu'au lycée : avec un public, pour lequel il jouait. Mais il a dû arrêter après s'être blessé à la coiffe des rotateurs, au cours de sa troisième année de licence.

— J'imagine qu'il a été anéanti.

— Il a fini ses études de commerce et obtenu son diplôme avec un professeur particulier engagé par ses parents, qui l'ont ensuite fait recruter comme directeur par des amis qu'ils avaient à San Antonio. Mais en perdant sa place dans l'équipe de football...

— Il a perdu son public, compléta Irish.

— Exactement. Je pense qu'il n'est revenu à Whiskey Gulch pour m'épouser que dans l'espoir de retrouver une partie de sa gloire d'antan.

— Peut-être qu'il savait aussi que tu étais une belle prise.

— De mon côté, j'étais tellement impliquée dans mes études que je n'avais pas le temps de fréquenter des garçons.

Quand je suis rentrée à Whiskey Gulch, il m'a semblé tout naturel d'épouser mon petit ami du lycée. J'avais atteint les buts que je m'étais fixés au niveau professionnel, il était temps que je pense à ma vie personnelle. Je voulais fonder une famille et avoir des enfants, et je pensais que Randy poursuivait les mêmes buts que moi. Je n'avais pas compris qu'il est essentiel d'aborder ce sujet avec son conjoint potentiel avant de se marier.

— Et quels étaient les buts de Randy ? demanda Irish.

Tessa ricana.

— Certainement pas d'avoir des enfants. Pour lui, la vie tout entière était une compétition. Que ce soit sur un terrain de football ou dans la société qui l'avait engagé, il fallait toujours qu'il soit le meilleur. Il a appris le golf pour pouvoir jouer avec les gros bonnets, et il est assez rapidement monté dans la hiérarchie.

— Et pendant ce temps, que faisais-tu ?

— Je travaillais dans une clinique de façon à pouvoir être à la maison chaque soir, que ce soit pour préparer son dîner ou sortir avec lui. Il m'emmenait à toutes les réceptions auxquelles assistaient les P-DG de la société. Avec sa jolie petite épouse à son bras, il s'arrangeait pour être le centre de l'attention. Il était très doué à ce petit jeu.

« Mais un jour, son supérieur immédiat a compris qu'il essayait de lui prendre son poste. Il l'a fait transférer dans un autre service en prétendant que l'expérience l'aiderait à décrocher une promotion. À chaque fois qu'il essayait de se faire remarquer des gros bonnets, son supérieur immédiat trouvait un moyen de l'en empêcher. Randy rentrait à la maison de plus en plus en colère, et il se défoulait sur moi. »

— Il est devenu violent, dit Irish.

— Il a commencé par critiquer tout ce que je faisais : les repas que je préparais, ma façon de m'habiller, de me coiffer, de me maquiller… Il m'a rendue responsable de sa rétrogradation. Il me reprochait de ne pas l'avoir accompagné à suffisamment de réceptions, de ne pas l'avoir assez soutenu. Il se moquait pas mal que je travaille moi aussi, que je passe l'essentiel de mes journées debout et que je sois fatiguée quand je rentrais à la maison. Cet homme aurait dû être avocat. Il arrivait à me faire croire toutes les horreurs qu'il me disait. Il prétendait que tout était de ma faute, et je l'ai cru. J'ai aussi cru que c'était à cause de moi qu'il ne voulait pas avoir d'enfant. Parce que je n'étais pas assez jolie, et pas assez bonne au lit.

— Comment as-tu pu croire ça ?

Elle éclata de rire.

— Je m'endormais avant même qu'il se couche. Il m'a reproché d'être un vrai glaçon.

— Est-ce qu'il ne voyait pas que tu étais épuisée ?

Elle baissa les yeux vers son assiette, à laquelle elle n'avait pas touché.

— J'étais épuisée, oui, et je pensais que c'était de ma faute. Je suis allée voir le médecin pour lequel je travaillais et je lui ai demandé de me faire un hémogramme pour savoir si ma fatigue était due à une carence en fer, par exemple. Mais les résultats étaient normaux. J'étais en bonne santé. Le médecin m'a suggéré d'aller voir un conseiller conjugal.

« Quand j'en ai parlé à Randy, il a pété les plombs. C'est ce jour-là qu'il m'a frappée pour la première fois. Il a dit que si quelqu'un avait besoin d'un conseiller conjugal, c'était moi. Pas lui. Cette fois encore, je l'ai cru. Je me suis laissé manipuler, jusqu'à croire que je méritais d'être battue. »

Irish secoua la tête.

— Aucune femme ne mérite d'être battue.

Elle sourit.

— Je le sais, maintenant. J'aurais dû voir les signes.

Le supérieur immédiat de Randy était décidé à se débarrasser de lui en faisant supprimer son poste. Le jour où il est parvenu à ses fins, Randy est rentré à la maison, fou de colère, a déclenché une dispute au sujet du dîner que j'avais préparé, a bu trop de bourbon et m'a prise pour un punching-ball. Il m'a laissée inconsciente sur le sol de la cuisine.

Elle releva les yeux.

Le visage d'Irish était dur comme la pierre, sa mâchoire tellement crispée qu'elle tressaillait.

— Je ne te raconte pas tout ça pour que tu aies pitié de moi, reprit-elle. Je veux que tu comprennes pourquoi je n'ai aucune envie de le voir, et aussi pourquoi je ne veux pas que tu uses de violence avec lui, même s'il le mérite peut-être.

Irish serrait les poings avec tant de force que ses phalanges avaient blanchi. Elle étrécit les yeux et insista.

— Promets-le-moi.

Le muscle de sa mâchoire tressaillait toujours. Il garda le silence pendant un long moment avant de souffler et de répondre :

— Très bien, je te le promets. Mais je ne le laisserai pas te faire de mal.

— Merci. J'ai appris autre chose de Randy, et c'est que la violence gratuite n'est jamais une solution. Il m'a fallu ces six derniers mois et beaucoup de séances de thérapie pour admettre que je n'étais coupable de rien. Et il m'a fallu aussi longtemps pour ne pas reculer quand un homme me touche.

Irish ouvrit de grands yeux.

— Je t'ai touchée.

Elle sourit.

— Oui. Et je n'ai pas reculé.

— Bon sang, Tessa… Si jamais je fais quelque chose

qui t'effraie ou te met mal à l'aise, dis-le-moi. Je cesserai aussitôt de le faire, et je ne te reprocherai rien. Tu souffres d'une forme de stress post-traumatique, un peu comme un soldat qui a été capturé et torturé par l'ennemi. Il peut falloir des années avant que les cauchemars disparaissent.

Tessa hocha la tête.

— C'est ce que m'a dit ma thérapeute.

Elle prit sa fourchette et coupa son steak.

— Mais assez parlé de moi. Et toi ? Comment c'était, à la guerre ?

Elle mit la bouchée de steak dans sa bouche.

— C'est une question assez vaste, dit-il en la dévisageant.

— Si tu pouvais résumer ton expérience en un seul mot, quel serait-il ?

Elle lui décocha un sourire en coin et expliqua :

— Ma thérapeute a utilisé la même méthode avec moi.

Il continua à mâcher et avala avant de répondre.

— Intense.

Elle reposa les yeux sur son assiette, secoua la tête et éclata de rire.

— Pendant que mon ex stressait à cause d'un poste à la direction, tes camarades et toi vous inquiétiez de survivre. Ça, c'est du stress. Mais sincèrement, c'était comment, d'être dans les Forces spéciales ?

Il la regarda droit dans les yeux et elle crispa sa main sur sa serviette.

— Une famille. Les hommes de mon unité étaient comme des frères. J'aurais fait n'importe quoi pour eux.

— Pourtant, tu as quitté ton unité.

Il acquiesça.

— C'est vrai. Et je me demande chaque jour si j'ai bien fait. Est-ce que j'aurais dû rester ? Est-ce que mes compagnons d'armes ont eu l'impression que je les abandonnais ? Est-ce que j'aurais pu sauver plus de vies sur le terrain ?

Il contempla la flamme qui brûlait au bout de la bougie.

— Pendant que je dîne aux chandelles avec une belle femme, mon unité se terre peut-être dans un trou à rats en se battant contre un ennemi qu'elle peut voir, ou ne pas voir. Tout ça parce que j'ai voulu écrire un nouveau chapitre de ma vie avant d'avoir l'âge de la retraite.

Il partit d'un petit rire et ajouta :

— Bon sang, j'ai même failli attendre trop longtemps.

— Qu'est-ce que tu veux dire ? demanda-t-elle, perplexe.

— Une semaine avant mon retour aux États-Unis, nous avons été envoyés sur une mission. Il nous arrive souvent de rire de notre façon de n'envisager la vie qu'à court terme, mais il y a un fond de vérité dans nos plaisanteries. Généralement, quand un soldat doit partir en mission peu de temps avant de rentrer chez lui, il se passe quelque chose de grave.

L'expression soucieuse de Tessa s'accentua.

— Et c'est ce qui s'est passé ?

— J'ai été blessé, répondit-il. Sans mes coéquipiers, j'y serais resté. Et pour couronner le tout, quand nous sommes rentrés à la base, la police militaire nous attendait pour annoncer à Trace Travis que son père avait été assassiné.

— J'ai entendu parler de cet assassinat. Quelle horrible tragédie… M. Travis était un homme bien. Et le reste de ton unité ?

— Ils ont survécu à la mission, et ils ont continué sans Trace et moi. Pour eux, ce n'a été qu'une journée comme les autres. Deux nouveaux soldats, des jeunes sans expérience, nous ont remplacés au sein de l'unité.

Tessa posa sa main sur la sienne.

— Tu as peut-être l'impression d'avoir laissé tomber ton unité, mais on a besoin de toi ici. J'ai besoin de toi. Sans toi, je serais morte à l'heure qu'il est.

— Et je serai là demain soir, répondit-il en pressant ses doigts. Je ne laisserai personne te faire du mal.

— Je te crois. Et pas uniquement parce que tu le dis, répondit-elle en pressant sa main en retour. Randy disait beaucoup de choses qu'il ne pensait pas, et je le croyais. Mais j'ai appris que les actes ont plus de poids que les mots, et les tiens ont été honorables. Et, au fait, ce steak est un régal. Nous devrions le finir avant qu'il refroidisse.

Il esquissa un sourire.

— Tu as raison. Nous devrions manger.

Elle avala encore quelques bouchées avant de renoncer et de poser sa fourchette à côté de son assiette.

— Il n'est pas assez tendre pour toi ? demanda Irish.

— Il est parfait, mais je suis épuisée.

— Va te coucher. Je m'occupe de la vaisselle.

Elle mit une main devant sa bouche et bâilla.

— Je vais te prendre au mot. Un homme qui fait la vaisselle ? Tu sais vraiment comment séduire une fille dès le premier rendez-vous.

— Attends de me voir au deuxième. Je nettoierai peut-être même la salle de bains. Je suis plutôt bon pour récurer les W-C. C'est un talent que j'ai acquis dans l'armée.

— Merci d'avoir partagé ton expérience avec moi, dit Tessa. Je vois ma vie sous un tout nouvel angle.

Il se leva, tendit la main et attendit qu'elle y pose la sienne.

— Je suis tellement désolé que tu aies vécu des moments aussi douloureux.

Elle se rapprocha de lui.

— Je sais.

Il posa une main sur sa joue et effleura ses lèvres du pouce.

— Comment quelqu'un peut-il avoir envie de blesser ce joli visage ?

— Et moi, je ne peux pas imaginer les horreurs que tu as dû voir sur le champ de bataille, répondit Tessa.

Elle posa sa main sur la sienne, tourna la tête et déposa un baiser dans sa paume.

Irish se crispa.

— Tes lèvres sont faites pour les baisers.

Elle sourit timidement.

— Cette idée n'est pas pour me déplaire.

— Non, dit-il. Je ne peux pas.

Elle fronça les sourcils.

— Tu ne peux pas ?

— Si je t'embrassais, je perdrais toute ma concentration. Et si je la perds, je pourrais ne pas voir un détail susceptible de te coûter la vie.

Elle contempla son visage sans mot dire pendant un long moment. Elle voulait aller plus loin avec lui, mais il ne partageait peut-être pas son désir. Elle ne devait pas insister.

— D'accord.

Elle recula, se retourna et sortit de la pièce en boitillant, les joues en feu. Elle se sentait parfaitement ridicule. Comment avait-elle pu se jeter ainsi à la tête de cet homme ? S'il avait vraiment voulu l'embrasser, il l'aurait fait. Mais elle allait devoir se contenter d'aller au lit et de rêver à un baiser qui ne viendrait jamais.

Irish suivit Tessa des yeux jusqu'à ce qu'elle disparaisse dans le couloir. Il lui avait fallu faire appel à toute sa force de caractère pour ne pas l'embrasser. Cette femme avait besoin d'un protecteur, pas d'un homme qui profitait de sa détresse. Elle avait été la victime des violences physiques et psychologiques de son ex, elle cherchait encore à se reconstruire… Elle n'avait pas besoin qu'un homme vienne lui compliquer la tâche.

Quand il eut fait la vaisselle et rangé les restes, il sortit de la maison et leva les yeux vers le ciel. C'était la nuit idéale pour emmener une femme en ville : le ciel était clair, piqueté d'étoiles. Mais les étoiles qu'il aurait contemplées avec le plus de joie auraient été celles qui se seraient reflétées dans les yeux de Tessa.

Une fois son agresseur arrêté, peut-être qu'il l'inviterait pour un vrai rendez-vous. Il procéderait lentement, veillant à ce qu'elle soit toujours à l'aise et certaine qu'il ne lui ferait jamais de mal. Jusque-là, il ne poserait pas la main sur elle.

Il fit le tour de la maison pour inspecter les fenêtres et la porte de la cuisine avant de rentrer.

Il s'arrêta devant la porte de sa chambre.

— Tessa ?

Comme elle ne répondait pas, il ouvrit la porte. Sa lampe de chevet était allumée. Allongée sur son lit, la joue posée dans la paume de sa main, les yeux clos, elle dormait.

Il retourna dans le séjour et s'allongea sur le canapé. Il ne se sentait pas fatigué mais, dès qu'il ferma les yeux, le sommeil l'emporta.

Soudain, un léger bruit le réveilla. Un bruit qui ressemblait furieusement à des sanglots. Quand le bruit cessa, il resta allongé, tendant l'oreille, attendant qu'il reprenne pour savoir d'où il provenait.

Quelques minutes plus tard, Tessa apparut dans le couloir. Elle portait son oreiller et une couverture.

— Ça va ? demanda-t-il.

Elle secoua la tête sans mot dire.

Il tapota le canapé, à côté de lui.

— Viens ici.

Elle s'approcha en boitant et s'assit sur le bord du coussin.

— Un mauvais rêve ?

Elle hocha de nouveau la tête.

— J'étais de retour dans la saulaie. Ce n'était pas un homme qui m'attaquait, mais les branches des saules qui s'enroulaient autour de moi.

Elle frissonna.

— Elles m'ont attirée vers elle, en m'étouffant.

— Plutôt effrayant, dit Irish.

Il se mit sur le côté et recula aussi loin que possible vers le dossier du canapé.

— Si tu veux te joindre à moi, tu es la bienvenue.

Elle posa son oreiller à côté du sien et s'allongea, le dos tourné vers lui, la joue posée dans sa main.

— Je ne te demande pas de m'embrasser, dit-elle. Mais est-ce que tu pourrais mettre ton bras autour de moi ? Je me sens plus en sécurité quand tu le fais.

Il passa son bras autour de sa taille et elle se blottit contre lui. Il dut prendre sur lui pour empêcher son corps de réagir trop vivement à ce contact – et y parvint, sans trop savoir comment. En revanche, il n'était plus question de dormir.

— Irish ?

— Oui ?

— Est-ce que tu as déjà été amoureux ?

La question était tellement inattendue qu'il gloussa de rire.

— J'ai cru l'être, une fois.

— Comment était-elle ?

— Elle avait des cheveux roux bouclés et des yeux verts.

— Oh ! dit Tessa. Est-ce que tu préfères les rousses aux yeux verts ?

— C'était le cas, à l'époque.

— Que s'est-il passé ?

Il rit de nouveau.

— Quand j'ai essayé de l'embrasser, elle m'a giflé et

m'a dit que les garçons étaient bêtes. J'ai été renvoyé de l'école et je n'ai plus jamais essayé d'embrasser une fille dans la cour de récré.

— Quel âge avais-tu ? demanda Tessa en riant.

— J'étais au CP. Je te jure que l'incident m'a marqué à vie.

— Je ne te crois pas.

Elle se tourna à demi pour le regarder par-dessus son épaule.

— Tu ne vas pas me dire que tu as toujours été célibataire.

— Non, je ne vais pas te dire ça.

Il écarta doucement ses cheveux de sa tempe.

— Je suis sorti avec d'autres femmes. Et j'en ai embrassé quelques-unes. Mais je n'ai jamais été amoureux. J'étais dans les Forces spéciales, j'avais peur de trop m'attacher.

— Peur ? chuchota-t-elle. Je ne peux pas imaginer que tu aies peur de quelque chose.

— Il y a eu des moments où je l'ai échappé belle et où j'ai eu peur, dit-il. Je suis humain.

— À la guerre, ou en amour ?

— Les deux.

Tessa posa son bras sur le sien.

— Maintenant que tu n'es plus dans les Forces spéciales, est-ce que tu penses que tu t'autoriseras à tomber amoureux ?

Non seulement il le pensait, mais il le savait. Il voulait commencer à vivre. Il voulait une famille. Il voulait des enfants. Il voulait rentrer chez lui tous les soirs et retrouver sa femme.

— Un jour ou l'autre, répondit-il.

— Irish…

— Dors, Tessa.

— Désolée, dit-elle. Parfois, je parle trop.

Il serait épuisé le matin venu. Mais pour le moment, il

savourait cette occasion de la tenir contre lui. De respirer le parfum de ses cheveux. De sentir la douceur de son corps pressé contre le sien. Le lendemain matin, il remettrait de la distance entre eux.

10

Tessa n'avait jamais aussi bien dormi depuis qu'elle avait quitté San Antonio. Elle se réveilla, le bras d'Irish ceignant toujours sa taille, et resta allongée pendant un moment, savourant la sensation de bien-être qui l'emplissait… mêlée à une autre émotion. Si elle avait demandé à Irish s'il avait déjà été amoureux, c'était essentiellement parce qu'elle se demandait ce que l'amour faisait ressentir. Contrairement à ce qu'elle avait cru, elle n'avait jamais été amoureuse de Randy. Le béguin qu'elle avait pour lui au lycée n'avait survécu à ses années d'université que parce qu'elle n'avait pas eu le temps de fréquenter d'autres garçons. Tandis qu'Irish… elle se sentait bien avec lui, en sécurité. Elle avait envie de l'embrasser. Et elle avait envie de bien plus encore.

Une décharge électrique traversa son corps.

Était-ce de l'amour, ou une simple attirance physique ? Pouvait-on tomber amoureux en deux jours ? Elle n'avait jamais cru au coup de foudre.

En tout cas, quoi qu'elle ressente pour Irish, c'était une sensation diablement agréable. Elle resta allongée pendant encore quelques minutes tandis que le soleil se glissait entre les lamelles des stores. Il avait dit qu'il voulait garder ses distances avec elle pour ne pas se laisser distraire. Était-ce la seule raison ? N'était-il pas autant attiré par elle qu'elle l'était par lui ? Pourtant, il lui avait dit qu'il avait envie de l'embrasser… Un homme aussi fort, aussi viril qu'il l'était écoutait toujours ses envies, n'est-ce pas ?

Elle soupira. Elle n'était certaine que d'une chose : elle ne pouvait pas continuer à se jeter à sa tête. Il fallait qu'elle lui laisse l'espace dont il avait besoin, et ce n'était pas en restant blottie contre lui sur le canapé qu'elle le faisait.

Elle souleva doucement son bras, se laissa rouler du canapé et se retrouva par terre, à quatre pattes. Quand elle se retourna, elle vit que les yeux d'Irish étaient toujours fermés et sa respiration, profonde et régulière. Elle s'éloigna du canapé, toujours à quatre pattes, avant de se relever. Elle referma sans bruit la porte de sa chambre et passa un jean et un T-shirt blanc avant d'aller se brosser les dents et se faire une queue-de-cheval. Elle mit un soupçon de blush, un peu de mascara et une touche de rouge à lèvres rose pour masquer la pâleur de son visage. Ensuite, elle changea son pansement, enfila des chaussettes et des pantoufles, ouvrit doucement la porte de sa chambre et regarda vers le canapé : il était vide, et des effluves de café flottaient dans l'air.

Dire qu'elle n'avait pas voulu le réveiller !

Irish était dans la cuisine, pieds nus, le T-shirt dépassant du pantalon, une ombre de barbe sur le menton. Comme à chaque fois qu'elle le voyait, son cœur se mit à battre un peu plus vite. Elle s'accorda un moment pour jouir du spectacle. Cet homme ne savait pas à quel point il était séduisant.

Il se retourna et sourit en la voyant.

— Est-ce que tu veux tes œufs brouillés, ou au plat ?

— Pourquoi est-ce que tu ne me laisses pas faire la cuisine ?

— Tu en as déjà assez de la mienne ? demanda-t-il.

— Non, loin de là, mais j'aime faire ma part du travail. Que dirais-tu d'une omelette ?

— Bonne idée. J'émince, et tu surveilles la poêle.

Elle sourit.

— Marché conclu.

Comme la veille, ils préparèrent le repas ensemble, dans une entente qui lui sembla aussi naturelle que l'acte de respirer. Ils semblaient anticiper chacun des besoins de l'autre, se déplaçaient à l'unisson, sans se gêner.

Quand les deux omelettes mousseuses, bien dorées et pleines de délicieux légumes furent prêtes, Tessa les fit glisser sur deux assiettes tandis qu'Irish remplissait deux verres de jus d'orange et sortait des couverts. Elle posa les deux assiettes sur la table et, quand elle voulut s'asseoir, Irish recula sa chaise. C'était le genre de geste que Randy ne faisait jamais, sauf si quelqu'un les regardait.

— Je pourrais m'habituer à ta présence, dit-elle. C'est beaucoup plus amusant de cuisiner à deux.

— J'aime faire la cuisine. C'est sacrément meilleur que ce qu'on sert dans les cantines.

— Je m'en doute.

Ils mangèrent leur petit déjeuner en parlant de football et du bétail du Whiskey Gulch Ranch. Elle rit quand Irish lui détailla les personnalités des différents chevaux, comme s'il s'agissait d'êtres humains. Des amis, même. En le voyant sourire, elle demanda :

— Tu aimes vraiment ce travail, n'est-ce pas ?

— Oui. C'est un rêve qui se réalise. Je m'étais promis qu'en quittant l'armée je travaillerais avec des animaux pendant un certain temps avant d'essayer d'accomplir mon autre rêve : trouver une maison et fonder une famille.

— On dirait que tu as trouvé l'endroit idéal, dit Tessa.

— Cela ne se serait sans doute pas produit si le père de Trace n'avait pas été assassiné. Il parlait toujours d'aller au bout de ses vingt ans de service, voire de se rengager. Il ne parlait jamais de sa maison ni de sa famille, sauf peut-être de sa mère. Il semblait ne pas bien s'entendre avec son père. Je pense qu'il regrette de ne pas avoir eu une chance de se réconcilier avec lui.

— C'est tellement dommage. M. Travis faisait beaucoup pour la communauté, et il était très respecté.

— Si Trace n'avait pas choisi de rester ici pour diriger le ranch et monter son agence de sécurité, reprit Irish, je ne serais pas ici aujourd'hui. Il savait qu'un soldat qui a vécu en zone de combats peut avoir du mal à se réhabituer à la vie civile. Il veut donner un but aux anciens soldats, en s'appuyant sur les compétences qu'ils ont acquises à l'armée.

— Il a bien fait de rester à Whiskey Gulch.

— Il aide des gens comme moi en leur fournissant un endroit où travailler et poursuit l'œuvre de son père, à sa façon. Trace Travis est un homme bien, et son idée d'agence de sécurité est admirable. Maintenant, si nous pouvons glaner quelques indices, déterminer qui t'en veut et le neutraliser, nous aurons la preuve que son concept est viable.

Tessa étrécit les yeux.

— En parlant d'indices, je crois que j'ai un vieil annuaire des anciens élèves. Laisse-moi aller le chercher.

Irish inclina la tête vers son assiette.

— Finis d'abord ton omelette. Il faut que tu manges. Nous ne savons pas ce que la journée nous réserve.

Elle vida rapidement son assiette et la porta dans l'évier avant d'aller chercher l'annuaire des anciens élèves sur l'étagère du couloir où il était rangé, avec ses albums photo. Elle l'ouvrit à la page des terminales et posa le doigt sur la photo d'une brune souriante.

— Voilà Penny.

Elle tourna les pages pour montrer à Irish les photos de Kitty Kitterman, puis d'une jolie fille aux cheveux blonds.

— Et voici Bethany York.

Irish revint à la première page.

— Et te voilà. Tu n'as pas tellement changé.

— J'ai quelques rides au coin des yeux, et j'ai perdu une partie de ma masse musculaire.

— Mais tu n'as pas changé, dit Irish. La seule différence que je vois, c'est que tes cheveux sont un peu plus courts.

Elle nomma un à un les garçons de sa classe de terminale, et son doigt s'arrêta sur la photo de Randy.

— C'était le plus beau garçon de terminale, marmonna-t-elle. Mais le physique n'est rien. Tout ce qui compte, c'est ce qu'il y a à l'intérieur.

Elle rit et remarqua :

— Je l'ai appris tant au sujet de Randy que de moi-même.

— Je comprends pour Randy, mais pourquoi dis-tu que tu l'as appris à ton propre sujet ?

— Au lycée, je ne comptais que sur mon physique.

Elle releva la tête et lui décocha un sourire en coin.

— Mais mon physique ne m'a pas permis d'échapper aux coups. Pour partir, j'ai dû trouver la force à l'intérieur de moi.

Irish était dévoré par la colère. S'il ne se contrôlait pas, il risquait de briser la promesse qu'il avait faite à Tessa : ne pas faire de mal à Randy quand il le verrait. Il se contraignit à se concentrer sur l'annuaire.

— Tu as dit qu'il était dans l'équipe de football.

— Oui. Il était quarterback.

— Et l'homme qui t'a agressée… il était moins affûté que lui ?

— Je pourrais le jurer, répondit-elle. Randy a toujours

tenu à entretenir son physique. Il ne tolérait pas les gens qui se laissaient aller.

Irish secoua la tête.

— Est-ce que c'est pour ça que tu cours ? Est-ce qu'il t'a harcelée pour que tu fasses du sport afin de ne pas grossir ?

— En partie, avoua-t-elle. Mais si je cours, c'est surtout pour ne pas avoir le temps de ressasser les échecs de ma vie. Et le sport génère des endorphines qui contribuent à me remonter le moral.

— C'est l'effet bonus du sport.

Il reposa les yeux sur l'annuaire.

— Quels garçons de ta classe étaient costauds ?

Tessa passa en revue les photos de terminale suivant l'ordre alphabétique.

— Mike Bradley était l'un des plus grands de l'équipe. Il était attaquant. Il mesurait plus d'un mètre quatre-vingt-dix et pesait quatre-vingt-dix kilos. Il était difficile à déborder. Il protégeait le quarterback.

Irish grimaça.

— Est-ce qu'il est toujours à Whiskey Gulch ?

Tessa sourit.

— Oui. Il enseigne l'histoire au collège et il entraîne l'équipe de foot. Sa femme est institutrice à l'école primaire. Ils ont deux jeunes enfants.

Ce n'était pas pour autant que cet homme était incapable de faire du mal à quelqu'un.

— Avait-il des problèmes de gestion de colère ?

Tessa sourit de nouveau.

— Mike est un gros nounours. L'un des êtres humains les plus gentils que tu rencontreras jamais.

Peu convaincu, il secoua la tête.

— On ne sait jamais. Parfois, ces gentils garçons cachent quelque chose, même à leur famille.

— Pas Mike. Il a toujours été comme un livre ouvert.

Et il ferait n'importe quoi pour n'importe qui. Sa femme et lui forment un couple adorable. Il est grand, elle est toute petite, et ils ont l'air sincèrement heureux. Non, ce n'est pas notre homme.

Elle posa son doigt sur la photo suivante.

— Voici Connor Daniels. Il était footballeur, lui aussi, mais pas aussi grand que Mike Bradley. Il quittait parfois la ligne d'attaque pour jouer au poste de running back. Il était rapide, sur le terrain et avec les filles.

— Toujours en ville ? demanda Irish.

— Oui, et il semble s'être rangé. Il est devenu pompier. Le petit ami de l'une de mes collègues travaille avec lui et en dit beaucoup de bien. Je pense qu'il sort avec Sadie Green, qui est serveuse au relais routier.

— Cela vaudrait peut-être la peine d'aller lui parler. Elle pourrait avoir une autre opinion que son collègue.

— Peut-être.

— Comment en sais-tu autant sur tous ces gens alors que tu as passé des années loin d'ici ? demanda Irish.

Avec un léger sourire, Tessa haussa les épaules.

— Les ragots de l'hôpital… et la ville est petite.

Elle passa au garçon suivant.

— Nathan Harris, footballeur lui aussi. Un défenseur.

Irish étudia le portrait de l'homme. Harris avait un visage large, des cheveux et des yeux bruns, des sourcils fournis et une mâchoire carrée.

— Combien mesurait-il ? demanda-t-il.

— Plus d'un mètre quatre-vingts, avec une ossature lourde. Et étonnamment rapide pour sa taille. Il a réussi des tacles incroyables dans certains de nos matchs.

— Est-ce qu'il vit toujours à Whiskey Gulch ?

— Lui, je ne sais pas trop, mais sa mère oui. Je pense qu'il est chauffeur routier, et qu'il passe beaucoup de temps sur la route.

— Comment était-il au lycée ?

Elle haussa les épaules.

— Je ne me souviens pas vraiment de lui. Il était plutôt en lisière de notre petit groupe, et assez réservé. Il ne parlait pas beaucoup.

Son doigt se posa sur la photo d'un adolescent aux cheveux blonds et aux yeux gris.

— Voilà Eddy Knowlton. Il a été salement blessé pendant le dernier match de la saison. Il a souffert d'un traumatisme crânien, qui semble lui avoir un peu abîmé le cerveau. Il n'a plus jamais vraiment été le même.

— Qu'est-il devenu ? demanda Irish.

— Il est agent d'entretien à l'hôpital.

Irish grimaça. Si cet homme était l'agresseur, il n'aurait aucun mal à atteindre Tessa.

— Est-ce que tu le crois capable d'agresser une femme ?

— Je ne sais pas, dit Tessa. Je le croise parfois dans le couloir. Il marche lentement en poussant un balai ou une serpillière, la tête baissée, sans jamais sourire. J'ai pitié de lui. Il avait tellement de qualités.

Pour avoir rencontré des soldats victimes de lésions cérébrales traumatiques, Irish savait que les blessures à la tête pouvaient laisser des séquelles étranges.

— Est-ce qu'il était à la fête, le soir de la remise de diplômes ?

— Oui. Tout le monde y était.

Elle tourna la page et posa le doigt sur la photo d'un adolescent aux cheveux et aux yeux d'un marron tellement sombre qu'ils en étaient presque noirs. Il semblait costaud.

— Voici Wayne Payton. Il avait parfois du mal à canaliser sa colère. Il était attaquant et ne jouait pas toujours franc jeu, au point de blesser les adversaires. Il est toujours en ville. Il pose les câbles qui relient les habitations au réseau Internet.

— En d'autres termes, il a accès aux maisons.

— Oui, mais seulement quand on le laisse entrer. Il n'a pas les clés.

— Est-ce qu'il est marié ?

— Plus maintenant. Il a épousé Marcie Williamson dès sa sortie du lycée, mais elle a divorcé dans l'année qui a suivi. Marcie est serveuse au restaurant. C'était l'une des meilleures amies de Penny, et son assassinat a failli la tuer.

— Nous devrions lui parler, dit Irish.

— La police l'a longuement interrogée après la mort de Penny, comme la plupart d'entre nous. Marcie était pom-pom girl elle aussi, mais elle était en première. Elle était venue à la fête avec Wayne. Je pense qu'elle avait beaucoup trop bu, parce qu'elle ne se souvient pas du moment où Penny a disparu. Je n'ai jamais pu lui faire raconter toute l'histoire.

Son doigt se posa sur la photo suivante, celle d'un garçon aux cheveux châtains et aux yeux marron.

— Voici Hayden Stevens, notre receveur et running back. Il n'était pas très costaud, mais il courait vite. Si Randy lançait le ballon dans sa direction, tu peux être certain que Hayden le rattrapait.

— Combien mesurait-il ?

— Un peu moins d'un mètre quatre-vingts. Il était mince, et il l'est resté. Il travaille pour un carrossier de la ville.

— Et celui-ci ? demanda Irish en montrant un jeune homme avec des lunettes.

Tessa sourit.

— C'est Wally, ou Richard Wallace. L'intello de la classe. Il dirigeait le labo d'informatique.

Elle fronça les sourcils.

— Il avait le béguin pour Penny. Le shérif l'a bombardé de questions, mais il avait un alibi en béton : il fêtait son bac à la salle paroissiale en jouant à ce vieux jeu de rôles,

« Donjons et Dragons », avec quelques-uns de ses copains. Il y a au moins trois témoins qui ont certifié qu'il avait joué pendant toute la nuit.

— Qui d'autre dans ta classe, ou peut-être dans une classe inférieure, était du même gabarit que l'homme qui t'a agressée ?

Tessa désigna les photos de quelques garçons de première avant de relever la tête.

— Je ne sais pas quoi te dire. Il y en a certains que je n'ai pas vus depuis des années et d'autres que je rencontre tous les jours. Aucun des hommes de mon entourage ne me semble capable d'agresser qui que ce soit, mais j'ai tendance à toujours voir le bon côté des gens. Après tout, je pensais que Randy était un gentil garçon… Tu comprends pourquoi je ne me fie pas à mon jugement ?

Irish lui sourit.

— Voir le bon côté des gens n'est pas une tare.

— Non, répondit-elle en soupirant. Mais on peut plus facilement profiter de moi.

Il regarda la pendule accrochée au mur.

— Si nous allions au magasin de bricolage ? Nous pourrons peut-être poser quelques questions à Josh Kitterman.

— Bonne idée, répondit Tessa. Cela fait des mois que je suis revenue, et je l'ai à peine vu. Je pensais que sa sœur avait déménagé et qu'elle était heureuse dans son couple, contrairement à moi… Je m'en veux de ne pas avoir pris le temps de lui parler. Je ne pensais qu'à moi et à mon mariage raté, sans imaginer que d'autres pouvaient avoir vécu bien pire.

— Ton mariage n'était pas un mariage raté, dit Irish. C'était une évasion réussie.

Elle le gratifia d'un sourire en coin.

— Vu comme ça, tu as raison. Allons voir Josh.

Elle referma l'annuaire et se leva.

— Comment va ce pied ? demanda Irish.

— Il me fait encore un peu mal, avoua-t-elle. Mais je me déplace plus facilement. Tu vois, je connais un ancien membre des Forces spéciales qui fait très bien les pansements.

— Ravi d'avoir pu me rendre utile, dit-il en s'inclinant. Je me suis donné pour but d'atteindre le statut de chevalier en armure étincelante. J'espère être bientôt qualifié pour secourir les demoiselles en détresse.

Elle éclata de rire.

— Tu l'es déjà. La demoiselle qui se tient devant toi n'a rien à redire à ton travail.

Il tendit la main et elle y posa la sienne. Ensemble, ils marchèrent vers la porte d'entrée. Elle prit son sac à main en traversant le séjour, et il ferma le cottage à clé.

11

Irish insista pour prendre son pick-up, arguant qu'il était plus massif et résisterait mieux que le SUV de Tessa si quelqu'un les emboutissait pour leur faire quitter la route. Moins de cinq minutes plus tard, il se garait dans le parking du magasin de bricolage.

Il coupa le contact, descendit et s'empressa d'aller ouvrir la portière de Tessa et de l'aider à descendre du pick-up. Elle lui prit la main et ils entrèrent dans le magasin. C'était la première fois qu'elle recherchait un contact entre eux, ce qui le rendit étrangement heureux.

Une fois à l'intérieur, elle se pencha vers lui.

— C'est Josh qui est à la caisse.

Comme trois personnes faisaient la queue pour régler leurs achats, Irish inclina la tête vers les rayons.

— En attendant qu'il soit disponible, allons chercher de quoi réparer le trou dans la porte de ta chambre, à moins que tu préfères la changer.

— Non. Je te dois encore celle de la cuisine. Une simple réparation suffira.

— Il ne me faudra que de la pâte à bois et de la peinture. Quant au trou que la balle a fait dans ton mur, nous pouvons le reboucher avec un peu de plâtre ou de dentifrice. Un coup de pinceau, et il n'y paraîtra plus.

Ils se tenaient devant les pots de pâte à bois quand Tessa chuchota :

— C'est Wayne Payton.

— Le câbleur ?

Irish observa l'homme. Il mesurait cinq centimètres de plus que lui, et il était costaud.

— Le garçon qui sortait avec Marcie, l'amie de Penny, qui était pom-pom girl mais plus jeune que toi d'un an ?

Tessa sourit.

— C'est lui, oui. Marcie l'avait accompagné à la fête.

— Est-ce qu'il avait un alibi ?

— Marcie.

Elle leva les yeux vers lui.

— Est-ce que nous devrions aller l'interroger ?

— Puisque nous sommes ici, pourquoi pas ?

Les chances que cet homme avoue être l'auteur de trois meurtres et d'autant d'agressions contre Tessa étaient minces, mais s'il était coupable, Irish se pensait en mesure de le lire sur son visage.

Tessa redressa les épaules et s'approcha de l'ex de Marcie.

— Salut, Wayne, dit-elle. Ça fait longtemps.

L'homme se tourna vers elle.

— J'avais entendu dire que tu étais de retour en ville, fit-il en posant un regard scrutateur sur elle. Et lui ? C'est ton nouveau petit ami, puisque tu as plaqué Randy ?

Tessa plissa le front.

— C'est ce qu'il t'a affirmé ?

Wayne haussa les épaules.

— Pas vraiment. Il m'a raconté qu'il t'avait larguée.

Tessa réprima un sourire.

— Ça ne me surprend pas, marmonna-t-elle à mi-voix.

— Mais j'ai deviné que c'était toi qui l'avais quitté, reprit Wayne. Toutes les femmes ont l'air de quitter leur mari, de nos jours. Elles n'attachent aucune importance aux vœux qu'elles ont prononcés.

— J'ai rempli ma part du contrat jusqu'à ce que Randy cesse de remplir la sienne, répondit Tessa. Il n'a jamais respecté le passage qui parle de « chérir » ; par contre, il était bien parti pour respecter le « jusqu'à ce que la mort nous sépare », mais il semblait décidé à ce que ce soit ma mort.

— Ce n'est pas ce qu'il m'a dit. Il a prétendu que tu le trompais.

Il posa les yeux sur Irish, et Tessa répliqua :

— Crois ce que tu veux.

Irish serra les poings, et elle posa une main sur son bras pour l'empêcher d'avancer vers Wayne.

— J'ai entendu dire que Marcia et toi aviez rompu, dit-elle pour orienter la conversation vers un autre sujet.

Wayne émit un grommellement indistinct.

— Est-ce que tu avais la même conception du mariage que Randy ? reprit-elle. Est-ce que tu pensais toi aussi qu'il faut battre une femme régulièrement pour l'empêcher de s'écarter du droit chemin ?

Wayne carra ses larges épaules.

— Je n'ai jamais levé la main sur Marcie. C'est elle qui a demandé le divorce. Elle ne s'est jamais remise de la mort de Penny. Elle n'a plus jamais été la même. Je l'ai épousée quand même en espérant que nous pourrions construire quelque chose ensemble, mais elle se sentait coupable de la mort de Penny – et elle me la reprochait.

Tessa se raidit à côté d'Irish.

— Est-ce que c'est toi qui l'as tuée ?

— Bien sûr que non, dit Wayne, mais on aurait pu croire le contraire. J'ai insisté pour que nous nous éclipsions pour faire l'amour pendant la soirée, et Penny s'est retrouvée seule. Si Marcie et moi n'avions pas été en train de faire l'amour, elle ne serait pas morte. Dans l'esprit de Marcie, les choses sont claires : je suis tout aussi responsable de sa mort que si je l'avais assassinée moi-même.

— Mais elle t'a épousé, dit Tessa.

— Oui. J'ai pensé qu'elle finirait par redevenir elle-même et oublier la mort de Penny. Ça a été le cas pendant un moment, pendant toute son année de terminale, alors que nous organisions notre mariage.

Wayne se passa une main dans les cheveux.

— Mais quand nous avons été mariés et installés dans notre nouvelle maison, elle a eu beaucoup trop de temps libre, du temps qu'elle consacrait à penser à Penny. Notre mariage s'est délité. Je lui ai proposé d'aller voir un conseiller conjugal, mais elle a refusé et fini par demander le divorce.

Ses épaules s'affaissèrent.

— Le plus triste, c'est que je l'aime encore. Je voulais vivre le restant de mes jours avec elle. Vieillir à ses côtés, avoir des petits-enfants… la totale. Mais mon rêve s'est brisé le jour où Penny a été tuée.

Il inspira profondément et souffla.

— Écoute, je ne sais pas ce qui s'est passé entre Randy et toi, mais je sais quel salopard il pouvait être. Toi, par contre, tu as toujours été gentille avec moi. Je te demande pardon pour ce que j'ai dit. Je suis sûr que tu avais de bonnes raisons de demander le divorce.

Il consulta sa montre et ajouta :

— J'en ai assez dit. Je dois y aller. On m'attend au travail.

Il déposa les objets qu'il tenait dans un rayon et sortit du magasin, les épaules voûtées.

— Est-ce que tu le crois ? demanda Irish.

— Oui. Il semble regretter sincèrement d'avoir perdu Marcie, et elle a témoigné en sa faveur. Mais nous pourrions aller au restaurant à midi pour discuter avec elle, si elle travaille aujourd'hui.

— Bonne idée.

Irish jeta un regard vers la caisse. Deux nouveaux clients se tenaient devant Josh.

— Hé, fit Tessa en lui touchant le bras. C'est Nathan Harris.

Irish gloussa de rire.

— Est-ce qu'il nous suffit de venir au magasin de bricolage pour rencontrer tous tes anciens camarades de classe ? Est-ce que cet endroit est la Mecque sociale de Whiskey Gulch ?

— Apparemment.

Elle se mordilla la lèvre inférieure.

— Je ne sais vraiment pas comment aborder Nathan. Je n'ai rien en commun avec lui, et je n'ai jamais su comment lui parler.

— Laisse-moi faire, dit Irish.

Il s'approcha de Nathan.

— Excusez-moi, est-ce que vous êtes du coin ?

Nathan fronça les sourcils.

— Ouais.

Irish sourit.

— Est-ce que vous connaissez quelqu'un qui peut se charger de quelques menus travaux dans une maison ?

— Peut-être, dit Nathan en se tournant vers lui.

Quand il vit Tessa, il inclina la tête.

— Bonjour, Tessa.

— Bonjour, Nathan, répondit-elle avec un sourire crispé. Je ne savais pas que tu étais revenu à Whiskey Gulch.

— Je n'en suis jamais parti. Après la mort de papa, je suis resté pour aider maman.

Tessa hocha la tête en signe d'approbation.

— Je parie qu'elle est heureuse de t'avoir auprès d'elle.

— Je ne l'entends pas se plaindre, en tout cas. Et toi ? Depuis combien de temps es-tu de retour ? Je ne t'ai pas beaucoup vue en ville.

Tessa haussa une épaule et la laissa retomber.

— Je ne sors pas de chez moi, sauf pour aller courir, faire des courses et travailler.

— Maman m'a dit que tu avais eu des ennuis ?

Tessa hocha la tête.

— Oui, c'est vrai.

— Quelqu'un t'a agressée près de la rivière, c'est bien ça ? reprit Nathan en secouant la tête. J'ai vraiment été désolé de l'apprendre. Je suis rentré en ville tard, hier soir.

— Est-ce que tu étais en voyage ? demanda Tessa.

— Je suis chauffeur routier. Si nous ne nous sommes pas encore rencontrés, c'est parce que je passe beaucoup de temps sur la route.

— Et ça se passe bien ?

Nathan haussa les épaules.

— Ça paie les factures, ça m'occupe et je rentre assez souvent pour aider maman.

— Et nos années de lycée et les matchs de foot ? Ça ne te manque pas trop ?

— Pas vraiment, non. Le foot est un sport violent, qui marque le corps. Et les drames du lycée ne me manquent vraiment pas.

— Tu penses à un drame en particulier ?

— Non, seulement à ces années dans leur ensemble. Jamais je n'ai été aussi heureux de quitter un endroit.

— Est-ce que tu t'es marié ?

Il secoua la tête.

— La plupart des femmes veulent un homme qui rentre à la maison chaque soir. Dans mon boulot, ce n'est pas le cas.

Il inclina la tête vers Irish.

— C'est ton nouvel homme ? J'ai entendu dire que tu avais plaqué Randy et, très sincèrement, je ne t'en blâme pas.

Tessa fronça les sourcils et se rapprocha d'Irish.

— C'est mon nouvel homme, oui… Mais pourquoi penses-tu que j'ai bien fait de plaquer Randy ?

Nathan retroussa les lèvres en un sourire narquois.

— Il n'a jamais su comment traiter une femme. Cet homme avait tout : le meilleur poste dans l'équipe de foot, la plus jolie fille du lycée, et une bourse. Tout lui tombait tout cuit dans le bec, et il pensait que c'était normal.

— Tu aurais pu aller à l'université toi aussi, dit Tessa. Pourquoi ne l'as-tu pas fait ?

— Je n'étais pas assez intelligent, répondit Nathan.

Il pinça les lèvres et poursuivit :

— Randy avait une autre qualité : il décrochait de bonnes notes sans avoir besoin de travailler. Quoi qu'il décide de faire, il le réussissait. Et moi, j'ai à peine eu mon examen d'anglais, et je n'ai jamais pu retenir toutes les dates qu'on nous enseignait en histoire. Il n'y a qu'en maths que je n'étais pas trop mauvais.

Il secoua la tête.

— Oui, Randy a gâché sa vie. Et après, il t'a perdue. Quoi qu'il en soit, je te souhaite le meilleur. Je suis heureux que tu sois de retour. Reste en contact.

Il se détourna mais Tessa l'appela.

— Nathan ! Tu étais bien avec nous le soir de la remise de diplômes, n'est-ce pas ?

Il se retourna, les yeux étrécis.

— Oui, pourquoi ?

— Je me posais seulement la question. Je ne me souviens pas de tous ceux qui étaient là, dit-elle en souriant.

— Sans doute parce que tu étais trop occupée avec Randy, répliqua-t-il. Mais j'étais là, oui, même si je suis parti assez tôt.

— Pourquoi ?

— Ça ne m'intéressait pas de passer la soirée avec une bande de gamins qui ne pensaient qu'à se soûler. Pourquoi est-ce que tu me questionnes là-dessus ?

— Je pense à Penny, de temps en temps, et je me demande si quelqu'un a vu quelque chose qui pourrait nous aider à comprendre ce qui lui est arrivé.

Nathan inclina la tête de côté.

— Quoi, par exemple ?

— Si elle est partie avec quelqu'un.

Nathan réfléchit pendant quelques instants avant de secouer la tête.

— Non, je ne l'ai vue partir avec personne. Écoute… je dois y aller. Il faut que je passe à la pharmacie chercher les médicaments de maman. À bientôt.

Quand Nathan fut parti, la caisse de Josh était libre.

— Viens, allons parler avec Josh, dit Tessa.

— Bonjour, lança Josh Kitterman derrière le comptoir. En quoi puis-je vous aider ?

Irish posa le tube de pâte à bois sur le comptoir, avec un petit couteau à enduire.

— Je voudrais acheter ceci.

— Salut, Josh, dit Tessa. Heureuse de te voir.

— Salut, Tessa, répondit Josh.

Il scanna les articles et reprit :

— Je t'ai vue en ville, mais je n'ai pas eu l'occasion de te saluer.

— Je voulais te dire que je suis désolée pour ce qui est arrivé à Kitty. Je n'arrive pas à croire que je viens juste de l'apprendre.

Une ombre passa dans son regard et il pinça les lèvres.

— Nous avons tous été anéantis.

— J'ai été surprise que sa mort n'ait pas été annoncée dans le journal.

Josh secoua la tête.

— Mes parents sont partis depuis tellement longtemps que le faire-part n'est passé que dans le journal de Kerrville, là où vivait Kitty.

— Est-ce qu'ils ont attrapé l'assassin ? demanda Tessa.

— Non.

D'une voix plus basse, elle poursuivit :

— Est-ce que tu permets que je te demande ce qui s'est passé ?

Il soupira.

— Elle était chez elle avec ses deux enfants. L'aîné avait deux ans, l'autre seulement huit mois. Son mari avait quitté la ville pour une conférence. Il lui avait téléphoné le matin même et tout allait bien. Quand il est rentré dans l'après-midi, il a trouvé la porte ouverte et l'aîné des enfants assis par terre, dans le séjour. Le bébé était dans son berceau. Ils pleuraient tous les deux. Quant à Kitty, elle avait disparu. Il l'a cherchée dans la maison, puis dans le jardin, avant d'appeler la police. Les policiers ont fouillé les alentours de leur maison, mais sans la retrouver.

— Est-ce qu'il y avait des traces d'effraction ? demanda Irish.

— Non, répondit Josh. La police pense qu'elle connaissait son assassin, puisqu'elle lui a ouvert la porte. Son mari était anéanti. Maman l'a aidé autant qu'elle l'a pu à s'occuper des enfants. Le corps de Kitty a été retrouvé deux jours plus tard au bord de la nationale, et l'autopsie a déterminé qu'elle avait été étranglée. Quelqu'un l'a tuée, de ses deux mains.

Plus Josh parlait, plus sa voix devenait tendue. Il détourna les yeux, comme pour se ressaisir, et poursuivit :

— Ça s'est passé pendant que j'étais à l'armée. Je n'ai pas pu en parler pendant un long moment. Quand j'essaie d'imaginer ce qu'elle a enduré…

Sa voix se brisa.

— Ma pauvre sœur.

— Est-ce que la police suspectait quelqu'un ?

Josh secoua la tête.

— Non, et personne n'a vu qui entrait chez elle ou en ressortait. Tous ses voisins étaient au travail. Mais comme elle était maîtresse d'école et qu'on était en été, elle était à la maison, avec les enfants.

Tessa posa sa main sur celle de Josh.

— Je suis vraiment désolée. J'aimais beaucoup Kitty. C'était l'une des personnes les plus gentilles que je connaisse. J'ai du mal à croire que quelqu'un ait pu lui faire ça.

Josh hocha la tête.

— Et ces pauvres enfants ne sauront jamais quelle mère fantastique elle était. Ma femme et moi allons les voir aussi souvent que possible, et ils viennent chez nous quand nous avons des congés. Le mari de Kitty commence tout juste à fréquenter d'autres femmes. J'espère sincèrement qu'il en rencontrera une qui aimera ces enfants autant que Kitty les aimait.

— Moi aussi, dit Tessa.

Pendant qu'Irish réglait ses achats, Josh la regarda et lâcha :

— J'ai entendu dire que tu avais eu des ennuis, récemment.

Elle se fendit d'un demi-sourire.

— Les nouvelles voyagent vite, n'est-ce pas ?

Le frère de Kitty hocha la tête.

— Sois prudente. Si Kitty connaissait son assassin, il peut s'agir de quelqu'un de Whiskey Gulch. Tu comprends, on ne l'a jamais identifié, pas plus que celui de Penny.

— Est-ce que tu penses qu'il pourrait s'agir de la même personne ? demanda Tessa. Que mon agresseur est aussi l'assassin de Kitty, Bethany et Penny ?

Il étrécit les yeux.

— L'adjointe Jones est passée tout à l'heure, et elle a émis la même hypothèse. J'ai entendu dire que Bethany York avait été assassinée à San Antonio. Vous étiez toutes les quatre en terminale et pom-pom girls. L'idée n'est pas tellement saugrenue.

— Est-ce que tu as entendu Kitty parler de la nuit où Penny est morte ? demanda Tessa.

— Non. J'avais déjà quitté la maison, à l'époque. Elle a mentionné le meurtre dans l'une de ses lettres, mais sans donner d'avis sur ce qui s'était passé. Elle écrivait seulement qu'elle était triste que Penny ne soit plus là, et horrifiée que quelqu'un ait pu la tuer alors qu'ils étaient tous en train de faire la fête. Je pense qu'elle se sentait coupable que ce meurtre ait eu lieu à quelques dizaines de mètres seulement, sans que personne ne s'aperçoive de rien.

— Nous nous sommes tous sentis coupables, avoua Tessa.

— Tu sais, si je peux faire quoi que ce soit pour aider à démasquer ton agresseur, je le ferai. Kitty aurait voulu que j'aide son amie, je le sais.

— Merci, Josh, dit Tessa.

Quand ils ressortirent du magasin, elle prit la main d'Irish, qui referma ses doigts sur les siens et les pressa doucement.

— Je suis désolé pour tes amies. Ça doit être pénible de revenir sur tout ça.

Il savait ce que provoquait la perte d'un ami. Même si les membres des Forces spéciales étaient conscients des risques qu'ils couraient, perdre un frère d'armes était toujours un choc.

— Est-ce que tu veux passer au bureau du shérif en allant au restaurant ? proposa-t-il.

Elle acquiesça.

— Bonne idée.

Elle lui tint la main jusqu'à ce qu'ils atteignent le pick-up. Ensuite, elle le laissa ouvrir la portière et l'aider à s'installer.

Il aimait la voir à l'aise avec lui, il aimait voir qu'elle se sentait en sécurité quand elle tenait sa main. Il voulait trouver l'homme qui la traquait et le chasser de sa vie afin qu'elle puisse vivre en paix, même s'il savait qu'il n'aurait alors plus aucune raison de rester auprès d'elle. Et il ne voulait pas que leur histoire s'arrête ainsi.

12

Irish se gara devant le bureau du shérif et s'empressa de descendre pour ouvrir la portière de Tessa avant qu'elle ait eu le temps de le faire. S'il la protégeait parce que c'était son travail, elle devina que ce genre de geste était dans sa nature.

Quand il lui tendit la main, elle y mit la sienne.

— Tu sais que je suis parfaitement capable d'ouvrir moi-même ma portière, n'est-ce pas ?

Il sourit.

— Oh ! oui. Je le sais. Disons seulement que j'aime le faire pour toi. Ne me prive pas de ce petit plaisir, s'il te plaît.

— D'accord, répondit-elle en souriant elle aussi. Je ne veux surtout pas contrarier tes penchants chevaleresques. Tu as une armure à polir.

— Exactement, dit-il en clignant de l'œil. Je veux qu'elle étincelle.

Main dans la main, ils entrèrent dans le commissariat. L'adjointe Jones était assise devant un ordinateur. Debout derrière elle, Matt Hennessey regardait l'écran par-dessus son épaule.

L'adjointe leva les yeux.

— Bonjour, mademoiselle Bolton. Heureuse que vous soyez passée.

Le pouls de Tessa palpita.

— Avez-vous découvert quelque chose ?

Jones pinça les lèvres.

— Pas grand-chose, mais en mettant tous les indices bout à bout, nous finirons par obtenir quelque chose.

— Alors, quoi de neuf ? demanda Irish.

Elle tendit le doigt vers l'écran.

— Nous avons obtenu le rapport d'autopsie de Bethany.

— Et qu'avez-vous appris ? fit Tessa.

— Comme Mme Kitterman, dit l'adjointe, Mlle York a été étranglée. Mais il y a autre chose.

Tessa s'approcha.

— Ce qui est étrange, poursuivit-elle, c'est que ses doigts et ses orteils portaient des traces d'engelures.

— D'engelures ? demanda Tessa, perplexe.

— D'engelures, oui, confirma Jones.

— À quelle période de l'année a-t-elle été assassinée ? intervint Irish.

Matt Hennessey se tourna vers Tessa et lui.

— En juillet.

— Comment est-ce possible ? demanda Tessa.

— La seule hypothèse qui nous est venue à l'esprit est que son assassin l'a enfermée dans un congélateur avant de l'étrangler.

— Et Kitty ? fit Tessa.

— Nous n'avons pas encore reçu son rapport d'autopsie. Nous vous ferons signe dès que nous l'aurons.

— En tout cas, rien à voir avec la mort de Penny, remarqua Irish. Elle a été étranglée et jetée du haut d'une falaise. Pas d'engelures.

— D'après le rapport d'autopsie, elle était morte avant la chute, dit Matt Hennessey. Les engelures de Bethany York sont survenues alors qu'elle était encore en vie.

— On l'a retrouvée au nord de Kerrville, au bord de la nationale, c'est bien ça ? demanda Irish.

— C'est ça, répondit l'adjointe du shérif.

— Tout près de l'endroit où on a retrouvé Kitty Kitterman, dit Irish. Et Kerrville n'est pas très loin de San Antonio.

— En effet, confirma Jones.

— On dirait que Kitty Kitterman et Bethany York ont été tuées par le même homme, dit Matt. Et compte tenu du fait que Penny, Kitty et Bethany appartenaient à la même troupe de pom-pom girls, il est possible que leur assassin soit aussi celui de Penny – ainsi que l'agresseur de Tessa.

— Mais qu'est-ce que cela nous apprend sur cet homme ? demanda Irish.

— Qu'il aime étrangler ses victimes, pour commencer, dit l'adjointe.

Tessa porta une main à sa gorge et frissonna.

— Et il a bien failli réussir avec moi.

— Heureusement, il a seulement failli, lâcha Irish.

Elle prit la main qu'il tendait vers elle.

— Quelle fin atroce que celle de Bethany, reprit Tessa. Quand je pense à ce qu'elle a enduré avant de mourir... avoir froid au point d'avoir des engelures... C'est horrible. Il l'a peut-être enfermée dans la chambre froide d'un restaurant, ou même dans un congélateur coffre. Bethany était assez petite.

— Dans un congélateur coffre, elle aurait rapidement manqué d'air et serait morte asphyxiée, remarqua Jones. Si elle a survécu suffisamment longtemps pour que son assassin l'étrangle, c'est qu'il avait accès à un immense congélateur, ou à une chambre froide.

— Il travaille peut-être dans un restaurant ? suggéra Tessa.

— Ou un abattoir, ajouta Matt.

— Est-ce que c'est tout ce que vous avez ?

L'adjointe hocha la tête.

— Je vous ai dit que ce n'était pas grand-chose, mais tous ces petits indices nous mèneront jusqu'à la solution.

— Nous allons trouver ce type, de préférence avant qu'il atteigne Tessa, dit Irish.

— Où allez-vous maintenant, tous les deux ? demanda Matt.

— Au restaurant pour déjeuner, répondit Irish.

— Est-ce que Trace tient le fort au ranch ?

Matt sourit.

— Avec l'aide de sa mère et de Lily, il contrôle la situation.

Tessa fit quelques pas vers la porte avant de se retourner.

— Avez-vous découvert quelque chose dans les antécédents des garçons de ma classe de terminale ?

L'adjointe du shérif secoua la tête.

— Pas grand-chose. Quelques contraventions pour excès de vitesse, un cas de conduite en état d'ivresse, mais ni crime, ni violences conjugales, ni agression.

Son regard croisa celui de Tessa.

— J'ai cru comprendre que vous aviez quitté votre mari parce qu'il était violent, mais il n'y a rien dans ses antécédents. Vous avez bien dit qu'il vous frappait ?

Tessa grimaça.

— Oui, mais je n'ai pas porté plainte. Je voulais seulement partir.

Jones secoua la tête.

— S'il s'en prend à une autre femme, la police ne saura rien de son passé. La plupart des hommes violents sont des récidivistes en puissance.

— Je n'ai pas pensé à ça. Je ne voulais pas qu'il ait un casier. Sa carrière en aurait souffert.

— Il n'est pas trop tard pour porter plainte, dit l'adjointe. Vous avez toujours les comptes rendus de l'hôpital ?

Tessa hocha la tête.

— J'y réfléchirai, promit-elle.

La pensée que son ex-mari puisse frapper une autre femme lui donnait la nausée.

L'adjointe Jones se tourna vers l'écran.

— Il nous reste à prendre connaissance des antécédents de quelques hommes et du second rapport d'autopsie. J'aimerais que ce soit fait avant votre rencontre avec Randy Hudson.

— Trace et moi serons présents, dit Matt.

— Et je ne serai pas loin, ajouta Jones en se levant. Par contre, nous n'avons pas pu emprunter le détecteur de métaux de l'école. D'après le principal, il est en panne. La société de maintenance devait venir le réparer aujourd'hui, mais les techniciens ont été retenus ailleurs.

Irish fronça les sourcils.

— L'ex de Tessa pourra donc s'approcher d'elle sans être d'abord passé sous ce détecteur de métaux ? Je n'aime pas beaucoup ça.

Tessa posa la main sur son bras.

— Tout ira bien. L'assassin aime étrangler ses victimes, pas les abattre.

— N'oublie pas qu'il a essayé de t'écraser avec une voiture, lui rappela Irish.

Elle hocha la tête.

— Je maintiens que Randy n'est pas le meurtrier. Nous serons dans un lieu public, entourés de gens et, jusqu'ici, l'assassin n'a montré son visage à personne. Je doute qu'il s'agisse de Randy. Mais il saura peut-être quelque chose qui pourrait nous mettre sur la bonne voie.

— Soyez prudente et ne vous approchez pas trop de lui, dit l'adjointe.

— Je serai sur mes gardes, promit Tessa. Je m'assurerai

qu'il n'a ni pistolet ni couteau, même s'il ne m'a jamais menacée d'une arme. Ses pieds et ses poings lui suffisaient.

Quand ils ressortirent du commissariat, Irish aida Tessa à monter dans son pick-up. Plus l'heure de la rencontre entre elle et son ex-mari approchait, plus son ventre se nouait. Il n'avait qu'une envie : tout annuler.

Pendant qu'Irish roulait vers le restaurant, Tessa réfléchissait à tout ce que leur avaient appris Matt Hennessey et l'adjointe Jones. Bethany avait des engelures aux doigts… Son cœur se serra. Son amie avait souffert le martyre avant de mourir.

La traque de son agresseur se doublait maintenant d'une quête de justice pour ses amies.

— Nous devons attraper ce type, dit-elle à haute voix.

— Oui, nous le devons, renchérit Irish.

Elle prit une profonde inspiration, souffla et demanda :

— Que dirais-tu si je servais d'appât pour le piéger ?

— Pas question, dit Irish.

— Il a tué trois femmes, lui rappela-t-elle.

— Et si tu sers d'appât, il pourrait en tuer une quatrième.

— Oui, mais je l'amènerais à se montrer. Nous pourrions le capturer afin qu'il ne recommence pas.

— Avant qu'il te tue, ou après ? demanda Irish en lui jetant un regard sévère. Non, ce n'est pas une option.

— Et s'il est tellement impatient de tuer une quatrième pom-pom girl qu'il décide de s'en prendre à une autre que moi ?

— Tu ne serviras pas d'appât. Fin de la discussion.

Il se gara devant le restaurant, coupa le moteur et se tourna vers elle.

— Ce type ne lâchera pas l'affaire. Il ne s'arrêtera pas

avant que quelqu'un meure, que ce soit lui ou toi. Et je préférerais que ce soit lui.

Tessa lui sourit.

— Parce que ma mort ferait mauvais effet sur ton CV ?

Il se pencha par-dessus la console et encadra son visage de ses mains.

— Je me fiche de mon CV. Cet homme doit être arrêté parce que tu ne mérites pas plus de mourir que ces trois autres femmes. En plus, je t'aime bien.

Elle lui sourit.

— Vraiment ?

— Oui, vraiment. Tu es forte et courageuse, et tu es belle là où il faut l'être.

Il posa une main sur son torse.

— À l'intérieur de toi.

Il reposa sa main sur sa joue.

— Est-ce que tu vas m'embrasser ? chuchota-t-elle en laissant glisser son regard de ses yeux à ses lèvres.

— Est-ce que tu en as envie ? demanda-t-il.

Elle hocha la tête sans mot dire.

— En ce cas, oui. Même si je sais que c'est une erreur.

Il se pencha en avant et appliqua ses lèvres sur les siennes. Ce n'était qu'un bref baiser, dans un parking, mais il la réchauffa jusqu'au tréfonds de son être. Quand Irish releva la tête, il plongea son regard dans le sien et répéta :

— Tu ne serviras pas d'appât.

— Très bien, dit-elle. Maintenant, entrons et voyons ce que Marcie peut nous apprendre.

Cette fois, après avoir ouvert sa portière, il la saisit par la taille, la souleva de son siège et laissa son corps glisser contre le sien jusqu'à ce que ses pieds touchent le sol. Elle posa les mains sur son torse et le regarda dans les yeux.

— Est-ce que tu perds ta concentration ?

Il gémit.

— Oui, et ce n’est pas une bonne chose.

Elle le gratifia d’un sourire séducteur.

— Peut-être, mais ce baiser en était une.

Une fois dans le restaurant, Tessa salua de la main Marge, la serveuse qu’elle connaissait depuis toujours, et Barb, qui était plus jeune, tout en cherchant Marcie du regard.

— Bonjour, Marge. Est-ce que Marcie travaille aujourd’hui ? demanda-t-elle.

Marge se tourna vers les cuisines et cria :

— Marcie, tu as de la visite !

Elle se retourna vers Tessa et Irish et leur sourit.

— Est-ce que vous êtes venus manger, ou parler ?

— Les deux, répondit Irish.

Une jolie blonde sortit des cuisines en portant un plateau chargé d’assiettes.

— Salut, Tessa. Qui est le beau gosse qui t’accompagne ?

— C’est mon…

Comme elle hésitait, Irish acheva à sa place.

— Petit ami.

Elle ne protesta pas. Il était plus simple de présenter Irish comme son petit ami que comme son garde du corps, même si tout le monde aurait compris qu’elle puisse avoir besoin d’un garde du corps après les agressions dont elle avait été victime. En revanche, ils ne comprendraient pas comment elle pouvait se le permettre, et ce serait trop long à expliquer. Il était plus simple de le présenter comme son petit ami.

— Heureuse de voir que tu tournes la page, dit Marcie. Installez-vous. Je vais chercher des menus.

Irish choisit une table tout au fond du restaurant, la fit asseoir sur la banquette, dos au mur, et s’assit à côté d’elle, tout comme l’aurait fait un vrai petit ami. Et elle aimait sentir la chaleur de sa jambe contre la sienne.

Il posa une main sur la table, paume en l’air, et elle y

glissa la sienne. Il commençait à prendre l'habitude de lui tenir la main, et il ne lui demandait rien de plus. Tout le contraire de Randy, qui passait généralement un bras très possessif autour de ses épaules ou de sa taille, mais ne lui tenait jamais la main. Tessa aimait tenir la main d'un homme, et… elle aimait bien Irish. Elle l'aimait même un peu trop, étant donné que pour lui, elle n'était qu'un travail. Elle leva les yeux vers Irish. N'était-elle vraiment que cela ?

Marcie déposa des menus devant eux et demanda :

— Est-ce que vous êtes venus manger, ou seulement prendre un café ? À moins que vous vous apprêtiez à m'interroger comme l'adjointe Jones ?

Elle gratifia Tessa d'un demi-sourire.

— J'ai entendu parler de ce qui t'était arrivé, et elle pense qu'il peut y avoir un rapport avec les morts de Penny, Kitty et Bethany. Franchement, ça me fiche une trouille bleue.

— Est-ce que tu peux nous porter deux cafés ? demanda Tessa. Nous passerons notre commande après. Et ensuite, si tu as le temps, nous aimerions beaucoup parler avec toi.

— Je vais chercher le café. Ensuite, je vous rejoindrai dès que j'aurai transmis votre commande.

Marcie passa derrière le comptoir, mit deux tasses et le pot de café sur un plateau et les servit avant de sortir son stylo et son bloc-notes.

— Qu'est-ce que vous prendrez ?

Tessa commanda un club-sandwich avec des frites.

— La même chose, fit Irish.

— Je reviens tout de suite, dit Marcie en s'éloignant.

De retour des cuisines, elle demanda à Marge :

— Est-ce que tu peux t'occuper de mes tables ?

— Bien sûr, vas-y, répondit Marge.

Marcie se servit un verre de thé et vint s'asseoir face à eux.

— Je suis prête, dit-elle. Qu'est-ce que vous voulez savoir ? Oui, j'étais présente la nuit où Penny est morte. Non, je ne l'ai vue partir avec personne. Je l'ai raccompagnée jusqu'à sa voiture, je l'ai vue y monter, mais je ne suis pas restée jusqu'à ce qu'elle soit partie. D'ailleurs, sa voiture a été retrouvée là où elle était quand je l'ai quittée.

— Pourquoi l'as-tu raccompagnée jusqu'à sa voiture ? demanda Tessa.

— Parce qu'elle voulait partir, et qu'elle voulait que je parte avec elle.

— Pourquoi voulait-elle partir ? demanda Tessa, perplexe. C'était notre fête de remise de diplômes. Nous devions passer la nuit sur place.

— Elle ne l'a pas dit, mais j'ai vu qu'elle avait pleuré et qu'elle était décoiffée.

Tessa fronça les sourcils.

— Penny n'était jamais décoiffée.

— Je sais, dit Marcie. C'est ce qui m'a semblé étrange. Je serais bien partie avec elle, mais j'avais déjà bu deux ou trois bières et Wayne m'appelait.

Elle posa les yeux sur son verre de thé.

— Tu ne peux pas savoir combien de fois j'ai regretté de ne pas être partie avec elle. Si je l'avais fait, elle serait peut-être encore parmi nous aujourd'hui.

— À moins que tu sois morte toi aussi, remarqua Tessa.

— Au moins, je n'aurais pas eu à supporter toute cette culpabilité.

Elle poussa un soupir et reprit :

— Mon amie est morte parce que je l'ai laissée tomber. Et tout ça à cause d'un imbécile de garçon.

— Et elle ne t'a pas dit pourquoi elle avait pleuré ni pourquoi elle était décoiffée ?

— Non. Je lui ai posé la question, mais elle m'a répondu que c'était sans importance. Ensuite, elle m'a dit de retourner auprès de Wayne et de profiter du reste de ma soirée pendant qu'elle rentrait chez elle. Mais elle n'est jamais rentrée chez elle. Elle n'est jamais allée à l'université A&M du Texas, où elle avait été admise. Elle n'a jamais pu se marier, avoir des enfants et devenir enseignante. Quand je pense à tout ce qu'elle n'a pas pu faire, uniquement parce que je ne l'ai pas accompagnée cette nuit-là…

Tessa posa sa main sur celle de Marcie.

— Ce n'était pas de ta faute. Ce n'est pas toi qui l'as tuée, c'est quelqu'un d'autre.

— J'aurais aussi bien pu le faire moi-même. En la laissant partir seule, j'ai signé son arrêt de mort.

— Tu penses qu'elle était décoiffée et qu'elle voulait partir parce qu'un garçon lui avait fait du rentre-dedans ? demanda Tessa.

— Soit ça, soit une bonne séance de câlins avec un garçon, suivie d'une dispute, dit Marcie. J'ai cherché de qui il pouvait s'agir, mais elle avait rompu avec Connor une semaine plus tôt. À l'entendre, elle en avait vraiment fini avec lui. Elle s'apprêtait à partir pour l'université pour quatre années, pendant lesquelles ils ne se verraient pas. Elle avait reconnu qu'ils s'étaient éloignés l'un de l'autre pendant leur année de terminale. D'ailleurs, Connor était accompagné d'Angela Bates, cette nuit-là.

— Est-ce qu'elle voyait quelqu'un d'autre ?

— Si c'était le cas, je n'en ai rien su. J'étais trop occupée à rouler des pelles à Wayne. Tu sais que nous avons été mariés pendant un an ?

Tessa hocha la tête.

— Je l'ai entendu dire, oui. Je suis désolée que vous ayez divorcé.

— Il a toujours pensé que je lui reprochais la mort de Penny, remarqua Marcie en secouant la tête. Il n'a jamais compris que c'était à moi que j'en voulais. Je ne parvenais pas à surmonter ma culpabilité, et je voyais bien que la situation le rendait malheureux. Il méritait quelqu'un de mieux que moi.

— Tu as donc demandé le divorce ?

— Oui, répondit Marcie avec un demi-sourire. Et cet idiot n'a pas tourné la page. Il aurait dû trouver une autre femme, l'épouser et avoir des enfants avec elle.

Tessa pressa la main de Marcie.

— Est-ce que tu t'es jamais dit qu'il t'aimait peut-être encore ?

— Il ne devrait pas. Je n'étais pas assez bien pour lui. Pour laisser tomber une amie comme je l'ai fait…

— Tu n'as pas laissé tomber ton amie, la contredit-elle. Tu n'as pas tué Penny. C'est quelqu'un d'autre qui l'a tuée. Tu ne peux pas t'en vouloir.

— Viens me dire ça en pleine nuit, quand un cauchemar me réveille. Je vois son visage, je la vois allongée au pied de cette falaise…

— Est-ce que tu te souviens de l'avoir vue pendant la soirée, en dehors du moment où tu l'as raccompagnée à sa voiture ?

Marcie hocha la tête.

— Je me souviens de l'avoir vue danser à la lueur du feu de joie. Elle semblait heureuse, à ce moment-là.

— Est-ce qu'il y avait quelqu'un près d'elle ? Qui dansait avec elle, peut-être ?

Marcie regarda par la fenêtre.

— Beaucoup de gens dansaient cette nuit-là. Et la lueur des flammes peut être trompeuse.

— Réfléchis, insista Tessa. Quelqu'un… quelqu'un de grand ?

— Elle était avec deux filles et quelques garçons. Je le sais parce que leurs ombres étaient plus grandes. Mais dans le noir, ils ne m'apparaissaient que comme de vagues silhouettes. Maintenant que j'y réfléchis, l'un des garçons était peut-être Eddy Knowlton. Il n'a jamais su danser, même avant sa blessure à la tête. Il y en avait au moins un autre qui était aussi grand qu'Eddy, mais je ne peux pas te dire qui. Je n'arrive pas à revoir son visage dans mon esprit.

« Ceux qui ne dansaient pas s'étaient isolés pour se peloter, soit dans les buissons, soit à l'arrière des pick-up. J'aimerais t'être d'une plus grande aide, mais les souvenirs que je garde de cette nuit sont assez flous. J'avais bu deux bières… et je n'en ai pas bu une seule depuis. Je suis désolée de ce qui t'arrive, Tessa. Tu as toujours été gentille avec moi. Tu m'aidais à apprendre les chorégraphies, tu m'as toujours donné l'impression de faire partie intégrante de la troupe. Si un autre détail me revient, je t'en informerai aussitôt. »

— La commande est prête ! lança une voix, depuis les cuisines.

— C'est sans doute la vôtre, dit Marcie en se levant. Je vais la chercher.

— Marcie ? appela Tessa.

La jeune femme se retourna.

— Si jamais tu as besoin de parler à quelqu'un, ou même seulement envie de compagnie, viens me voir. J'aurais bien besoin d'amis.

Elle esquissa un sourire.

— Par contre, il vaut peut-être mieux que tu attendes que mon agresseur ait été arrêté. Je ne veux pas qu'il t'arrive quelque chose à cause de moi.

— Merci, répondit Marcie. C'est très gentil de ta part. J'aurais bien besoin d'amis, moi aussi.

Quand elle leur eut apporté leurs clubs-sandwichs, Irish et Tessa mangèrent en silence pendant quelques minutes.

— Alors, qu'est-ce que tu en penses ? demanda enfin Irish.

— J'ai l'impression que quelqu'un a fait du rentre-dedans à Penny et qu'elle l'a repoussé.

— Et certains hommes n'aiment pas qu'on les repousse, conclut Irish en terminant son sandwich.

Tessa poussa son assiette vers lui.

— Est-ce que tu veux la moitié du mien ?

— Non, mais nous pouvons le faire emballer et le rapporter à la maison. Tu auras peut-être faim plus tard.

— Je vais dîner avec mon ex, lui rappela-t-elle. Je n'aurai pas faim, je peux te le garantir.

— Peut-être pas quand tu seras avec lui, mais quand tu rentreras chez toi ?

— Oui. Tu as raison.

Elle demanda une boîte à Marcie, y mit le reste de son sandwich et Irish régla l'addition. Ensuite, ils quittèrent le restaurant pour retourner chez elle. Irish se gara dans son allée, mais elle posa sa main sur la sienne avant qu'il ait pu couper le moteur.

— Je n'ai pas envie de rentrer. Si nous allions à la falaise, là où tout a commencé ?

— Tu es sûre ? demanda Irish.

Elle acquiesça.

— Nous ne trouverons sans doute aucun indice susceptible de nous apprendre qui a tué Penny, mais… je ne sais pas. Peut-être que certains souvenirs me reviendront. Je ne suis pas retournée là-bas depuis cette nuit-là.

— Très bien, guide-moi.

En suivant les indications de Tessa, Irish roula jusqu'à la falaise où avait eu lieu la tristement célèbre fête de fin d'année. Il se gara, et tous deux descendirent du pick-up.

— C'était là que venaient tous les garçons qui voulaient flirter avec leur petite amie, dit Tessa.

— Et après la mort de Penny ?

— Je pense que personne n'est plus jamais venu.

Elle s'éloigna de la falaise et tendit le doigt vers le sol.

— Le feu de joie était ici. Nous avions passé des jours à empiler du bois, et certains des parents nous avaient même aidés. J'ai entendu dire que toutes les fêtes de fin d'année qui ont suivi se sont tenues dans le gymnase du lycée, pour que les parents puissent garder un œil sur leurs enfants.

Elle passa son bras sous celui d'Irish et s'appuya contre lui.

— Merci de m'avoir amenée ici.

— J'aimerais pouvoir tout arranger, dit-il.

— C'est ce que tu fais, par ta seule présence.

Elle soupira et ajouta :

— Nous ferions mieux de rentrer. Il faut que je me prépare pour mon rendez-vous avec mon ex-mari.

— Tu n'es pas obligée d'y aller, dit Irish.

— Si, je le suis.

— Est-ce que tu es restée avec lui pendant toute la nuit de la fête ?

— Pour autant que je me souvienne, oui.

— Qu'est-ce que tu entends par là ? demanda Irish en la dévisageant.

— Je ne peux pas dire tout ce qui s'est passé à chaque minute parce qu'à un moment je me suis endormie sur notre couverture. C'est peut-être Randy qui a étranglé Penny avant de jeter son corps du haut de la falaise. Je ne sais pas, je ne peux pas l'innocenter. À l'époque, je n'avais pas encore découvert son côté violent. Il lui arrivait de l'être verbalement, mais il n'est devenu violent physiquement qu'au moment où les choses ont mal tourné dans son travail. Peut-être qu'il avait déjà cette violence en lui, je n'en sais rien. En tout cas, j'espère que nous découvrirons quelque chose ce soir.

Pendant qu'ils roulaient vers le cottage, Tessa repassa dans son esprit tout ce qu'ils avaient appris. D'après les dires de Marcie, il était possible que Penny ait été importunée par un garçon. Était-ce lui qui avait fini par la tuer ? Mais le meurtre s'était produit au moment où Randy était avec elle – à moins que ce soit au moment où elle était en train de danser pendant que Randy discutait avec ses coéquipiers. Il pouvait parfaitement s'être éclipsé pour tenter sa chance avec Penny. Mais il pouvait tout aussi bien s'agir d'un autre des garçons. Pour le moment, ils n'avaient aucun indice leur permettant d'identifier le coupable.

Quand ils atteignirent la maison, Irish inspecta l'intérieur avant de lui permettre d'entrer. Elle mit la boîte qui contenait son sandwich au réfrigérateur et dit :

— Si tu as faim, prends ce que tu veux. Je vais me préparer.

La perspective de revoir son ex-mari l'emplissait d'appréhension. Il lui avait toujours donné l'impression qu'elle lui était inférieure, au point de devenir insignifiante, mais toutes ses séances de thérapie avaient certainement porté leurs fruits. Elle carra les épaules et se dirigea vers sa chambre. Elle allait se faire aussi jolie que possible pour être pleine d'assurance au moment d'affronter Randy.

Et la pensée qu'elle n'était pas seule la réconfortait. Elle aimait la compagnie d'Irish. Il ne la jugeait jamais. Il l'acceptait telle qu'elle était. Et elle était aussi réconfortée de savoir que les hommes du shérif seraient dans les environs si quelque chose devait se passer.

13

Pendant que Tessa se préparait, Irish appela Trace Travis, qui décrocha dès la première sonnerie.

— Travis. Qu'est-ce que tu as trouvé, Irish ?

— Je voulais juste m'assurer que Matt et toi seriez là ce soir.

— Nous sommes en train de nous préparer, dit Travis. J'ai invité Lily à dîner, ce qui expliquera ma présence au restaurant. De son côté, Matt couvrira l'extérieur avec le shérif et son adjointe.

— Bien. Je porterai mon pistolet sous mon veston.

— S'il essaie de s'en prendre à Tessa, nous serons prêts à intervenir, dit Travis.

— Tant mieux. J'ai un mauvais pressentiment.

— Est-ce que tu penses qu'il va tenter quelque chose ?

— Même si Randy n'a rien à voir avec ces agressions, j'ai l'impression que le véritable agresseur pourrait nous observer et passer à l'acte ce soir. Mais je m'en fais peut-être trop.

Travis éclata de rire.

— Tu as déjà eu des intuitions par le passé, et elles se sont toujours révélées exactes.

Irish soupira.

— Eh bien, espérons que je me trompe, cette fois-ci.

Il raccrocha, s'assit à la table de la cuisine et sortit son

Glock 9 mm de son étui. En moins de quinze secondes, il l'avait démonté. Il alla chercher son kit d'entretien dans son sac, nettoya la culasse et le canon, et les graissa. Ensuite, il s'assura que le magasin était plein et en chargea un second, qu'il mettrait dans sa poche. Il en faisait peut-être trop : un bon tireur n'avait besoin que d'une balle pour tuer un homme et, pour autant qu'il sache, l'agresseur de Tessa agissait seul. Quoi qu'il en soit, si cet agresseur était l'ex-mari de Tessa, c'était sans déplaisir qu'il lui logerait une balle dans le corps.

Quand il fut satisfait de son travail, il remonta l'arme et la glissa dans l'étui qu'il portait sous le bras. Il s'aperçut alors qu'il portait la même chemise que le matin même, quand ils avaient fait un tour en ville. Si l'agresseur n'était pas Randy et qu'il les avait épiés, il le reconnaîtrait aussitôt. Bon sang… il le reconnaîtrait sans doute, même s'il changeait de chemise, mais pourquoi lui fournir des indices supplémentaires ?

Il retourna dans le séjour et sortit un polo bleu ciel de son sac. Il détacha son holster et ôta sa chemise, juste au moment où Tessa sortait de sa chambre. En le voyant torse nu, elle laissa échapper une exclamation étouffée.

Elle portait une robe rouge sans manches qui s'arrêtait au-dessus du genou, et elle était… magnifique. Non : elle était plus que ça. Si cette robe était sexy, ce n'était pas seulement à cause de sa coupe, mais aussi de la femme qui la portait. Les yeux écarquillés, les sourcils haussés, elle laissa son regard s'attarder sur son torse nu.

— Désolé, dit-il. Je pensais que tu mettrais plus de temps.

— Ne t'excuse pas.

Ses joues avaient rosi. Elle ne le quitta pas des yeux tandis qu'il enfilait son polo et le rentrait dans son jean.

Il siffla doucement.

— Eh bien, quelle robe !

Elle rougit de plus belle.

— Est-ce que tu penses que c'est trop ?

Il gloussa de rire.

— Tout dépend du but que tu recherches.

Elle releva les yeux.

— Qu'est-ce que tu veux dire ?

— Si tu veux que ton ex regrette d'avoir jamais levé la main sur toi, cette robe fera l'affaire. Il se mettra à genoux pour te supplier de le reprendre.

— Je ne veux ni le reprendre, dit-elle, ni qu'il se mette à genoux pour me supplier. Mais je pense que j'aimerais qu'il ait quelques regrets.

Irish sourit.

— Il devrait en avoir. Il a laissé partir la plus jolie fille de Whiskey Gulch.

Elle se tordit les mains.

— Peut-être que je ferais mieux de mettre un jean et un T-shirt.

Irish secoua la tête.

— Non, cette tenue est parfaite. Est-ce que cette robe te donne confiance en toi ?

Elle hocha la tête.

— Je suis allée faire du shopping le lendemain du jour où le divorce a été prononcé. C'était une thérapie, en quelque sorte. Quand j'ai vu cette robe, j'ai été heureuse et, à ce moment-là, j'avais bien besoin de l'être. Je trouve que le rouge est une couleur gaie.

Irish sourit.

— Et pleine d'audace.

— Oui, renchérit Tessa. Pleine d'audace et de puissance. Je veux me sentir forte, et cette robe m'y aide.

— En ce cas, tu as bien fait de la choisir. Et tu es magnifique.

Elle baissa les yeux vers sa tenue.

— Peut-être, mais… en la mettant pour mon ex, j'ai l'impression de donner de la confiture à un cochon.

— C'est vrai. Mais souviens-toi que tu la mets d'abord pour toi… et pour moi, dit-il avec un clin d'œil. Si nous sortons ensemble un jour, promets-moi de la porter.

Elle sourit.

— Tu as ma parole.

Irish consulta sa montre.

— Il nous reste une vingtaine de minutes. Si nous recherchions les garçons de ta terminale sur Internet ? Je ne sais pas ce que nous pouvons trouver, mais autant essayer.

Elle le suivit jusqu'à la table de la cuisine, où il avait posé son ordinateur, et demanda :

— Qu'est-ce que nous pouvons chercher ? L'adjointe du shérif, Matt Hennessey et Trace Travis ont déjà consulté les casiers judiciaires de tous les garçons.

— Je sais bien, mais nous pourrions trouver des renseignements qui ne sont pas de nature à figurer dans un casier judiciaire. Commençons par Wayne. Quel est son nom de famille ?

— Payton, dit Tessa.

Irish tapa « Wayne Payton » dans la barre de recherche. Son nom ne figurait que dans l'avis de décès de sa grand-mère et l'annonce de son divorce avec Marcie. Rien de particulièrement incriminant.

— Qui, ensuite ? demanda Irish.

— Essaie Mike Bradley, suggéra Tessa.

Quand il tapa ce nom, des centaines de résultats s'affichèrent.

— Il pourrait tout aussi bien s'appeler John Smith, commenta Irish.

Il rajouta « Whisky Gulch » dans la barre de recherche. Les résultats comprenaient plusieurs articles, dont la plupart vantaient les qualités de coach de Mike et ses actions dans le domaine caritatif.

— Je t'ai dit que c'était un gentil garçon, fit Tessa en souriant.

— J'aimerais bien le rencontrer.

— Si tu restes assez longtemps à Whiskey Gulch, tu le rencontreras.

— Après ? demanda Irish.

— Si nous essayions Eddy Knowlton ?

Eddy Knowlton de Whiskey Gulch était mentionné dans plusieurs articles datant d'une dizaine d'années. L'un de ces articles relatait sa blessure et précisait qu'il avait été hospitalisé pendant une semaine suite à une hémorragie cérébrale.

— Essaie Connor Daniels, dit Tessa.

Là encore, ils trouvèrent plusieurs articles de presse vantant ses performances de footballeur. Il avait aussi une page sur un réseau social, sur laquelle il postait des photos de lui – en uniforme, le jour de la remise de son diplôme de pompier, le jour où il avait reçu la médaille de la ville pour avoir sauvé un enfant d'un bâtiment en flammes. Mais ils trouvèrent aussi des photos personnelles, sur lesquelles il posait avec ses fusils de chasse et le daim qu'il avait abattu, devant son pick-up chaussé de pneus tout-terrain. Sur une autre photo, il tenait un fusil semi-automatique.

— C'est assez… perturbant, dit Irish.

Tessa éclata de rire.

— La moitié des gars du comté ont un fusil semi-automatique. Nous sommes au Texas. Ils pensent que c'est leur droit.

— Je ne peux rien dire, fit Irish. J'en ai un, moi aussi.

— Peut-être, mais tu as suivi une formation pour apprendre comment et quand l'utiliser.

— Du coup, je regrette de ne pas l'avoir apporté. Mais un AR-15 est assez difficile à cacher sous son blouson.

Tessa baissa les yeux vers sa montre et soupira.

— C'est presque l'heure. Nous devons y aller.

Il acquiesça, se leva et l'aida à faire de même.

— Est-ce que tu es certaine de vouloir y aller ? Tu peux encore te désister, si tu le veux.

Elle secoua la tête et lissa sa robe rouge des deux mains.

— Non, il faut que j'y aille, ne serait-ce que pour affronter mes démons. Je n'ai pas revu Randy depuis que le divorce a été prononcé. Je veux me prouver que je n'ai plus peur de lui, et qu'il n'a plus aucune emprise sur moi.

Irish hocha la tête.

— Si tu te sens en danger à un moment, tu n'as qu'à prononcer le mot-clé. Je te ferai sortir de là.

Elle sourit et posa la main sur son bras.

— Je te remercie, mais je veux l'affronter seule et partir quand je le déciderai. Mais ta présence me rassurera.

Ils se dirigèrent vers la porte et Irish demanda :

— Est-ce que tu veux que nous partions ensemble et que je te dépose au restaurant ?

— Non. Mieux vaut que je prenne ma voiture. Je veux que Randy pense que je suis venue seule.

Irish s'arrêta à côté de son sac et y prit une casquette de base-ball.

— Si je dois être sous couverture, dit-il en s'en coiffant, il me faut de quoi me couvrir.

Il cligna de l'œil et elle lui sourit.

— Cette casquette te va bien. Tu as tout de l'homme qui n'a pas un souci au monde.

— En ce cas, j'ai choisi la bonne couverture. Je veux que mon apparence soit trompeuse.

Il posa la main sur son bras et conclut :

— Parce que j'ai beaucoup de soucis, et que tu en es l'objet.

Ses joues adoptèrent une jolie teinte de rose.

— Merci.

Tandis qu'elle prenait son sac et ses clés, il la devança pour lui ouvrir la porte. Une fois dehors, il attendit qu'elle ait verrouillé la porte pour actionner la poignée afin de s'assurer qu'elle était bien fermée.

— Passe devant. Je te suivrai.

Il ouvrit la portière de sa voiture, attendit qu'elle s'installe et la referma. Il rechignait à s'éloigner d'elle, mais il fallait qu'elle affronte cette épreuve selon ses termes.

Au volant de son pick-up, il la suivit jusqu'au restaurant et attendit qu'elle soit garée sur le parking pour s'y engager à son tour. Quand elle descendit de voiture, il secoua la tête. Son ex ne méritait pas de la voir dans cette robe rouge. Il aurait aimé que ce soit lui qu'elle vienne rejoindre pour dîner. Il lui aurait montré comment un homme doit traiter une femme.

Il attendit qu'elle soit entrée dans le restaurant pour descendre de son pick-up et la suivre.

Heureusement, la table voisine de celle qu'elle avait choisie était libre. Irish passa auprès d'elle pour s'y installer, face à elle. Il cligna de l'œil et rabattit sa casquette sur son front, de façon à ce que ses yeux et la moitié de son visage soient dans l'ombre. Il aurait préféré que sa position lui permette d'observer également l'expression de Randy, mais il devrait se contenter de voir celle de Tessa. Et s'il y lisait le moindre signe de détresse, il passerait aussitôt à l'action.

Il se tourna vers la fenêtre. Trace était en train de garer son pick-up devant le restaurant. De l'autre côté de la rue, dans le parking de l'agence immobilière, il vit une voiture de patrouille – sans doute occupée par l'adjointe Jones.

La moto de Matt Hennessey entra dans le parking voisin et se gara. Matt en descendit et fit mine d'examiner le moteur. Toute l'équipe était à son poste. Il ne leur restait plus qu'à attendre l'ex de Tessa.

À cet instant, une BMW modèle sport, noire et racée, se gara devant le restaurant. Un homme vêtu d'un pantalon gris et d'un polo blanc en descendit, se regarda rapidement dans le rétroviseur et se dirigea vers la porte. Pour avoir vu sa photo dans l'annuaire des anciens élèves, Irish devina qu'il s'agissait de Randy Hudson, ancien quarterback et roi du bal – et ex-mari de Tessa. Il avait la démarche arrogante d'un homme qui se savait séduisant et tirait avantage de son physique. Il sourit et salua quelqu'un de la main dans le parking avant d'entrer dans le restaurant.

Irish grinça des dents et serra les poings. Il mourait d'envie d'effacer ce sourire du visage de Randy. Un homme qui battait sa femme ne valait guère mieux qu'un animal. Il ne méritait pas de se trouver dans la même pièce que Tessa, de respirer le même air qu'elle. Il regretta presque d'avoir promis à Tessa de ne pas le frapper.

L'homme s'attarda à la porte pendant quelques instants et salua Marge de la main.

— Salut, Marge, dit-il en lui souriant.

Marge lui répondit d'un signe de la tête, sans cesser de vaquer à ses occupations.

Quand Randy repéra Tessa, il se dirigea vers elle en souriant. Irish espéra presque qu'il allait tenter un geste stupide, uniquement pour avoir le plaisir de lui coller son poing dans le visage.

— Tessa, ma chérie, dit-il en tendant les deux mains.

Elle ne répondit pas à son geste. Elle ne se leva même pas.

— Quoi ? Tu ne m'embrasses pas en souvenir du bon vieux temps ? demanda-t-il en s'asseyant face à elle.

J'aurais peut-être dû m'y attendre, mais j'espérais qu'avec le temps tu aurais pardonné et oublié.

Tessa lui décocha un regard noir.

Irish n'avait qu'une envie : se lever, la prendre dans ses bras et la serrer contre lui. Mais ce combat était le sien, et elle voulait le mener seule.

Il allait devoir rester assis patiemment et regarder la scène se dérouler devant lui.

Tessa serra les poings sur ses genoux. Sa mâchoire était tellement crispée qu'elle la sentait tressaillir. Randy était toujours aussi beau. Mais s'il y avait eu un temps où son cœur palpitait dès qu'elle posait les yeux sur lui, il ne lui inspirait maintenant plus que du dédain. Plus tôt cette entrevue se terminerait, mieux ce serait.

Elle inclina la tête.

— Bonsoir, Randy.

— Pour tout dire, je ne pensais pas que tu viendrais. À cause de l'ordonnance restrictive, et de tout le reste.

Elle ne répondit pas. Elle attendait que son ex en vienne à la raison de cette rencontre.

— Tu es très jolie. Est-ce que c'est une robe neuve ?

Elle se mordit la langue pour ne pas lui dire de la fermer. Rien ne l'autorisait à faire des commentaires sur sa robe. Elle n'était plus sa femme.

Comme elle ne répondait toujours pas, il plissa légèrement le front – mais sans laisser tomber pour autant.

— Si tu peux te permettre ce genre de vêtements, c'est que tu t'en sors bien.

— Je gagne mon argent moi-même, répondit-elle, et je le dépense comme j'en ai envie. Il ne sert pas à t'acheter des voitures de luxe ou des clubs de golf.

— Hé, protesta-t-il, je les achetais avec mon argent.

— Pendant que je payais les courses et que je remboursais le crédit de la maison.

Randy souffla, agacé.

— Je ne suis pas venu ici pour me disputer.

— Alors, pourquoi es-tu venu ? demanda-t-elle.

— J'ai bien le droit de voir comment ma femme s'en sort sans moi.

— Ex-femme, rectifia Tessa.

Le sourire de Randy se figea.

— En ce cas, j'ai bien le droit de prendre des nouvelles de la petite amie que j'avais au lycée.

— Sauf que nous avons divorcé il y a six mois et qu'une ordonnance restrictive a été émise contre toi.

Il leva les mains.

— Arrête… rien ne t'obligeait à venir.

Elle inclina sèchement la tête, une seule fois.

— Tu as raison, rien ne m'y obligeait.

— Alors, pourquoi es-tu venue ? demanda Randy. Est-ce que tu aurais encore des sentiments pour moi ?

Elle partit d'un rire méprisant.

— Pour tout dire, Randy, oui : j'ai des sentiments pour toi.

Il eut un sourire satisfait.

— Alors, est-ce que tu n'es pas heureuse d'être venue ?

— Ces sentiments sont essentiellement des regrets.

Il sourit de plus belle.

— Tu regrettes d'avoir demandé le divorce ?

Elle réfréna un rire.

— Non, je regrette d'avoir gâché autant d'années de ma vie pour toi.

Le sourire de Randy disparut et il fronça les sourcils.

— J'aurais pensé que tu ne m'en voulais plus, dit-il. D'accord… je suis allé un peu trop loin. J'avais eu une très mauvaise journée. Tu te souviens que j'avais été licencié.

— Tu es donc rentré à la maison et, pour que la journée de ta femme soit encore pire que la tienne, tu l'as battue si violemment qu'elle a fini à l'hôpital avec trois côtes cassées, un traumatisme crânien, un œil au beurre noir et des ecchymoses sur tout le corps. Une femme ne pardonne pas ce genre de chose. Notre couple ne pouvait pas y survivre.

— Je comprends, dit-il. Je me suis un peu emporté.

— Un peu ? répéta-t-elle en haussant les sourcils.

Il s'agita sur sa chaise.

— J'espérais que tu aurais tourné la page. Je suis venu t'annoncer une nouvelle.

— Je ne vois pas en quoi elle pourrait m'intéresser.

— J'ai un nouveau travail, dit-il.

— Tant mieux pour toi.

Elle esquissa le geste de se lever, mais il l'en empêcha en lui prenant le bras.

— Je n'avais pas fini.

Elle se dégagea d'un geste brusque.

— Eh bien, moi si, dit-elle.

Du coin de l'œil, elle vit qu'Irish se levait. Elle lui fit comprendre d'un petit signe de la tête que son intervention n'était pas nécessaire et il se rassit, les lèvres pincées, la mâchoire tellement crispée qu'un muscle y tressaillait.

Elle releva le menton et planta son regard dans celui de Randy.

— Est-ce que tu sais que j'ai pris des cours d'autodéfense ?

— Non. Pourquoi ?

Elle esquissa un sourire.

— Pour que des salauds de ton espèce ne puissent plus jamais me prendre pour un punching-ball.

Randy se rassit et dit d'un ton amer :

— Je vois que je n'aurais jamais dû te proposer cette rencontre.

— Vraiment ? demanda-t-elle.

Il leva les yeux au ciel.

— Bon sang, Tessa ! Je suis venu te dire que j'allais me marier.

— Sérieux ?

Elle cligna des yeux et se laissa tomber sur son siège.

— Est-ce que l'heureuse élue sait comment tu traites tes femmes ?

— Non, et c'est de ça que je voulais te parler. Ce qui s'est passé entre nous… c'était un incident isolé. J'ai vu une thérapeute, qui m'a aidé à travailler sur ce problème.

— Et qu'est-ce qui te fait penser que la nouvelle de ce mariage peut m'intéresser ?

Elle ouvrit de grands yeux. Soudain, elle comprenait.

— Tu ne veux pas que je le lui dise. Tu ne veux pas qu'elle sache que tu m'as envoyée à l'hôpital.

— Je ne vois pas pourquoi vous vous rencontreriez un jour, répondit-il. Je ne m'inquiète pas pour ça.

Mais il manquait de conviction.

— Apparemment, cela t'inquiète suffisamment pour que tu viennes me demander de ne rien lui dire. Il faut qu'elle sache de quoi tu es capable et qu'elle prenne des leçons d'autodéfense, elle aussi.

Randy jeta un regard vers les autres dîneurs.

— Est-ce que tu pourrais parler moins fort, s'il te plaît ?

— Pourquoi ? Est-ce que tu as peur que les habitants de ta ville natale découvrent que leur ancien footballeur vedette et roi du bal n'est pas aussi parfait qu'ils le pensent ? Est-ce que tu as peur qu'ils apprennent que tu es un mari violent ? Parce que c'est ce que tu es.

Randy plissa le front de plus belle.

— Je t'ai dit que c'était un incident isolé.

— Non, Randy, rectifia-t-elle. C'est la seule fois où tu m'as envoyée à l'hôpital, mais il y en a eu d'autres, où je m'en sortais avec un œil au beurre noir ou quelques bleus. Ta fiancée a le droit de savoir. Je refuse de mentir sur ce point.

Randy se pencha vers elle.

— Je ne te demande pas de mentir, mais de ne rien dire.

— N'y compte pas, Randy. Je ferai ce que je dois faire. Et maintenant, nous en avons fini.

Il saisit son poignet et gronda :

— Nous en aurons fini quand je le dirai. Si tu me détestes à ce point, pourquoi as-tu accepté de me rencontrer ce soir ?

— Pourquoi ? Je vais te le dire, répliqua-t-elle. Je voulais savoir où tu étais la nuit de la mort de Penny.

Il fronça les sourcils.

— C'était la fête de fin d'année. J'étais avec toi.

— À un moment, je me suis endormie. Est-ce que tu as passé toute la nuit avec moi ?

— Bien sûr que oui. Je dormais, moi aussi. J'avais bu un pack de six bières à moi tout seul. Je me suis écroulé.

Il fronça les sourcils de plus belle.

— Pourquoi me poses-tu cette question ?

— Est-ce que tu avais une dent contre Kitty ou Bethany ?

— Les autres pom-pom girls ? demanda-t-il. Je sortais avec la plus jolie de la troupe. Pourquoi est-ce que j'aurais eu une dent contre elles ?

Il étrécit les yeux.

— Une fois encore, pourquoi ces questions ?

Elle inspira profondément, souffla et se lança.

— Est-ce que c'est toi qui as assassiné Penny ?

Il ouvrit de grands yeux et se leva d'un bond.

— Qu'est-ce qui te prend ?

— Est-ce que c'est toi qui as assassiné Penny ?

répéta-t-elle. Avant d'assassiner Kitty et Bethany ? Et où étais-tu les deux dernières nuits ? Étais-tu vraiment à San Antonio ? Est-ce que tu es certain que tu n'étais pas déjà ici ?

Il secoua la tête.

— J'étais à San Antonio, et ma fiancée peut en témoigner. J'ai dîné avec elle et ses parents hier, et avec elle et mon nouveau patron avant-hier. Est-ce que tu m'accuses vraiment d'être un assassin ?

— Je ne t'accuse de rien, répondit-elle. J'ai seulement pensé que si tu avais suffisamment de violence en toi pour m'envoyer à l'hôpital, tu étais peut-être capable de commettre un meurtre. Après tout, tu as bien failli me tuer.

Il recula d'un pas.

— Je n'ai jamais tué personne. Si tu commences à faire courir ce mensonge, je te poursuivrai pour diffamation. Tu crois que tu as eu mal quand je t'ai envoyée à l'hôpital ? Ce n'était rien à côté de ce que tu ressentiras quand je détruirai ta vie.

Elle se leva et planta son regard dans le sien.

— Randy Hudson, je n'ai plus peur de toi. Et maintenant, fais-moi plaisir : ne me contacte plus jamais.

Il referma sa main sur son bras et le serra assez fort pour y laisser la marque de ses doigts.

— Lâche-moi, dit-elle.

— Je n'ai tué personne, et je ne te laisserai pas saborder mon nouveau travail ni mon mariage.

— Excusez-moi ? dit une voix grave.

Tessa faillit rire de soulagement en voyant Irish debout derrière son ex-mari. Les épaules de l'ancien des Forces spéciales étaient plus larges que celles de Randy de quelques centimètres, et il le dépassait d'une demi-tête.

Randy se retourna.

— Du balai. Cette conversation ne regarde que ma femme et moi.

Irish avança d'un pas. Il était tellement proche de Randy que leurs nez se touchaient presque.

— Je crois avoir entendu la petite dame dire que vous étiez son ex-mari. Elle n'est donc plus votre femme. Lâchez-la.

Randy relâcha le bras de Tessa.

— Voilà, content ?

— Tout va bien, mademoiselle ? demanda Irish à Tessa.

Elle réprima le sourire qui lui montait aux lèvres et hocha la tête solennellement.

— Oui, monsieur. Merci.

— Est-ce que je peux vous raccompagner jusqu'à votre véhicule ? demanda-t-il.

Cette fois, elle laissa échapper un petit rire.

— Ce serait vraiment gentil.

— Alors, intervint Randy, est-ce que tu vas le lui dire ?

Tessa le regarda droit dans les yeux.

— Il faut que tu lui dises toi-même, et si tu ne le fais pas…

— Et si je ne le fais pas…, répéta-t-il en croisant les bras. Qu'est-ce que tu feras ?

— Je porterai plainte contre toi pour coups et blessures.

— C'est de l'histoire ancienne.

— Pas si ancienne que ça, rectifia-t-elle.

Son visage s'assombrit.

— Ce sera ma parole contre la tienne.

— L'hôpital a pris des photos. Les voisins m'ont entendue crier et t'ont vu partir en voiture. Est-ce que tu veux vraiment prendre le risque d'avoir un casier judiciaire ?

Randy étrécit les yeux.

— Tu n'as pas de cœur, Tessa.

Elle partit d'un petit rire.

— C'est l'hôpital qui se fout de la Charité.

— Tu ne feras pas ça, dit Randy.

Elle se fendit d'un sourire méprisant.

— Tu crois ?

— Nous en avons fini, lança Randy.

Il tourna les talons et gagna la porte du restaurant d'un pas raide.

Tessa ne bougea pas avant que la BMW de luxe soit sortie du parking en trombe pour filer sur la rue principale. Dès que la voiture fut hors de sa vue, elle sentit toute sa force l'abandonner et s'appuya contre le corps solide d'Irish.

— C'était difficile.

Il passa un bras autour de sa taille.

— Tu as été formidable. On aurait dit une Walkyrie sur le sentier de la guerre. J'avais envie de sauter en l'air et de crier : « Vas-y, Tessa ! »

Elle éclata de rire.

— Merci. Tu es intervenu au bon moment.

— Est-ce que tu penses qu'il s'agit de notre assassin ?

— Non, je ne crois pas.

Trace et Lily entrèrent dans le restaurant.

— Est-ce que c'est Randy qui vient de partir ? demanda Trace.

Irish hocha la tête.

— Tu veux dire que nous avons tout raté ? lâcha Lily.

— Ça n'a duré que cinq minutes, répondit Irish.

— Cinq minutes ? s'exclama Tessa en riant. J'ai eu l'impression que cela durait toute une vie !

— Et quel est le verdict ? fit Trace. Est-ce que c'est lui ?

Irish et Tessa secouèrent la tête à l'unisson.

— Il a semblé sincèrement surpris quand je lui ai demandé si c'était lui qui avait tué Kitty, Bethany et Penny. Il était seulement venu me quémander de ne pas parler de ses antécédents de violence à sa fiancée.

Trace lâcha un juron et Lily croisa les bras.

— J'espère que vous n'avez pas accepté.

— Certainement pas. Aucune femme ne devrait être battue, même si elle « le mérite », comme dirait Randy. Quoi qu'il en soit, merci d'être venus. Est-ce que vous pourriez remercier Matt et l'adjointe Jones de ma part ? Je suis épuisée. Je veux rentrer chez moi.

— Est-ce que tu veux laisser ta voiture ici et y aller avec moi ? demanda Irish quand ils sortirent dans le parking.

— Bien sûr, répondit Tessa, heureuse de ne pas avoir à conduire jusqu'au cottage. Nous pourrons venir la chercher demain, puisque je suis en congés.

Irish l'aida à s'installer dans son siège et la regarda dans les yeux.

— Est-ce que ça va ?

Elle hocha la tête.

— J'irai mieux quand je serai rentrée.

— Tu as été stupéfiante.

— J'ai fait ce que je devais faire, rien de plus.

Il ne leur fallut que quelques minutes pour regagner sa maison. Cette fois encore, Irish lui demanda d'attendre dans le pick-up pendait qu'il inspectait l'intérieur de la maison.

Elle attendit donc, tremblant de tout son corps. Elle n'avait pu affronter son ex-mari qu'en faisant appel à toute son énergie, toute sa détermination. Elle était fière d'avoir su se maîtriser face à lui, mais maintenant elle s'effondrait. Cette rencontre avait quand même eu un côté positif : elle lui avait permis de constater que Randy ne lui inspirait plus rien, et de clore définitivement ce chapitre de sa vie.

— Tout va bien, dit Irish en ressortant de la maison.

Cet homme était un vrai gentilhomme – et un homme

profondément gentil. Dès qu'ils auraient démasqué son agresseur et l'assassin de Penny, Bethany et Kitty… elle pourrait reprendre le cours de sa vie. Elle s'autoriserait peut-être même à tomber amoureuse… d'un homme comme Irish.

14

Irish ouvrit la portière du pick-up et enleva Tessa dans ses bras.

— Je peux marcher, dit-elle. Mon pied va mieux.

— Fais-moi plaisir, répondit-il en gravissant les marches du perron. J'essaie encore de gagner mon armure.

— Non, tu la fais briller. Tu l'as déjà gagnée.

Elle passa un bras autour de son cou et se pencha pour l'embrasser sur la joue, mais il tourna la tête au dernier moment et s'empara de ses lèvres, pour un baiser qui lui coupa le souffle. Sans que leurs lèvres se séparent, il la laissa glisser le long de son corps jusqu'à ce que ses pieds touchent le sol.

Tessa s'ouvrit alors à lui, et leurs langues se rencontrèrent pour une longue danse sensuelle qui lui donna envie d'aller beaucoup plus loin.

— Nous ne devons pas faire ça, murmura-t-il.

— Pourquoi ?

Les mains de Tessa se nouèrent sur sa nuque.

— Parce que tu me fais perdre ma concentration.

Il releva la tête pour plonger son regard dans ses yeux bleu- gris.

— Et si ton agresseur est dehors, guettant l'occasion de nous prendre par surprise ?

— Je suis prête à prendre ce risque, dit-elle.

Elle attira sa tête vers lui pour un autre baiser stupéfiant. Quand elle s'arrêta pour reprendre son souffle, elle chuchota :

— J'ai envie de toi, Joseph Monahan.

Ensuite, elle l'embrassa de nouveau en plaquant ses seins contre son torse. Il releva la tête et s'efforça de se libérer de ses bras.

— Tu as eu une dure journée, argua-t-il. Tu n'as pas les idées claires.

— Elles n'ont jamais été plus claires. Je sais ce que je veux. Je ne demande pas que notre histoire dure toute la vie. Même si elle doit ne durer qu'une nuit, je veux la vivre.

Elle se mit sur la pointe des pieds et effleura ses lèvres des siennes.

— S'il te plaît.

Son cœur battait la chamade et son sang se ruait dans ses veines.

— Femme, tu me compliques vraiment la tâche.

— J'aime mieux ça, répondit-elle avec un petit sourire malicieux. Ne dors pas sur le canapé, cette nuit. Reste avec moi.

Irish gémit.

— Si j'accepte, je le regretterai peut-être demain matin.

— Mais si tu refuses, tu le regretteras toute la nuit. Je sais que tu as envie de…

Elle frotta son ventre contre son sexe durci et il laissa échapper un nouveau gémissement.

— Je ne peux… Doux Jésus, dit-il entre ses dents. Je ne peux pas m'éloigner de toi.

— Alors, ne t'éloigne pas.

Elle remonta sa jambe le long de la sienne, plaquant son intimité contre sa cuisse.

— Que le ciel me vienne en aide.

Il se pencha, l'enleva dans ses bras et la porta dans

sa chambre. Quand il la posa par terre, s'engagea une véritable course pour voir lequel des deux déshabillerait l'autre le plus vite.

Parce que Tessa portait une robe, ce fut Irish qui gagna. Il la dénuda en quelques secondes, tandis qu'elle ne lui avait enlevé que son T-shirt et luttait contre le bouton de son jean.

Il écarta sa main, défit le bouton, ôta ses bottes et se libéra de son jean et de son boxer.

Quand ils furent tous deux nus à côté du lit, il posa une main sur sa joue et effleura ses lèvres des siennes.

— Tu peux changer d'avis à tout moment. Tu n'as qu'un mot à dire.

Elle secoua la tête.

— Fais-moi l'amour, Irish.

Elle sortit une boîte de préservatifs du tiroir de sa table de nuit et la lui tendit avec un sourire malicieux.

— J'ai même des protections.

Irish éclata de rire.

— Est-ce que tu avais l'intention de séduire quelqu'un ?

Elle releva le menton.

— J'avais l'intention de reprendre un jour le cours de ma vie. Je voulais être prête.

— Je ne peux que t'en féliciter, dit-il en prenant un préservatif dans la boîte. Mais d'abord, je dois connaître ton point de vue sur les préliminaires.

Elle fronça les sourcils.

— Est-ce que c'est là que je suis censée dire que les préliminaires sont surfaits ?

Irish posa une main sur sa joue et passa son pouce sur ses lèvres voluptueuses.

— Non, répondit-il en l'embrassant sur le bout du nez. Tu es censée me dire ce que tu aimes.

Elle gloussa de rire.

— Personne ne me l'a jamais demandé. Je ne sais pas.

Il l'attira contre lui et l'étreignit fougueusement.

— Ma chérie, nous allons le découvrir ce soir.

Il la reprit dans ses bras pour la déposer sur le lit avant de se laisser tomber auprès d'elle, appuyé sur le coude.

— Je commencerai doucement, dit-il.

Du bout du doigt, il suivit le côté de sa joue, ses lèvres et la courbe de son menton. Il traça un chemin le long de son cou et vers l'un de ses seins.

— Ta peau est tellement douce que je pourrais te toucher toute la journée, dit-il. Comment te sens-tu, jusqu'ici ?

— Bien, un peu essoufflée.

Il rit.

— Seulement « bien » ?

Sa poitrine se souleva sous la caresse.

— Partout où va ton doigt, j'ai l'impression de brûler, chuchota-t-elle.

Il fit rouler son téton entre le pouce et l'index jusqu'à ce qu'il durcisse, avant de faire de même avec le second. Elle s'arqua sur le lit.

— Tu me provoques, souffla-t-elle.

— C'est le but, dit-il.

Il laissa glisser son doigt jusqu'à son nombril, qu'il titilla un instant avant de reprendre sa lente descente vers la jonction de ses cuisses.

Elle inspira vivement et retint son souffle.

— Est-ce que tu es prête ?

— Oui, s'il te plaît.

— Pas encore, dit-il.

Quand elle souffla, il éclata de rire.

— Ce n'est que le commencement. Je veux que tu me désires autant que je te désire.

Il plongea son doigt entre ses cuisses et elle demanda, d'une voix qui était montée d'une octave :

— Tu me désires ?

— Je pense que cela se voit, répondit-il. Mais je ne satisferai pas mon désir avant que le tien soit satisfait.

— Et si je ne peux pas être… satisfaite ?

Irish fronça les sourcils.

— Oublie ce que disait ton ex.

Il se pencha vers elle et l'embrassa sur la bouche.

— Tu es une femme magnifique, désirable et incroyablement passionnée.

Elle mordit sa lèvre inférieure.

— On m'a dit qu'au lit j'étais un glaçon.

— Celui qui t'a dit ça se trompait.

Il glissa le doigt dans son intimité brûlante et moite et ajouta, un sourire aux lèvres :

— Nous en avons la preuve.

Ensuite, il l'embrassa tout en caressant ses chairs.

Cette femme magnifique, séduisante, allait découvrir qu'elle était passionnée et qu'elle pouvait voler en éclats si on la caressait comme il le fallait.

Tessa pouvait à peine respirer. Son sang courait follement dans ses veines, allumant un véritable brasier dans son corps.

Jamais elle n'avait connu ces sensations. Au début, elle avait aimé faire l'amour avec Randy, bien qu'il ne cherche qu'à assouvir ses besoins sans se préoccuper des siens. Il lui était souvent arrivé de feindre l'orgasme pour qu'il soit fier de ses prouesses sexuelles.

Irish, au contraire… il promenait ses mains à la fois si fortes et si douces sur son corps en prenant le temps de s'assurer qu'elle aimait ses caresses.

Quand il glissa son doigt en elle, elle fut surprise de

découvrir combien elle était déjà moite. Le brasier qui brûlait dans son ventre en fut ravivé.

Il retira son doigt à demi, et elle tendit ses hanches vers lui. Elle voulait le sentir de nouveau en elle.

Il l'embrassa avant de glisser son doigt désormais humide dans les replis de son intimité pour toucher le petit bouton de chair tellement spécial, bardé de terminaisons nerveuses.

Des sensations qu'elle n'avait jamais éprouvées auparavant fusèrent en elle. Elle se cambra et cria.

Irish rit doucement.

— Ça te plaît ?

— Oui, gémit-elle. Oh ! oui.

Il la caressa de nouveau, la faisant frissonner.

— Comment… Comment est-ce que…, balbutia-t-elle, tu fais… ça ?

— Ce n'est pas moi qui fais ça. C'est simplement la réaction de ton corps quand on le touche.

Il l'embrassa de nouveau et replongea le doigt dans son intimité, où il le fit tourner. Elle se laissa retomber sur le lit, prenant des inspirations de plus en plus profondes, laborieuses. Elle en voulait plus, mais ne savait pas comment le lui demander.

Elle n'en eut pas besoin. Il savait quoi faire. Sa bouche quitta la sienne, effleura son menton et suivit la longue courbe de son cou pour se poser là où son pouls battait follement, à la base de sa gorge. Elle ferma les yeux et gémit de nouveau.

— Non, dit-il. Ne ferme pas les yeux.

Elle les ouvrit et sourit.

— Je veux que tu voies ce qui t'excite.

Il se laissa glisser le long de son corps, captura l'un de ses seins, l'aspira dans sa bouche, taquina le téton du bout de la langue. La caresse était tellement excitante qu'elle enfouit les mains dans ses cheveux et pressa sa tête contre elle.

Il aspira et suça plus fort.

Tessa retint son souffle jusqu'à ce qu'il relève la tête pour passer à l'autre sein, qu'il caressa avec la même expertise.

Ensuite, il effleura sa peau de ses lèvres, suivant le même chemin que celui que ses mains avaient emprunté plus tôt, jusqu'à la touffe de poils qui recouvrait son sexe.

Il s'installa entre ses cuisses, écarta les replis de chair et toucha de la langue l'endroit particulier où, comme elle venait de le découvrir, pouvaient naître des frissons qui se propageaient à tout son corps.

Il lui donna un coup de langue, et une décharge électrique la traversa tout entière.

Au deuxième coup de langue, elle poussa un cri étouffé, et ses hanches se soulevèrent du lit.

Au troisième, elle bascula dans le gouffre, le corps palpitant dans la délivrance, tous ses nerfs frémissant.

C'était donc ça. Cette sensation merveilleuse dont parlaient les livres, et qu'elle n'avait jamais connue auparavant.

— Oh ! Irish, cria-t-elle.

Il releva la tête, et sa langue la quitta.

— Est-ce que tu veux que j'arrête ?

— Non !

Il éclata de rire et continua à s'appliquer à la satisfaire entièrement, de toutes les façons possibles.

Quand elle reprit enfin conscience du lit et de la pièce autour d'elle, elle soupira. Pourtant, elle n'avait pas encore eu ce qu'elle voulait.

— J'ai envie de toi, gémit-elle. En moi. Tout de suite.

Elle n'eut pas à le dire deux fois.

Irish se positionna sur son corps, sortit le préservatif de son sachet et le déroula sur son sexe en érection.

Il se pencha pour emprisonner ses lèvres sous les siennes.

Quand elle sentit sur sa bouche le goût de son intimité, son ventre s'embrasa de nouveau. Il pressa son sexe gainé à la jonction de ses cuisses et demanda :

— Est-ce que tu es bien ?

— Oui. Oh ! oui.

Il rit doucement et glissa en elle, lentement, pour laisser à son corps le temps de s'ajuster. Mais elle était trop impatiente de le sentir en elle, aussi vite que possible. Elle agrippa ses fesses et l'attira en elle, jusqu'à ce qu'il ne puisse plus aller plus loin.

Son sexe rigide et chaud l'emplissait entièrement. C'était une sensation tellement agréable, tellement juste.

Quand il commença à bouger, elle bougea avec lui, s'arquant à chacune de ses poussées. Et quand il accéléra le rythme de ses va-et-vient, son corps se tendit avec la même urgence que tout à l'heure, sous la caresse de sa langue.

Pour la seconde fois de la nuit, un violent frisson naquit dans son intimité et se propagea dans tout son corps, jusqu'à l'extrémité de ses doigts et de ses orteils. Elle se laissa emporter par chaque vague de sensation, comblée, balayée par la violence de la passion qui brûlait en elle.

Irish s'enfonça profondément en elle, une dernière fois, et la rejoignit dans l'extase. Pendant un long moment, il demeura immobile. Enfin, il se pencha pour embrasser ses lèvres et dit :

— Ton ex se trompait.

Elle éclata de rire.

— Comment ça ?

— Tu es la plus passionnée des femmes.

Un sourire naquit sur son visage.

— Il suffit de trouver le bon partenaire.

Irish quitta à regret la chaleur du corps de Tessa, roula sur le flanc et l'attira contre lui.

— Eh bien, dit-elle.

Il partit d'un petit rire.

— C'est tout ce que tu trouves à dire ?

— Je n'ai pas de mots pour décrire ce qui vient de se passer. S'il te plaît... dis-moi que tu ne partiras pas de Whiskey Gulch avant que nous ayons vidé cette boîte.

Il éclata de rire et embrassa sa nuque.

— Je ne demande pas mieux.

Elle glissa sa main sous sa joue et bâilla.

— Je suis fatiguée, mais je n'ai pas envie de dormir, dit-elle. Je ne veux rien manquer.

— Ne t'inquiète pas, répondit-il en écartant les cheveux de son visage. Il y a toujours demain.

— Et si nous attrapons le tueur ?

— Je ne bougerai d'ici que si tu me le demandes.

— Je ne veux pas que tu t'en ailles, dit-elle en attirant son bras autour de sa taille. Je n'aurais jamais pensé que faire l'amour était aussi bon.

— Comme tu l'as fait remarquer, ce n'est agréable qu'avec le bon partenaire.

— Et est-ce que je suis la bonne partenaire pour toi ? demanda-t-elle à voix basse.

Irish resserra l'étreinte de son bras autour de sa taille.

— Je dirais oui, à cent pour cent.

Il frotta son visage contre l'arrière de son oreille.

— Seulement, nous devrions prendre le temps d'apprendre à nous connaître un peu mieux. Je pourrais n'être pour toi qu'une relation pansement, une façon de guérir après ce que t'a fait ton ex-mari.

— C'est impossible. Ce n'est pas ce que je ressens.

— Mais s'agit-il d'amour, ou seulement de désir ?

— Et si c'étaient les deux ? répliqua-t-elle.

— Nous ne nous connaissons que depuis quelques jours.

Il ne voulait pas lui dire que, dans son cœur, il savait déjà. Elle avait besoin de temps pour réapprendre à croire en elle avant de pouvoir croire en eux.

— Tu as peut-être raison, dit-elle avant de bâiller de nouveau.

— Nous devons prendre le temps de nous connaître, répéta-t-il. Il est trop tôt pour savoir si ce que tu ressens est de l'amour ou non. Et je ne veux pas être ta relation pansement.

— Tu ne l'es pas et tu ne le seras jamais. Mais… je ne veux pas t'accabler avec mes complexes. Tu as quitté les Forces spéciales pour écrire un nouveau chapitre de ta vie. La tâche est déjà bien assez difficile sans que tu endosses les problèmes de quelqu'un d'autre. Je sors à peine d'une relation toxique. Je doute encore trop de moi. Tu mérites mieux.

— Tu as quitté ton ex-mari pour vivre ta vie, toi aussi.

— Nous souffrons peut-être tous deux de stress post-traumatique.

Il embrassa sa tempe et se blottit contre elle.

— Dors, Tessa.

— Tu seras encore là, demain matin ?

Il prit sa main, la porta à ses lèvres et l'embrassa.

— Je ne bouge pas d'ici.

Elle fut bientôt endormie dans ses bras tandis qu'il restait éveillé, comptant ses respirations, savourant chacun des instants qu'il passait auprès elle. Jamais il n'avait cru au coup de foudre, mais on pouvait apparemment tomber amoureux d'une personne que l'on connaissait depuis seulement quelques jours. Il savait que Tessa était faite pour lui. Il devait juste lui laisser le temps de comprendre qu'il était fait pour elle.

Il venait à peine de fermer les yeux quand un téléphone portable sonna dans l'autre pièce.

Tessa remua et marmonna :

— Est-ce que c'est le mien ?

— Je ne sais pas, je vais aller voir.

Il sortit du lit et quitta la chambre. C'était bien le téléphone de Tessa qui sonnait sur le comptoir, à côté de son sac. La sonnerie s'arrêta au moment où son téléphone, qui était posé juste à côté, se mettait à sonner. Il appuya sur l'icône « Répondre » en retournant vers la chambre, le téléphone de Tessa à la main. Debout à la porte, elle l'interrogea du regard.

— Allô ?

— Irish, dit Trace, nous avons besoin de toi et de Tessa sur l'autoroute. Venez aussi vite que possible.

Le téléphone de Tessa se remit à sonner. Elle décrocha et demanda :

— Allison ? Qu'est-ce qui se passe ?

Elle écouta son interlocutrice avant de répondre :

— J'arrive dans quelques minutes.

— Il y a eu un énorme carambolage sur l'autoroute, disait Trace. Nous avons besoin de toute l'aide possible. Les pompiers ont envoyé tous les hommes disponibles et l'hôpital appelle toutes les infirmières, mais cela ne suffira pas. Ils auront besoin d'aide.

— Nous arrivons, dit Irish avant de raccrocher.

Tessa raccrocha elle aussi et demanda :

— Est-ce que tu as reçu le même appel que moi ?

— Pour le carambolage sur l'autoroute ? Oui.

Elle hocha la tête et s'élança vers sa chambre.

— Est-ce que tu sais ce qui s'est passé ?

— Non, seulement que nous devons y être aussi vite que possible.

15

Pendant qu'Irish passait son jean et un T-shirt et chaussait ses bottes, Tessa enfila sa tenue d'hôpital et attacha rapidement ses cheveux en queue-de-cheval.

— Est-ce qu'on a besoin de toi à l'hôpital ? demanda Irish.

— Non. D'après Allison, la situation est tellement grave qu'il faut des renforts sur l'autoroute. Les secouristes sont débordés. Ils appellent ceux des comtés voisins mais, puisque je suis sur place, j'arriverai plus vite. J'aiderai sur le site jusqu'à ce que les autres unités nous rejoignent. Ensuite, je partirai à l'hôpital pour accueillir les blessés.

— Nous partons ensemble, dit Irish.

Elle acquiesça, passa son stéthoscope autour du cou et ouvrit son armoire pour y prendre des couvertures.

— Va chercher des serviettes dans la salle de bains, lança-t-elle. Je ne sais pas de quoi nous aurons besoin, mais mieux vaut emporter trop de choses que pas assez.

Il passa son holster, glissa son arme dans l'étui et enfila son blouson avant de prendre toutes les serviettes propres qu'il trouva dans le placard de la salle de bains. Ensuite, Tessa et lui coururent jusqu'au pick-up et jetèrent couvertures et serviettes sur la banquette arrière. Tessa s'installa sur son siège avant qu'il ait eu le temps de venir lui ouvrir la portière.

Il s'installa au volant et démarra. Quand ils s'engagèrent sur la route principale, il entendit les hurlements des sirènes qui fonçaient vers l'autoroute. Il mit le pied au plancher et traversa la ville en trombe, ne ralentissant que quand un pick-up déboîta devant eux, une balise stroboscopique fixée sur le toit.

— C'est l'un de nos pompiers volontaires, dit Tessa. Ils appellent vraiment tout le monde.

Le pick-up s'engagea à la suite d'une ambulance sur la rampe d'accès à l'autoroute, dans la direction de San Antonio. Un peu plus loin, des éclats rouges, bleus et jaunes illuminaient le ciel.

Ce ne fut que quand ils atteignirent le sommet d'une côte qu'ils purent constater l'étendue du chaos qui régnait sur l'autoroute.

— Oh ! Dieu du ciel ! lâcha Tessa d'une voix étouffée.

Des pick-up et des voitures étaient écrasés entre des remorques de poids lourds. D'autres avaient été projetés sur le bas-côté, d'autres encore soulevés et empilés comme autant de petites voitures. Un trente-cinq tonnes avait embouti l'arrière d'un autre poids lourd. Des remorques s'étaient renversées, répandant leur contenu sur l'autoroute.

Les deux gros camions et le véhicule d'urgence du département des pompiers de Whiskey Gulch étaient déjà sur les lieux. Les voitures du département du shérif bloquaient le trafic pour sécuriser la zone. Irish s'engagea sur le bas-côté pour dépasser les voitures qui attendaient de pouvoir passer et s'arrêta à la hauteur de la voiture de patrouille garée en travers de la route.

L'adjointe Jones, une grosse lampe torche à la main, lui fit signe de s'arrêter.

— Monsieur, vous ne pouvez pas aller plus loin.

Tessa descendit du pick-up.

— Je suis ici pour aider, et lui aussi.

En les reconnaissant, l'adjointe leur fit signe de franchir le barrage.

— Qu'est-ce qui s'est passé ? lui demanda Irish.

— D'après ce que j'ai compris, un poids lourd zigzaguait sur la route. Il a embouti une voiture par le flanc, ce qui a provoqué une réaction en chaîne derrière lui. Et ce que vous avez sous les yeux en est le résultat.

Tessa courait déjà vers les voitures accidentées, ses serviettes et son stéthoscope à la main. Elle s'arrêta auprès du premier secouriste qu'elle vit.

— Où a-t-on le plus besoin de moi ? demanda-t-elle.

Il secoua la tête.

— Personne n'est encore allé à l'avant du carambolage. Vous pourriez commencer là-bas et revenir vers l'arrière. Le plus urgent est de faire sortir les gens de leur véhicule s'il menace de prendre feu. Ensuite, de trier les blessés.

Elle acquiesça et partit vers l'avant du carambolage soit slalomant entre les véhicules accidentés, soit courant sur le terre-plein central. Irish la suivit, bien décidé à ne pas la perdre de vue.

Il vit les conducteurs et passagers valides descendre de leur véhicule et aider ceux qui ne pouvaient pas en sortir seuls. Il vit aussi certaines personnes tituber sur la route, le visage et les mains ensanglantés.

Ils avaient presque atteint l'avant du carambolage quand il vit une voiture encastrée sous la remorque d'un poids lourd qui avait été embouti par un autre camion. Le conducteur et les passagers étaient pris au piège.

— Il y a des enfants à l'arrière ! hurla Tessa.

Elle s'efforça d'ouvrir la portière arrière, en vain.

— Elle est verrouillée.

Sur la banquette, un enfant criait, et un bébé dans son siège auto hurlait à pleins poumons. À l'avant, leurs parents avaient tous deux du sang sur le front, mais ils étaient conscients.

— Déverrouillez les portières ! cria Tessa.

— Je ne peux pas, répondit le père. Ça ne marche pas.

— Sortez mes enfants d'ici, sanglota la mère. Je vous en prie, sortez mes enfants d'ici.

— Il me faut quelque chose pour briser la vitre, dit Tessa.

Irish dégaina son pistolet, ôta le magasin de la crosse et dit au plus grand des deux enfants :

— Ferme les yeux !

Le bout de chou pencha la tête et obéit.

Irish abattit la crosse de son arme contre la vitre, qui se craquela, mais sans se briser. Il frappa de nouveau et, cette fois, la vitre se cassa. Il écarta le verre du canon de son arme avant de passer le bras à l'intérieur et d'actionner la poignée.

— Vous ne pourrez pas ouvrir, dit le père. J'ai mis la sécurité enfants.

Il prit un canif dans la poche de son jean, se pencha dans l'habitacle et coupa la ceinture de sécurité du petit enfant. Ensuite, il le prit sous les aisselles, le fit passer par la vitre cassée et le tendit à Tessa. Elle le prit, mais secoua la tête.

— Non, il faut que tu le prennes, dit-elle. Il faut passer par la vitre pour attraper le bébé, et j'y arriverai plus facilement que toi.

Il hocha la tête et Tessa lui tendit l'enfant avant de se glisser dans l'habitacle. Elle s'assit sur la banquette pour détacher la ceinture de sécurité, puis les sangles qui maintenaient le bébé dans le siège auto avant de le faire passer par la vitre. Plusieurs personnes s'étaient attroupées pour prendre les enfants en charge.

Quand le bébé fut en lieu sûr, Irish cria à l'attention du père :

— Fermez les yeux, je vais briser votre vitre.

Le père protégea ses yeux et son visage. Irish cassa la vitre, fit tomber les éclats de verre et sectionna d'un coup de canif la ceinture qui maintenait l'homme sur son siège.

— Est-ce que vous pouvez bouger les jambes ?

— Je ne sais pas, dit le père. Passez-moi ce canif.

Irish le lui tendit.

Le conducteur se pencha et coupa la ceinture de sa femme.

— Oh ! merci mon Dieu. Merci, dit-elle.

Quand Irish eut aidé Tessa à ressortir par la vitre, la femme inclina son siège au maximum, enjamba l'appuie-tête pour gagner la banquette et sortit par le même chemin que Tessa. Irish s'efforça alors d'ouvrir la portière avant gauche pour aider le conducteur à sortir à son tour, mais en vain.

L'homme essaya de sortir par la vitre mais s'arrêta et grimaça.

— Je crois que j'ai quelque chose de cassé, dit-il. Je ne peux pas bouger ma jambe.

Un pompier apparut, un pied-de-biche à la main, et lança :

— Nous prenons le relais. Passez au suivant.

Tessa s'assura que la mère, le bébé et le petit garçon étaient en sécurité sur le bord de la route avant de contourner le poids lourd et sa remorque renversés. Elle vit qu'une ambulance du comté voisin avait traversé le terre-plein central pour se garer à l'avant du carambolage. Elle s'approcha de l'un des secouristes et dit :

— Vous avez fait vite.

L'homme se mit à courir, un pied-de-biche à la main. Elle lui emboîta le pas, et Irish l'imita.

— Nous repartions tout juste après avoir fait le plein sur l'aire de repos qui est à deux sorties d'ici quand nous avons reçu l'appel. Heureusement. Si nous avions été de retour à notre base, il nous aurait fallu quinze minutes de plus pour venir.

Ils arrivèrent devant une voiture, renversée dans le fossé.

— Comment est-ce que je peux aider ?

— J'aurais bien besoin de quelqu'un de costaud avec moi pour ouvrir la portière. Il y a un homme coincé à l'intérieur. Je pense qu'il y a une autre voiture, plus loin dans les bois.

Il se tourna vers Irish.

— Monsieur, j'aurais besoin de votre aide. Et vous, madame, si vous pouviez aller chercher le brancard à l'arrière de l'ambulance et le préparer, vous me rendriez un grand service. Avez-vous déjà fait ce genre de chose ?

— Oui, dit-elle.

— Bien. Allez-y. L'ambulancier vous aidera.

Pendant qu'Irish descendait dans le fossé avec le secouriste, Tessa s'élança vers l'ambulance. Un homme vint vers elle en courant.

— Tessa !

Elle reconnut Nathan Harris.

— Nathan ? Qu'est-ce que tu fais ici ?

Il secoua la tête.

— J'ai été pris dans le carambolage, et je suis descendu de voiture pour voir si je pouvais aider. Le conducteur de l'ambulance ne va pas bien, il a besoin d'aide.

Ils coururent ensemble vers l'ambulance.

— Qu'est-ce qui s'est passé ? demanda-t-elle.

— Je ne sais pas. Il sortait le brancard de l'ambulance quand il s'est évanoui. Je l'ai mis à l'intérieur, mais je ne sais pas ce qu'il a. Il faut que tu l'examines.

Quand ils furent à l'arrière de l'ambulance, Nathan ouvrit la portière. Le véhicule était vide.

— Mais il n'y a personne !

Elle voulut se retourner, mais Nathan lui asséna un coup

sur la tête, la souleva et la poussa dans l'ambulance avant de monter à son tour. Avant qu'elle ait pu se relever, il lui planta une aiguille dans le bras. Elle se débattit, mais il était bien plus fort qu'elle. Soudain, son corps refusa de lui répondre et tout devint flou.

— Qu'est-ce que tu as fait ? bredouilla-t-elle.

— Ce que j'essaie de faire depuis quelques jours.

Son esprit hurlait : « Non ! Non ! »

— Pourquoi ? marmonna-t-elle.

Elle ne pouvait plus bouger, plus lutter. Il la souleva, la déposa sur le brancard et la sangla.

— Tu es comme toutes les autres pom-pom girls de notre classe. Vous ne m'avez jamais rien donné, sinon du mépris. Je me défonçais sur le terrain pour que ton beau gosse ne se fasse pas abîmer le portrait, et c'était lui qui recevait toutes les louanges. Vous, les filles, vous ne voyiez que lui.

Ce fut d'une voix emplie de dédain qu'il poursuivit.

— Vous m'avez toutes repoussé sans comprendre que ce bon vieux Randy n'aurait jamais été bon à rien si je n'avais pas été là. Eh bien, il n'est plus aussi beau, maintenant.

— Que… qu'est-ce que tu… as fait ? demanda Tessa.

Ses lèvres bougeaient à peine, ses cordes vocales peinaient à former les mots.

— La voiture de luxe de ton beau gosse s'est encastrée dans un arbre. Elle ne vaut plus rien, maintenant.

Tessa luttait pour se concentrer sur les mots de l'homme.

— C'était toi ? Tu as… tué… Penny.

— C'est cette traînée qui a tout commencé. Je n'étais pas assez bien pour elle. Elle m'a repoussé en disant qu'aucune des pom-pom girls de terminale ne sortirait jamais avec moi parce que j'étais trop moche et trop nul. Elle a dit que je ne quitterais jamais ce trou.

Il rit en resserrant la seconde sangle autour de ses hanches.

— Mais je leur ai montré. Je suis sorti de ce trou. J'ai voyagé dans tout ce foutu pays.

— Mais tu l'as tuée.

— Elle s'est débattue, mais j'étais plus grand et plus fort qu'elle. Plus fort que ton beau gosse. Elle a voulu crier. Je ne pouvais pas la laisser aller se plaindre à ses amies. Elle m'avait repoussé. Elles prendraient sa défense. Alors, je l'ai empêchée de respirer pour qu'elle ne puisse pas crier. Quand elle s'est écroulée, j'ai su que je ne pouvais pas la laisser là. On la trouverait, et elle raconterait tout à ses copines. Alors, je l'ai jetée du haut de la falaise.

— Ordure, dit Tessa.

— Elle m'a repoussé. Je voulais seulement qu'elle danse avec moi comme elle avait dansé avec les autres types. Je ne voulais qu'une danse. Rien de plus.

Il se tourna vers la portière.

— Pourquoi Bethany… et… Kitty ?

Il fit volte-face.

— Elles étaient comme Penny et toi. Trop bien pour moi. Vous ne daigniez pas adresser la parole à Nathan Harris, toutes autant que vous étiez. J'étais trop moche.

— Elles ne méritaient pas de mourir…, dit Tessa.

Nathan poursuivit, pris par sa propre histoire.

— J'ai chopé Kitty chez elle, avec ses gamins. Elle m'a laissé entrer comme si j'étais un vieil ami, alors qu'au lycée elle m'avait toujours traité comme une merde. Elle a été trop facile à avoir. Je l'ai mise dans la remorque de mon camion et j'ai quitté la ville. Quand je me suis arrêté, elle avait très froid. Je lui ai promis que je la réchaufferais si elle m'accordait une danse. Juste une danse.

Sa lèvre se retroussa sur ses dents.

— Elle a voulu crier, tout comme Penny. Alors, je l'ai empêchée de respirer elle aussi, pour qu'elle ne fasse pas de bruit. Quant à Bethany, je lui ai laissé sa chance, à elle aussi. Mais elle a refusé de danser avec moi. Elle m'a traité de dingue et s'est débattue comme une tigresse.

Il releva le menton et se frappa le torse du poing.

— Mais c'est moi qui ai gagné.

Tessa sentit des larmes rouler sur ses joues. Kitty, Penny et Bethany étaient mortes parce que Nathan s'était senti rejeté. Cet homme était fou. Il ne s'arrêterait que quand il aurait éliminé toutes les filles qu'il jugeait lui avoir manqué de respect au lycée.

Elle voulut bouger, mais ses muscles refusèrent de coopérer.

— C'est le moment de partir, dit Nathan.

Quand il ouvrit la portière pour descendre de l'ambulance, elle essaya de crier, mais en vain. Elle était trop dans le cirage.

Un bruit de portière, à l'avant, lui fit comprendre que Nathan s'était installé au volant. Il démarra, et l'ambulance se mit à rouler sur l'asphalte, de plus en plus vite, emmenant Tessa loin du carambolage, d'Irish et de toutes les personnes qui auraient pu l'arracher aux mains de l'homme qui avait déjà cherché à la tuer à trois reprises.

Cette fois, il allait parvenir à ses fins.

16

Irish et le secouriste faisaient porter tout leur poids sur le pied-de-biche dans l'espoir de forcer la portière de la voiture, qui avait atterri dans un fossé, sur le toit. Un homme et son petit garçon étaient coincés à l'intérieur. L'homme était inconscient, mais l'enfant, suspendu la tête en bas dans son siège auto, pleurait sans bruit.

— Encore une fois, dit Irish. On y est presque.

Ils s'arc-boutèrent sur le pied-de-biche, et la portière s'ouvrit dans un grincement métallique, si brusquement qu'ils perdirent tous deux l'équilibre.

Irish se releva, se mit à quatre pattes et passa le haut du corps dans l'habitacle. Il glissa prudemment son canif entre l'épaule de l'enfant et la ceinture de sécurité, qu'il cisailla jusqu'à ce que la ceinture cède et que le garçon tombe sur le plafond de la voiture.

Irish le sortit aussitôt de l'habitacle et se releva, au moment où ils étaient rejoints par deux pompiers qui venaient tout juste d'arriver sur les lieux.

— Merci, monsieur, dit l'un d'eux en récupérant l'enfant dans ses bras. Nous prenons le relais.

Ils se mirent aussitôt au travail afin de sortir l'homme inconscient de la voiture accidentée.

Irish chercha Tessa des yeux dans l'obscurité. Comme

il ne la voyait pas, son pouls accéléra. Il se tourna vers le secouriste avec lequel il avait travaillé.

— Avez-vous vu où est allée l'infirmière ?

— Elle devait aller chercher le brancard dans l'ambulance, répondit l'homme en relevant la tête. Mais… où est l'ambulance ?

Le ventre d'Irish se noua.

Au même moment, une moto arriva, slalomant entre les voitures accidentées, et s'arrêta à côté de lui.

— Avez-vous besoin d'aide ? demanda Matt Hennessey.

— Oui, dit Irish. Je n'arrive pas à trouver Tessa. Elle s'est volatilisée et, d'après ce que j'ai compris, l'ambulance aussi. Où était cette ambulance ?

Le secouriste tendit le doigt vers l'avant du carambolage mais tout ce qu'ils virent fut une forme sombre qui gisait sur l'asphalte. Les trois hommes s'élancèrent aussitôt.

— Joe ! lança le secouriste en se penchant vers l'homme, qui cherchait à se relever en gémissant.

Il leva les yeux vers Irish.

— C'est lui qui conduit notre ambulance. Qu'est-ce qui s'est passé, Joe ?

Joe se plaqua une main sur la tête. Quand il la retira, elle était couverte de sang.

— Je ne sais pas. On m'a frappé. C'est tout ce dont je me souviens. Mais… où est l'ambulance ?

— Elle a disparu.

— Qui l'a prise ? demanda Joe.

— La personne qui t'a frappé, sans doute, répondit son collègue.

— En tout cas, elle n'a pas pu rebrousser chemin pour sortir de l'autoroute, remarqua Matt. Elle est forcément partie vers l'est.

Irish se tourna vers lui.

— Il me faut ta moto. Tout de suite.

— Nous ne sommes pas sûrs que Tessa soit dans cette ambulance, objecta Matt.

— Non, et c'est pour ça que tu vas rester ici et continuer à la chercher pendant que je prends cette ambulance en chasse. Il faut que je la trouve. Si l'assassin a provoqué ce carambolage pour me séparer de Tessa, il a réussi son coup.

Matt descendit de moto, ôta son casque et le tendit à Irish.

— Je vais prévenir les autres. Nous allons la chercher ici. Nous te suivrons dès qu'il sera possible de faire passer un véhicule.

Irish enfourcha la moto, appuya sur l'accélérateur et fonça sur l'autoroute, le cœur dans la gorge, le pouls battant follement. Son unique mission était de protéger Tessa, et il avait échoué.

Tessa s'était évanouie pendant quelques minutes. Quand elle reprit connaissance, elle sentit qu'on manipulait les sangles qui la maintenaient sur le brancard. Elle ouvrit les yeux, et le visage de Nathan Harris lui apparut. Dès que ses bras furent libres, elle voulut les bouger, mais en vain. Ils refusaient toujours de lui obéir. Quelle drogue lui avait-il administrée ? Cette fois, ses cours d'autodéfense ne suffiraient pas à la sauver.

Sans mot dire, il se pencha, la jeta sur son épaule et descendit de l'ambulance. Il la lança dans la remorque d'un poids lourd garé tout près, y monta à son tour, l'éloigna du bord et descendit d'un bond avant de refermer la porte.

L'obscurité était totale et le sol, glacial. Le ronronnement du moteur faisait vibrer les parois de la remorque vide. Elle sentit un souffle d'air froid sur sa peau, mais elle n'avait même plus la force de grelotter. Elle comprit qu'elle se trouvait à l'arrière d'un camion frigorifique. Personne ne savait où elle était. Sa fin était-elle venue ?

Quand elle sentit la remorque bouger doucement, elle voulut crier, mais aucun son ne sortit de sa bouche.

Pourquoi n'avaient-ils pas compris plus tôt que Nathan était le meurtrier ? Jamais l'idée que Bethany avait pu être enfermée dans une remorque frigorifique ne leur était venue à l'esprit. Par son métier, Nathan se déplaçait dans tout le pays. Maintenant, tout prenait sens. Malheureusement, elle était la seule à le savoir.

Elle se concentra sur ses doigts et leur ordonna de bouger. Son petit doigt obéit – faiblement, mais c'était mieux que rien. Il fallait qu'elle retrouve rapidement la faculté de bouger, sous peine de mourir gelée avant d'avoir eu une chance de se libérer.

La remorque trembla en prenant de la vitesse, comme si elle roulait sur une route inégale, et s'inclina légèrement vers la droite, puis vers la gauche. Ensuite, la route devint plus lisse et ils filèrent tout droit. Tessa en déduisit qu'ils étaient sur l'autoroute, heureusement. Si Nathan avait choisi d'emprunter une route secondaire, personne n'aurait su où les chercher. Elle pria pour qu'Irish s'aperçoive qu'elle avait disparu. Mais même s'il partait tout de suite à sa recherche, il faudrait un miracle pour qu'il la retrouve avant qu'elle meure de froid.

Elle bougea les doigts de son autre main, puis sa main tout entière, puis ses orteils. Tous ses gestes étaient trop lents. Le froid qui abaissait sa température corporelle la rendait plus léthargique encore que la drogue, à tel point qu'elle ne pouvait même pas se frotter le corps ou les membres pour les réchauffer. Était-ce ainsi qu'elle allait mourir ?

Non. Nathan semblait prendre plaisir à étrangler ses victimes. Sinon, il aurait laissé Kitty mourir d'hypothermie. Il allait sans doute bientôt arrêter le camion. Si elle pouvait tenir jusqu'à ce qu'il ouvre de nouveau la porte de la remorque et rassembler suffisamment d'énergie pour lutter, elle reverrait peut-être Irish. Parce qu'elle voulait le revoir. Il lui avait montré la différence entre faire l'amour et avoir une relation sexuelle. Contrairement à Randy, il tenait suffisamment à elle pour vouloir la satisfaire. Était-ce de l'amour qu'elle ressentait pour lui ? Ou allait-elle se fourvoyer, une fois de plus, alors qu'elle commençait à peine à découvrir celle qu'elle était vraiment ?

Irish était un homme doux et attentionné, doublé d'un amant fantastique. Elle voulait prendre le risque. Il en valait la peine.

Irish fonçait sur l'autoroute déserte, aussi vite que la moto le lui permettait. Il roulait tellement vite qu'il aurait d'ores et déjà dû rattraper l'ambulance. Elle ne pouvait pas avoir pris beaucoup d'avance sur lui : le secouriste et lui n'avaient pas mis tellement longtemps à forcer la portière de cette voiture.

Quand il s'engagea sur une longue ligne droite sans voir aucun feu arrière devant lui, son espoir s'amenuisa. En revanche, des panneaux annonçaient une sortie. Et si l'ambulance avait quitté l'autoroute pour emprunter un autre chemin, où elle serait moins facilement repérable ?

Il ralentit et prit la sortie, comme le lui commandait son instinct – qui était tombé juste à plus d'une occasion, quand il était dans l'armée. Il ne pouvait se reposer que sur son instinct. La vie de Tessa en dépendait.

Ce fut en approchant du relais qu'il vit, sous les lumières crues du parking, une ambulance garée, la porte arrière ouverte.

Il s'engagea dans le parking, croisant deux semi-remorques, et roula droit vers l'ambulance. Elle était vide, comme il s'y attendait. Il chercha du regard un témoin potentiel qui aurait pu voir qui était monté dans l'ambulance, ou en était descendu.

Une femme promenait ses deux petits chiens le long de la route. Irish roula jusqu'à elle.

— Excusez-moi, madame ?

Elle releva la tête.

— Oui ?

— Étiez-vous là quand l'ambulance est arrivée ici ?

— Oui, répondit la femme. Je l'ai vue sortir de l'autoroute.

— Avez-vous vu où allaient les personnes qui étaient à l'intérieur ?

Elle secoua la tête et se pencha pour prendre ses deux chiens dans les bras.

— Non. Elle s'est garée derrière un poids lourd. Mais le camion est parti peu après l'arrivée de l'ambulance.

— Est-ce que vous vous souvenez comment il était ? Est-ce que vous pouvez le décrire ?

Elle rit.

— Bien sûr. C'est celui-là, là-bas.

Elle tendit le doigt vers un semi-remorque qui sortait du parking et s'engageait sur la rampe d'accès de l'autoroute.

— Est-ce que vous en êtes sûre ? demanda Irish. Pouvez-vous me jurer qu'il s'agit du même camion ?

Elle acquiesça.

— C'est le seul que j'aie vu sur ce parking qui ait un groupe frigorifique. La climatisation de ma voiture a décidé de tomber en panne juste aujourd'hui, et je me suis dit que ce serait bien agréable d'avoir un groupe frigorifique comme celui-là pour que mes petits chiens ne souffrent pas trop de la chaleur.

Irish n'attendit pas qu'elle termine son histoire. Il mit les gaz, fit demi-tour en faisant déraper sa roue arrière et se lança à la poursuite du trente-cinq tonnes.

Tout portait à croire que le conducteur du poids lourd

avait transféré Tessa de l'ambulance à la remorque réfrigérée. Autrement dit, il devait rapidement arrêter le camion, avant qu'elle meure d'hypothermie.

À moto, il ne pouvait pas forcer le conducteur à se garer sur le bas-côté ; provoquer un accident n'était pas non plus une option. Il n'avait pas le choix : il fallait qu'il s'introduise dans la cabine pour atteindre le conducteur. Il allait devoir approcher discrètement. Si le conducteur le voyait, il lui suffirait d'un coup de volant pour lui faire quitter la route.

Le camion filait maintenant sur la rampe d'accès. Irish éteignit son phare et le suivit, de trop près pour que le conducteur puisse le voir dans ses rétroviseurs.

Dès que le bas-côté fut suffisamment large, il fit un écart et remonta le long du camion, jusqu'à la portière de droite. Il y avait une poignée à côté de la portière. S'il parvenait à la saisir, il pourrait se hisser sur le marchepied.

Il roulait maintenant à la même vitesse que le camion, quatre-vingt-dix kilomètres/heure. Il prit une profonde inspiration et murmura :

— Désolé, Matt. Je te devrai une moto.

Il tendit le bras aussi loin que possible, saisit la poignée et se hissa sur le marchepied. Agrippé au flanc du camion, il regarda la moto faire une embardée et s'écraser dans le fossé. À cet instant, il sut qu'il ne voudrait jamais devenir cascadeur pour le cinéma.

Quand il eut recouvré son équilibre, il actionna la poignée. La portière n'était pas verrouillée. Il l'ouvrit d'un coup sec, et le conducteur se tourna vers lui en marmonnant un juron avant de tourner brusquement le volant vers la droite.

La portière lui échappa, et il s'agrippa des deux mains à la poignée pour ne pas perdre l'équilibre. Le conducteur donna un autre coup de volant, vers la gauche cette fois, et la portière se rabattit sur son épaule. Le choc fut rude, mais elle ne s'était pas refermée.

Derrière eux, la remorque zigzaguait follement. Le conducteur redressa pour l'empêcher de déraper et de quitter la route. Irish profita de ce que le camion roulait tout droit pour ouvrir la portière et se jeter sur la banquette. Le conducteur freina brusquement, ce qui le projeta sur le plancher. Il se cogna la tête mais se redressa aussitôt en sortant son pistolet de son étui. Le conducteur braqua de nouveau vers la droite, puis vers la gauche, mais Irish était bloqué entre la banquette et le tableau de bord. Il pointa son arme sur le conducteur et cria :

— Arrêtez-vous !

L'homme tourna la tête vers lui et le gratifia d'un sourire méprisant.

— Sinon quoi ? Vous me tuez ?

— Oui.

À cet instant, il reconnut l'homme. C'était Nathan Harris, le type qu'ils avaient vu à la quincaillerie, celui qui n'avait jamais digéré que Randy « ait tout ». Sa culpabilité ne faisait aucun doute. Ce camion frigorifique le trahissait.

— Et qu'est-ce qui se passera si vous me tuez ? railla Nathan. Le camion quittera la route et nous mourrons tous. Vous, moi et votre petite amie.

Le ventre d'Irish se noua. Si le groupe frigorifique était en marche, Tessa mourrait d'hypothermie avant qu'il parvienne à convaincre l'homme de s'arrêter. Il n'avait plus qu'une solution.

Il visa le dossier du siège de Nathan, à quelques centimètres de sa tête, et pressa la détente.

— La prochaine est pour vous, dit-il.

Nathan braqua vers la gauche en jurant.

— Arrêtez-vous ! cria Irish.

Au lieu d'obéir, Nathan accéléra de plus belle.

Irish pointa son arme sur le torse de l'homme, pressa de nouveau la détente et se releva d'un bond pour s'emparer du volant.

Nathan s'effondra vers l'avant. Même s'il était inconscient, ou mort, son pied pressait toujours l'accélérateur et, parce que son corps était affaissé sur le volant, Irish avait du mal à le manœuvrer pour empêcher le camion de quitter la route.

Il se pencha pour ouvrir la portière de gauche, et le camion partit aussitôt sur la droite. Tout en essayant de redresser, Irish s'escrima afin de pousser Nathan vers la portière ouverte. S'il lui faisait quitter ce siège, il pourrait atteindre la pédale de frein.

Mais l'homme était mort et, comme tout poids mort, il était impossible de le faire bouger. Irish finit par s'asseoir sur ses genoux, repoussa son pied de l'accélérateur et pressa la pédale de frein. Une éternité et beaucoup de changements de vitesse plus tard, le camion s'arrêta enfin. Irish mit le frein à main et descendit de la cabine d'un bond. Il courut vers l'arrière de la remorque et défit les gros loquets métalliques qui maintenaient la porte fermée.

Tessa gisait sur le sol dans sa tenue d'infirmière, les yeux clos, le visage d'une pâleur de linge. Une boule de plomb se logea dans le ventre d'Irish. Arrivait-il trop tard ?

Il secoua la tête. Non. Il n'avait pas fait tout ce chemin pour abandonner maintenant. S'il lui restait ne serait-ce qu'une étincelle de vie, elle verrait le soleil se lever le lendemain matin. Il la sortit de la remorque et la déposa sur le bas-côté. Son corps était affreusement froid et il ne la sentait pas respirer.

Il la serra contre lui pour lui communiquer la chaleur de son corps, mais ce n'était pas suffisant, même par cette chaude nuit texane. Il fallait qu'il la réchauffe rapidement. Il la prit dans ses bras et la hissa sur la banquette du camion, dont le moteur tournait toujours. Il monta à côté d'elle, alluma le chauffage et la serra contre lui en frictionnant ses bras. Comme il ne la voyait toujours pas respirer, il appliqua sa bouche sur la sienne, lui pinça le nez et souffla de l'air dans ses poumons.

Sa poitrine se souleva et s'abaissa.

— Tessa, ma chérie, respire, dit-il.

Elle ne réagit pas.

Il insuffla une autre goulée d'air dans ses poumons.

— Allez, bébé, il faut que tu te réveilles. J'ai quelque chose d'important à te dire.

Elle ne respirait toujours pas. Il appliqua de nouveau sa bouche sur la sienne et souffla avant de reprendre.

— Il faut que je te dise que je crois au coup de foudre. Je t'aime. Si tu n'es pas prête, ce n'est pas grave. Je te laisserai tout le temps qu'il te faudra pour comprendre que tu m'aimes toi aussi. Je peux être patient, surtout si je peux espérer passer le restant de mes jours auprès de toi. Tu voulais vivre ta vie, je veux commencer la mienne… et je veux la commencer avec toi.

Comme elle était toujours inerte, il appliqua de nouveau sa bouche contre la sienne – et sentit ses lèvres frémir. Il releva la tête et la vit ouvrir les yeux. Il expira la bouffée d'air qu'il s'apprêtait à insuffler dans ses poumons et lui sourit.

— Bonjour, beauté. Heureux que tu aies pu venir à notre petite fête.

Ses lèvres s'arquèrent en un sourire.

— Tu m'as retrouvée.

— Et comment ! Ta compagnie est trop agréable pour que je te laisse filer.

— Comment est-ce que tu as fait ? chuchota-t-elle.

Il sourit. Cela faisait des jours qu'il ne s'était pas senti aussi léger.

— J'ai suivi mon cœur.

Soudain, elle fut prise d'un violent tremblement.

— J'ai tell… tellement froid.

Il se pencha pour diriger la sortie d'air chaud vers elle et vit des phares dans le rétroviseur. Quelques instants plus tard, un gros pick-up noir se gara à côté du semi.

Trace Travis et Matt Hennessey en descendirent d'un bond et coururent vers eux. Quand Trace ouvrit la portière de gauche, il écarquilla les yeux en découvrant le corps sans vie de Nathan affaissé sur le volant. Il jeta ensuite un coup d'œil vers le côté passager et sourit.

— Oh ! Dieu merci. Tu l'as trouvée.

En se tournant vers Trace, Tessa vit à son tour le corps de Nathan.

— Est-ce qu'il est mort ? demanda-t-elle.

— Il est mort, oui, répondit Irish.

— Il a reconnu qu'il avait tué Penny, Kitty et Bethany, dit-elle. C'est aussi lui qui a provoqué cet énorme carambolage, ainsi qu'un accident dans lequel Randy est mort.

Matt Hennessey grimpa sur le marchepied de droite et ouvrit la portière.

— On a trouvé le corps de Randy dans sa BMW, encastrée dans un arbre, dit-il. Nous sommes heureux que vous soyez saine et sauve.

Matt regarda autour de lui.

— Comment as-tu fait pour arrêter ce camion ?

Irish lui décocha un sourire en coin.

— J'ai dû monter à bord, comme un cascadeur de cinéma. Au fait, je te dois une moto.

Matt secoua la tête.

— Ne t'en fais pas pour ça. Je peux la remplacer. Tout ce qui importe est que tu aies retrouvé Mlle Bolton à temps. Et maintenant que l'affaire est résolue, elle n'aura plus à vivre dans la crainte d'une nouvelle agression.

Tessa regarda Irish, et son sourire mourut.

— Tu as fait ton boulot, tu m'as gardée en vie. Maintenant, je n'ai plus besoin de garde du corps.

Il la serra plus fort contre lui.

— Nous parlerons de ma prochaine mission plus tard. Pour le moment, il faut que tu ailles à l'hôpital.

Avec l'aide de Matt, il l'installa dans le pick-up de Trace. Ensuite, Matt se planta à côté du semi et dit :

— Je vais rester ici et attendre le shérif. Je suis sûr qu'il aura des questions et qu'il voudra enlever le corps.

Dès que la ceinture de Tessa fut bouclée, Trace traversa le terre-plein central et reprit la direction de Whiskey Gulch. Quelques minutes plus tard, le pick-up se gara devant l'entrée des urgences. Trace passa au point mort, descendit d'un bond et courut vers la porte.

Une aide-soignante accourut à sa rencontre.

— Besoin d'aide ?

— Oui. Il nous faut un brancard.

L'aide-soignante rentra en courant et revint avec un brancard, qu'elle poussa jusqu'au pick-up. Irish prit Tessa dans ses bras pour l'y installer. Une infirmière les rejoignit et les aida à pousser le brancard à l'intérieur.

— Tessa, dit-elle en souriant. Tu es censée travailler ici, pas nous donner un surcroît de travail.

— J'avais peur que vous vous ennuyiez, répondit Tessa.

— Ma chérie, c'est le chaos ici.

Elle leva les yeux vers Irish et dit :

— Nous prenons le relais.

— Je viens avec elle.

La jeune femme sourit et répondit :

— Vous devez être Irish. Je suis Allison, je travaille avec Tessa. Elle m'a beaucoup parlé de vous. Tessa, est-ce que tu veux qu'il t'accompagne ?

Tessa leva la main. Irish la prit et la porta à ses lèvres.

— Oui, dit Tessa. Sans lui, je ne peux pas respirer.

Allison partit d'un petit rire.

— En ce cas, très bien. Venez.

Elle poussa le brancard de Tessa jusqu'à l'une des salles d'examen, où un médecin l'ausculta, lui fit une prise de sang et, après avoir reçu les résultats, la déclara apte à sortir pour rentrer chez elle et se coucher.

— Votre corps éliminera la drogue dans les vingt-quatre heures. Il ne devrait pas y avoir de séquelles. Reposez-vous.

— Est-ce que je pourrais rester pour aider mes collègues ? demanda Tessa.

— C'est hors de question. Vous avez besoin de vous reposer et de bien vous hydrater pour nettoyer votre organisme. Nous nous débrouillerons sans vous.

Tessa hocha la tête.

— Bien, docteur.

— Quelqu'un peut-il rester auprès de vous cette nuit ?

— Oui, répondit Irish.

Le médecin le regarda avant de se tourner vers Tessa, attendant sa confirmation.

— Oui, dit-elle.

Quand ils ressortirent des urgences, Trace les attendait à la porte.

— Je vais vous ramener tous les deux, dit-il. Ensuite, je retournerai sur les lieux de l'accident.

— J'irais bien avec toi…

Trace secoua la tête.

— Tu dois rester avec Tessa. Les secouristes de tous les comtés avoisinants sont là pour trier les blessés. Je suis certain que nous les gênerions plus qu'autre chose. Mais je dois aller chercher Matt, et nous récupérerons ton pick-up en revenant.

Quand ils furent chez Tessa, Irish la prit dans ses bras et attendit que Trace ait ouvert la porte pour aller la déposer sur le canapé. Trace les regarda pendant un moment avant de demander :

— Est-ce que vous avez besoin de quelque chose ?

Tessa secoua la tête.

— J'ai déjà tout ce dont j'ai besoin, dit-elle en levant les yeux vers Irish.

— Elle a raison, fit Irish.

Son cœur se gonflait sous l'effet de ce qu'il avait lu dans les yeux de Tessa.

— Nous avons tout ce qu'il nous faut.

Trace sourit.

— Quand vous vous sentirez mieux, Irish vous amènera au ranch pour un barbecue. Lily et Aubrey seront ravies que vous leur racontiez toute votre aventure.

Il sourit de plus belle.

— Et moi aussi. Nous sommes tous heureux que vous soyez saine et sauve.

— Merci, dit Tessa. Ce sera avec plaisir. J'ai toujours eu envie de visiter le ranch.

Quand Trace fut parti, Irish demanda :

— Est-ce que tu veux que je te porte jusqu'à la salle de bains pour que tu puisses te doucher et te mettre en pyjama ?

— Seulement si tu te douches avec moi, répondit-elle en relevant le menton.

Son bas-ventre se tendit, mais il ne voulait pas fonder trop d'espoirs sur cette seule réplique.

— Est-ce que tu peux tenir debout seule, ou est-ce que tu es encore trop faible ? Est-ce que je peux t'apporter quelque chose ?

Elle se leva, tituba légèrement mais se redressa aussitôt.

— Ça va. Je peux tenir debout. Je n'ai pas besoin que tu me dorlotes.

— Ma chérie, dit-il d'un ton réprobateur, tu viens de vivre un événement traumatisant. Laisse-moi t'aider.

— Je ne veux pas de ton aide, insista-t-elle. Je n'ai plus besoin d'un garde du corps ni d'une nounou.

Le cœur d'Irish se serra.

— Vraiment ? Est-ce que tu veux que je m'en aille ?

— Non, dit-elle. Je ne veux pas que tu t'en ailles. Je veux que tu restes. Mais pas parce que j'ai besoin de toi.

— Je ne comprends pas.

— Je veux que tu restes, mais uniquement si tu le veux toi aussi. Je ne veux pas que tu ne restes que parce que tu te sens obligé de m'aider.

— Je veux rester, dit Irish.

Elle étrécit les yeux.

— Tu es sûr que ce n'est pas parce que tu me crois trop faible pour rester seule ?

— Eh bien… en partie, avoua-t-il. Mais c'est surtout parce que j'aime être avec toi.

— Est-ce que tu es certain que ce n'est pas parce que tu le dois ? Parce que tu as une mission à remplir ?

Il secoua la tête et fit quelques pas vers elle.

— Je veux passer du temps avec toi, dit-il en la prenant dans ses bras. Je veux aller sous la douche avec toi, sentir ton corps contre le mien.

Il l'embrassa sur le front et ajouta :

— Et je veux faire l'amour avec toi.

Il la sentit fondre dans ses bras.

— Quand j'étais allongée par terre dans cette remorque, sans pouvoir bouger, je ne pensais à rien sinon que je devais sortir de là pour te retrouver. Je ne voulais pas que ma vie se termine alors que je venais à peine de te rencontrer.

— Oh ! mon bébé. J'ai eu tellement peur, dit Irish.

Il l'écrasa contre lui, et toutes les émotions qu'il avait

ressenties enflèrent de nouveau dans sa poitrine, aussi dévastatrices qu'une lame de fond.

— Quand j'ai compris que tu avais disparu, j'ai eu l'impression que mon monde s'écroulait.

Elle passa les bras autour de sa taille et pressa sa joue contre son torse.

— Et moi, j'ai eu l'impression que je m'étais fait rouler, dit-elle.

— Que tu t'étais fait rouler ?

Elle hocha la tête.

— Juste au moment où j'avais enfin trouvé un homme qui me comprenait et n'essayait pas de me changer…

— Tu es parfaite comme tu es.

Il caressa ses magnifiques cheveux blond vénitien.

— J'avais à peine eu le temps de te connaître. Je voulais aller tellement plus loin…

Il sentait ses larmes imprégner l'avant de son T-shirt.

— Je ne voulais pas qu'on m'empêche d'apprendre à mieux te connaître et d'épuiser le stock qui attend dans le tiroir de ma table de nuit, dit-elle dans un murmure.

Il la força à relever le menton pour la regarder dans les yeux.

— Tessa, j'aurais continué à te chercher jusqu'à ce que je t'aie retrouvée. D'ailleurs, je n'aurais jamais dû te perdre.

— Ce n'est pas grave. Nous sommes ici, maintenant.

Ses yeux étaient immenses et emplis d'espoir.

— Est-ce que tu penses qu'il y a quelque chose entre nous ?

Il sourit.

— J'en suis certain. En tout cas, je sais que j'ai des sentiments pour toi. Je te dirais bien que je t'aime, mais j'ai peur de t'effrayer.

Les yeux de Tessa s'agrandirent et s'emplirent de nouvelles larmes.

— Tu m'aimes ?

— Oui, dit-il en grimaçant. J'en suis sûr et certain.

Son front se plissa et des larmes roulèrent sur ses joues.

— Comment peux-tu en être tellement sûr ?

— Parce que je ne pourrais pas imaginer de vivre sans toi.

Il posa une main sur sa joue et essuya une larme.

— Même si nous ne nous sommes rencontrés qu'il y a quelques jours, j'ai l'impression de te connaître depuis toujours. Tu es mon cœur et mon âme. Tu es la femme avec laquelle je veux avoir des enfants, celle avec laquelle je veux commencer à vivre.

— J'ai peur, dit-elle en pleurant de plus belle.

— Zut.

Comment avait-il pu lui faire cette déclaration ? Il s'en voulut à mort.

— Pardonne-moi. Je ne voulais pas te faire peur. Je ne veux pas que tu me répondes que tu m'aimes toi aussi si tu n'en es pas absolument certaine. S'il te faut du temps pour comprendre ce qui se passe dans ton cœur, j'attendrai.

Elle se mit sur la pointe des pieds et l'embrassa sur les lèvres.

— Merci. Merci d'être tel que tu es. C'est tellement plus facile de t'aimer.

Il eut l'impression que son cœur cessa de battre pendant un instant, avant de pousser un flot de sang dans ses veines.

— Est-ce que tu viens de dire que tu m'aimes ?

— Oui. Je m'étais si lourdement trompée au sujet de Randy que j'avais peur de me fier à mes sentiments.

Elle éclata de rire et ajouta :

— En plus, je commence à peine à m'aimer moi-même.

— Oh ! ma puce, tu es stupéfiante. Tu devrais être fière de la femme que tu es.

Elle acquiesça.

— Je le sais, maintenant, et c'est grâce à toi que j'en ai pris conscience. Je t'aime.

— Je t'aime aussi, mais je te promets de ne pas te pousser à aller plus loin avant que tu sois totalement prête, dit-il en l'étreignant de toutes ses forces. Pour le moment, il me suffit de savoir que tu m'aimes.

— Est-ce que tu m'attendras ?

Il hocha la tête.

— Aussi longtemps qu'il le faudra.

Elle passa les bras autour de son cou et le força à se pencher pour l'embrasser.

— Et cette douche ? chuchota-t-elle contre ses lèvres.

— Je suis partant.

Il l'enleva dans ses bras et la porta dans sa chambre.

— Jusqu'à ce que tu sois prête, il n'y aura aucun engagement, aucune promesse. Il n'y aura que de l'amour.

— Ça me convient parfaitement, répondit-elle en riant.

Il la posa sur ses pieds et l'embrassa comme si cette journée devait être la dernière qu'ils passaient ensemble. Heureusement, ce n'était pas le cas : elle serait suivie de beaucoup d'autres, qu'ils passeraient à s'aimer. Enfin, il allait commencer à vivre, comme il s'en était fait la promesse en quittant l'armée. Et cette nouvelle vie commençait avec elle.

Retrouvez prochainement,
dans votre collection

BLACK ROSE

Rejoints par le passé, de Lena Diaz - N°752

ENQUÊTES À PRESCOTT MOUNTAIN – 1/2

Attentive, l'inspectrice Willow McCray observe Grayson Prescott. Le visage fermé, le troublant milliardaire lit le dossier sur l'assassinat de sa femme, sept ans plus tôt. Brusquement il tressaille, et Willow sent les battements de son cœur s'accélérer. A-t-il, comme elle, remarqué des similitudes entre son épouse et les victimes du violeur de Gatlinburg ? Se pourrait-il que ce dernier soit en fait un *serial killer* ?

Des pas sur la neige, de Danica Winters

Assurer la sécurité de Lily Clark : c'était la mission d'Ella Spade et de Daisy, sa jeune chienne dressée pour les recherches délicates. *C'était...* Car Lily, adorable fillette de trois ans, a été enlevée, et c'est la peur au ventre qu'Ella suit ses traces dans la forêt enneigée. Un homme l'accompagne : Grant Anders, policier aussi sexy qu'exaspérant qui, au grand dam d'Ella, semble bien décidé à jouer le rôle de chef d'équipe...

Tu n'es plus seule, d'Addison Fox - N°753

Il allait devenir père... À la fois heureux et effrayé, Ethan couve Lizzie du regard. Lizzie. *Sa* Lizzie, qu'il a retrouvée six mois plus tôt, le temps d'une nuit de passion. Et qui aujourd'hui lui annonce qu'elle porte son enfant. Mais pourquoi avoir attendu si longtemps ? Et quelle est cette crainte qui voile son regard ? Comme si une menace pesait sur elle. Comme si elle espérait *in petto* qu'il la protège...

Sauvée des ténèbres, de Bonnie Vanak

« Je n'aime pas les médecins, je ne leur fais pas confiance... » Choquée, Belle affronte du regard l'agent Kyle Anderson qui vient de lui lancer cette pique. Silencieuse, elle attend qu'il lui révèle la raison de sa venue dans le dispensaire où elle consulte et se pétrifie en entendant la suite : une fillette a disparu après sa visite dans son établissement, et le FBI soupçonne Belle d'être impliquée dans un trafic d'enfants...

Retrouvez prochainement,
dans votre collection

BLACK ROSE

Une fugitive aux abois, de Juno Rushdan - N°754

Accusée à tort de trahison, Zee est recherchée par le FBI. En Alaska où elle se cache, elle lie connaissance avec John Lowry, son mystérieux voisin. Mais nulle part elle n'est en sécurité, elle le sait. Aussi, lorsque son chalet est attaqué par une équipe de tueurs, elle se lance dans une fuite désespérée. Une cavale dans laquelle, bien qu'elle tente de l'en dissuader, John veut à tout prix l'accompagner…

Des secrets menaçants, de Tyler Anne Snell

Qui menace Willa Tate ? Et quel secret renferme la boite qu'elle a déterrée sur le chantier où elle travaille ? Consciente du danger qui plane sur elle, persuadée que les documents qu'elle a mis à jour concernent un crime ancien et non élucidé, Willa va trouver Kenneth Gray. Sans savoir que le séduisant détective enquête de son côté sur le meurtre de sa femme, des années plus tôt…

Un protecteur dans l'ombre, de Carol Ericson - N°755

LES DISPARUS DE TIMBERLINE – 3/4

Pour quelle raison Jim Kennedy est-il de retour à Timberline ? Scarlett est partagée entre inquiétude et fascination. Inquiétude, car le retour de Jim coïncide avec une série de meurtres sans doute liés à l'enlèvement de trois enfants, vingt-cinq ans plus tôt. Fascination, car celui qui n'a rien perdu de ses allures de *bad boy* semble vouloir la protéger des dangers qu'elle sent planer autour d'elle…

Dans les bras de son ennemi, de Carol Ericson

LES DISPARUS DE TIMBERLINE – 4/4

« Que faites-vous à Timberline, mademoiselle Johnson ? » Désespérée, Caroline évite le regard de Cole Pierson, le séduisant agent de la DEA… Comment lui avouer qu'elle ne sait pas qui elle est ? La croira-t-il si elle lui révèle qu'elle s'est réveillée, quelques jours plus tôt, dans une chambre d'hôtel près du corps sans vie d'un inconnu, avec pour seul indice un mot sur un bout de papier : Timberline…